夜谭十记

YETANSHIJI

马识途◎著

四川出版集团 四川文艺出版社

图书在版编目（CIP）数据

夜谭十记 / 马识途著. —成都：四川文艺出版社，
2010.10（2011.1重印）
（马识途文集）
ISBN 978-7-5411-3091-5

Ⅰ.①夜… Ⅱ.①马… Ⅲ.①故事－作品集－中国－当
代 Ⅳ.①I242.8

中国版本图书馆 CIP 数据核字（2010）第 200661 号

Yetan Shiji

夜谭十记 马识途文集❷

马识途 著

责任编辑	郭　健	（zuoxiaomi@qq.com）
	贾　波	（alaabo@126.com）
责任校对	韩　华	
责任印制	唐　茵	
封面设计	雅格书装	
版式设计	张　妮	

出版发行 四川出版集团 四川文艺出版社
社　　址　成都市槐树街 2 号
网　　址　www.scwys.com
电　　话　028-86259285（发行部）　028-86259303（编辑部）
传　　真　028-86259306

读者服务　028-86259293
邮购地址　成都市槐树街 2 号四川文艺出版社邮购部　610031

排　　版	四川胜翔数码印务设计有限公司
印　　刷	成都东江印务有限公司
开　　本	700mm×1000mm　1/16
印　　张	20
字　　数	307.5 千
版　　次	2011 年 1 月第二版
印　　次	2011 年 1 月第二次印刷
书　　号	ISBN 978-7-5411-3091-5
定　　价	25.00 元

目　录

前记/　不第秀才：冷板凳会缘起 …………… 001

第一记/　峨眉山人：破城记 ……………… 009

第二记/　三家村夫：报销记 ……………… 039

第三记/　巴陵野老：盗官记 ……………… 057

第四记/　山城走卒：娶妾记 ……………… 112

第五记/　野狐禅师：禁烟记 ……………… 137

第六记/　羌江钓徒：沉河记 ……………… 155

第七记/　无是楼主：亲仇记 ……………… 177

第八记/　砚耕斋主：观花记 ……………… 255

第九记/　穷通道士：买牛记 ……………… 274

第十记/　不第秀才：踢踏记 ……………… 300

后记 …………………………………………… 312

前　记
不第秀才：冷板凳会缘起

　　不负十年寒窗苦读，我终于赢得一个"洋翰林"的尊号，在一个国立大学的中文系毕业了。当我穿上黑袈裟样的学士服，戴上吊须绦的学士方帽，走上台去，从我们的校长手里领来一张金光灿烂的毕业证书，真是趾高气扬，得意忘形，以为从此以后，摆在我面前的就是青云直路、鹏程万里了。我虽说不能如理工科的学士那样出去"立行"，贡献出振兴实业、济世救穷的良策；也不能如政法科的学士那样出去"立德"，站在庙堂之上，贡献出治国平天下的大计；我是文科学士，总可以出去"立言"，忝列名流，挥如椽的大笔，为匡正世道人心，主持公理正义说话吧。至少可以著书立说，藏之名山，传诸后世吧。

　　我越想越得意。我捧着那张金字毕业证书，以为是捧的一只金饭碗，扬扬得意地走出校门，走进社会，等待着别人给我奉献牛奶、面包和荣誉。谁知竟应了在大学里早已听说却总不肯相信的话："毕业即失业！"我四处奔走了几个月，风里来雨里去，看了不少的马脸，挨了不少的白眼，说了几大箩好话，天地之大，竟然找不到一个我落脚的地方。还谈得上什么大展抱负，立言立行？还说得上什么著书立说，传之后世？

　　我也曾经在街上碰到过几个同学，都是那么西装笔挺，油头粉面，出入于大机关、大公司之门。问起来，他们或是在大学上的经济系，学会了陶朱之术，会做生意买卖；或是在大学上的政治系，学会了苏秦、张仪那套舌辩之术，专会给人出谋划策，打烂条儿。他们问起我学的专业，知道我不过是一个"书蠹"，只够到三家村去做个老学究，连去当个舞文弄墨的刀笔吏，当个师爷也不够格。他们对我叫一声爱莫能助，便挥手告别了。我还是每天在街上奔走，真是惶惶然如丧家之犬。

　　有一天，我忽然在街上碰到一个学化工的同学，在那里摆了一个地摊，卖些雪花膏、香粉、发油之类的化妆品。他虽然在求业的竞争中失败了，却还能靠自己的一点手艺，做个小本买卖糊口。他谈起来虽不免有几分伤感，我却羡慕他靠自己的双手养活自己，比那些低三下四、向人乞讨生活的人还高尚些。可惜我连这点本事也没有。不过这却激发了我的灵感。难道我不可以在街上也摆一个摊子？虽说我不会测字算命，但是替人写家信，写状子，写请帖、对联、喜幛、讣告、祭文以及买卖的文书关约，总可以的吧？实在没有办法了，我看测字、算命那一套骗人的玩意儿，也不是不可以无师自通的。

于是我去买了一本《应用文大全》和《万事不求人》来，仔细研读。我找一个不太热闹也不太冷僻的街头巷尾，摆好桌子、板凳，立好遮阳伞，摆开文房四宝，开张营业。我并不感到可羞，甚至有几分自豪，我到底自食其力，不去朱门乞讨残汤冷饭了。

可是有一天，大学里中文系一位教授，我的毕业论文的指导老师，在街头发现了我，他说他没有想到大学里的高才生，竟然落到这么斯文扫地的境地。于是他热心地把我介绍给他的一个朋友，一位新放外县去的县太爷，跟他去在他的衙门里做一名文书科员。

我到了那个县衙门，跟着去上班办公。过了几天，我就发现，其实无公可办。县太爷根本不来办公，科长们也很少露面，于是科员们便乐得喝茶、看报、摆龙门阵过日子，倒也自在。科员中大半是四五十岁年纪的人，也有年逾花甲的。至于风华正茂、年富力强、三十岁上下的人实在不多，要说才二十岁出头的恐怕只有我一个人了。有一个科员开玩笑说："我们这里可以算是三代同堂了。"

最老的科员姓李，看他那须眉皆白的样子，大概年近古稀吧。大家都尊敬他，叫他一声李老。他自己却老是自称科员，老说"我李科员"怎样怎样，倒好像这是一个值得他夸耀的什么官衔一样。他是我们这个衙门里资格最老的科员，他自己却说是这个衙门里最没有出息的科员。他说他在这种衙门里坐冷板凳已经坐了几十年了，朝代都换了几个，别的科员能高升的都高升了，能找到别的有出息的活路的也干别的去了，唯独他还是当他的科员，死守着他的办公桌，靠他说的"砚耕"，过了几十年不算不太平也不算很太平的日子。

他的科员当久了，就像产生了一种"职业优越感"似的，向我们大讲科员之重要和当科员之舒服。他说:"科员对于任何一个衙门都是不可缺少的,就像那车子一样,没有轮子,就玩不转了。或者说像老爷们坐的轿子,没有抬轿子的人,老爷的威风也就抖不成了。因此无论是南军打北军,赵大老爷打王大老爷;一会儿放爆竹,张县长到任了,一会儿一个姓李的、姓赵的,或无论姓什么的,反正长着鼻子眼睛的人,拿一封公文进衙门,宣布张县长'劣迹昭著,革职查办',于是这位李县长又上台了。李县长的屁股在太师椅上还没有坐热,忽然又被当兵的来抓走了,于是那位穿二尺五的军官又弃武从文,来当县太爷了。不管是谁,就是那些师爷、科长,以至贴身马弁,随房丫头,都可以换来换去,反正科员是不换的。这科员像铁打的饭碗,总没有被打破过。没有人来夺取我这个宝座。过这种与世无争的舒服日子,岂不快哉!"

我才二十岁出头,又是大学毕业生,本该有雄心壮志,出去干一番大事业的,可是李老这一席话,却把我说动了心。我又何必蝇营狗苟,去宦场争名逐利?陶渊明还不肯为五斗米折腰,李白还不愿"摧眉折腰事权贵"呢,我学不到他们那样,总可以学到李科员这样安分守己,过几天开心日子吧。

我们每天吃罢晚饭,没有事,喜欢串门子。或三个两个,或这家那家,无非是坐在板凳上,喝一壶酽茶,天南地北,古今中外,七嘴八舌地摆起"乱谭"来。我们去得最多的是李老科员家。他的家坐落在衙门后街,其实不过两三间破平房带一个小庭院,李老却把他的这座"公馆"取名叫做"心远居"。我知道他是取的陶渊明那两句诗"结庐在人境,而无车马喧。问君何能尔,心远地自偏"的典故。我们到了那里,李老照例拖出几条板凳和几只小竹椅,抱出一壶早已泡好的酽茶来,让大家喝冷茶,摆龙门阵,每次总要摆到深夜才散。有时哪个热心的科员,带来一瓶烧酒,李老及时端出几盘盐黄豆来,让我们细细地酌,慢慢地摆,就更有意思了。梆子已经敲了三更,大家还拖拖拉拉,不肯散去。

这些科员都是在这个衙门或者那个公署里混过十年二十年事的人,哪个没有见到过或听到过一些稀奇古怪的事情呢?我的阅历最浅,没有我插嘴的余地,但是我听到那么多从来没有听到过的奇闻怪事,真是大开眼界,原来这个社会是这么绚丽多彩的呢。因此我一晚上也不拉下。从此,听科员们"说禅书",是我的生活中最有色彩的一部分了。当然我也私下心中暗想，这不是我写文章的好材料吗？

就这样，我们的日子过得很平顺，月复一月，年复一年，在我们这里一切都是老样子。大大小小的老爷们、少爷们还是那么安然自在地收租要利，抽烟打牌，坐享清福。老百姓还是那么日出而作，日入而息，上粮纳税，当壮丁，充公差，去为那谁也没有见过的"三民主义"快乐世界卖命，去剿灭那些听说是杀人放火的共产党。我们的县大老爷还是那么坐大堂问官司，打板子。收税的还是那么照见十抽一的老规矩办事。鸦片烟馆里还是那么人头攒挤，烟雾缭绕；茶楼酒肆还是那么划拳行令，吆五喝六；卖唱的还是那么在深夜的街头流落，唱着凄凉的"月儿弯弯照九州，几家欢乐几家愁"；野狗还是那么在深巷狂吠……甚至太阳还是那么每天从东山树林顶上升起来，从西山山坳边落下去。天没有塌下来，地没有陷下去，地球照老样子旋转着。我们也还是照老样子在"心远居"里坐冷板凳，喝冷茶，摆些无稽之谈。

有一回，李老说："我们这些穷科员既没有资格上酒楼去吃得酒醉饭饱，也没有本钱进赌场去吆五喝六，也没有兴趣到烟馆去吞云吐雾，做缥缈仙人，更不屑去青楼寻花问柳，拥红抱绿，我们只能这么喝冷茶，扯乱谭，自寻其乐，我们何不索性来起一个会、结一个社呢？不是听说当今圣上蒋委员长下决心要还政于民，要恩赐给我们集会结社的自由了吗？"

"对头。"已经过了花甲之年的张科员欣然赞成，他说，"我们从天涯海角，到这个冷衙门里来讨生活，碰在一起，也算是前生有缘。我们都在这里坐冷板凳，同命相怜，何不就把我们结的社叫'冷板凳会'呢？"

"赞成。"一致的声音，数了一下，整整十人。

蛇无头不行，鸟无头不飞，冷板凳会当然要有一个龙头。大家一致推举李老当冷板凳会的会长。他既是发起人，又是年高德劭，众望所归。李老觉得当之无愧，也就当仁不让了。他当时就指定我这个年龄最小的"秀才"——这是他给我取的光荣称号——做跑腿打杂的干事。我也欣然从命。

于是大家在李会长的领导下，七嘴八舌地议论起会规来。大家一致赞成每月的初二和十六这两天，也就是给灶王爷上供的吉利日子，晚上上灯时刻，按各人年龄的大小顺序，依次到各家去做清客。主人家只要拖出几条冷板凳，泡一大壶茶就行了。至于哪个好客的主人，还想招待一壶冷"烧老二"，几盘盐黄豆，以助谈兴，也不反对。每次集会，拈一回阄。哪个拈着了，就归哪个摆一个龙门阵。不过李老是会长，不参加拈阄，由他第一个摆，我是干事，最后一个摆。各人摆的龙门阵，可长可短，一次摆不完，下次接着摆。不摆的就勒令退会。

李老告诫大家说："虽然听说要恩赐言论自由了，可是祸从口出的明训，不可不守。我们坐冷板凳，喝冷茶，说牛皮酢，扯野狐禅，或是耳闻目睹，或是亲身经历，或采自街谈巷议，或搜于野老乡姬，或奇闻逸事，或野史秘谭，都不过是一些无稽之谈，摆出来可以让大家去胀化食，理经通气，混时光、消永夜罢了。我们本来不想言之于口，笔之于文，藏之名山，传之后世。更不敢去针砭时弊，妄断是非。至于发聋振聩，犯上作乱，更不是我们的旨意。因此，我们冷板凳会要有所谈，有所不谈。"

大家觉得李会长说的也在理。明哲保身，古今如此嘛。于是大家议论哪些不可谈。结果由会长归纳出"十不谈"来，订出一个"十不谈"公约：一不谈圣贤之训；二不谈大人之言；三不谈党国大事；四不谈红楼艳史；五不谈儒佛上帝；六不谈怪力乱神；七不谈洋场逸闻；八不谈海外奇观；九不谈玄；十不谈机。大家都赞成。

会长李老，兴致很高，又说话了："冷板凳会是一个雅会，何不效法古人写《兰亭集序》的先例，请哪位大手笔写一个《冷板凳会缘起》呢？"

"秀才！"张老才出口，大家一致举手赞成。

我很惶恐，连忙推辞："不可，不可！小子不才，岂敢班门弄斧？另请高明吧。"

李老说："要说写等因奉此的滥调公文，你不如我们，要说写一篇读来有板有眼的《缘起》，非你不行。你是不第的秀才，大学生，洋翰林，肚里的墨水比我们的多。现在我是会长，你是干事了，我这个会长叫你干事干这件事，你不能不干。"

我还能说什么呢？

平常不大开口的王科员，出人意料地又出一个主意说："既是雅会，我们都算是雅人了。雅人不可没有雅号，何不各人给自己取一个雅号呢?"

"好主意。我们都自取一个雅号,权且冒充一回风雅吧。"张老第一个赞成。并且马上报出自己的雅号叫"巴陵野老",他说因为他是巴州乡野的老人。

李老也自报叫"峨眉山人",他说他是苏东坡的老乡,眉山人,隔峨眉山不远。黄科员说他是重庆山城的人,他大半辈子在山城给人当"帮帮匠",自号"山城走卒"吧。吴科员说他是郭沫若的老乡,生长在青衣江畔,青衣江古名羌江,他就自号"羌江钓徒"。王科员平常霉秋秋的,大家说他像个老学究,于是奉送给他一个雅号:"三家村夫",他还挺满意呢。周科员说他的祖辈人没有出息,家里无田无地,只传下来一支笔、一块砚盘,靠这个谋生,因此自号"砚耕斋主"。童科员是一个道地的山里人,一头乱发,像个穷而无告的杂毛老道,所以他自号"穷通道士"。孙科员出身缙绅之家,早已破落,可是他还念念不忘他家的花园里有一个"无是楼",因此他自号"无是楼主"。赵科员还没有想出自己的雅号,李老却已替他想好了,说:"你就叫'野狐禅师'吧。"大家都觉得好,因为他是一个摆龙门阵的天才,平常爱给大家摆些没经没传的龙门阵,大家说他摆的是"野狐禅",叫他"野狐禅师",再恰当也没有了。最后轮到我了,大家本来就叫我秀才,李老说我是一个没有来得及赶考及第的秀才,叫我自号"不第秀才"吧。

李老批准了大家的雅号,说:"以后再不要叫张科员、李科员了,只叫雅号。"

当然谁也不反对。

过了半月,我写的《冷板凳会缘起》写好了。我们的会长李老——哦,现在要叫他峨眉山人了——通知大家一个黄道吉日,那一天各人都要斋戒沐浴,到会长家里去举行典礼。

这一天,我们都到了"心远居"。会长已经安排好了神位,点上大蜡,中间插上升起袅袅青烟的一炷香,桌上摆了一个古色古香的大茶壶,一溜摆着十只已经倒满茶水的陶茶杯,桌前散放着几条木板凳。会长率领大家一字站开,面向茶壶。大家跟会长学,举起茶杯,用指头蘸起一滴茶水,弹向空间,这表示献给在天上巡游值班的过往神灵;然后把茶杯里的茶水倒一点在地上,这表示献给当值的土地公土地婆。会长口中念念有词，大概是祝告上苍和过往神灵、土地公婆，保佑我们人在家中坐，不要祸从天上落吧。然后会长端起茶杯，一饮而尽，我们都照办了。他叫我读我写的《冷板凳会缘起》。

我充分发挥了我作为一个秀才的本领，摇头晃脑，按着韵拍，抑扬顿挫地读了起来。这虽然算不得是一篇震古烁今的妙文，总算得是一件荡气回肠的小品吧。我念道：

唯无可奈何之年，不死不活之月，凄风苦雨之夕，于残山剩水之国，地老天荒之城，心远地偏之居，我峨眉山人、三家村夫、巴陵野老、野狐禅师、山城走卒、羌江钓徒、无是楼主、穷通道士、砚耕斋主、不第秀才等十人，立于冷板凳之旁，拜于冷茶壶之前，诚惶诚恐，祝告天地而言曰：

"呜呼！嗟我小子，炎黄遗脉，生不逢辰，命途坎坷。既无田园之可归，又乏青云之可托。苟活于乱世，逃命于干戈。挣扎泥涂，转徙沟壑。乞食冷衙，岁月蹉跎。安身于冷板凳之上，等因奉此；耗神思于纸笔之间，按律宣科。戚然不知所虑，怅然不知何乐。生活苦寂，情绪萧索。我辈既无钱财，吆五喝六；又无兴致，看戏听歌。寻花问柳，非君子之可许；屠门大嚼，更非小子之所乐。至于徜徉街头，颐指气使，横行里巷，提劲打靶，更非我辈之所能，亦非世情之所可。老而弥怪，穷且益酸，奈何奈何？

"然则涸辙之鲋，尚知相濡以沫；我辈同命之身，岂可视同水火？人生苦短，去日苦多。乃应长者之邀，践冷板凳之约。于是出冷衙，转冷巷，入冷室，坐冷板凳，喝冷茶，说牛皮酢，扯野狐禅，横生枝节，妄加穿凿。或耳闻目睹，或亲身经过；或采自街谈巷议，或搜于野老乡婆；或奇闻怪事，或野史妄说。要能言之栩栩如生，听之津津有味，顺理成章，自圆其果。虽不如老窖大曲，令人陶醉；亦强似市井浊醪，聊解干渴。嗟我十子，皆标准良民，从来安分守己，得过且过。所以结盟夜谭，不过穷极无聊，苦中寻乐。非敢犯上作乱，妖言蛊惑。过往神灵，土地公婆，幸垂察焉。"

我念完了《缘起》，会长峨眉山人正要宣布礼成，我们的老学究三家村夫，忽然诗兴大发，要求念一首他作的《礼赞冷板凳会》的七言律诗。
会长只好等他念完，才宣布礼成。赞诗云：

> 你来海角我天涯，
> 乞食八方入冷衙。
> 忍看青天飞魑魅，
> 何嫌大地走龙蛇。
> 白天无事翻陈报，
> 夜晚有闲喝冷茶。
> 同病相怜冷板凳，
> 管他娘的国和家。

第一记

峨眉山人：破城记

这是许多年前的事了——李科员，哦，现在该叫他峨眉山人了，端起小酒杯，呷了一口冷酒，用指头夹起一颗盐黄豆放进嘴里，抹一下胡子，第一个摆起他的龙门阵来。

那时候，我还是一个小公务人员。——当然，这并不是说，我现在已经是一个大公务人员了。哎，我凭什么能做一个大公务人员呢？

大公务人员首先要那些去美国吃过牛奶面包的人才当得上。听说美国的牛奶面包就是好，只要吃得多了，人就会变得聪明起来。我们县里王大老爷家的王大少爷就是这样，他去美国很吃了几年牛奶面包。他对于牛奶面包当然就有深刻的研究，听说他因此写了一篇洋洋洒洒、凡两三万言的科学论文，题目是《牛奶放糖一定甜的机理初探》，他还因此得了一个硕士。他回国后，穿上假洋鬼子的衣服，手里提一根打狗棍——不，他们有一个文明词儿，叫什么"死踢客"，捧着大名片，名片上一面用中文印着美国什么大学的硕士头衔，一面印着一大片洋码子。他到这个衙门闯闯，到那个公馆走走，不费力气就捞到一个高级参议的差事，听说顶得上一个县太爷的身价呢。这当然是大公务人员了。我凭什么呢？

再说，革过人家的命的人也可以当大公务人员。那几年喊革命喊得最凶的时候，我就看见有一些少年子弟，穿上一套哔叽中山装，跟着人家拿一面青天白日的小旗子，在街上喊"打倒"这个，那个"万岁"，或者提着石灰浆桶，在满墙涂些青天白日，写些什么"以党治国"的标语，不久他们就被送到庐山去上什么训练班去了，我们那里俗话叫做"进染缸"去了。几个月以后，不知道他们在那个染缸里染成了什么颜色，捧着一张题有"蒋中正赠"四个字的照片和一张金光闪闪的毕业证书回来，用玻璃框子装好，供在堂屋里。然后找一个空院子，在门口挂上县党部的招牌，拿一盒名片天天出去拜客吃茶，开口"本党"如何，闭口"领袖"怎样，于是他们就成为本县的大公务人员了。我年过六十，却从来没有革过人家的命，也没有进过染缸，凭什么能当大公务人员呢？

当然，也还有没去美国吃过牛奶面包，也没机会去庐山进染缸的人，有朝一日，忽然阔了起来，当上大公务人员。我们县里有个有名的张公爷就是这样。那是因为凑巧他的爸爸妈妈给他生了一个好看的妹子，他把这个妹子打扮起来，送到交际场合里去招蜂引蝶，凑巧给某一个大官儿看中了，他也就爬在妹子的裙带上去加官晋爵，享受大公务人员的"光荣"了。呸！我是宁肯坐一辈子冷板凳，也不愿去领受这份"光荣"的。

那么，我凭什么能够当上大公务人员呢？

是的，我凭什么呢？就是我现在这个科员，还是凭自己搞"等因奉此"之类的公文很熟练，才保住的。我早就知道他们在背地骂我不长进，说我倚老卖老，既不信仰主义，又不崇拜国父，其实他们信仰的什么主义呢？说穿了不过是升官发财主义！孙中山倒是他们崇拜的；但不是埋在地下的那一个，却是印在百元大钞上的那一个……

唉，唉，你看我管不住自己的嘴巴，说到哪里去了？这些话要是给我们的苟科长听去了，把饭碗敲破了，倒是小事，要是给县党部那个梳偏搭搭儿的书记长听去了，给我戴顶红帽子，把我这吃饭的家伙取脱了，才不是好耍的。那个人么，嗯——我看他坐食俸禄，一年不卖几顶红帽子，是混不下去的。算了，不说也罢，还是言归正传吧。

嗯？我说到哪里了？……哦，是了，我说到那个时候我还是一个小公务人员，在……不说也罢，反正是在一个不大不小的县衙门里做一名科员。所谓科员，就是那种以"啃办公桌"为职业的人。无论天晴落雨，我们都要按时去"啃"八个钟头。说有多少公事可办吧。不见得，大半的时间都在喝茶，看陈年的上海黄色小报。那上面有趣的事就多得很。什么地方女变为男呀；哪个穷光蛋独得五十万元航空救国奖券，欢喜疯了呀；哪个官儿的姨太太爱上马弁，双双投江殉情呀……的新闻，不，应该说是"旧闻"了。大家看了兴致很高，难免就要议论起来，有的甚至企图从生理学的观点去设想女变为男是一种什么景象。大家读报纸读得厌了，就谈昨晚上的牌局，哪个人的牌运亨通，一连做了两个清三番外加海底捞月；哪两个人搭伙抬哪个二毛子的轿子……牌局也谈厌了，于是就悄悄议论起我们县太爷的隐私来。日子就是这样春去夏来，秋去冬来，打发过去了。反正能高升的都高升走了，我们这些不能高升的就只好守着那几张破办公桌，吃点既不饱也饿不死的现成饭罢了。

但是要说成天无事，也未免冤枉了我们，我们每天还是要办那么一件两件不痛不痒的公事。当然，重要的公事是不会有的，那些重要公事早已在老爷绅士们的鸦片烟铺上，麻将桌上，姨太太的枕头边，再不然就在他们的枪杆子尖尖上解决了，何劳我们趴在桌子上"等因奉此"、"等情据此"、"等由准此"地胡诌一通呢？我们之所以一定有几件公事办，其实不过表示在这个衙门里，县长之下果然还有秘书和科长存在，在秘书和科长之下果然还有我们这样的科员存在，在科员之下果然还有办事员、录事和打杂的、跑腿的人存在，每个月上级发来的经费，并没有完全落进县太爷的腰包里去，如是而已。

科长们为了表示他们的存在，有兴趣的时候也到办公室里来签个"到"，画两个"行"，县太爷却很少光临办公室。听说他够忙的，今天要到某大乡绅家里去拜访，明天又要到某退职大员的公馆里去候教，还要坐堂问案，打老百姓的板子，还要和送"包袱"（贿赂）的引线人讲价钱，他还无论如何不能忘记，瞒着自己的黄花老婆，去他私筑的"金屋"里去会自己的"藏娇"。他哪里有工夫来看我们这些坐冷板凳的人呢？

假如他真的到办公室里来了，那一定是发生了什么大事了。比如上面来了视察委员呀，或者明天是什么纪念日，来找科员替他拟一篇讲演稿呀。再不然就是后衙发生了事故。母老虎发了雌威，把我们县太爷打得落荒而走，到办公室里避难来了。这几乎是万无一失，我们只要听到后衙有女人在大发雷霆，我们就得赶快就座，煞有介事地摇起笔杆来，果然不多一会儿，就看到县太爷神色仓皇地踏进办公室里来，坐上尘封的县长席，办起公来了。

且说有一天早晨，我们正在办公室里闲着，七嘴八舌地议论县太爷的太太到底是一个什么货色。有的说她一定是一个唱小旦的戏子，因为她能一板一眼地唱《苏三起解》，不致走腔落调；有的估计她是一个摩登女学生，因为有时候看她下的条子比县太爷的文理还通顺些；有的却坚持说她是一个从良的窑姐儿，哎呀呀；你看她那股子妖劲吧。总之，我们正在议论不休，忽然看到县太爷到办公室里来了。他吃力地转动着他那粗短的腿，用双手捧着大肚皮，由于不胜这一堆肥肉的负担，几乎是滚进门槛来的。跟在后面进来的是瘦长的然而营养良好的秘书师爷，还有服侍县太爷的勤务兵那个机灵鬼小卫也跟了进来。我们马上各就各位，拿起笔杆，摇头晃脑地办起公来。

县太爷的神色看来十分紧张。他在办公室里扫了一眼，对我们照老规矩不满意地皱了一下眉头，他发现两个科长一个也不在，生气地叫小卫去叫他们回来，然后他在办公室里走来走去。我们总觉得像一个乒乓球放在一个大皮球上在我们的办公桌中间滚来滚去。从乒乓球上发出了声音：

"刚才接到东安镇打来的电话，说中央新生活视察团派一位视察委员来我县视察新生活，已经从东安镇出发，中午前后就要到达县城。"他挺了一挺他的胸膛，以便和他那过于突出的肚皮取得平衡，继续说："我们一定要表现我们的新生活，拿出革命的精神来办公，要整齐清洁、简单朴素……"他背诵起新生活运动的教条来了。忽然他抬头望见办公室两头墙上挂的"总理遗像"和"蒋委员长肖像"，皱起眉头看。这两张照片冷清清地挂在这墙上不知道有多少年月了，纸色已经发黄，积尘很厚。许多蜘蛛已经满意于在那里长期安家，繁衍子孙，结满了厚厚蛛网，在蛛网上曾经有许多无辜的苍蝇闯上去，被蜘蛛当点心吃了，剩下的皮壳和残翅，还挂在上面飘动。县太爷望见这两张倒霉的照片，神情有几分紧张，于是发布了动员令："大家赶快振作起来，把办公室打扫干净，收拾整齐，特别要把墙上的两张相片擦干净。"忽然又发现污损的墙壁上空荡荡的，他转身问师爷："我们挂在这墙上的那些表格呢？"师爷很谦恭地低下头，惶恐地回答："今年没有造过表格，是去年党政考核团来的时候，赶造过几张。"县太爷听了感觉有些失望。师爷用手拍一拍他的脑门，智慧就从那儿生出来了，他说："县长要的话，还来得及赶造。"县太爷说："视察委员等一会儿就要到了，哪里还来得及？"师爷神秘地眨一下眼睛，说："自有办法。"

我们衙门的这位秘书师爷，虽然长得像个无常二爷，瘦得像根光棍，小头锐面，其貌不扬，可是绝不能小看他，他是在什么中央政治大学毕业的，据说在那个大学里是专门学习治人的法术的。他又是县太爷的小同乡，还有沾亲带故的关系。这个人的确学了一肚子烂条，县太爷干的那些乌七八糟的事，没有一条不是他出的点子，他总是在县太爷面前夸口"自有办法"，谁要听到他说这几个字，就知道有人该遭殃了。老百姓有两句歌谣唱他说："师爷一声'有办法'，黎民百姓泪如麻。"

今天他又说"自有办法"，我们都留心着看他又要使出什么法术来，果然他不慌不忙地叫一个录事把去年的旧表格拿出来。哦，原来他又要我们的"补疤圣手"显本事。我们衙门的这一个补疤圣手本事很大，公文上写错了字，只要他动手术一挖一补，就和原来一模一样。有一回县太爷还发挥这个补疤圣手的绝技，捞了不小一笔进项。原来是上级来公文，给我们县摊了不知道是什么捐还有什么税三万元，县太爷生财有道，或者更确切地说，师爷辅佐有方，叫我们的补疤圣手一挖一补，把"叁"字改成"肆"字，县太爷把这封公文拿去给仕绅商贾们一看，天衣无缝，结果县太爷收了捐税四万元，干赚一万元。今天又要请补疤圣手使出他的绝技来。

县太爷吩咐已毕，和师爷退到后面的签押房里去了。大家都照县太爷的命令行动起来。有的在收拾那比字纸篓还乱的抽屉，有的在收拾公文夹子，有的在打扫墙头，有的和蜘蛛争夺一阵，才夺回墙上的那两位"衣食父母"，擦拭干净。不多久总算是收拾得差不多了。

过了一会儿，县太爷和师爷两个出来检查来了，看到办公室井井有条，墙上干净，挂着修补过的表格，连墙上的两个老头子，也似乎知道今天有人要来为他们一年来的蒙尘洗雪"冤屈"，再也看不到过去那样阴郁不乐的倒霉样子，忽然变得容光焕发了。县太爷满意地笑了一下。想必这已经够新生活的标准了吧。他又命令每一个办公桌上摆一件翻开的公文，他自己的办公桌上也摆了几件，他还亲自去试一下办公的姿势，也很满意地笑了一下，自然这更合乎新生活的标准了。他忽然站起来对门口行礼，跟着又点头，还不卑不亢地笑了一下，嘴巴动了几下，好像在对人说什么话，我们看到他作古正经地在进行彩排，对空无一物的门口作出种种有趣的表演动作，禁不住要笑出声来。但是他忽然抬起头来看我们一眼，我们都赶快伏案办公。

这时候才算把两位科长找回来了。这两位科长也算得县太爷的哼哈二将，一个是县太爷的小舅子，据说在什么野鸡学堂里混过几天，县太爷要上任了，才适应需要，把他送到什么党政干部训练班去赶造一下，两月毕业，总算背得"总理遗嘱"和说些"本党……""革命……"的八股，于是就来当起教育科长来。这个人别的不行，打牌真是高明，偷骗的手法更是厉害。常常是几天几夜不下牌桌，根本不来办公。今天不知道是从哪家的牌桌上把他请了回来。他一进门对县太爷爱理不理地点了一下头，就胡乱坐到县太爷的位子上去了，还不住用手蒙着嘴打哈欠。他忽然用手拿起墨盒咚的一声拍在桌上，大叫："碰！"哦嗬！他还迷迷糊糊地以为他坐在牌桌上呢。我们吃惊地望着他，谁也不敢笑。县太爷大概由于种种的难言之隐，也把这个小舅子莫奈何，只是摇头。还是师爷走过去对他说了几句什么话，他才知趣地站起来去找教育科长的办公桌，于是他才真正地"走上岗位"。

另外一个科长是管财政的，这个人和县太爷的关系一直弄不清楚，听口音不是县太爷的同乡，看感情也不是县太爷的知交，还有点大模大样的。我们猜想一定是县太爷在省里的靠山派来监收县太爷该送靠山的"包袱"钱的。这个人是一个不可救药的鸦片烟鬼，一天就是睡在床上抽、抽、抽。今天恐怕是县太爷派人去说了多少好话，才把他从鸦片烟床上请了起来的。他进门来也是不知东南西北，一个劲打哈欠，还是师爷给他当向导，他才走上了自己的岗位。

县太爷和师爷又退到签押房去，等候新生活视察委员的到来。过了一会儿，忽然勤务兵小卫匆匆走进办公室来，他的后边跟着县太爷和师爷，小卫指着我们几个老科员，嘴里说："老爷请看嘛。"

县太爷走过来把我们三个老科员研究了一下，马上紧锁眉头，很不满意地说："哎呀，当真话哩，差点出纰漏。"于是他指着我们几个老人生气地说：

"看你们这样子简直不合新生活标准，蓬头垢面，一副倒霉相，一个穿长袍，一个穿短裤，不整齐划一，头发胡子乱七八糟，都像才从牢里拉出来的。"于是他车转身对小卫说：

"赶快叫人去街上成衣铺里借几套中山装来，再去找一个剃头匠来，把这几个老家伙大扫除一下，头发胡子一律刮光。"

"是！"小卫回答一声，笑嘻嘻地向我们做了一个鬼脸跑出去了。

这真是无妄之灾。我们三个也算有一把年纪的人了，胡子对于我们说来，总算不得是什么奢侈品吧，现在却要奉命取缔。我们几个面面相觑，摸着将要牺牲的胡子不胜惋惜。胡子何辜，竟不容于县太爷的新生活。小卫这小东西平时本来很逗人喜欢，生得聪明，人又和气，是我的一个朋友介绍给我，我介绍到县衙门来当差的，和我一直很不错，不知道今天他为什么给县太爷出这样一个坏点子。

过了一会儿，一个政警抱了几套青布中山装进来，要我们几个老人换上，这却把我们整苦了，平素穿惯了宽袍大袖，自在得很，忽然叫穿上又窄又紧的中山装，怪不舒服。不是肚子挺起，就是背弓起，瘦骨伶仃的肩膀像尖刀顶着衣服，原来被宽袍大袖掩盖着的种种缺点，这一下子都暴露出来了。但是在县太爷监临之下，只好穿上。

又过了一阵，小卫跑进来向县太爷报告说："剃头师傅请好了，过一会儿就来，是才从重庆大码头来的下江师傅，手艺好，行头新。"县太爷不耐烦地说："管他上江下江，只要是剃头匠，不是杀猪匠就行，要快！"小卫说："马上就到。"说罢又跑出去了。

过了好一阵，剃头师傅还没有来，忽然听到衙门口站岗的卫兵高声在叫："敬礼！"

这一声使县太爷下意识地跳了起来。莫非是视察委员已经来了吗？县太爷还没有走出办公室的门。县太爷有个贴身马弁叫老胡，他老早就下定决心，要和小卫比赛精明。今天他为了赶在小卫的前面来向县太爷报告他的这一件重大发现，上气不接下气地跑了进来，向县太爷大声报告："来了！"

县太爷抬头从门口望出去，看到有一个三十来岁的油头粉面、仪表非凡的人，穿着藏青色哔叽中山装，脚踏亮皮鞋，手里抱一个大公事皮包，很神气地格登格登走进来了——果然是视察委员到了。

县太爷是老于官场的人，当然一眼就看出来了。他马上迎了上去，口里还念念有词，我们连忙坐下来，规规矩矩办起公来。

县太爷恭敬地引进这个顶威武的视察委员来，我们本想站起来表示敬意，可是县太爷用手一按，叫我们不必站起来，以示我们办公多么认真紧张。县太爷请那位视察委员坐下来后，吩咐："拿开水来！"县太爷想得真周到，新生活是不讲究喝茶的，所以叫拿开水来。小卫应声拿进两杯开水来，放在视察委员和县太爷的面前，转过身还朝我们扮一个鬼脸，退出去了。

县太爷很有礼貌地问："请问贵姓？"

"姓贾。"那委员也有礼貌地回答。

"请问您是才从重庆到敝县来的吗？"

那位视察委员点了一下头，"唔"了一声，望着我们的蓬头垢面。

我们知道这一下真是太糟了，我们没有来得及剃头，给他看到了，这无疑对于县太爷的新生活是一个大污点。县太爷也发觉这一点，赶忙用话岔开，对视察委员说："您辛苦了。"

那位视察委员又"唔"了一声，仍旧目不转睛地视察我们三个老头儿。

县太爷看来也有几分惊慌了。往常上面来了什么委员，只要寒暄几句，就可以安顿到后花园客房里去随便谈话，无顾忌地讨价还价了。今天这位视察委员怎么不买账，并且在办公室里东张西望，像专门挑眼的样子呢？莫非新生活运动真是有一番新气象吗？

县太爷为了转移目标，他就开始向视察委员报告本县新生活运动的大略情况来。他说得如此流利，以致视察委员无法插嘴，据说这就是官场中的一种战术。他讲他怎么提倡讲究卫生，每星期都要大扫除，他说他还提倡做早操，勤理发，常换衣服，他还报告县城设立了多少垃圾箱、公共厕所的数目字，他说他严厉禁止鸦片烟和赌博，在本县几乎就要禁绝了等等。县太爷用小手绢擦着头上冒出来的微汗，但是他显得很满意于自己的有条有理的报告。

县太爷的创作天才和编谎话的本领，使我们十分吃惊，他居然在这几个钟头的纷乱生活中，有条不紊地编出这一套好听的话儿，其实全是一派胡言乱语。

我敢说这位视察委员和往常来的委员也不过是一丘之貉，县太爷才开始报告，他就显出对于那些枯燥数目字没有兴趣。我相信他心中想的，早已是就要摆出来的丰盛筵席和将滚滚流入他的腰包里去的钞票了。虽然他在听的过程中，不时瞟我们这几个不合新生活标准的老头儿，其实不过是一种"说包袱"的策略，好像对县太爷表示："你说得多好听，我当面就拿到你不合新生活标准的把柄了，等一会儿'说包袱'，是要多加一点才行的。"

当县太爷讲的稍微松一口气的时候，视察委员问："说完了吗?"

县太爷赶忙站起来，微笑着说："没有了，没有什么了。"他恭敬地低着头，用手向后花园客房一摆，说：

"请!"

这位视察委员坐着不动，忽然把他的大皮包打开来，拿出一块绸布和理发用的推剪，向我们几个老头儿一指说：

"叫他们快来剃头吧。"

"啊?"县太爷和我们所有在场的人都不禁惊叫起来。

县太爷过了好一阵，才清醒过来。他的胖脸上开始充血，红得像个大辣子，不知道是因为害羞还是将要大发雷霆。我们看着他忽然用手狠狠地在办公桌上拍了一掌，把公文夹和墨盒都骇得跳了起来，大叫："混蛋!"他用手指着那位视察委员——不，现在应该说是剃头师傅了——大叫："妈的×! 你为什么冒充视察委员?"

那个剃头师傅忽然陷入这样一种莫名其妙的局面里来，却并不感觉害怕，到底是大码头来的人。他理直气壮地说："我哪里冒充了什么委员?"

师爷也跳到他的面前狠狠地说："你冒充了新生活视察委员!"

剃头师傅还是有些莫名其妙地说："我真冒充了吗?"

县太爷越发生气地骂："混蛋! 你不是真冒充，难道还是假冒充?"

剃头师傅没有答话，他明白他是无罪的，坦然微笑。

县太爷明明知道是自己一时糊涂，弄错了人，大家都明明白白在眼前看到的，是县太爷忙中出了错，哪里能怪这个剃头师傅? 师爷赶忙出来给县太爷搭梯子，好叫他下台。他对剃头师傅说："一个剃头匠，怎么穿得这样洋里洋气的? 算了，算了，快到下屋去给他们剃头吧。"他又回头对我们这三个老头儿说："都怪你们平时不修边幅，惹出今天这一场是非，快点到下屋里去剃头吧。"

又是无妄之灾，这从哪里说起? 这哪能说是我们这三个老朽惹出来的是非呢?

"都给我刮得光光的!"县太爷打退堂鼓了，说罢，气冲冲地和师爷到签押房里去了。我们三个老头儿一个一个到下屋去给剃头师傅"大扫除"去了。

前面两个同事王老科员和张老科员去下屋剃了头，刮了胡子回来，都大变了相，的确年轻得多。只是叫我奇怪，起初他们出去的时候，都是撅着嘴很不乐意，剃了头回来，却只管抿着嘴笑，不说一句话。大概是这个剃头师傅的手艺不错吧。

轮到我去剃头了，这个剃头的师傅口说是下江来的，手艺却实在不高明，简直像是在拔毛一样，用个推剪在我的头上死气白赖地推，整得飞痛。快要刮完，我实在忍无可忍，不能不开起"黄腔"来了。我说："噫，你这是啥子剃头师傅哟？"

他说："我本来不是剃头师傅嘛。"

"你不是剃头师傅，啥子人？"我看这个人才叫怪咧，他还能是别样人吗？

他冷冷地说："我正是新生活视察委员。"

我听了这一句话，好比听到一声晴天霹雳，差点把我从凳子上打到地下去了。怎么今天尽出怪事情？我把他呆呆地看了好一阵，我怀疑地问他："师傅！你在开玩笑吧？"

"哪个开玩笑？你看这个嘛。"他说罢，拿出一个大证章，又摸出一封公文打开来，我一看公文上那颗大印，就知道这张派令是真的。我简直给吓昏了，不知道说什么好。还是剃头师傅——不，现在却又要叫他视察委员了——还是视察委员说：

"你不要怕，我是特地先到这个县里来密查的。现在我问你的话，你都要如实说来，如若不然，我以后查出来了，你们要按同罪办理。"

我的天！我们这种科员哪里吃得起这种官司，我只得满口应承了。他问了好几件县太爷贪赃枉法的案子，以及运烟贩毒、聚赌抽头的坏事，我都如实说了。他拍一下我肩头说：

"好，你们都是好人，我一定替你们保守秘密，不要害怕，以后结了案有赏。"

算了吧！我不稀罕这个赏，只要不把我拉进这种背时官司里去，就谢天谢地了。

最后他叫我到里面去请师爷出来见他说话，我走到签押房外边，才像大梦方醒，可是一想起来还害怕，我结结巴巴地喊："师爷，那……那个人叫您去。"

师爷走出来，打量了我剃光的头和下巴，不明白有什么事，问道："哪个人？"

我说："那……那个呀，就是那个……剃头的……"

师爷说："这才怪呢，我又不剃头，叫我干啥？"

我简直弄得晕头转向，一句话也说不清了，我只管用手向那间下屋指着，鼓了劲才逼出一句话来，说："那个……剃头的……哦，委……委员……"

师爷莫名其妙，生气地骂我："你胡说些什么？"

我再也说不出话来，只是呆呆地张着嘴，用手指着下屋。师爷大概也觉得我的脸色不好看，不知道为什么我被吓成这个样子，也就只好到下屋去看个究竟。我就赶快溜回我们的办公室去。我和那两个被叫去剃过头的老科员正在面面相觑，忽然见到师爷出来了。一看，他的脸色发白，张着嘴巴，看来并不比我高明一些。他很想快跑，可是他那双腿不听使唤，像打了摆子，东偏西倒地走不快。他用手拉着裤腿，继而又拍他的大腿，想叫他的大腿快走。他总算走进签押房去了。过了一会儿，县太爷出来了，师爷的毛病好像一下子就传染给县太爷了，他也是脸色煞白，张开嘴巴，两腿拖拖拉拉地走不动，不同的是，他还用雪白的手帕不住擦额头上冒出来的汗水。

他们两个到下屋里去了，过了一会儿，县太爷先出来，接着是师爷出来，两个人一字儿排在门口，低着头，县太爷诚惶诚恐地用手一摆，指着去后花园的路，说："请！"接着，那个真正的视察委员昂首阔步，抱着大公事皮包，从下屋走了出来，向后花园去了。县太爷和师爷也跟着进去，很恭顺的样子。

以后的事情，我们就不得而知了，只是看到师爷跑进跑出，不知道他在忙些什么。第一次出来他是愁眉苦脸的，第二次出来却是喜笑颜开的样子了。我们这些老在衙门进出的人，一看就明白，紧张的形势已经和缓下来，就是说，"包袱"已经说妥，剩下来的事就是摆出丰盛的接风筵席了。

果然不出我们所料，晚上在后花园的花厅里灯烛辉煌，本县各方面的当道人物都一个一个地来了。

来得最早的一个是县党部的郭书记长。新生活的事情是他最重要的公事，同时，大概他还要把本县防止共产党活动的事向来的视察大员汇报。因为照惯例，这种从中央派出来的大员，特别是像这种新生活视察委员，都负有这种秘密使命的，因此书记长要早一步来。

第二个来的是本县县银行的朱行长，人家都叫他"猪头"，不特因为这个人胖得出奇，而且大家一有用钱的事，总是就想起他来。他是本县的财神爷。人家恭敬他的时候就叫他"朱财神"。他对于各种各样的宴会总是兴趣最浓，因为他的身体对于各种各样富于营养的物质最感迫切需要。今晚上这种丰盛的筵席他是绝不可以迟到的。自然，也许还另外有原因，县太爷许给视察委员的"包袱"，总是先从县银行垫出来的，也许是送大票子来了。你看他手里不是提着一个沉甸甸的绿帆布手提包吗？

第三个进来的是本县的中学校长，他也是本县新生活运动指导委员会的副主任委员之一。他在年轻的时候到日本留过学，很带回一些"维新思想"，只要一提起日本明治维新的事，他就口若悬河地摆个不完。他很讲究卫生和身体锻炼，他认为中国之所以倒霉就因为是东亚病夫。为了去掉东亚病夫的诟病，他年逾六十，每天早晨天不亮就起来在花园打太极拳，锻炼身体。他非常反对随地吐痰，他说这是百病之源。他常常说："当我在日本的时候……"大家一听就知道他要说什么了，又是吐痰的事儿。果然他接着就说："随地吐痰是犯法的，要罚款的。"说罢，他就摸出几张白色绵纸，很文明地把口痰吐在上面，然后谨慎地包了起来，放进他的宽袖里去。他素来是遵守时间的，所以他也来得很早。

以后进来的人就多起来了。局长、院长、处长、所长、会长，还有圆胖胖的脸上总是堆着微笑、很满意于自己的幸福生活的地主老爷们，还有精神抖擞、走起路来一摇三摆、卷着白袖头随时准备打架的袍哥大爷。当然也还有在官场、市场、赌场上以及在公馆、妓馆、烟馆里或者如意或者失意的各色绅士……总之，高的矮的、胖的瘦的、嘻嘻哈哈的、愁眉苦脸的，都来了。大家碰到了有的在握手、有的在打恭、有的在鞠躬，然后都走进花厅里去了。

时间看来已经不早，可是高老太爷还没有到，因此宴会就无法开始。高老太爷是本县的第一块金字招牌，他家几代为官，有良田千顷，他本人是前清光绪末年间的一个举人。据他说，要不是忽然改朝换代了，他准可以上京赶考，中个进士啦什么的，说不定还会有状元之分哩。所以他对于民国就特别痛恨，什么都看不惯。这个国家乱纷纷的不像样子，好像都和他没有来得及中状元有关。但是他有两个儿子却都在民国做了不小的官，大儿子因缘时会，到日本跑了几年，结识了革命党人，回国后一直在外面革命，如今在中央政府不知道做什么官；二儿子当然就可以跟着大儿子高升，听说很做了几任县长。只有三儿子他认为不争气，没有出去做官，但是也算本县出色的人物，年轻漂亮，风度潇洒，手面很宽，花钱如水。不过他的进账也不小，他和几任县太爷做了一揽子生意，把所有要收的捐税包下来。他到处立关设卡，自定名目，收捐收税；他还开了土产贸易公司，专运鸦片烟出口；他还开了县银行，自任董事长，还自发流通券。由于这种种关系，所有到本县来的县太爷，谁都知道第一件要办的大事就是去拜高老太爷的门。一定要赖着做个门生，才敢回来上任接事。无论大小宴会——这种宴会其实是一种联席办公的形式，本县大小政事都在会上商量解决——要不把高老太爷请来，谁也不敢叫开宴。今天为什么高老太爷还迟迟不到呢？

最后听到衙门口守卫的叫"立正"的声音特别响亮，我们猜一定是高老太爷来了。果然，我们看到一乘轿子抬到后堂来才下轿，两个跟班扶出一个白胡子老汉，县太爷拜在他门前当弟子，所以他的轿子可以破格直抬进来。县太爷、师爷，还有许多人跑出来迎接他，一片请安声："老太爷好！"他不住向大家点头打招呼，大家簇拥着到后花厅去了。

宴会大概是开始了吧。我们听到嘻嘻哈哈的笑声不停，又听到猜拳行令的叫声，偶尔还看到出来一两个举着酒杯、东倒西歪、胡言乱语的逃席者，大概真是宾主尽欢了。弄到后来，客人大半散去了，还有几个醉鬼赖在花厅找县太爷和太太拼酒，最后听到太太清唱一段《苏三起解》，才算尽了兴，把这几个醉鬼轰出去了。

我们想，明天大概是高老太爷请，后天是书记长请，再后天是官绅联名请。总要闹这么几天宴会，大家的肚子都实在无法负担了，视察委员才开始他的视察工作。所谓视察工作也不过是由县太爷陪着，走马看花地做个过场罢了，其后就是委员收到士绅商贾送来的土特产，其中当然有本县出产的鸦片烟土，用金纸包装，十分精美，上面还赫然印上两个金字"特等"，这就是最值钱最名贵的礼物了。这一切都落到委员的行囊里去后，委员就要打马回程，于是又是一连串的送行宴会，然后才是视察委员带着大包钞票和土特产满载而归了。

第二天，我们三个老科员为了给县太爷的新生活挣一点面子，来弥补我们昨天不修边幅给他的新生活带来的损失，我们不约而同地一大清早都上班去了。

我们还没有坐定，小卫这小家伙就跑到办公室里来了，看他的神色十分张皇，口里不住地说：

"怪事，怪事！"他用手招我们，说，"你们来看，天大的怪事！"

昨天一天在这个衙门里发生的怪事着实不少，今天不知道又发生了什么怪事，管它呢，现在隔上班的时间还有一会儿呢，就跟着小卫进去看看吧。

小卫把我们三个带进后花园，走过花厅，走近客房门口，我们都莫名其妙，这里是视察委员的下榻之处，现在正是视察委员好梦正浓的时候，岂是我们这些人去打扰得的？我们谁也不敢踏进门去，小卫跑出来拉我们，说：

"进来，进来，视察委员一大早就出差去了。"

老王科员的年纪比我和老张科员小一些，胆子就大一些。他先进去了，我和老张也硬着头皮跟着进去了，轻脚轻手的。进去一看，视察委员果然不在。小卫走进客房屋角一张积尘很厚的烂书桌，把最底下那一层抽屉费劲地拉开来，一下就拖出一个大黑皮包，这不是视察委员的旧皮包吗？这有什么奇怪呢？

小卫说："今天一大早，我起来给视察委员招呼洗脸水以后，他对我说：'昨天晚上有人向我密报，隔城几十里的乡下，还偷偷种着鸦片烟呢，我要亲自去密查，过几天才能回来。'我说：'吃过早饭再走吧，县太爷还没有起来呢。'他急忙阻止我说：'不消得，不要惊动他，走迟了人家知道我出城去了，就查不成了。'于是他就叫我提起一个绿帆布包，送他出城门，他径自往东边去了。我回来收拾客房，啊，视察委员的黑皮包丢下了呀，我怕他装得有重要公文，好好收捡起来，就打开一看，嘿嘿，你们看嘛！"

小卫说着，就把视察委员的大黑皮包打开来，首先看到的是昨天他用过的绸布和理发剪子，这个并不稀奇，我们昨天就见过了。小卫又往外一掏，掏出来一张堂哉皇哉的派令来，这也没有什么稀奇，昨天我们也见过了。小卫又伸手进去掏，却掏出一大堆烂字纸，根本没有什么公文，这就有一点奇怪了。小卫说："这不算稀奇，奇怪的在这里。"说罢，他又掏出一个纸包，打开纸包，原来是一颗四四方方的官印，做官的人带官印也是常事，这又有什么奇怪？可是老王科员接过手去，还没有细看，就"噫——"地一声叫起来，说："这是啥子做的印，这样轻。"他说着就用手指甲在印上刻了一下，"啊也——！"他就惊呆了，跌坐在椅子上，一句话也说不出来了，那颗官印也落到地上去了。老张科员赶忙从地上捡起那颗官印来，说也奇怪，那颗官印的一只角就砸缺了。老张科员才看一下也是"啊也——"一声，跌坐在地上，呆在那里爬不起来了。这就轮到我来看官印了。我诚惶诚恐地接过那颗官印，谁知用力过猛，竟把那颗官印的边子捏坏了。噫，这是啥子做的印，不是铜，不是铁，我仔细看看已捏坏的地方，才看出是用干肥皂雕的印。我在衙门里混过几十年，难道还不明白这是怎么一回事？我没有惊得发呆，也没有"啊也"一声跌倒，却哈哈大笑起来。

哈哈，这实在太妙了，太有趣了！这也太叫人痛快了！县太爷精明一世，竟然也糊涂一时！

我们马上把视察委员的这个宝贝皮包、那一堆烂字纸、那剃头的家伙，当然还有那一颗宝印和那一张派令一起拿到办公室里去了。

这时办公室里已经来了许多同事，都围过来看稀奇。我把那颗跌缺了角的官印和派令上的朱红大印合了一下，完全合上了，再细看派令，原来是用油印精心仿印的，这张派令原来是视察委员——不，鬼才知道他是一个什么样的角色——假造的。

大家都笑了起来，我们的办公室简直成了"面部表情展览会"了，有的抿着嘴在微笑，有的眯着眼在痴笑，有的大张开嘴哈哈笑，有的用手按着肚皮笑，以免有发生爆破的危险。也有莫名其妙地在同事背上擂几拳头，表示痛快的。只有我们的补疤圣手没有笑，他正拿着那一颗官印和那一张油印派令，在品评人家伪造技术水平的高低呢。小卫也没有笑，他只顾站在门口欣赏我们这个"面部表情展览会"。

我们正在又笑又叫，县太爷忽然走进来了，当然在他后面还跟着师爷。县太爷着急地用手指着后花园，生气地、但是小声地责备我们："吵什么？把客人吵醒了，我要重责不贷！"

我们都赶快落到自己的座位上，不做声。补疤圣手也赶快把那颗印和派令放在县太爷的办公桌上，溜回到自己的座位上去了。

县太爷走近办公桌，拿起那颗官印来。县太爷是何等精明的人物，从那颗印的重量和硬度上马上就明白这是怎么一回事了。可是他还强自镇定，坐在椅子上，细看那颗假官印，又拿起那张派令细看一下。

"呜——"他到底支持不住，昏倒在椅子上了。

师爷不知道发生了什么事情，从县太爷的手里拿过那颗印来看了一下，也几乎站不住了。但是这一场打击到底不是直接落到他的头上的，他只晕了一下就镇定下来，并且赶快去唤醒县太爷。

县太爷醒过来了，发疯似的站起来呼喊："这不可能，这不可能！"

他又把那颗假官印看了一下，并且拿去和派令上的印合了一下，他用手狠狠一捏，就把那颗官印或者说那块干肥皂捏得变了样子，丢在地上。他还不解恨，把派令也扯烂，也丢在地上，恨恨地骂："妈的，老子要……"

"嘘——"师爷阻止县太爷，用眼神向后花园瞟了一下，县太爷的理智才恢复过来。啊哈，他才想起那个假视察委员正在客房睡觉呢，这不是他的手心捏着的麻雀吗？他忽然凶恶地叫："把他给老子抓出来！"

小卫本来是笑着的，一听就变得很严肃的样子跑到县太爷面前说："他一早就提着一个绿帆布提包出城去了，说是去乡下密查种鸦片烟的。"

"啥子？提个绿帆布提包走了？完了，完了。"他不住用拳头打自己的头，好像一切问题都在于他的头没有给他办好事情。他用脚想去踩烂那颗令他难堪的肥皂印。师爷赶快从地上捡起那颗肥皂印和派令，说："慢着，还要留着办案子！"

师爷皱着眉头把那张派令看了好一阵，又把肥皂印研究了一阵，似乎恍然大悟了，他在县太爷的耳边嘀嘀咕咕说几句什么，只听到："……好像和那天看到的……"

县太爷听了，他的眼里忽然发出凶恶的绿森森的火光来，咬牙切齿地叫：

"哼，一定是的，一定是共产党活动到城里来了！"他对师爷叫："快点，派人去东门追，把这个共产党给我抓回来，给我杀呀，给我砍成八大块呀！"

我们听了都觉得毛骨悚然，师爷遵命出去布置去了。县太爷转身对小卫叫："快点去县党部叫郭书记长来！妈的×，他管的啥子事哟！"

小卫也出去了，县太爷一个人坐在那里，不说一句话，空气十分紧张。我们知道这件事非同小可。共产党的活动在我们这个县是久有历史的，几年前红军从我们这里走了以后，就留下根子，一直有一支不大不小的游击队，忽隐忽现、忽东忽西地在大山里活动。这两年也打过不少仗，游击队拔过地主的寨子，打过区公署，开过一些仓。为对付这支游击队，专区还从保安团里拨来一个保安大队，专门住在县里；也下乡去捉过不少老百姓回来砍了头，挂在城门口示众。不久以前，听说保安大队把这支游击队撵到几百里以外的大山里去，完全打垮了，还抓回十几个共产党员，押在死囚牢里，其中还有不大不小的头儿。怎么县太爷却说是共产党活动到城里来了呢？

过了一阵，郭书记长来了，他把那颗假官印和假派令仔细研究一阵，没有说话。县太爷却不耐烦了，平时县太爷对书记长总是很客气，今天却大动肝火，开起黄腔来：

"看你管的啥子事，共产党活动到县衙门里来了，你还一天到晚抱着你那个婊子睡觉，哼！"

捉拿共产党是书记长的第一件大事，今天出了这样大的娄子，他是脱不掉干系的。他虽然不像县太爷那样，昨晚上给这个假视察委员塞了"包袱"，遭到物质上的严重损失，可是他大概也把本县防治共产党的机密大事向这个共产党汇报得一清二楚了吧，这却更是非同小可。他自己已经很着急了，一听县太爷没有好话，也生起气来，回敬了县太爷两句：

"我倒要请问一下哩，是哪个糊里糊涂把共产党恭恭敬敬接到县衙门里来的？哎？"

"哼！"县太爷正要发作，师爷回来了，马上给他们解交，把他们两个都劝到后花园客房去。起初还听到他们两个在你咬我，我咬你，后来就没有声音了，大概是和解了，认真去视察现场去了。过了一会儿，师爷出来把昨天进来向县太爷报告"来了"的马弁和昨天在衙门口大叫"敬礼"的卫兵叫进去盘问去了。显然的，昨天要没有这两位下人过于积极的活动，也许县太爷不致造成这样大的错觉。又过一会儿，师爷又出来叫小卫去回话，小卫却还没有回来。

正在这个时候，大门口跑进来一个政警，跑得上气不接下气的，对师爷叫："师爷，师爷，视察委员来了！"

"什么？"师爷正莫名其妙，县太爷和书记长在里面听到了，三步当两步跑了出来，县太爷大声叫：

"视察委员在哪里？给我抓进来，快点给我抓进来！"

书记长也大叫："把这个共产党抓进来！"

师爷也跟着叫："抓进来！"

那个政警跑出去，一下子就把视察委员抓进来了，他死死地扭住视察委员的衣领不放，小卫也在帮忙又拖又拉。

视察委员身不由己，被拖了进来，他在大骂：

"你们是什么混账东西，这样胡闹？"

视察委员气汹汹地摆脱了政警和小卫的挟持，大踏步走向前来，大声地问：

"你们哪一个是县长？"

县太爷走向前去，奇怪地望着走进来的这个怒气冲冲的人。那个人把一封盖着大官印的公文送到县太爷的手里。

县太爷、书记长、师爷都忽然像庙里塑的木头人一样站在那里，大张着嘴，呆呆地望着来人，不说一句话。

这一回大概是真的新生活视察委员来了。

你们笑什么？有趣的事还在后面哩。我今天摆的太多，口都摆干了，明天晚上再摆吧。什么？不答应，要摆完？那么让我喝两口酒润一润喉头再摆吧。

好，我又摆起来了。

你们问那个真视察委员来了又怎么样？不怎么样，很简单，这一次把他的身份确实验明无误，就该县太爷和书记长向他低头赔礼谢罪了。

当然，光是精神上的赔罪还是下不了台的，物质上的补偿对于出来视察工作的委员们才具有切实的意义。于是当天晚上我们又看到后花厅里灯烛辉煌，又看到各色各样的当道人物光临盛会。自然还是县党部书记长第一个先进来，这不特是新生活所要求的，而且他一定要趁早向视察委员报告，县太爷怎么把一个共产党竟然欢迎进衙门里来了。第二个来的是中学校长，却不是县银行行长，大概行长筹措一笔新的款子比较费张罗吧。但是他总是有办法的，过不多久，他又提着一个沉甸甸的灰色帆布提包进来了。其他的局长、院长、处长、所长、会长、老爷、绅士和袍哥大爷也都来了，还是那样笑嘻嘻的，很有教养地问安，道好，推推拥拥地走进后花厅去了。最后当然还是高老太爷坐着轿子进衙门里来下轿，大家都拥出来，有的拱手，有的打千，有的鞠躬，向他老人家请安。高老太爷被前呼后拥地走进花厅去了。

过了一会儿，宴会开始了，又是听到杯盘交错的声音。送菜的幺师用各种文雅的菜名编的歌，唱着跑进跑出。敬酒的，划拳的，讲笑话的，逃席的，欢声一片，直到半夜，宾主才尽欢而散。

第二天、第三天、第四天晚上都是接风宴会，但是第二天却不是高老太爷请的，高老太爷把前几天都让给别人请，他请的宴会摆在最后，要成为最精彩的压轴宴会。因为这位视察委员在重庆和高老太爷当大官的儿子是朋友，这一次给高老太爷送来了丰富的礼物，理应盛情招待。但是这个理由都还在其次，更重要的原因是他要在今天开一次庆功大宴，因为他悉心经营、由他侄儿当大队长的保安大队最近打了一个大胜仗，据说打垮了共产党的游击队，正乘胜追赶到几百里外大山里去了。七八天以前，他的侄儿押解捉到的十几个共产党回城报捷来了。并且听说还捉到一个共产党游击队的头儿，正关在死因牢里，这是高老太爷的一件大喜事，所以把庆功宴和接风宴摆在一起，以壮声色。宴会当然不能放在县衙门里，而放在高府后花园的大花厅里。

我因为写得一手好字，被县太爷指定去高府帮助写请客帖子、席次单、菜单、礼单之类的东西，也躬逢了这一生只能遇到一次的盛会。

高老太爷的公馆多么富丽堂皇，后花园的楼台亭阁多么幽雅别致，这就不用说了，大概你们可以在哪一个县城里都能找到这么一座。高老太爷的筵席办了一些什么山珍海味，我也说不上来，在写菜单的时候，我才第一次见到那么些古怪名字：什么"满天飞"，什么"麻辣冲"，什么"荷叶夹沙肉"，真是不一而足。至于高老太爷请来了一些什么人，也不用多介绍，凡是本县的头面人物哪一个敢不赴高老太爷的宴会？甚至有没挨上边的二流绅贾，还转弯抹角地托人说人情，要高老太爷赏光，准他们"忝列末座"，来向老太爷贺喜哩。

天才擦黑，高公馆的后花园里到处挂着汽灯，明晃晃的。我记得那正是八月天气，花园里白天虽说很热，晚上却是清风习习，分外凉爽。又加以那些奇花异草凑趣，放出阵阵清香，沁人心脾，回廊曲处，有几株柳树在晚风中摇曳，柳树背后，小池旁边，几座假山和三两座小亭，交相辉映，别有一番风趣。大花厅就在假山后边，一周围都是密密层层的竹子和奇花异草，花厅里更是古雅别致，在上手一个大雕漆花屏风，屏风前面摆着一把沉香木雕的大躺椅，铺着虎皮，前面摆着大理石镶面的踏凳，踏凳旁边摆着茶几，也是沉香木雕的，茶几上放着亮晶晶的白铜水烟袋，地上还有古铜色的痰盂。这把大躺椅一望而知就是高老太爷的"宝座"了。"宝座"前面摆着七八张一色红豆木圆桌圆凳。花厅那一头摆着一个古色古香的檀花木雕长供桌，上面摆着香炉和各色古董玩意儿。在花厅中挂着好几个汽灯，照得如同白昼。

隔宴会开始还早，却已经来了不少客人，当然都不是什么重要角色，他们总是害怕迟到，所以提前到来，没有什么事就坐在花厅一周围的靠椅上喝茶，剥瓜子闲谈。无非是谈到近来打牌怎样的不走运，也有说后街紫云院来了一个叫"夜来香"的窑姐儿多么漂亮，也有慨叹近来鸦片烟的质量降低了，不过瘾。至于说到乡下不清静、收租比较麻烦的是那些一脸福相的地主老爷，埋怨今年天气太热的是那些一身肥肉不胜负担的绅士。高家的几个马弁，还有我和小卫，都不乐意听这样无聊话，也不想招呼他们，就在花厅外凉台上"冲壳子"①。

过了一会儿，本县各方面的第一块招牌人物陆续来了，小卫和马弁们忙起来，接他们走进花厅去。花厅里顿时热闹起来，不知道在说些什么。又过了一会儿，高家几个马弁忽然紧张地从屏风后转出来，收拾虎皮躺椅，大家马上都不做声站了起来，只听到汽灯噬噬的叫声，灯似乎更亮了。我们知道最重要的角色就要出台了，果然听到有人声从屏风后转出，高老太爷被人搀着颤巍巍地从屏风后面走了出来。

在高老太爷左边搀扶的是高老太爷的得意侄儿，就是才在大山里头

---

① 冲壳子：吹牛、闲谈的意思。

打过胜仗的那位英雄人物、外号丧门神的高大队长。看起来还很年轻，个子很高大，穿着草绿色哔叽军装，领上挂着中校领章，武装带子扎得邦紧，显得很有精神。在他的腰上除开挂着一管左轮手枪外，还在屁股上挂着一把短剑，名叫"中正剑"。为什么叫做"中正剑"呢？原来是他在中央军校的时候，他们的蒋中正校长，也就是蒋委员长，给每一个军校毕业学生送一把短剑，所以叫做"中正剑"。这种剑又叫"自裁剑"，为什么叫做"自裁剑"呢？原来是他们的蒋校长要他们在危急的时候，拔剑自裁，以表示对蒋校长的忠诚。这种剑的用处对于挂它的人自然是不愉快的，可是平时挂着它却是一种光荣的标志。高大队长威武而又亲切地扶着高老太爷出来。

在高老太爷右边搀扶的是他的烧鸦片烟的枪手兼姨太太（弄不清是第几位姨太太了）外号"黄蝴蝶"的那个女人。"黄蝴蝶"娇小玲珑，打扮得花枝招展的，一色嫩鹅毛黄色的丝绒旗袍、鞋子和袜子，在旗袍的胸襟上和下摆角上绣着飞动着的花蝴蝶。她对自己的打扮显然很满意，老是笑盈盈地看着大家，特别是看少年英俊的高大队长，好像说："你看我多美呀。"高大队长很有礼貌地对她点一点头，表示承认"黄蝴蝶"给她自己下的结论。

高老太爷老眼昏花，骤然走在明亮的汽灯底下，根本看不到什么，但是他能够想像出大家正在向他请安，便微笑着不住点头，用双手打小拱还礼。他想像的一点也不错，大家都深怕落后地挤向前去，向他问安，企图帮助他坐在虎皮椅上。当然也不忘记向"黄蝴蝶"问好，特别是向高大队长问好，大家热烈地向他祝贺他新近建树的丰功伟绩。

不大一会儿，忽然听到花厅外边在传话：

"视察委员到！"

"县长到！"

"书记长到！"

大家又一轰起立望着花厅大门。高老太爷挣扎着想站起来迎接，或者更确切地说，装作要站起来迎接的样子，还没有站起来，视察委员、县太爷和书记长早已三步两步赶到高老太爷面前，用手扶着高老太爷，请他坐下。

视察委员说："哎呀，老太爷，你这是折杀我们了，怎敢劳你起来？"

"哪里，哪里，你来寒舍赏光，蓬荜增辉。"高老太爷就安然坐下了。于是视察委员、县太爷和书记长就围着高老太爷坐下讲话。当书记长向视察委员介绍了高大队长后，视察委员站起来和他握手，很高兴地说：

"久仰，久仰，你为党国立功，我要呈报上峰传令嘉奖。"高大队长当之无愧地点了一下头。高老太爷也掩不住自己的得意神情，笑了。接着他说："开宴吧。"

高大队长起立传高老太爷的号令："请大家入席。"说罢，和"黄蝴蝶"扶起高老太爷，又招呼视察委员入席。等首席坐定，大家才按尊卑次序，先后入席。

马弁和下人把首席的酒酌好以后，高大队长站起来，举起酒杯说：

"视察委员不远千里到敝县来视察新生活运动，不胜荣幸！视察委员对本县剿匪工作也多有指示，我奉老太爷之命，代老太爷向视察委员敬一杯酒，请大家举杯！"

说罢一饮而尽，视察委员端起酒杯向高老太爷点一下头，表示感谢，也一饮而尽。县太爷、书记长和以下客人都跟着一饮而尽。视察委员等第二杯酒酌好以后，举起酒杯说："让我们向老太爷敬一杯酒，祝老太爷长命百岁，福寿无疆，干杯！"他一饮而尽，当然大家跟着一饮而尽，并且把酒杯倒举起来亮底，这不仅是因为喝的是上等大曲酒，而且是对老太爷表示恭敬。老太爷坐着没有喝酒，照例由"黄蝴蝶"替他喝了。

第三杯酒酌满，书记长举起杯子说：

"今天这个宴会还是一个庆功宴会，庆贺高大队长英明领导，把共产党的游击队打得落花流水，抱头鼠窜而逃，斩获颇多，为高大队长旗开得胜，祝酒一杯，干杯！"

这一杯酒自然也是重要的，到场的人物哪一个不对在乡下活动的共产党游击队恨之入骨呢？都兴奋地举起杯子，一饮而尽。连高老太爷也得意地举起空杯示意，不住对自己的侄儿点头微笑，说："好！好！"高大队长是预期着今晚上的这种荣誉的，他沉着地站起来，也一饮而尽，不住向大家点头，表示谢意。

视察委员又举起一杯酒，对高大队长说：

"祝高大队长再接再厉，痛歼残寇，克尽全功。"

视察委员对高大队长这次的胜利不估计为"全功"，高大队长的脸上明显表示不高兴，但是仍然勉强微笑地举杯一饮而尽，并且说："敬领台教。"

以下就轮到下座的客人们派代表向高老太爷、视察委员、高大队长、县太爷、书记长、当然还有"黄蝴蝶"敬酒了。同时他们也彼此敬酒。大家你来我往，有说有笑，杯筷齐响，乱纷纷地看不出一个头绪来了。桌子上的菜大盘大碗，五颜六色，堆积如山。这时各人都发挥出自己的才干来，有的为了美酒而尽兴，喝得醉眼模糊，还在东倒西歪地找人挑衅；有的却为这丰盛筵席而醉心，在认真地对待那些鸡鸭鱼肉；有的人酒醉饭饱，就坐在周围靠椅上打着嗝，剔着牙齿，喝茶闲谈。就这样闹了两个多钟头，快半夜了，真是弄得杯盘狼藉，人仰马翻了。

我们这些帮忙的，还有那些马弁和跟班，都被请到花厅外面露台上吃酒，大家当然也学主人的榜样，大吃大喝起来，不过醉得更厉害一些。小卫这家伙，一个劲给高府的几个马弁敬酒，结结实实地把他们灌醉了。给我也很敬几杯，把我灌得有几分醉意了。

"砰！砰！"忽然远远传来两声模糊的枪声，小卫大概听到了，警觉地站了起来。高家的几个马弁却是烂醉如泥，还在东倒西歪地喝个不完呢。小卫跑到花厅门口，碰上了也有几分醉意的高大队长，高大队长问小卫："老太爷说他听哪里在打枪，你听到了吗？"显然高大队长是没有听到的。

小卫迟疑地说："哪里在打枪？……"

高大队长说："老太爷硬说他听到的呢！"

小卫赶忙回答："哦，我也好像听到哪里响了两下，让我去问一下。"说罢就跑出去了。

高大队长看来酒兴正浓，他是一定要在"黄蝴蝶"面前把自己打扮成为英雄的，又兴冲冲地走回花厅去了。

过了一会儿，小卫回来了，走过凉台到花厅里去的时候，我问小卫："是哪里在打枪？"

小卫淡然地回答："守城门的兵弄枪走了火了。"他跑进花厅里去回话去了。

花厅里仍然听到猜拳行令的声音，甚至还听到有喝醉的人咿咿呀呀地唱了起来。

又过了一阵，小卫出来跑出花园外去了，不大一会儿，匆匆跑了进来，很紧张的样子，我问他："你跑啥子？"

他紧张地说："有好戏看哩。"

我以为这么夜深了还要去叫戏班子来唱堂会呢，奇怪地问他："这时候还唱什么好戏？"

小卫笑一下说："你莫管，到花厅里去等着看吧。"小卫说罢就跑到花厅里去了，我也为好奇心驱使，跟小卫走进花厅里去。

小卫忙着跑到县太爷身边，在县太爷的耳根说了两句什么。

"咹？"县太爷几乎叫了起来，但是马上就镇定了，他低头对高老太爷、视察委员说了些什么。当然书记长和高大队长也在旁边听到了，只见高大队长跳起来，要摸手枪，说：

"老子崩了他！"

高老太爷马上用手拉了高大队长一把，和视察委员、县太爷、书记长几个斗了一下耳朵，高老太爷忽然眉宇舒展，半笑不笑地对小卫说：

"快请！"

小卫出去一会儿，就带了一个人进花厅来，一直走向高老太爷那里去。我一看，哎呀！这不是那个跑了的假视察委员吗？怎么又转来了呢？难道他还不知道县太爷已经发现他是假的吗？这真是太糟糕了。这一下就落进高老太爷的虎口里去了。我暗地埋怨小卫，古话说："救人一命，胜造七级浮屠。"你见他冒冒失失地回来了，给他露一个口风，叫他跑了就算了，你把他引进来干什么？这不是把人往阎王殿里送吗？何苦呢！

大家看到是这个假视察委员回来了，都不觉一怔，花厅里的空气顿时显得紧张起来。可怪，那个假视察委员还一点也没有察觉，大概还以为是大家在欢迎他呢。他对大家大大方方地用手一拱，说："对不起，来迟了一步。"

这时书记长很灵敏地迎向前去，很高兴地和他握手，说："您回来了？"

假视察委员也高兴地说："我回来了。"

书记长把假视察委员带到前面去，对大家说："大家照常喝酒吧。"

假视察委员大模大样地走到高老太爷面前，和县太爷打招呼说："真是抱歉，兄弟有点公事下乡一趟，回来晚了，刚才回到县政府，听说高府在开宴会，就赶过来了。"他回头又谦卑地对高老太爷说："老太爷，来迟一步，您不见怪吧？"

高老太爷很愉快地回答："哪里，哪里，请坐。"回头对小卫说："吩咐厨房，另开一桌来。"

假视察委员说："不消了，我吃过晚饭了。"

高老太爷说："到了寒舍，哪有不赏光之理。"

小卫出去一会儿，厨房的下人就上了一桌丰盛的席上来。县太爷、书记长就陪着假视察委员坐上去了。假视察委员着实不客气，就大模大样坐在上席吃了起来，当然他也没有忘记首先要对高老太爷敬第一杯酒，还是"黄蝴蝶"替高老太爷喝了。高老太爷用阴森森的眼光在旁边看着，实在叫人害怕。可是那个假视察委员一点也没觉察，甚至还有几分得意的神色呢。唉，我看到了十分难过。就像有一回我在山里，看到一只饿狼藏在树后，正要向一只小羊扑去，可怜那小羊正自得意地吃着青草，小腿快活地跳着蹦着呢。我看了却没有办法救援，十分难过。小卫这家伙这样害人，令我寒心，真是知人知面不知心呀！

这时县太爷说："视察委员亲自下乡视察，真是辛苦了。"

假视察委员一面吃着一面说："哪里的话，公事嘛。"

假视察委员这时似乎发现了高大队长和真视察委员。他向着高大队长问县太爷："这位是？……"

"哦，这位是高大队长。"

"哦，高大队长，久仰久仰，听说高大队长这次立功不小，可喜可贺。"

高大队长竟然爱理不理地"唔"了一声，便把头转过去了。还是书记长乖觉，连忙接上说："是呀，今晚上就是老太爷为高大队长举行庆功大宴，保险高大队长马上还要立一个奇功，你说是不是，大队长？"

高大队长还是"唔、唔"两声就支吾过去了。

假视察委员却兴高采烈地说："那好，我一定要准时赶来吃一杯庆功酒。"

"当然，当然，"县太爷也插进来说，"这个庆功宴会您要不来赏光，就会大为减色哩。"

假视察委员又向着真视察委员，问："这位是？……"

"这位是……"县太爷不知道高老太爷是不是同意马上把这幕戏演完，不敢肯定回答，望着高老太爷。

高老太爷冷冷地但是坚决地说："这位是视察委员。"

"哦，也是视察委员，请问贵姓？"假视察委员很沉着地问。

"姓郑。"真视察委员说。

"哦——"假视察委员看来有点奇怪，马上掩饰过去，说，"请问，视察什么？"

我们听到这里都捏一把汗，许多人再也无心去和酒肉打交道，都围了拢来，要看个究竟，眼见他们要短兵相接了。

那真视察委员理直气壮地回答："新生活。"

"什么？"假视察委员强自镇定，说，"老兄不是在开玩笑吧。"

真视察委员反口就问："请问你贵姓？"

"敝姓贾。"

"视察什么？"

"新生活。"

高老太爷听到这里，开心地大笑起来，以至不得不用手不断拍自己的胸口，以免笑断了气。他说："诸位先生，我们这里出了双包案了，他们两个都是视察委员，都是从重庆来的，都是视察新生活。"他回头对真假两个视察委员说："你们两个到底哪个是真的？"

"当然我是。"

"当然我是。"

高老太爷和县太爷都笑得更欢了。高老太爷说："有意思，有意思。请包文正来也未必断得清，还是各人拿出证件来叫大家看看吧。"

真视察委员理直气壮地从皮包里拿出金光闪闪的派令来。假视察委员却拿不出来，支吾着说："我的证件在县政府，没有带来。"

书记长挨拢去说："你不必派人去取，我已经取来了。正打算拿来请高老太爷鉴赏一下哩。"他从他的皮包里取出一张撕破了的假派令，并且取出被县太爷捏扁了的肥皂官印，放在桌上，说：

"这就是你的证书，这就是你的官印。"

"什么？"假视察委员被揭穿老底，那副狼狈样子就不用提了。

"算了吧，贾视察委员，你演的戏已经演够了，不要再演下去了，我们还是说正经的吧。"高老太爷那阴森森的眼光扫射假视察委员，我们看到了，都不禁打冷战。

假视察委员似乎还不怎么的哩，说："要说正经的？就说正经的吧。"

高老太爷像审判官一样地坐在虎皮椅子上，十分威严，他森严厉色地问：

"你到底是什么人？"

"这还用问吗？一定是共产党的探子！"书记长肯定地说。

"妈的×，老子崩了你！"高大队长从腰上抽枪，被小卫一把按住，叫："慢着！"

高老太爷也阻止说："慢着，问明再说。"他又问假视察委员："你到底是什么人？"

假视察委员并不惊诧，反而笑了起来，说："书记长不是已经说过了吗？"

"我是问你！"高老太爷的声音更严厉了。

"问我吗？"假视察委员还是满不在乎地说，"你们说是共产党，就算是共产党吧。"

这一声像炸雷在花厅炸开了，大家都"啊"地一声惊叫起来，"黄蝴蝶""呜"地叫一声，几乎昏倒了。高老太爷却竖起大拇指说：

"好，好，好汉子，值价！你就说个明白吧，说不定我慈悲为本，还可以刀下留人咧。"

假视察委员说："要说明白就说明白吧。我们游击队就是缺轻机关枪和几支好步枪，多承高大队长慷慨，愿意卖几支给我们，就是要的价钱高一点，要三万块现钱，还有个苛刻条件，要五十两上等烟土，这真是把我们为难坏了。没有办法，只好进城来借，听电话局的朋友说，视察委员要来，想必县太爷一定准备得有'包袱'吧，果然，承蒙县太爷借给我们三万元，又多承高老太爷送我们五十两上等烟土，这笔买卖才算搞成了……"

说到这里，县太爷的脸刷地变白了，在汽灯下像死人的脸色一样。高老太爷却不惊诧，说："好，好，你高明，那枪弄到手了吗？"

"当然弄到手了，高大队长是一个讲信义的人。"假视察委员说。

"胡说！"高大队长又要举枪，小卫也举起枪来，又被高老太爷制止了。高大队长大声叫："老子是共产党的死对头，我还卖枪给你们，放屁！"

"高大队长不要着急，你听我说嘛。"假视察委员像摆家常一样地说了，"高大队长你还记得后乡有个大绅粮叫罗正格的吧？他派人向你买枪守他的寨子，有这件事吧？你存心敲他的竹杠，要他三万块现钱，五十两上等烟土，总不假吧？那么我们替他来付了钱，送了鸦片烟，当然我们就可以取枪了。公买公卖呀！……"

"胡说！"高大队长的声音虽然不小，却没有原来那么强硬了，显然这个假视察委员说的正是高大队长办过的事。

高老太爷的脸色越来越不好看，冷冷地问："那么你弄到了枪，又跑回来做什么？"

假视察委员坦然地说："跑回来做什么？做成了这么大一笔买卖，应该亲自来向高大队长致谢。还有，我们有几个人被你们捉来关在大牢里，我是回来找书记长高抬贵手放人的。"

高老太爷追问："那么你看书记长会放人吗？"

假视察委员说："怎么不会？他上次亲口托我把这几个共产党押到重庆去替他请功呀。"

"胡说！"书记长的声音和刚才高大队长的派势差不多，有气无力，实际上是承认了事实。

"老子敲掉你！"高大队长想杀人灭口，拔出手枪，小卫也跟着拔出手枪来。高老太爷却用手示意，不准开枪，咬牙切齿地说：

"给他吃一颗'卫生汤丸'，未免太便宜了他，老子要把他留着，慢慢来消遣他！"

我们听到这两句话，从头顶麻到脚心，高老太爷要"消遣"，那就是要你受够百般酷刑，一块一块把你割死。高老太爷忽然大叫：

"来人哪！把这个假视察委员给我好好招待一番，明天我要摆大宴侍候他！"

这个假视察委员似乎还不知道厉害，还笑嘻嘻地望着小卫说：

"小卫，老太爷下令，你就去叫他们进来吧！"

"好。"小卫果然跑出花厅，不一会儿，把高家的几个马弁都带了进来，这几个家伙喝得烂醉，还在比手画脚要酒喝，他们的手上都绑着绳子，小卫又是牵又是拖才把他们弄进来。

"这是怎么搞的?"高大队长莫名其妙。

"他们喝醉了，不肯来，所以绑了来。"小卫笑着说。

"胡说!"高大队长还是莫名其妙，我们也莫名其妙。

猛然间，那个真视察委员从腰里抽出小手枪，向小卫开枪，"砰!"但是没有打中，被眼明手快的假视察委员飞起一脚，就把小手枪踢飞了。他自己从腰里抽出一支左轮手枪，向天花板"砰砰"开了两枪，跳在桌子上大叫:

"不准动!"

"不准动!"忽然从花厅周围的窗口同时伸进来十几支长长短短的枪，还有几个老百姓打扮的人拿着手枪冲了进来，用枪冲着大家大叫:"哪个动，就打死哪个!"

大家都吓呆了，谁还敢动? 只有那个视察委员猛力一蹿，在地上抓起小手枪，就往屏风后面逃跑。"砰!"从他背后飞过去一颗子弹，把他的脑壳打开了花，倒到屏风后面去了。

高大队长也说时迟那时快，一低头就拔出手枪，举起向假视察委员开枪，还没有打出去，被站在他身边的小卫冷不防一下，就把手枪打得老远，小卫笑着说:

"高大队长，算了吧，现在不是你用枪的时候，是该你用剑的时候了。"

高大队长手中没有武器了，的确已到了危急时刻，可是他到底没有照他的蒋校长的规定办事，没有拔出"自裁剑"来自杀，只是站在那里发呆。

假视察委员走拢去对高大队长说:"无论如何，我们要感激高大队长，给我们买了十几支很不坏的枪，并且把队伍拉到大山里游山玩水去了，不然我们还进不来城哩!"

高大队长什么话也说不出来，气得昏过去了，或者是吓得昏过去了，总之，倒在地上人事不醒了。

高老太爷、县太爷、还有书记长当然都明白发生了什么事情了，但是他们纵有一千计也使不上了，他们都像死人一样瘫在那里，不能动了，更不要说那个娇滴滴的"黄蝴蝶"了。

就是我这个一非官、二非绅、三非粮、四非袍哥的穷科员，过去也曾经听小卫闲谈过乡下的共产党专门打富济贫的事，本来没有什么可怕，可是在这种场合，也不由得吓得索索发抖，牙齿总不争气，捉对儿厮打，格格地响。还是小卫看到了我这副相，跑过来拉我一把，对我说：

"李先生，你怕什么？来来来，见一见我们的申队长吧。"

说罢他拉我过去见那个假视察委员，就是小卫说的申队长。申队长很高兴地握住我的手，说：

"我们早见过面了，只是那次把你的头发胡子刮得不好，怪我手艺'潮'。你不见怪吧。"说罢大笑起来。

我一句话也说不出来，心里想，真是的，难怪剃头的手艺"潮"，是耍枪杆子的游击队长嘛。但是我不明白，你当假视察委员就当假视察委员，大摇大摆进衙门就是了，为什么一定要装成理发师傅进衙门呢？害得我们几个科员受了剃刀之苦。假视察委员，哦，现在是申队长了，他大概看到我的委屈了，解释说："要借你们的胡子刮一刮，是想找你们老科员调查几件县太爷的阴私，这样抓住了县太爷的把柄，才好在后花园客厅里和县太爷'说包袱'嘛，三万块，不是小数呀。"

哦，原来是这样。这一把头发、胡子也算值钱了，剃刀之苦受得。

申队长又说："多承你介绍小卫进衙门，他不进来，这一幕一幕的好戏就没有导演了。"

啊也！原来这一切都是小卫这小鬼头在玩花样哩。

小卫走过来说："李先生，帮忙要帮到底，我们还要借你那笔好字，帮我们写几张安民告示贴出去呢。"

"是，是，是。"我不住点头答应。

申队长回头对高老太爷说：

"老太爷，我们今晚上要叨你的光，借你的花厅给我们开一个庆功大会呢。"

高老太爷什么也没有回答，还是像一个死人一样瘫在那虎皮椅上，眼珠子都不会动了。

什么？你们不相信有这样的事？酒后胡言乱语？……那就算了，算我"冲壳子"、瞎编的"龙门阵"吧。不过，这个游击队眼下还在大山里头，小卫也还在那里，你们去找这个游击队问小卫去，看我说的是真是假吧。笑话！这几杯酒就想叫我说胡话？还差得远哩！

第二记

三家村夫： 报销记

我来摆一个龙门阵，没有峨眉山人摆的龙门阵那么有趣，但是这是我亲身经历的事情。你们知道，我在衙门里是专门办财务报销工作的。这个工作枯燥得很，有什么龙门阵好摆？是呀，我也是这么想的。可是不晓得是什么鬼使神差，偏偏头一回就叫我拈着了阄。你们又非叫我摆一个龙门阵不可，如果不摆，就要把我从冷板凳会开除出去。莫奈何，凑凑合合，摆一个吧。

王科员，哦，现在该叫他为"三家村夫"了。他真像一个三家村的老学究。一身灰色，从灰毡帽到灰衣服、灰鞋子，还有从灰毡帽边露出来的灰头发。脸上也是灰色的，一脸晦气。衣服上还堆上一层灰。据他自己说，他的生活是灰色的，我们看他的心情也是灰色的。他是一个最没有味道的人。大家说他大概一辈子没有吃过盐巴，做事没精打采，说话淡而无味；倒像打开了的陈年老泡菜坛子，闻到一股子寒酸气味。所以在冷板凳会成立，各人自报自己的别号的时候，我们都报了，就他一个人报不出来，于是大家奉送他一个"三家村夫"的雅号。他一天只知道埋头办公，把一身埋进那山积的账簿子和报销单子里去，看样子，他是下决心还要带一大堆账本到他的棺材里去办公的架势。他不哼不哈，很少听到他说一句话。有人说，把他拿来用杠子从头压到脚，保险压不出一个屁来。我们冷板凳会的规矩，哪个拈着了阄，就要摆一个叫大家听了可以消气化食的有趣的龙门阵。我们的会长峨眉山人打了开场锣鼓，摆了一个非常有趣的龙门阵以后，轮到我们拈阄摆龙门阵了。谁知道第一个拈着了阄的就是我们中最没有口才的"三家村夫"。他三推四挡，就是不肯摆，大家逼了好半天，甚至不惜威胁他，要把他从我们的冷板凳会开除出去——须知这对于坐在冷衙门里吃冷饭的我们这一群科员来说，真是最严重的惩罚了——这样，他才摆了起来。

你们都知道，我是替别人办报销工作的。办了一辈子的报销工作，我差一点连自己的老命也报销掉了。我要摆的就是这个差一点把老命报销掉了的故事。今后我的老命会不会被报销掉，也还说不准呢。

我当然也是一个小公务人员，你们是知道的。我的爹妈给我生了一张吃饭的嘴，却没有给我生一双抓饭的手。更加上我爹妈从小给我订了一个黄花闺女，到了岁数，不得不去娶回来。自然规律又是这么地无情，不断给我送来一串张着嘴巴要吃、光着身子要穿的娃娃。偏偏我既不会偷，又不会抢，也没有学过《厚黑学》①，自然也不曾去革过人家的命，也没有好姐好妹的裙带可攀。一家几口，生活的重担像无情的鞭子，天天抽在我的背脊上。怎么办？莫奈何，托人借来学费，去进了一个速成会计学校。当时我就是这么想的：这世道，不管你哪行哪业，总要花钱，花钱就得记账，记账就得用会计。我就凭能打算盘会记账这点本事，捞个铁饭碗吧。就这么去了，一年毕业。又托人，又送礼，总算在县粮食局采购运输处找到一个当见习会计的差事。工钱是不多，只要干的稀的能叫一家大小胡乱填饱肚皮，不至于饿死，也就行了。

我第二天就到差。紧要的粮食进出账当然不叫我管，只叫我管日用杂支的报销账目。这个差事好办，只要把每天的零星杂支账（我们叫做"豆芽账"）登记好，把每一笔账的发票贴在纸上，有凭有证，能够报上去，核准报销就行了。我做得很仔细，很认真，就像在会计学校老师教我的那样，钱、账、凭证三样对得上口。在那些凭证上，不仅货物单价、数量、总支数都符合，并且都盖有这个商号、那个店子的图章，就同意上账报销。这件事虽然刻板，却很简单，只要循规蹈矩，自然天下太平无事。我能在这个乱世道里过这般稳定而清闲的日子，无论如何是应该自满自足的。

但是过了几天，就遇到了麻烦事。因为有一个事务员来报销，说他上街去买了几担柴火，雇个挑脚挑回来的。柴火多少钱，力夫担柴火要多少钱，这钱是花了的，但是凭证呢，却没有。怎么报销得了？我翻开我读过的书，又查了一下上级发来的报销规定，就是该由那个卖柴火的

①《厚黑学》：当时某国立大学有一位名教授，著了一部书叫《厚黑学》，专门研究人们怎么脸皮厚，心肠黑，以求达到升官发财目的的学问。

和那个担柴火的力夫各开一张收据，盖上私章，才算有效凭证。我看这和规定不合，就顶住不报销，要他拿凭据来。那个事务员大发雷霆了："嘻，我到哪里去找那个乡下卖柴火的老乡和力夫去写一张收据，还要盖上图章呢？"

我根据书本和上级的规定力争："书上就是这么说的，按规定该这么办嘛。"

他更光火了："哼，我就是现在去找到了他们，恐怕还得等那两个不识字的老百姓去上了学，学会写收据才行哩。那力夫呢，把他挣的几个钱全拿去刻一个私章恐怕还不够，还得倒贴钱，来满足你老兄的报销手续吧？嗯？"

说得周围的同事都大笑起来。我傻了眼。

另一个同事站出来向我挑衅："嗟，我上街去采购，现在买东西不容易，且不说请人下馆子了，就是请坐一下茶馆，请抽几支烟总是需要的吧，莫非对别人说：'老兄，你抽了三支烟，给我开个收据，我拿回去交给我们的王大会计以满足他的报销要求呢！'"他这几句酸话，更是惹得大家望着我这个凭本本、凭条条办事的人哄堂大笑。

他们说的是在理，可是这和会计学校发给我们的书本、跟上司的明文规定不合，怎么办呢？我不得不去请示我的上级、会计科的一位老会计了。他看我抱起几本书本和政府规定去了，就笑起来："老兄怎么这么迂？叫那个采购员签个字盖了证明章就行了嘛。"跟着他又善意地劝告我："以后报销的文章还多得很，你这么坚持政府规定，堪称模范会计人员，不过我只担心你这碗饭吃不下去。"

哦，我没有想到还有这么严重。

第二天，我们处的一位科长出差回来了，他把一叠单据丢在我的桌上，说："给我报销了。"说罢大大咧咧地走了。

我赶忙把他支取的旅费和单据核对一下。我发现，有的单据明显地作了涂改，有的把十变成千，有的胡乱在数目字后面加个圈，于是增加了十倍。这还不说，就是这样也还凑不够数目字。这怎么能报销？我本当找他说去，但一想，老会计言犹在耳，不要把饭碗敲破了。于是拿去找老会计研究。我说这涂改单据，于章不合嘛。老会计真为我的迂腐皱眉头了，他说："照报就是了，你管那么多闲事干什么！"

我说："上级查出来了呢？"

他笑一笑："你以为上级都那么干净，他们自己一天做假账还搞不赢，哪里有闲心来一张一张地查对你的单据？"

哦，我算又长了一点见识。但是单据数目字凑不上，总不行吧！我又发表异议。

老会计很为我的天真感到可怕了。他说："你到这个机关里来混事，到底有多硬的后台？你知道那个张科长是什么人？"

我说明我根本没有后台，也不知道张科长是什么人，他有什么后台。老会计不得不教训我："嗐，你初出茅庐办事情，连这些都不打听清楚，你混得下去吗？那个张科长是我们局长的小舅子、我们处长的老表嘛。"

但是我还坚持："单据不够，这账不好做嘛。"

老会计说："单据不够，你不晓得自己做呀！"

哦，原来是这样。可是怎么个做法呢？

这位老会计真好，他把着手教我，还做了几张假单据示范。

从此，我不仅从老会计那里学到许多人情世故，还从他那里学到许多最新的做账技术。老会计说："这些技术你都不懂，怎么能当一个合格的会计？"

从此我就为当一个合格的会计而努力奋斗了。

他们上街作零星采购，就照老会计教的办，叫采购员开个证明签上字、盖上章就报销了。后来我又作了发展，干脆，给我说个数目字，我自己填一张单据，随便盖上一个什么商店或公司的图章就行了。这些图章都是我自己去街上找刻字铺刻的。嗐，没有几个月，我的抽屉里堆满了各种商号的图章。恐怕一个城市的半条街，也没有我抽屉里开的商号多了。至于有些零星采购，大半是乡下人来卖的东西，根本没有盖上印的单据，我就自己开一张白条子，按上我的指拇印。反正我有一双手，十个指头可以按他十张；我还有一双脚，又有十个脚趾，还可以再按他十张。再不够，请报账的人帮忙，他们都是乐意的，每个人也可以按它二十张。我这些在报账技术上的创造性活动，连老会计都觉得我这个人看来迂，其实还很有出息，甚至还有点发明的天才哩。

这样一来，我的报销事业进行得十分顺利。可以说全机关上上下下的人皆大欢喜了，并且都认为我是一个合格的办报销的会计。还有那个张科长，对于我热心为他效劳，十分满意。有一回，他拍一下我的肩头说："对头的，你这个老倌，落教的！"

自从我变成一个落教的老倌和合格的会计后，我就颇受会计主任的赏识了。你们都知道，会计主任，从来都是机关头头的心腹人。一个当官的要上任了，两个人他是一定要带去的，一个是秘书师爷，一个是会计主任。现在我蒙会计主任的赏识了，我这老倌不光是落教，而且是前途一片光明，不过，这也是经过他的考验的。

有一回，会计主任叫我去了。寒暄几句之后，就提出一个问题。他说："想必你是一个明白人，我们都是靠的局长这棵大树，才好歇凉。要是来个树倒猢狲散，怎么好？想必你也明白，如今做官难。局长现在也有困难，你我该不该支持他？"

我虽然还没有听出一个眉目，也不能不装着我是一个"明白人"，表示局长的事我们一定要支持。于是会计主任就要我想办法"编"几千块钱出来贡献给局长。

我真是费尽心机，机关算尽，才算在报销中，挤出几千元钱，按时送到会计主任那里去了。会计主任大加赞赏："好，好，你真是一个明白人。"

我这个从合格的会计升格为"明白人"的人，从此就参加到局长和会计主任的核心里去了。以后我接触到许多骇人听闻的机密大事，我才知道粮食局是一个为多少人羡慕的单位。粮食这东西，不仅是"民以食为天"，而且比天还重要，在我们这个票子很"毛"的时代里，粮食实际上起了通货的作用。可以想得到，想争夺粮食局长这个肥缺的人，真是车载斗量。各人用钞票去塞，哪个塞的"包袱"最大，才能捞到这个肥缺，自不必说了。要是在重庆那个政府的粮食部里没有硬后台，你就是弄到这个肥缺，搞不到几个月，就会被人拱垮的。我现在才知道，我们这位局长，你别看他官不大，却是粮食部长的亲信。后来我知道，部长就是我们这个地方的人。有几次，重庆闹粮荒，都是靠的我们的粮食局长，从我们这个产粮县，日夜赶运几万担粮食去，才叫部长过了关的。

使我知道的更大的机密也是令我最吃惊的，却是我们局长用官粮来搞投机倒把、操纵市场的事，那真是"不尽黄金滚滚来"呀！

有一天早晨，我才上班，正把头埋进账簿堆里去，搞数目字的游戏，会计主任忽然叫我到他的办公室里去。我去了以后，让座、递烟、泡茶，并称呼我为王先生，对我特别客气。会计主任说："王先生，恭喜你高升了。"

我听了惴惴不安起来。因为那个时候——当然，现在也是一样，当你的上级有一天忽然对你客气起来，并且向你祝贺"高升"的时候，就是你要准备滚蛋的时候了。我眨巴着眼睛，望着我们的会计主任，没有说话；我在想，我从来规规矩矩地为他们卖力，在什么地方得罪了他们，要叫我"高升"呢？

"是真的，王先生，你莫紧张。你看，有人请你担任会计主任来了。"会计主任拿出一张纸来，打开让我看，原来是一个什么裕民粮食公司给我送来的聘书。当一个会计主任，掌握财权，自然比我现在这个报销会计强多了。但是，我不知道这是不是局长和会计主任用"高升"的办法来把我开革出去。我迟疑一下说："我在这个粮食局里人熟事熟，吃碗太平饭也就行了，不想高升。再说这裕民粮食公司是官办商办，我也没有听说过嘛。"

会计主任笑了起来。他知道我们这种"为两斗米折腰"的小公务员，被"高升＝开除"这个公式吓怕了的，赶忙给我解释："王先生，这回是真的高升了。这个裕民粮食公司不是外人办的，其实就是我们的局长担任总经理，不过招牌上不是他。这个，你当然明白。想必你也知道，局长的后台就是重庆的粮食部长，这个公司是部长出的资本，可以说部长就是这个公司的董事长。粮食局和粮食公司其实是里外一套，亦官亦商，粮食局出本，粮食公司得利。局长看你是一个明白人，老实可靠，才把你拉进我们这个圈圈里来。你找到部长、局长这样的靠山，一辈子可以得意了。"

哦，原来是这样。我的确是受宠若惊了。我当然欣然答应，接过了聘书。细想起来，我真要感谢教给我种种人情世故和各种报销技术的老会计。没有他的凑合，我哪有今天？我正想着要去感谢老会计哩，会计主任却说了："公司的事，谁都不能说。尤其不要去对那个老会计说。这个人鬼得很，靠不住。"

"哦，哦。"我除开哦哦之外，还能说什么呢。

会计主任又说："我们并且还要叫你'高升'一下，拈你一点过错，把你斥退了。然后你自己再去找裕民粮食公司谋事去。"

这个会计主任怎么说话颠颠倒倒的？刚才说不会叫我"高升"开除我，怎么现在又说要拾我一点过错，把我斥退了呢？裕民公司明明给我送来了聘书，怎么又说要我自己去那个粮食公司谋事呢？我迟疑地望着会计主任那变色的面孔，想从那上面读出气象来，看今天到底是天晴，还是刮风下雨。

"嘿，老弟，你怎么这么迂？这个过场是必定要走的呀。聘书都到你的手了，你还怕什么？"会计主任微笑着的面孔，显出今天天气转晴，我的面前是一片光明。

哦，原来是这样。我马上表示心领神会了。

果然，过了几天，我在粮食局被"高升"出去，同时就在裕民粮食公司上任了。这个公司门面很小，人手更少，其实不过是一个皮包公司。什么叫"皮包公司"？就是把公司开在经理的皮包里，专门干些买空卖空、投机倒把的事。业务很简单，粮食局通过政府征实征购，从老百姓那里刮来的粮食，都变成公司的本钱。用这么大的本钱投到粮食市场上去，就完全可以垄断和操纵市场了。涨跌吞吐，完全以赚钱作为杠杆。为了等粮食看涨，哪怕仓库的粮食堆成山，就是不卖。可怜那些升斗小民，在凄风苦雨中，顶着麻袋，半夜就在米店外排队，结果早上看到的却是一块"今日无米"的木牌挂出来。有的老太婆捶着门板痛哭："你们硬是要饿死人呀？天理良心……"她还以为这世界上真有"良心"这么一个珍贵的东西哩。有之，就是那块冷酷无情地对她板着铁青面孔的"今日无米"的木牌。

有时候为了和市场上的小投机商和米行老板斗法，却要放手地卖，把价钱狠狠地压。起初那些投机商看到米价一跌就快收，但是越收越跌，搞不多久，他们就沉不住气了。同时，他们资本有限，有的只是从县银行借的高利贷资本。搁久了不抛出去，别的不说，就是那要付的利钱也压得他们吃不消。一面市场上的米粮价继续疲软，一面银行的贷款利息不断升高，同时县银行又把银根抽得紧紧的，就像套在那些投机米商的颈上的皮带，越勒越紧一样。我才知道，这个县银行本来也是局长开的，后台老板还是那位远在重庆的部长，县银行自然要努力配合老板"吃人家"的事业了。（这些"疲软"、"银根紧"等等名词，你们知道吧？这是市场的行话）这些投机米商吃不消了，只好忍痛低价吐出原来高价吃进去的粮食，这一下裕民粮食公司一口都吞光了。车转身就牌价高挂。就在这一吞一吐之间，支票就像雪片飞进我的保险柜里来了。简单地说，有些商号和米行就这样被公司吃掉了。公司就吃得愈来愈胖起来。

每一次吃掉一家米行，会计主任就来找我去吃酒。在酒席上，他哈哈大笑地说："龟儿子，又吃掉了一个炮蛋！"他咬着糖醋排骨的骨头，格扎格扎响，津津有味，就好像嚼的是那些升斗小民和小商贩们的骨头，至少我的感觉就是这样。血腥的压榨，残酷的倾轧，原来就是他们的快乐源泉。

这个裕民公司就这么搞了不到一年的"裕民"事业，赚了大钱，真叫官商一家，无本万利。我亲自经手给重庆的某私营银行兑去不少的钱。但是从外表上看，还是看不出什么来，裕民公司还是那么一个小门面，还是只有那么几个人。我们既没有见到银钱钞票，也没有见到经营的实物粮食，就靠银行支票和提粮单飞来飞去。我们就像神奇的魔术师一样，在支票和提货单之间玩来玩去，就看到"不尽黄金滚滚来"了。当然，我们公司办事的几个人也不过是几只提线木偶，表面上耳提面命的是那位会计主任，其实真正提线的是局长和那位远在重庆进行遥控的部长。他们是于官则有权有势，于商则有粮有钱，操纵着市场，干着大鱼吃小鱼、小鱼吃虾米的买卖，过着花天酒地的生活，脸盘发福，肚子胀圆。

我照说不过是一个升斗小民，被偶然的机会拉了进去，见所未见，闻所未闻，有时深夜扪心自想，却也有些感到可怕，在良心上说不过去。可是早上一起来，又周旋于支票和提粮单之间，听到会计主任说："良心！良心值几角钱一斤？"我也就心安理得，继续像过了河的卒子，拼命向前了。

我干了一年，我总以为我们的局长连同他后面的部长是所向无敌的。财神爷简直像是养在他们公馆里的阿猫阿狗，被他们喂家了的。却不知道黄雀之后还有弹弓在瞄着它们。而我也就几乎在这种残酷斗争的场合里把自己的老命报销了。

且说有一天，会计主任来找我，对我说："这一年算是财神爷照顾我们，赚了不少钱，但是光掌握一些票子，还不是办法，粮食公司还得掌握大量实实在在的粮食在手里，才算脚踏实地，不怕风浪。"

我同意他的观点，"但是怎么办？"我问他。

他笑一笑——这位会计主任总是喜欢说到得意之处，那么皮笑肉不笑地皱一皱面皮，听不到他的笑声，只听到从他的牙齿缝里喷出来的嘘嘘的声音。听了像刺骨的寒风，从他的牙齿缝里吹到我的脸面上来。在他那笑声里面当然包含着聪明和智慧，可是更多的是包含着阴险和奸诈。今天他又那么笑一笑——假如那可以算是笑的话。我知道他又有"上上策"要拿出来了。他说："怎么办？我们既不会种粮食，又不会印票子，更不会变戏法，叫粮食像从天上落雨一样落到我们的粮仓里来。"

那么到底怎么办呢？粮食从哪里来？我正注意地听着，他却故意卖关子，不说下去了。我问："到底粮食从哪里来？"

"只有在这里，才能出粮食。"他指一指他那半光的前额头。

"那里可以出粮食？"我有点不相信。

"打主意嘛。"他拍一拍他的脑袋。

我还是莫名其妙，问："什么主意？"

他说："这就又得靠发挥你的报销技术的创造性了。"

于是他在我的耳根叽叽咕咕说了一会儿，这真是古书上说的，叫我"顿开茅塞"，叫我也跟着他聪明起来了。我才明白，一个人只要被利欲熏了心，能够变得多么聪明，能够想得出多么高明的绝招儿。而这种精神的力量就可以变出物质的粮食来。然而那又是多么凶狠、多么残酷呀！就这么一下，真像变戏法一样，公家的几千担粮食就上到我的账本上来了。

看你们惊奇地看着我的样子，你们大概想问我："你也莫卖关子了，到底是什么绝招儿，说出来听听吧！"我是要向你们招供的，假如需要这么说的话，这是犯罪的事嘛。说穿了其实很简单，两个字：海损。要我在"海损"上做文章。

什么叫"海损"？你们有的人大概知道，但是你们大多数人恐怕不知道。我们那个县靠大江，是粮食集散的码头，每年有好多万担粮食从水路运往陪都重庆去供军需民用。你们还不知道从那里去重庆的水路上有不少险滩，每年都要撞沉（我们叫"打劈"）许多只米船。好了，险滩伸出可爱的援助的手来了，只要"打劈"一两只大船，几千担大米就进了公司的仓库了。你们要说，不对，米都沉到滩底，去给龙王爷的虾兵蟹将提供军粮去了，哪里能到裕民公司的粮仓里去呢？这就证明你们的脑袋瓜子还没有被利欲熏透，从而变得聪明起来，所以你们只知其一，不知其二。难道你不可以把粮食事先扣下，往船上装少量粮食袋在上面装样子，其余都是假粮食袋子吗？反正船已经沉了，粮食都倒进水里去了，谁还有本事去找龙王爷查对沉下去的粮食账目呢？报一个海损事故，公家蚀了几千担粮食就是了。

哦，张老，你在笑，不信服吧？还有，老黄，你是重庆人，大码头上的人，难道也不信？起初，我也不信服，船上有那么多划船的，还有当家掌舵的艄公，难道他们不怕死，硬把船往礁石上撞？但是实践了几回，我是信服的。那些划船的船夫的命算个屌！反正全部或大半淹死了，命大能爬上岸的不过寥寥几个人。正好，可以叫他们证明，是船出了事故嘛，粮食都倒进水里去了嘛。但是那艄公呢？他自己愿意把船舵乱扳，鼓起眼睛叫船碰在礁石上吗？他有啥不愿意的？只要多给他几个钱就行了。不过这还是不大保险。最保险的办法是派到船上去的那个押运员，到了滩口，在后舱里，他出其不意，把舵猛力一扳，趁势把艄公打下水去，就像被舵打下去的一样。掌舵的淹死了，这就万无一失了。啊，你说太残忍了吧？哪个做生意买卖的老财迷和专刮地皮的官僚是干干净净的？他们刮来的哪一张钞票上不是浸透了贫苦老百姓的血汗和眼泪？只要有大利，把他亲老子砍成八大块来当狗肉卖；把他的婆娘弄去陪别人睡觉，他在床边喊号子；叫他给人当龟儿子、龟孙子，都是肯干的。明天就把他绑赴法场，砍脑壳示众，叫他嘴啃河沙，颈冒血花，灵魂不得升天，只能入地狱去上刀山，下油锅，永世不得超生，他也是不怕的。嘿，这些人，我算是看得多了。

总之，就凭这一招儿，我们这个裕民公司就算有了切实的本钱，好多仓粮食实实在在贴上裕民粮食公司的封条，属于公司所有了。会计主任的账上报销了海损，我的账上做得天衣无缝。

但是我们正在得意呢，却碰到了"硬火"。

有一回，我们发现粮食市场上有一些投机商人又在起哄抬价，抓粮食。会计主任毫不在乎，对我说："哼，那不过是几只虾米，连小鱼都算不上。我肯信他几爷子能把大海搅浑了。送上门来的虾米，吃吧。"于是他还是用先吐后吞的办法来整治他们。

但是这一回有点怪了，这几只虾米硬是不服吃，一股劲地收粮食，银行好像是他们开的、支票是他们印的一般，一本一本地开出来，拿到银行硬是过得硬，可以兑现。过了十来天，几乎把这个粮食最多的市场上的粮食都抓过去了，好像胃口还大得很。嗯！这不是虾米，莫非是装成虾米的大鱼！会计主任和局长都惊诧了。明摆着的，公司是买空卖空，抛售的都是国家公粮，如果重庆通知马上要叫送粮食，或者什么部队派人到这里来要军粮，怎么办？局长不能不叫会计主任去摸底，这些投机商人到底是从哪里冒出来的？费了不少周折，到底弄清楚了，他们是从重庆来的，是打起重庆一个叫富国粮食公司的旗号来收购的，市场上有多少，他们收多少。

更怪的是，原来会计主任认定很"鬼"的那个粮食局的老会计，忽然来拜访我，并且坚持要约我出去找个僻静的小酒馆去喝二两。我感激他是我的第一个引路人，多承他教我为人的道理和报销技术，才有我今天的发迹，所以我答应去了。到了一个小酒馆，喝了几两，他看起来喝醉了的样子。其实他的酒量很好，并没有真醉，只是装糊涂地说了许多酒话，对我半是恐吓，半是劝告。他说："老兄，下滩的船，眼见要打沉了，你还不快起岸，更待何时？"

我问："你这话是什么意思？"

他说："你投靠的这个裕民粮食公司，恐怕正处在风雨飘摇之中吧？现在已经捉襟见肘，再经两个浪头一打，恐怕就要叫它'打劈'了。"

奇怪，他怎么知道我们的公司处境不妙呢？我含糊其辞地说："我只管一个月拿到那五斗米，年终争取拿两个月双薪就是了，别的我管不着。"

他笑了，说："你那为之折腰的五斗米，未必靠得住。现在有五石米的机会摆在你面前，看你抬不抬手。"

我问："什么意思？"

他说："现刻和你们公司在市场上竞争的对头，来头大得很，我看他们是连火门都没有摸到。"

我说，我们已经知道是重庆富国粮食公司到这里来抓粮食来了。

他说："你知道'富国'是哪个开的？"

我说不知道。

他神秘地轻声告我："来头大得很，听说是这个。"他伸出两个指头来。

我摇头表示不知道他伸出两个指头指的是哪个。

"嘿，孔二小姐你都没有听说过？"

哦，孔二小姐，我倒是听说过，是当今掌管政府经济大权的孔祥熙的二女公子。关于她，只听说过许多神话和笑话，不过是茶余酒后的谈助，谁去认真？比如说她经常是女扮男装，还娶了好几个"面首"也就是男姨太太等等。又听说她是重庆经济界一霸，可以点铁成金。这倒是真的，如果富国粮食公司真是她开的，那裕民粮食公司即使有当今的粮食部长当后台，也是斗不过她的。难怪这回把裕民整得这样狼狈，原来是碰到硬码子上了。我说："这样说来，裕民这回怕要垮台。"

他笑一笑说："哼，你以为这只是为了对付你们一个还没有长成气候的小小的裕民吗？目标是粮食部，是中央和地方在斗法，在争夺掌握全国粮食的大权哩。"

哎哟，我真没想到是这么一回事，更没有想到我竟卷进这么一场惊心动魄的斗争的旋涡里去了。

他似乎看透了我的心事，做好做歹地劝我："老弟，我也是为你好，老实告诉你，裕民公司当然靠不住了，粮食部长也要被'取起'，甚至还要叫他下不了台。你要不早点抽身，当心别人下不了台的时候，把你抛出来当替罪羊哟。你以为沉船的事，手脚就做得那么干净？那个掌舵的并没有淹死，有人养着这个'活口'哩。"

这真是晴天霹雳！没有想到局长和部长他们沉船的事竟然露了馅儿了。我装糊涂沉默不语，这内情要漏出去，可不得了，粮食局长是好惹的？不过这老会计也许不过是来试探我的，他们其实并不是把内情摸实在了的。

他看出我神色不安，马上对我进攻："这是几千担粮食的大事，现在有粮食部长兜着，没事。但是部长垮了呢？新部长上台了，对海损事故不穷追到底？局长不拿几个头去，这个大案能结得了案？我就担心有人要借你的头呢。"

我强自镇定地说："我说过，我是穷公务员，只管记账，一个月拿五斗米，别的不沾。"我起身告辞了。

我们分别的时候，他又警告我："老弟，得抽身时早抽身，何必跟倒烂船下险滩？只要你肯转向，有人对我拍了胸脯，不是你现在拿的五斗米，而是五石米！"

我回裕民公司后，正在考虑，是不是要把富国公司的硬后台告诉会计主任，请他转告局长呢？我还正在犹豫不定呢，会计主任就来找我来了。他急匆匆地告诉我，重庆粮食紧张，粮食都被大投机商囤积起来了，不肯抛售，市场上粮食供不上，部长喊过不到关了，叫我们马上运一万石公家的粮食去接济。这真是坏了事了。这里的公粮都拿来当本钱和富国粮食公司斗法的时候抛出去了。当时以为只要十天半月就可以全部收转来的，谁知道富国粮食公司来头大，只吃不吐。粮食在他们手里，票子在我们手里，顶不了事，而且这票子天天在贬值，卖一千石粮食的票子，过了十天半月工夫，买五百石也不行了。现在重庆催送粮食又催得紧，怎么办？莫奈何只好把那昧了天良吃"海损"吃到嘴里的几千石粮食，忍痛吐出来，赶快送到重庆去堵口子。但还是不够，只好高价去四乡收购些粮食来补送。说实在的，这么一搞，裕民粮食公司老本蚀光，倒背了一屁股债，早已过了宣告破产的格格了。看来我要失业了。

正在不得开交的时候，祸不单行，这里传说，在重庆的参政会上有人质问粮食部，粮食为什么飞涨，扬言要追查运重庆粮食的海损事故。有一天，会计主任来找我，说局长找我有事。过去局长是从来不和我照面的，一切都是经过会计主任，这回破格要见我，是什么事？

晚上，我跟会计主任一块儿到局长公馆里去了。才坐下呢，局长劈头就问我："你和那个老会计去喝过酒吗？"

我失悔那天回来，没有把这件事给会计主任说一说，现在只好认账了。我嗯了一声。

局长火了："好呀，你吃里扒外！"接着就用威胁的口气问我："你老实说，你是不是看到'裕民'要垮，去挨'富国'去了？"

我否认有这样的动机，我说我也并不知道那个老会计早已被局长"高升"出去，投进富国公司里去了。但是会计主任揪住我不放，像审问似的问我：

"你放老实点，你是不是把裕民的老底子向他端出去了？"
我否认。

"那么海损的事除开你谁还能知道？为什么这件事在重庆闹喝了?"

我只能矢口否认。我不想说出舵手还活着的事，那样会追查我这个消息的来源，如果说是老会计告诉我的，他们一定认为我陷进富国已经陷得很深了。我坚持我并没有暴露他们的阴私。的确是这样，他们找不到我泄露了什么机密的证据，事情就说到这里僵住了。

会计主任马上来转弯子，心平气和地说："老兄，我们好歹都在一条船上，莫非我们还信不过你？不过想告诉你，那个老会计不是好东西，他正在安圈套想把你套住，你要当心，不要落进他们的圈套里去了。好了，今天就说到这里吧。"他一边说着，一边给局长在递点子的样子。局长也就马上改了口：

"好了，好了，你为人忠厚，我们信得过。过去的事不说了，只要不和那个老会计去网，我们还是和衷共济，渡过难关，有你的好前程。"

我从局长的公馆里走出来，捏了一把汗。

过了两天，会计主任来约我一块儿到局长家里去，商量要紧的事。我们到了局长家里，局长和颜悦色地对我说："好，好，你是个明白人，靠得住，我们这回送重庆的几千石公粮，请你去押运，并且替我带一封信到部长公馆去，他们要问什么，你才好回话。"

会计主任在一旁帮腔："有部长在，我们裕民垮不了。你去见见部长，这机会可是难得哟。"

我只能应承了，他们两个看来很满意的样子。

运粮船队快开船了，忽然会计主任上船来了，还带了三个人一块儿上来，好像不是押运员。他说他们有要紧事要搭顺路船去重庆，和我一块儿走。船队开船了，一路挺顺利地过了险滩，天快黑的时候，快要到重庆了。会计主任提议，我们另坐一条快船，先赶到重庆好安排粮船靠岸的地方。对头。我们从大船下到一条小船上，在前面走了。小船果然跑得飞快。

在黑蒙蒙的长江上，走了一程，会计主任带的两个人忽然靠近我的身边来坐下。会计主任开腔了："这是你说老实话的地方了。你说说你把我们运粮的海损事故，告诉老会计没有？"

我还是那句话："没有。"

"好，"会计主任说，"你到底是说了还是没有说，都没有关系。你说了，砍你下水；你没有说，给你个全尸，沉你下水。"

说着，那两个大汉就把我按在舱里，硬要把我用麻袋装起来。我又哭又喊："冤枉呀，活天的冤枉呀！"哪个管你？在这黑茫茫的江上，孤零零的一只小船，谁能听得到。

会计主任还奚落我说："你记到，明年今天是你的周年，我们总算相交一场，到时候我到河边来给你烧纸。"

我已经吓得昏了，我怎么被硬塞进麻袋里去，怎么被抬起来丢进河里去的，后来又怎么样了，我完全不记得了。

当我醒来的时候，奇怪，我正躺在一张床上。这屋子比较黑，窗帘都拉上了，但是这间房子看起来还是蛮讲究的。这是在哪里？是在阴曹地府里吗？是在运粮船上做梦吗？我捏了一下我的腿，感觉很痛，我没有死，也不是在做梦，的确是会计主任和两个大汉合谋，把我沉了河了。但是这是谁把我从水里搭救起来了呢？

我什么也想不清楚，我的头疼得很，是死是活，也不愿去想了。

"他醒来了吗？"一个很熟悉的声音从门外边传进来，跟着门被打开了，原来是老会计进来了。他走到我的床边，我想挣扎起来，他阻止了我："睡好，睡好。"显得十分亲热。毫无疑问，一定是老会计他们一帮人把我从河里救起来的了。他们这帮人想必就是富国粮食公司那些人吧，就是孔二小姐一伙的吧。

"你这一条命是捡到活的。我劝你早抽身，早转向，你不信，差点下水喂了王八了吧？现在你该明白了，他们是想杀人灭口。你要想报仇，就把他们的老底子一五一十地都翻出来吧。"他表现出义形于色、十分愤慨的样子。

我从眼前九死一生的经验想，知道他显出那么愤慨不平，其实不过是为了最后那一句话，要我翻出局长、部长他们的老底子来。我默不作声，也不想对他们这帮人说什么。我陷进裕民的圈子里去，被他们当赌博的筹码使，差一点丢了老命，我现在再陷进富国的圈子里去，能活得出去？

老会计却不管我理会不理会，只顾自己得意地说着："哼，实话告你说吧，那天我找你的事，他们知道了，我们就算定没有你好过的日子。我们本想把你绑架走，免得他们下毒手，谁知道他们赶在前头叫你押运粮食去重庆。我们一路坐小船跟了来，看他们到底要搞什么鬼。我们眼见他们把你骗上了小船，就算定他们是下了狠心，要杀人灭口了，果然眼见他们把你估倒装进麻袋，抬起来投进江里。我们早已在后边安排了人，下水去把你打捞起来，救活了你。你要想一想，富国公司和你非亲非故，救你起来干什么？你是个明白人，应该懂得怎样报答别人的救命之恩。"

这就说得再明白没有了。他们哪里是心存好意，死里相救，其实是要我当个活口，给他们提供打击对手的子弹罢了。要说那局长、部长是狼的话，他们这一般人恐怕是老虎，比狼更凶险些。我是再不想卷进虎狼斗里去了。我推辞说："其实，我并不深知他们的老底。"

"嗐，说你是明白人，一时却糊涂。你想，你没有拿住他们的致命短处，会这么把你往鬼门关里送？这点难道你瞒得过我们？老实告诉你，你到了这里，不说也得说。你说了总有你的好处。好吧，你歇歇，好好想想，明天我来听回话。告诉你，你要明白，你现在是到了什么地方。你要懂得哟，我不是随便来找你的。"

他说罢竟自开门走了。从老会计这一席话，看得出来，我从狼窝里转到虎穴中来了。他们不从我口里榨出东西来，是走不出这个虎口的。算了，我又何爱于那杀我的局长这般人？我还是想自己早日脱身的办法吧。

第二天，我把局长和他背后的粮食部长官商一体，买空卖空，沉空船报海损的事说了。老会计高兴得不得了，说："这就对了，有你的好处，果然你是一个明白人。"我在这里又成了明白人了。

到底来了"好处"，他们真给我送来五石米的条子。还说，这是我开了口的报酬，以后只要我懂事，当明白人，还有更大的好处。于是有这样那样的人来访问我这个明白人来了。问情况，写材料，还有新闻记者来采访、照相。一下这个山城（我现在才知道，我现在是住在山城的一个公馆里了）像开了锅，报纸登了大消息，还有添油加醋的活生生的描写，什么《部长沉船记》，什么《裕民粮食公司内幕》，特别是把谋杀我的过程前前后后，像写侦探小说一样，离奇古怪地写在报上，连我没有亲身经历过，甚至连想也没有那么想过的事都写上了。好像那些新闻记者一直跟在我的身边，进行采访，和我一块儿装进麻袋，一块儿沉的河，并且随时钻进我的脑子里去观察过一样。对于新闻记者们的创造才能，我是不能不表示赞叹的。然而那惹是生非、造谣惑众的本领，也太叫我惊奇了。从此我才敬服我一个在报馆里工作的朋友对我说的经验之谈："干什么事都可以，就不要去干这样工作。看起来叫'无冕之王'，好不神气。其实那些新闻记者成天在这个衙门、那个公馆卖弄风情，百依百顺，不是粉饰太平，就是造谣生事。骗了自己，还要去骗老百姓。"我看一点不假，这些报纸其实不过是造谣公司。

这一下引起轩然大波，参政会质问粮食部长，还有什么政府的惩戒委员会开会弹劾呀，闹得满城风雨，就像一场闹剧，一幕一幕演个不完。最后到底以粮食部长引咎辞职，我们那位局长撤职查办了事。

至于我呢？不是有好处兑现了吗？不是从为五斗米折腰上升到为五石米折腰吗？你们真要想得那么天真，你们的脑袋瓜子就是无可救药了。我当时就没有那么想过。我只想，我才从狼嘴里出来，又跳进了虎口，能活着逃出来，就算幸运。果然，当他们从我身上榨取到一切有利于他们进行斗争的材料，再也没有油水可榨了，而他们的官司打赢，粮食部长的肥缺抓到他们的手里去了。富国公司从此官商一体，生意兴隆，财源茂盛了。我的存在对于他们是无足轻重的，甚至是不可忍受的时刻快来了，于是在我面前又出现了老会计。

老会计又来看我来了。他，看样子是高升了，一看他那高贵的头朝天的角度，走动起来他那两肩摇动的幅度，他那两袖生风的烈度和他那两脚的跨度，就可以知道。甚至说话的声音也似乎随同他的高升而变调了，从重浊的低音变成高八度了。他一进门就开门见山地说："恭喜你完成了伟大的历史使命，该你高升了。"

我一听"高升"二字，就明白是什么意思了，是该我滚蛋的时候了。我乐得这样。

他走的时候还回头向我警告："向你进一句忠言：有人对你是不会善罢甘休的。不要说留在这个城市了，就是留在这个公馆里，也不一定保险，你还是隐姓埋名，远走高飞的好。"

这点自知之明我还是有的，我不能忘记血的教训。死亡每天在阴暗的角落里向我窥视。我不愿意忽然变成轰动一时的新闻材料：某某人自行失足落水呀，或者某人自行撞到别人的枪弹头上去了呀，以及各种二十世纪摩登的奇怪死法——这种怪事在我们党国的报纸上是司空见惯的。因此在某一天清晨，我不辞而别，从公馆逃走了，也许这正是他们希望的。

从此我就隐姓埋名，流落到这个冷衙门里来了。可惜我除开做报销会计，把我的双手双脚的积极性都发挥起来，并且把半条街的商号都开在我的抽屉里这样一点本事外，别的什么也不会。在这里还是天天干报销的工作，但愿我不会某一天连自己也报销了。

谁知道呢？这世道！

第三记

巴陵野老： 盗官记

峨眉山人摆了一个发生在县衙门里的故事，我也来摆一个发生在县衙门里的故事吧。你们要问这个故事发生在哪个县衙门里，我可只能回答一句：反正不是发生在我们这个县衙门里。我们这个县即使称不得模范县，可是绅粮们给县衙门送的"清平世界"、"朗朗乾坤"之类的金字大匾在闪闪发光；我们的县太爷即使算不得清官，也还没有因为劣迹昭著而撤职查办。在我们这个县衙门里，哪里会发生这样荒唐的事呢？而且我们这些人都是靠着这个衙门过日子的，虽说吃得不很饱，可是也没有哪一个饿死，甚至还能得闲到这里来坐冷板凳，喝冷茶，摆龙门阵，这也可算是乱世中的桃源生活了。即使在我们县衙门里，眼见发生过什么三长两短的事，也应该强打起精神来做一个隐恶扬善的君子才对头嘛。总之，这个故事并不是发生在我们这个县衙门里，这一点是非得赶紧发个声明不可的。——巴陵野老诚惶诚恐地发表了他的严正声明，才开始摆起他的龙门阵来。

巴陵野老在我们这个冷板凳会里假如不是最老的老人，总可以在敬老会上坐第二把交椅。已经无法说他是一个白发苍苍的老人，因为他的头发已经经历过由黑到花白、到全白、到完全脱落的过程。但是也不能说他是一个龙钟老人。头发是没有了，可是在那发光的头顶上还泛着微红；在白眉毛的下面还眨巴着两只炯炯有神的眼睛；那脸是清瘦的，但是还红光满面。他那一口洁白坚实的牙齿，使他没有一般老人那样牙齿脱落、两颊凹陷的老态。他的身体也还可以叫做结实，一年四季没有见他背过药罐，甚至伤风咳嗽也很少见。问起他的年纪来，他是最不愿意回答的。人家问他："你大概到了花甲之年了吧？"他支支吾吾地回答："差不多。"六十岁对于他似乎是一个很忌讳的年龄，因为这是勒令退休的年龄，而"勒令退休"，就意味着敲碎饭碗，这隔"转死沟壑"也就不远了。所以有人揭他的底，说他已接近"古来稀"的高龄了，我们都竭力替他辩解："嘻，人家连六十大寿还没有办过呢，怎么说快七十了呢？绝对没有！虽说他的头发光了，你看他那牙齿，你看他那精神，你看他吃饭喝酒的劲头，即便是五十岁的人，能比得过他吗？"

正因为这样，他在我们这个衙门里算第一个奉公唯谨的人，不论有事无事，准时上班下班，风雨无阻。能够不说的话，他决不开口；能够不出头的事，他决不出头。他惯常劝导我们这些有点火气、喜欢发点牢骚的科员："是非只为多开口，烦恼总因强出头。"他就是这样长年累月，在他已经坐了几十年的那张旧办公桌前捏着他那支秃笔，默默地和无情的岁月拼命，等待那个戴着上面写有"你又来了"几个大字的高尖尖帽子的无常二爷，有一天带着铁链来套上他，向鬼门关走去。

但是，自从他参加了我们的冷板凳会以后，似乎在他的身上召唤回青春的活力，变成一个老少年了。如同上班一样，他每会必到，风雨无阻。听到大家摆一些有趣味的龙门阵时，就呵呵呵地笑起来，像喝了陈年老窖大曲酒一样，摇头晃脑，用手击节赞赏说："这真是可以消永夜，可以延年寿啊——"把尾声拉得老长老长的。现在，他拈着了阄，不等别人催促，就自告奋勇地摆一个龙门阵。他摆起来了。

我先摆一个"引子"，我摆的正文就是从这个"引子"引出来的。

我不想说这个故事发生在哪一年。那个时候，县衙门已经改名叫县政府，大堂上坐的已经不是知事大老爷，而是县长了。但是老百姓还是照老习惯，叫那里是"有理无钱莫进来"的县衙门，还是在屁股挨打的时候，对坐在大堂上的县长叫："大老爷，冤枉呀！"我看这些县长，和我们过去见过的县太爷也差不多。有胖胖的、有瘦瘦的、有马脸的、有牛头的、有鹰鼻的、有猴腮的、有猪拱嘴的，什么奇形怪状的都有，而且都在挂着"光明正大"金匾的大堂上坐着，对堂下惶恐跪着的老百姓吆喝，发威风，打板子；一样在后花园的客厅里和"说客"斤斤计较，数银元，称金条。当然，也总是一样坐不长久，多则一年，少则三月，就囊括席卷，扫地以尽地走了。为什么？因为他的"官限"已经到了，新的老爷已经动身，就要上任来了。你看各机关、法团、士绅、商贾以及像我们这些坐冷板凳的科员，一面在忙着给就要卸任的老爷送万民伞、立德政碑，一面又在河坝码头边搭彩棚、铺红垫，锣鼓、鞭炮也齐备了，准备迎接新上任的县大老爷了。

这一回来的县大老爷姓什名谁，我们都不知道，也不必知道，反正拿着有省政府大红官印的县长委任状，就算数。我们这个县在江边，通轮船，每次县大老爷到任都是坐轮船来的。

"呜——"，轮船的汽笛叫了，打了慢车，停在河心。因为没有囤船可靠，只好派几条跑得飞快的木舢板船靠上轮船边去迎接。舢板靠好，新来的老爷和他的家眷，还有决不可少的秘书师爷和会计主任等等随从人员，一齐下船。

"扑通！"出了事了。不知道是这位新来的老爷年事已高呢，还是看着岸上人头攒挤，挂红飞绿，锣鼓齐鸣，鞭炮响连天，因而过于兴奋了，在他老人家从轮船舷梯跨到不住颠簸着的舢板船上时，踩虚了脚，于是，"扑通"一声，掉进大江里，而且卷进轮船肚子下的恶浪里去，无影无踪了。

事出意外，这怎么办？照说应该下船给落水的新老爷办丧事才对。但是，那跟来的会计主任却机灵得很。他当机立断，马上在船上和跟老爷来的太太以及秘书师爷研究了一下，拿出办法来。于是，太太擦干了自己的眼泪，把老爷的委任状拿出来交给会计主任，会计主任又把委任状转给秘书师爷拿着，好像什么事情也没有发生，仍旧那么沉着地、兴高采烈地以秘书师爷带头，太太抱着一个小娃娃紧跟着，后面是会计主任以及跟班，鱼贯地下到舢板船上，划向挤着欢迎人群的码头边，上了岸了。

到了欢迎彩棚里，秘书师爷把委任状亮出来给卸任县太爷以及地方机关、法团的首脑和绅粮们过目，并且自我介绍起来："鄙人就是王家宾。"——王家宾就是写在那张委任状上的新县长的名字。于是大家和新来的老爷或者拱手，或者握手，表示恭喜，敬扫尘酒，然后就坐上四人抬的大轿，推推搡搡，到县衙门里接事去了。

有人问："刚才下船的时候，好像发生了什么事了？"

会计主任以不当一回事的神气马上回答："哦，刚才下船的时候，我们带的一个跟班，抢先下船，不幸落水淹死了。"

"哦。"原来是这样，一个跟班落水了，这当然是无关大局的。于是新来的王家宾大老爷照常上任；在机关、士绅的欢迎会上照常发表自己的施政演说；在后衙门照常安排好自己的家眷，晚上安歇了；并且第二天早上起来，照常坐上大堂，问案子，照常打老百姓的板子；照常克扣公款，敲诈勒索，刮起地皮来。

只有一点不大照常，就是这位新来的王大老爷刮起地皮来特别的狠毒，硬是像饿虎下山，饥不择食，什么钱都要，什么人的钱都要，简直不顾自己的官声，不想要万民伞，不想立德政碑，只想几个月之后，卷起鼓鼓的宦囊，逃之夭夭了。这个"不照常"，就引起地方的大绅粮户以及专门干"包打听"和喜欢搬弄是非的人们的注意。不到三个月，在衙门内外，离奇的谣言像长了翅膀，到处传开了。起初是唧唧喳喳地，慢慢就沸沸扬扬地传开了，还伴随着一些有损新老爷官声的议论，以至在衙门口竟然发现有人暗地里贴出了"快邮代电"这样的传单来。

那"快邮代电"上说，这一切都是那个会计主任导演的一场把戏，那个落水的才是真的县长。是会计主任当机立断，叫秘书师爷取而代之，和太太做成真夫妻，冒充王家宾正牌老爷，大摇大摆地上任的。而且说会计主任这么安排，这位太太不能不立刻答应认一个野老公，都因为他们有不得已的苦衷。

为什么会计主任要导演这么一场把戏呢？这就要从成都省上卖官鬻爵的内幕讲起。

你们去过成都吗？那里有一个少城公园，少城公园里有一个鹤鸣茶社。在那里有一块颇大的空坝子，都盖着凉棚，面临绿水涟漪，是个好的风景去处。凉棚下摆满茶桌和竹椅，密密麻麻坐满喝茶的茶客，热闹得很。到处听到互相打招呼、寒暄问好的声音，到处是茶倌放下铜茶盘叫着"开水"的声音。这是一个普通的茶座，那些做小生意的、当教员的等等小市民们，就在这里来谋事，说合，讲交情，做买卖，吵架，扯皮，参加"六腊之战"①、"吃讲茶"②……

但是还有一处更好的别有风光的僻静去处，叫做"绿荫阁"的，在那里凉棚高搭，藤萝满架，曲栏幽径尽头，便是茅亭水榭，临湖小轩。在那转弯抹角、花枝掩映的地方，都摆着茶桌和躺椅，既可以悠闲地喝杭州龙井、苏州香片、六安毛尖，还可以叫来可口的甜食点心、时鲜瓜果，真可算是洞天福地了。在这里商量买卖，研究机密，揭人隐私，搞阴谋诡计，都是很理想的地方；当然也是公开卖官鬻爵的好地方了。

据说在那里，无论是县长、局长、处长、科长、校长、院长之类的大小缺额官位，现放着的，哪管你是阿猫阿狗、牛头马面、土匪强盗，只要你肯出钱，就有人来给你穿针引线，讨价还价。价钱也是各不相同的，有肥缺和瘦缺之分，有长做和短做的不同。比如当个县太爷吧，因地方不同，价格出入就很大。人口繁密、交通方便、物产丰饶的县和那些贫苦偏僻、人烟稀少的县就分着不同等级和时价。清水衙门的中学校长和一沾就是满身流油的税务局长就相差很大。当官的时间也有长短不同，多则一年，少则三月。能买到二三年的官，即除开要多出钱之外，还要和党政当局有些瓜葛才行了。比方说一个县长的肥缺，卖给你一年，不管你去做"父母官"做得受到子民多么的欢迎，也是不行的，到时候就得交差走路。相反的如果时限没到，无论你刮地皮刮得多么狠毒，搞得如何怨声载道，你还是可以放心地刮下去，不用担心会提前撤职的。因为在买官的时候，有约在先，给够了买价的嘛。至于你到了任，你刮得多，刮得少；刮得巧，刮得拙；官声美，官声恶；那就是八仙过海，各显神通了。因此，不管是谁，哪怕是阿猫阿狗，一上任就拼命地刮、刮、刮，则是无一例外的。不然花钱去买官来当，为的什么？难道如今的世道还有谁真发了疯，想去得个宵衣旰食、爱民如子的"清官"空名声吗？

有的政客，官瘾很大，也自以为有一套做官的办法，又具备着做官的资历，但是"宦囊羞涩"，没有钱，怎么办？有办法，找山西钱庄就

---

① 六腊之战：每年旧历的六月和腊月是学校教员受聘期满的月份，到了这时，教员们都要为抢夺饭碗，争取一张下期的聘书而四处奔走，互相争斗，谓之"六腊之战"。

② 吃讲茶：两人或两帮发生争执，相持不下，就在茶社请有面子的袍哥舵把子来评理，说得好就罢，说不好当场就武斗起来，死伤累累，谓之"吃讲茶"。

行了。

　　不知道你们听说过山西的钱庄没有？据说那是最会做生意买卖的山西商人开的，就和现在的银行一模一样。这种钱庄拥有雄厚的资本，放高利贷，开设当铺，囤积居奇，投机倒把，买卖地产，承办汇款，发行像钞票一样管用的银票。凡是能够赚钱的事，他们就削尖脑袋，拼命去钻，于是就看中买卖官职这项生意了。当然，这些商人不懂"政治"，自己去当官，总是玄得很，怕蚀本。因此，他们就派人到少城公园绿荫阁，找那些卖官的引线人办交涉，买下一批各种候补官员的委任状，当做商品一样囤积起来。省里卖官的大官员们也嫌零敲碎打地零卖太麻烦，这样向山西银号批发出去，卖的又快，钱又成整，实在方便。那些想放出去做官的人，就可以直接找上这样的钱庄办交涉，讲条件，几分钱几分货，好多银子买个几品官。省得到处又托人情又送礼，到那些大公馆去受那些狗仗人势的看门的差狗子们的闲气。这当官的青云之路也实在简捷多了。你去找山西钱庄买官的时候，还有一个方便之处，就是可以"赊官"。你有现钱就出现钱，他们收取一定的利息就行了。你没有钱也好办，立一个赊官的字据，保证你上任去做官以后，在几个月之内，把钱刮出来，连本带利偿还给钱庄就行了。只是有一个条件，钱庄为了保险收回本利，照例派一个得力的人跟着你去上任，担任你的会计主任，一切收入都得过他的手。钱庄垫的钱当然优先扣下，以后刮出来的才算你自己的。这样的"卖青苗"，虽说利钱未免大一些，要忍受钱庄的大利盘剥，但是总算是无本万利，也划得来。只要上任之后，多费一些手脚，向老百姓刮得凶一些就是了。

　　我们亲眼得见的那位会计主任所导演的这幕趣剧，就是这么来的。你想，他的钱庄老板出了本钱，赊给王家宾一个县太爷的肥缺，叫他跟着来当会计主任，收回本利，哪里知道事出意外，王家宾上任未成，就落水淹死了。如果就此宣告县太爷落水死了，这本钱岂不白白丢进大江里去了？他回去怎么向他的老板交账呢？所以这位会计主任灵机一动，就估逼王家宾的老婆拿出买官的本钱和利钱来。她一个妇道人家，哪里有许多钱？只好交出委任状，承认会计主任的巧妙安排，由秘书师爷冒充王家宾，走马上任，她老实地当师爷的太太。这个师爷不要出一个本钱，就捞到一个县太爷当上了，还意外地弄到一个女人给他做太太，哪有不干的？于是三下五除二，一切都办得很顺利，照会计主任导演的趣剧演下来了。待到他们演的戏漏了底，他们已经捞够了本利，可以卷起行李，逃之夭夭了。这一逃就搞得真相大白，在全县传开了这件奇闻。

这件奇闻，偏偏传到我们下面要谈的一位绿林英雄的耳中，使他干出更加离奇的惊天动地的事来。

这位绿林英雄名叫张牧之。但是这个名字是后来才知道的，他的本名到底叫什么，已经不可考证了。他在绿林的时候，不知为什么，大家叫他张麻子，或者又叫张大胡子。可能由于我们这个社会有一个习惯，就是爱把那些不安分接受党国老爷们统治，不肯皈依三民主义，跪倒在青天白日旗帜下的贱民，那些甚至起而啸聚山林，和官府作对，造老爷们的反的非法之徒，通通说成是杀人放火、十恶不赦的土匪强盗，而且总是把这些暴民的领袖人物描写成为穷凶极恶、吃人不吐骨头的凶神恶煞，最低限度也要在他们的外形上赋予一些生理上的缺陷，比如张麻子、李拐子、王歪嘴、赵癞子之类。好像这些人都是上天降到人间来的孽星，他们绝不可以有一个长得五官端正的身体、足智多谋的脑袋、忠厚正直的人格和文雅善良的品行。假如把这些只用来形容我们老爷们的褒词，用去形容那些造反的强盗土匪，岂不是颠倒了世界了？于是我们这位绿林英雄张牧之，也就只好奉命长胡子、出麻子了。

但是我们对于张牧之，却不能不再颠倒一下。因为要实事求是嘛。不管老爷们怎么坚持要叫他为穷凶极恶的土匪，说他是杀人不眨眼的江洋大盗，是个麻子，而且有大胡子（注意，大胡子和土匪常常是有奇怪的联系的，比如有些地方就把土匪索性叫做"胡子"），我还是要说他具有忠厚正直的人格、文雅善良的品德，而且还有一个足智多谋的脑袋。至于身体嘛，长得相当周正，既没有长大胡子，更不是一个麻子，干干净净的，倒像一个人才出众的白面书生。至少比我们天天看到的许多老爷和少爷们要周正得多、干净得多就是了。我这不是造谣，是亲眼得见的哟。

你们要问："嘿，你怎么亲眼得见一个江洋大盗呢？"我是亲眼得见的。而且我还给他当过……当过部下的。"嗄！更了不得，你倒去给土匪做过部下了！"是的，一点不假，我给张牧之当过部下，而且我觉得他是一个很不错的上级呢，至少比我们衙门现在这些上级好得多。

"你越说越叫人莫名其妙了！"是吗？听我摆出来，你就不会觉得莫名其妙，而且要说妙不可言哩。

张牧之到底是哪里人，原来名字叫什么，谁也搞不清楚。后来老爷们不愿意把"张牧之"这样一个雅致的名字送给他，在名正典刑的时候还是叫他张麻子。我却仍然宁肯叫他张牧之，不止我一个人，可以说满县城的老百姓都愿意叫他张牧之的，而且还名正言顺地叫他"张青天"哩。

听说张牧之是出生在一个十分穷苦的家庭里，从小受苦，衣食无着，到了刚能端饭碗的年纪，便被送到一家地主老爷家里当放牛娃儿去了。这家地主其实是本县第一块大招牌的大地主黄天榜大老爷的管家，他是从当二地主发家的，所以就特别地刻薄。在这家做工的长工队伍里有一个老年长工，当了长工们的领班，名叫张老大。这个人很有意思，虽说当长工好比是掉在黄连缸里，苦不堪言，他却总是那么乐呵呵的样子。他喜欢和大家说说笑笑，特别喜欢跟大家摆龙门阵。在闲暇的时候，他就用摆龙门阵来排遣大家心里的烦闷。这些龙门阵大半是揭老爷们的丑底子，长穷人的志气的。他还常常摆什么地方出了"神兵"了，什么地方穷人搭伙上山立了寨子，自己坐了天下了。这些对于当放牛娃儿的张牧之，就是启蒙的好教材。他从这里吸收了丰富的精神营养。他是多么钦佩那些绿林英雄啊！这个老长工张老大，还识得几个字，能够看懂木板刻印的小唱本，他喜欢在赶场的时候，在小地摊上买几本回来读。他摆的有些龙门阵就是从这种唱本中取出故事来，又根据他自己丰富的想像力加以补充和修改，才摆给大家听的。张牧之拿着那些唱本，简直看神了，他没有想到这里头有这么好看的东西。可惜他是个睁眼瞎子，扁担倒在地上，认不出那是个"一"字。他发奋要拜张老大当老师，向张老大学认字。他向张老大一说，张老大就答应了。不过长工同伴们要他正儿八经给张老大磕个响头，拜门当弟子，张牧之也真的给张老大磕了一个响头，喊一声张师傅。张老大乐呵呵把他从地上拉起来，说："好，我们就来造一回魁星大菩萨的反，叫穷人也当秀才。"经过几年的努力，张牧之居然也能读唱本和别的小书了。这一下简直把他乐坏了，在他面前打开了一个新的世界。他见什么读什么，甚至陈年的账簿和过时的历书，他都要拿来翻看，长了一些知识。长工们都喜欢这个青年，算是他们中间的小秀才，什么事都爱同他商量。又过了几年，他长大起来，能和长工一样干活的时候，他的师傅张老大突然得病死了，他哭得很伤心。张老大光棍一条，也没有一个亲人，张牧之就自愿给师傅披麻戴孝，送他归山。张牧之在长工队伍中早已是一个事实上的领袖人物，于是他接着当了长工领班。

后来不知道又过了几年，张牧之有个妹子来看他，被这个地主老爷一眼看上了，估倒要送到城里向黄大老爷进贡，到黄家大公馆去当丫头。张牧之不同意。结果被地主老爷强拉去先强奸了，然后送进城去，在半路上就跳水自杀了。张牧之的爸爸和这家地主老爷去打官司，那黄大老爷送了一张名片给县太爷，就叫张牧之一家落得个家破人亡。

张牧之气坏了。他早就知道和这种人打官司是打不赢的，像他在那些唱本上看到的那样，"八字衙门朝南开，有理无钱莫进来。"他决心照他的老师傅曾经给他摆过的那样办，约了一伙长工，跟这个地主老爷干了一仗，杀了这个坏蛋。杀了老爷又怎么办？难道眼睁睁看着官府来把他们抓去一个一个杀头吗？不行，他们没有别的路走了。大家一商量，就想起张老大给他们摆过的那些绿林英雄，上山扎寨子，自立为王的故事来。张牧之把大腿一拍："对头，上山去！"接着他给同伴们摇起他新近读过的一本小字石印的《水浒传》，说林冲怎么被逼上了梁山。张牧之的结论就是："走，我们上西山去！"

过不多久，就传说在这个县的西山一带大山区里出现了一股"毛贼"，"拦路抢劫，商旅裹足"。这些消息传到县城来以后，县衙门里发的官家文书上就是这么告诉我们的。听说他们从几个长工发展成为十几二十个人，从手无寸铁发展到弄到七八支长短枪，倒成了气候了。在这中间，县衙门也派出地方团防队去剿捕过他们，可是从县衙门里的官家文书上又看到，说这股土匪"飘忽不定，难以捕剿"。那就是说，把他们一根毛也没有摸到。

西山一带本来是黄大老爷称霸的地方，是他种鸦片、贩运鸦片和"放棚子"的地方，怎么能容得一股毛贼在那里出没，打断他的财路？于是他派出自己的家养亲兵去征剿。这些家伙倒都是会钻山的地头蛇，找到了张牧之，打了几仗，可是传出来说，这伙"毛贼"十分灵活，不但没打垮，反倒给他们缴去几支枪。他们还趁势吃掉了黄大老爷放出去的几个小"棚子"，把几支快枪也弄去了。

什么叫"放棚子"？这里要解释一下。像黄大老爷这样当权的地主，总还嫌用合法的地租、高利贷和多如牛毛的捐税盘剥老百姓太斯文了，便把自己的武装，三个五个，十个八个，偷偷地放进山里去，拦路抢劫行人，私种私运鸦片烟，拉土老财的"肥猪"，绑架勒索，不然就"撕票"，这样来加速自己财富的积累。派人出去干这种勾当就叫做"放棚子"。张牧之他们最恨这种"棚子"了。他们采取突然袭击的办法，吃掉黄大老爷几个小"棚子"，拿了他们的好枪，收了他们的"肥猪票"。黄大老爷气得吹胡子瞪眼睛，放出话去，不把这股毛贼斩尽杀绝，誓不罢休。张牧之也发了誓，这一辈子就是要专和黄大老爷作对。也带了话进城，有朝一日，他们杀进县城，拿到黄大老爷，要把他砍成八大块。

这样活动了几年，张牧之长成气候，有了二三十个人，二十来条枪，而且颇有一些钱了，出没在几个县交界的西山一带，立了寨子，打起仗来附近的老百姓也可以一呼百应了。他们已经从"毛贼"上升为官家头痛的"土匪"。黄大老爷晓得这是大祸害，派出家兵去过好多次，"摸夜螺蛳"，夜间远程奔袭的办法也搞过，装成土匪想和张麻子"打平伙"趁势吃掉他的诡计也使过。张麻子就是滑得很，不吃他那一套，反倒是本地老百姓先给他通了消息，他将计就计，把黄大老爷派进来的人吃了，打得他们连滚带爬地跑了回去。官家也浩浩荡荡地派大兵去剿了几回，更是毫无结果。官家的文书上说，那一带老百姓都"通匪"，匪民一家，难以区分。你去剿，都是民；你走了，都是匪，莫奈何。张麻子的名气大起来，县衙门贴出告示，悬赏缉拿张麻子的头，而且他的头的价值随时间的流逝而逐渐抬高，由五百元到一千元，后来抬到三千元了。但是这个"长着大胡子的麻子"（这是通缉令形容的），始终没找到他的踪影，而到处又似乎都有他的活动。有些其实不过是善良的老百姓编造起来吓唬地主老爷，希望他们"规矩"一点罢了。当然，这个张麻子的确不抢老百姓，只整那些为富不仁的老爷，那些大利盘剥的大商人，那些本钱雄厚背景很硬的鸦片烟贩子，还有那些刮够了老百姓的地皮，想把钱财偷运出去的官老爷们。对于小贩小商，只要交纳规定的"买路钱"就保护过境。这样一来，那一带的地主不敢歪了，老百姓倒真是安居乐业起来。怎么能不"匪民一家"呢？张麻子怎么不"逍遥法外"呢？

　　且说有一天，也就是我前面摆的山西钱庄那位会计主任导演的趣剧收场的那一阵子。他们演的这场趣剧沸沸扬扬地在全县传开，再也呆不下去了，不得不把已经刮到手的钱财和抓到手的公款，席卷一空，逃之夭夭。当然，他们等不及下一任老爷到任来办移交，也不想要不值钱的什么万民伞、德政碑了，半夜里弄到几乘滑竿和几个挑子，偷出城去，落荒而逃。他们当然不敢去坐轮船，只好照着省城的方向，晓行夜宿，匆匆赶路前进。他们不警不觉，就走进了张麻子的独立王国。

　　就是这一天，放在山下的"眼线"，上山向张牧之报告："报告，山下来了几乘滑竿和几个挑子，不知道是干啥子的，看他们鬼鬼祟祟的样子，不会是好人，抢不抢？"

　　"抢！"张牧之一声号令，带人下山，埋伏在路口。王家宾，哦，应该说是冒充王家宾去当县太爷的秘书师爷、会计主任以及王家宾的老婆孩子一行人走进了张牧之的埋伏圈，一下子被包围起来，一个也没有跑脱。师爷和会计主任一见这些人的行头打扮，就明白遇到了"山大王"了。他们只求能够蚀财免灾，保着脑袋回省城就行了，决定冒充是做生意的。张牧之从他们的行李中查出了大量的金银、钞票和鸦片烟，便猜想这些人大有来头。他问："你们是干啥的？"会计主任马上规规矩矩地回答："生意买卖人，规规矩矩的买卖人。"接着又补一句："我们愿意照规定交纳买路钱。"他绝口不谈他们是从县城逃走的县太爷。可是，到底查出了那张该死的县太爷的委任状。张牧之过去虽然没有见过这样的委任状，可是他认得字，从"委任""县长"这样的字眼里和那一方省政府的官印，他就明白八九分了。他还故意问："这是啥子？"

　　师爷以为这些"山大王"一定都是一些目不识丁的粗人，想蒙混过去，就回答说："这是，这是省上钱庄开的票。"

　　张牧之问："做啥子用的？"

　　"凭这个取钱。"会计主任补充说。

　　"哈哈。"张牧之不禁大笑起来，打趣地说："一点不错，这就是取钱的凭证。你们就是凭这张纸到我们县里来取钱的吧？怪不得刮了这么多钱！这些钱我们借了。走吧，我们的县太爷，上山去我给你开借条，还给你们开路条。"

于是把他们押上山去。师爷和会计主任没有想到这个山大王认得字，一下子把他们的身份戳穿了。在上山的途中，秘书师爷偷偷问一个带枪的大个子："请问，你们是哪一部分的？"秘书师爷发这个问，不知道是什么用意，难道他想在进鬼门关以前，打听好这个山大王的名字，好去向阎王爷告状吗？或者还幻想，这些人不过是哪一位县里的大爷放出来的"棚子"，只要答应把银钱财宝全数交出，便可以虎口逃生呢？

"你问这个干啥子，我们就是这一部分的。"那个带枪的押他们上山的大个子回答。

"哪一部分的？"

"就是这一部分的。"大个子生气了，横眉立眼的。

这个师爷始终问不出一个要领来，过一会儿，他的嘴巴发痒，于是又打听，指一指张牧之问："那位头领是？……"

"闭住你的鸟嘴！"那大个子一个耳刮子打过去，"鸟嘴"是闭住了，但是流出血来。

"县太爷，这不是你坐在大堂问案子的地方啊。"张牧之心平气和地说。

上山以后，三问两问，师爷和会计主任都不能不老实地承认他们是从县城逃出来的，并且供认了他们串演的那出趣剧。

张牧之无意地问那个会计主任："你为啥要叫他们冒认？"

会计主任这才原原本本地讲出省城官场里卖官买官以及山西钱庄囤积委任状的内幕来。

"啥子人都可以去买官做吗？"张牧之问。

"只要你有钱。"会计主任肯定地回答。

张牧之听到官场这么污糟，很吃惊，但是却大笑起来。

不用说，秘书师爷和会计主任辛辛苦苦刮地皮刮来的和临走时偷来的钱财和鸦片烟，全部被没收了。王家宾的老婆和孩子倒得到活命，还意外地得到了足够回省城的路费，赶忙下山逃命去了。对那些抬滑竿的和挑夫加倍地发了路费，也叫他们下山走了。秘书师爷和会计主任真的得到了路条，但不是用墨写的，是张牧之用血写的，他们进鬼门关报到去了，活该！

"老子也去买个县官来当一下。"张牧之从会计主任口里得到灵感，忽然异想天开起来。一个江洋大盗居然想要去当县太爷，你们听起来，未免太奇特了吧？你们大张着嘴巴，看着我干什么？

其实我看并不见得有什么奇特。我倒想反问你们一句：为什么一个强盗就不能去当县太爷？我看，县太爷比强盗还不如，比强盗还强盗，还坏十倍百倍哩。不，简直不能比的。你莫看他们穿上官服，坐在挂着"正大光明"匾的大堂上，神气得很，其实是满口仁义道德，一肚子男盗女娼。都是头顶上长疮，脚板心流脓，坏透了的家伙。有个秀才形容他们是："一身猪、狗、熊，两眼官、势、钱，三技吹、拍、捧，四维礼、义、廉（无耻），"一点不差。他们对老百姓就是公开地抢，公开地杀，抓拿骗吃，无恶不作，到头来还硬要老百姓给他们送万民伞，立德政碑。无耻之极！他们有哪一点比强盗好呢？

我在这里不是发牢骚，不过是说了实话。至低限度我碰到过的县太爷，没有一个比张牧之这个江洋大盗好。事实就是这样。

张牧之从来说话算数的，在他那个"王国"里，他说的话就是决定。而且当他和他的兄弟伙一说他的想法，大家也同意了。什么想法？前头我说过了，张牧之平生有一个大仇人，就是住在县城里的外号叫黄天棒的黄大老爷。他一家死尽了，就是这个他没有见过面的黄天棒干的坏事。他发了誓，死也要进城去报这个仇。兄弟伙听他这么一说，谁不同意呢？而且简直为张牧之这个强盗进城去当县太爷的想法着了迷了。

在他们的脑子里，本来只能想像得出，那些地主老爷和他们的少爷才有资格去当官，才有资格去坐大堂。只要老爷一声令下，两旁凶神恶煞似的差狗子们大声吆喝，跟着就是扁担一样的刑杖，打到他们这些普通农民的屁股上来了。坐在大老爷旁边那个文书师爷已经写好了判词，无论什么样的判词，他们只有在那上面画十字或者按指拇印的分了。他们怎么能够想象得出来，就是和他们这些泥巴脚杆一样的张牧之，忽然很威严地坐在县衙门的大堂上，他们这些泥巴脚杆就站立两厢，也拿着扁担。张牧之忽然一声叫喊："带黄天棒上来！"他们就一路传话传下去："带黄天棒上来！"于是他们平常痛恨之至的黄天棒被狠夹着推上大堂来，头也不敢抬地跪在张牧之的公案前。于是也被按在地上，在他屁股上噼噼叭叭地打起板子来，随他鬼哭狼嚎，也不饶他……哈哈，这是多么叫人痛快的事,多么令人神往的事!现在,他们的头头张牧之说:"我们也去买个县太爷来当一当。"想象不到的痛快事情就要实现了。就是为这个要付出砍头的代价,也是值得的!因此他们一致拥护他们的头头的这个勇敢的决定,就这么"一致通过"了。

但是马上就出现一个问题。到县城去买个县太爷的一切开销,是毫无问题的,就把他们刚才从秘书师爷和会计主任那里没收来的这笔不义之财中抽出一部分来,也就够了。问题是哪个能去办这个买官的事呢?还有一个问题,就是用钱去买了个县太爷来,可是他们肚子里都没有一点墨水,没有一个能够摇笔杆子的师爷,这怎么行呢?至少要写告示、看状子嘛。这个师爷又到哪里去找呢?

"去给我弄个师爷来!"张牧之又做出决定了。于是下边的兄弟伙就去想方设法,"弄"一个师爷来。怎么弄法?他们派几个兄弟伙化装到县城里去打听,看哪个肚子里有墨水的师爷合适,就把他弄来。他们进县城里打听几天,认定县政府里有个谁也没有把他打在眼里的穷科员合格。这个人也是苦出身,为人自来比较正派,对于县里的各种事情、各种人物都比较熟悉。他们回来向张牧之说起这个人,张牧之说:"好,合适。"他同意了。几个兄弟伙又进城去,想办法把这个科员逗出城来,不管三七二十一,抢他到山里来了,并硬要他当秘书师爷。这个科员就这么糊里糊涂升了官。他叫什么名字,我也不知道,暂时就说他姓陈,以后我们就叫他做陈师爷吧。

陈师爷起初不答应,他想哪有这种强迫封官的搞法?张牧之说:"好,你不干,你就先在我们寨子上委屈几天吧。"说的是委屈几天,结果陈师爷在山里一住就是两三个月。他暗地里看,这一伙强盗其实都是穷人出身,被逼上梁山的。他们大块吃肉,大碗吃酒,公平分钱,打起仗来,勇敢冲杀,拼死相救,像亲兄弟一般。他也有些感动了。世界上竟然还有这么一些好人哩。这哪里是他在城里听说的杀人放火、穷凶极恶的张麻子这股土匪的模样呢?说到对于他,虽说在"弄"他来的时候,曾经有过不很礼貌的举动(听说是用麻袋把他装起来,当做货物绑在马背上,驮上山来的),可是"弄"进来以后,却对他十分尊敬,照顾得无微不至。甚至没有告诉他就暗地派人送钱到他家里去,好叫他家里安心过日子。而且他听到这个头头终于很直爽地对他说:"陈师爷,你瞧得起我们这些泥巴脚杆，你觉得我们干的是打富济贫的好事，愿意伙倒我们干，你就留下；你觉得不是这样，在这里不自在，我们送路费，你走就是，一点也不勉强。”

这一席倾吐肺腑的话，直把陈师爷说得老泪横流。“我干！”这就是他的回答。

但是当张牧之提出要派他带钱上省里去，到山西钱庄买这个县的县太爷来当的时候，他却有几分怀疑，觉得这码子事未免太稀奇了。

“你说，你凭良心说，我这个张麻子，就是在你们县城城门口贴着告示，悬赏三千块大洋买他脑袋的这个张麻子，可不可以进城去当你们县的县太爷？你这个穷科员可不可以去当秘书师爷？”张牧之诚心实意地问。

陈师爷当时没有回答，张牧之也不估倒他马上回答。陈师爷想了一夜，正和我在前面说过的一样，他想通了。张麻子这么一个好人，为什么不能去当县太爷？比他过去见过的所有的县太爷都好得多。至于说他这个穷科员可不可以去当秘书师爷，他更有信心。说到摇笔杆子，他的文字通顺，比那些县太爷带来的狗屁不通的师爷好得多。他还通晓事理，为人耿直，自信比那些专门出“烂条儿”的师爷强。对头！

第二天早晨，他回答了：“可以！”

大家一听都跳了起来，张牧之更是不用说多么高兴了。

只要陈师爷思想一通，什么事都好办了。

陈师爷第一件办的事就是给这个未来的县太爷想一个堂皇的官名。他总不能用“县长张麻子”出布告嘛。他想来想去，忽然想到就和“张麻子”这三个字谐声，取名叫“张牧之”吧。县太爷古时候本来就叫做“牧民之官”，叫“张牧之”正好。——我前面摆故事都叫他张牧之，其实他是这个时候才开始叫张牧之的。但是我不知道他原来叫什么，又不愿学老爷们骂他，叫他“张麻子”，所以提前使用他的这个官号。

陈师爷陪着张牧之带了一大笔钱到省城去了。由于这个县里冒充县太爷的秘书师爷已经潜逃了，正出着缺，他们出的钱又比别人愿意出的多得多，所以一切进行得很顺利。具体事都是陈师爷去经办的，谁都看得出，他是一个老在衙门进出办事的人，熟门熟路。至于最后要去拜望一下省的民政厅长官，也难不倒张牧之。张牧之打扮一下，看来却真是年轻英俊，一表人才。而且去拜见的时候，也不过是讲些下去以后要奉公守法、勤政爱民的一派官话，陈师爷事先一教，张牧之马上就会说，应付过去了。

他们带着上面盖大红官印、赫然写着县长张牧之几个字的委任状，回到县里去了。当然不是坐着轮船、打着旗号到县城去，而是偷偷地回到西山他的老窝里。兄弟伙们接他们回到山寨，都争着来看这张委任状。他们都很奇怪，凭这么一张纸，他们就可以大摇大摆到县城里去，把县政府那颗官印拿过来，凭着这颗印把子攥在手里，就可以出告示，要钱，杀人……这是他们先前万万料不到的。

张牧之和兄弟伙们商量了一下。他们在西山的这块地盘，不仅不能丢，而且还要扩大些；他们这支队伍，不仅不能散，而且要乘机壮大，把县上保安队的好枪来他一个"枪换肩"。自然，他要带几个兄弟伙进县城，替他管钱管东西，其余作为保驾的跟班。他带的有徐大个，当他的卫队长，张德行帮他守牢，王万生当勤务兵，还有别的几个兄弟伙，都是真心实意跟他，和他一条心的，又是能跑会飞的好枪把式。

陈师爷真是忙起来了。他要向张牧之介绍这个县里的各种情况，各种当权人物的姓名、性格以及他们之间的派系和利害关系。还要教张牧之他们进城以后的起居生活习惯，包括各种交际往来的礼节、规矩、仪容以及谈话的方法。他还要为张牧之起草到任后的施政演说稿子。进城以后，只要把几个大的交际应酬和抛头露面的场合对付过去了，以后一切事情，都可以由他这个秘书师爷出面来处理，那就好办了。

但是在研究发表施政演说的内容的时候，引起了一些争论。有些人主张张牧之抓到了印把子，就应该替受苦的人说话，办好事。要打富济贫，整治那些欺压老百姓的恶霸地主和专干坏事的土豪劣绅。他们讲得很清楚："要不，我们花这么多冤枉钱买个县太爷干什么？要去县城里受那份洋罪干什么？还不如我们在山里头一刀一枪地跟他们干痛快一些呢。如果哪个进了城，就去学那些坏老爷模样，腐化堕落，替地主老爷欺压老百姓，去盘剥穷苦人家，不论是哪个，白刀子进，红刀子出！"

这些主张都是很合张牧之的心意，他听在耳里，记在心里的。但是却叫陈师爷很作了难。他不是不赞成这班穷苦兄弟伙的主张，要不，他还不愿这么冒着砍脑壳的风险来跟他们干呢。但是他明白，这个县到底还是在反动政府统领之下的，衙门口挂的到底还是青天白日旗，还是国民党三民主义的天下，还是层层都由地主老爷和老板们掌着实权的。他劝张牧之，还是要表面一套，暗地一套，不要叫他们看出马脚来。只能是以一个清官的样子出现，不能把他当江洋大盗这套拿出来。至于说上任以后发表的施政演说，更不能出了格，露了馅。但是张牧之他们坚决不同意在讲话中显出和他们这些党棍子、恶霸是一鼻孔出气，说的一个格调。这却叫陈师爷费了不少脑筋，才从那些老爷们惯常唱的三民主义的高调中，提取出一些如像"勤政爱民"、"救民于水火"以及"节制资本、平均地权"这套陈词滥调来，写成了演说稿。

一切准备停当，又约好了以后往来联系的办法就出发了。他们先悄悄地动身到一个大一点的城市里去，在那里置办了行李，穿上了官服，发了即将"到任履新"的电报。然后从那里上了轮船，大模大样地向这个县城进发了。

他们下了轮船，在码头上受到县城里机关、法团的代表和绅粮地主老爷们的热烈欢迎。他走进挂红披绿的欢迎彩棚里，踏上铺在地上的红色地毯，好不气派。陈师爷按大小先后把张牧之介绍给大家，一一见面寒暄。张牧之和他的跟班们早就听说过这个县里的这些乌龟王八蛋，早就想一个一个地捉来，一刀一刀地砍掉。现在这些家伙就站在眼前，还要和他们又是拱手，又是点头地应酬，也真叫人憋气了。

那些老爷们呢，当然不知道站在他们面前、他们毕恭毕敬地欢迎的人，这个穿着笔挺的藏青色中山装、颇有点三民主义忠实信徒模样的人，就是他们一提起来就咬牙切齿的、长着大胡子的张麻子这个江洋大盗。他们一看这个人头发梳得溜光，两眼炯炯有神，生气蓬勃，仪表堂堂，已经有了几分好印象。再一听他在寒暄中随口说出"兄弟才疏学浅，初出茅庐，一切都得仰仗列位大力鼎助，勤政爱民，不负党国重任和全县父老殷望……"这样一些很得体的话来，就更加敬重了。

在简单的茶叙之后（陈师爷早已交代，切不可和这些老奸巨猾的人深谈），决定到县政府去接事。绅粮一声号令，几乘四人抬的大轿，就送到彩棚外面来。一般随员是骑马，还拉来了几匹高头大马。可是新来的县太爷不赞成坐四人抬的大轿，而要骑上高头大马进城。这一行径，使欢迎的士绅、地主老爷们见到了这位新太爷的新风范，很合乎国民党"革新吏政"的精神，无不肃然起敬。

张牧之骑马走在前头，从河街进城走上大街，直奔县衙门。一路上老百姓都站在街旁看热闹，好不威风。当张牧之进城门口的时候，陈师爷一眼就看到已经贴得发黄的告示，这就是以三千元大洋通缉张麻子的通缉令，还提到这个江洋大盗是长有大胡子、一脸大麻子的特征。陈师爷在张牧之身边暗地指给张牧之看，张牧之望了一下，不禁暗笑起来。

张牧之就是这么样走马上任了。他在县衙门举行了一次简单的茶会，念了陈师爷煞费苦心才准备好的施政演说，又听了一些官员们、绅粮地主代表们的欢迎和赞颂，就此结束。本来照过去的规矩，还要去赴商会、法团以及绅粮们的一连串宴会，特别是要主动地拜会本县第一块招牌人物黄大老爷，面请指教的。但是新县太爷宣布了：要遵照上级简朴节约的精神，提倡清勤廉明，一切宴会从免。有些老爷们就在暗地里嘀咕："哼，说不定这是一个才出炉的党棍子，将来怕有些难缠咧。"而另外一些人，比如县银行的钱经理就凭他过去的经验，有不同的看法。他说："你别看他穿那身标准官服，装模作样，只要用金条子一塞，就全垮架，就要来甘拜下风了。"

最感觉恼火的是黄大老爷。他是本县的第一号人物，什么都是第一。田产最广、收租最多，第一；做的生意买卖最大、钱最多，第一；他在城里的公馆最多，第一；家里人在外面做大小官员的最多，第一；自然，他的姨太太最多，也算第一。所以每一个新上任的县太爷，到了衙门的第一件要办的大事，就是送名片到黄公馆，亲自上门拜会黄大老爷，死乞白赖地要拜认做门生。这个张牧之竟然不是这样。许多天了，没有去拜会的意思。"这是一个什么不识好歹的后生小子呢？连规矩都不懂了。"

陈师爷出于一番好意，几次劝说张牧之不妨去黄公馆走个过场，以便在县里站住脚。可是张牧之和他带来的几个兄弟伙坚决反对。张牧之说："这个十恶不赦的大混蛋，我一见他就想给他脑壳上凿个洞洞，安上一颗'卫生汤圆'，把他卸成八大块，还不解气哩。要我去给他说好话，赔小心，办不到！"他又对陈师爷说："你倒要给我出个主意，怎么暗地里整治他，把他弄痛，最后还要把他杀尽做绝，解我心头之恨，这才对头。"

张牧之上任后不几天，就碰到审理一个案子。一个本地姓赵的地主告他的佃户刁顽，抗不交够租子。原告被告都传到大堂上来了。照往常规矩，地主进来可以在一旁站着，被告的佃户则应该一进来就下跪的。今天这个佃户上堂还没下跪，地主就作揖说："禀老爷，叫他跪下，好审这些刁民。"两旁掌刑棍的旧差狗子就照例叫一声："跪下！"

那个佃户就真的扑通一声跪下了："老爷，冤枉。"

"慢点！"张牧之看了，很不是味道。生气地问那个地主："为啥子只叫他跪，你不跪？"

赵家地主非常奇怪地望着这位新老爷，居然问出这样的话来。那掌棍的几个大汉也奇怪地望着新老爷。

"给我站起来。"张牧之说，"现在提倡三民主义，讲平等，不兴下跪。"陈师爷在一旁都为新老爷能够随机应变，暗地笑了。

徐大个去把那个下跪的农民提一下："站起来。"这个佃户还有些莫名其妙，只好站起来。

"你也站过去，站在下边，好问话。"张牧之对那个站在旁边的赵家地主说。徐大个一伸手把他提到中间，和佃户站在一排。这位地主有些不以为然，把一只脚斜站着，一抖一抖的，满不在乎。徐大个生气地给他腿肚子上踢一脚："站规矩点！"

这样才开始了问案子。

张牧之听了原告被告两方的申诉。很明显看出是这个赵家地主不讲理，把当时政府规定的但是从来没有执行过的"二五减租"，反倒改成"二五加租"，要农民多交租。张牧之一听，火星直冒，本来想当场发作，要宣判姓赵的地主给佃户按规定倒退二成五租谷的，可是陈师爷却给他递了眼色，低声说了几句。张牧之才忍着气宣布："退堂！听候宣判。"

姓赵的地主不放心说："禀老爷，这刁民不押起来，不取保，他跑了，我将来向哪个讨租去？"

张牧之本待发作："你咋个就晓得一定是他打输官司？"陈师爷却跑在前面代他答了："退下！本官自有道理。"

下堂以后，姓赵的地主就找到了那个掌刑的政警："张哥，咋的？'包袱'塞了不算数？"

那个政警把嘴一瘪："哼，你那几个钱，还不够人家塞牙齿缝缝的。"

其实这份"包袱"完全被他独吞了,新太爷一文也没见着。

新老爷审案子的事,一下子就传开了:新章法,讲平等,原告被告都不下跪了。那些照例是被告、照例该他们下跪的穷百姓听了,觉得张老爷提倡的这个平等好。那些照例是原告、照例不下跪的地主绅士们听了却觉得稀奇。有人说:"怪不得,是根党棍子啊,你看他穿的那一身标准制服!"有的却觉得这一下乱了规矩,怎么要得!于是摇头摆脑地叹气,"国将不国"了。这件事也照例传进黄公馆黄大老爷的耳朵里去,他却一言不发,只是在沉思。

等到过了三天,县衙门口的布告牌上贴出宣判告示来,是姓赵的地主败诉了。上面说按照政府第几条第几款法令,应退佃户二成五租谷。这一下在县城里像揭了盖子的一锅开水,喧腾开了:"哼,这位太爷硬把法令当真哩!""嘿,这还成哪一家的王法?"有的人也责备姓赵的地主:"他也太心黑了,二五减租,你马马虎虎不减也就是了,偏还要二五倒加租,还要去告状,输了活该!"

这件稀奇事情当然也传到黄公馆里去了。黄大老爷听了,还是一言不发,闷起!

穷苦老百姓一听,却高兴地一传十,十传百,一下传开了:"新来的张老爷硬是要实行二五减租哩。"许多人在盘算:"去年的已经给地主老财刮去了的,算了。今年眼见要收谷子,这回有人撑腰,要闹他个二五减租了。"

张牧之上任不到两月,来说事情的,许"包袱"的,总是不断。这在别的县太爷看来,就是财源茂盛的意思,巴不得。张牧之却觉得心烦,多靠陈师爷出面去处理。反正张牧之给他定得有一个原则:凡是地主老财们送来的,收,多收。狠狠地刮,刮得他们哑子吃黄连,有苦说不出。说的事情就给他来个软拖,东拉西扯,横顺不落地,理由就是塞的包袱不够,难办事。至于那些穷苦人,正派人,就一律不要。专门替人家办理付款事情的县银行钱经理看在眼里,想在心里:"这位太爷,口讲新章程,其实是个'鲢巴郎'嘴巴叉得很。"

这时上边又下来公事,收一笔爱国捐,五万元,限期交上去。一个县太爷在任上,只要碰到这么一笔上面下来的什么税、什么捐,就可以把腰包填满了,可以走路了。这种捐口说五万元,县太爷可以不必自己兴师动众地去收，只要按七万元出包给人家去收就行了，收得快，又得利。这不知道是哪一个国家，哪一个朝代，哪些会做官的老爷想出这种妙法。实在方便。至于那些来包税捐的地主老财们，用七万元包了回去，他们爱向谁收，收多少，就不用问了。十万元也由他们去收了。这真是发财的好门路。

这一笔五万元爱国捐的公事一下来，那些有钱有势的老财们纷纷出动，上下活动，打通关节，要求包收爱国捐。可是谁也莫想一口独吞，连黄天榜大老爷也不敢使出他的"天棒"，独包了，这是要利益均沾的事，不然你休想以后办事搁得平。你要求包这一个乡，他要求包那一个区，而且是先付包银，倒是可以的。这条件真够优厚的了，可是张牧之偏偏不干，他要研究一个新章程，新办法。

他找陈师爷问了一下。陈师爷解释说，如今的国民政府就是捐多税多，所以大家叫"刮民政府万税"。一道捐税下来，就像在穷苦老百姓的脖子上又捋一道绳子。城里乡下，都要搞得鸡飞狗跳，逼得多少人家倾家荡产，多少人家鬻妻卖子，多少人寻死上吊呀。可是那些包税的老财们却借机会发大财，呵呵笑。所以乡下人形容说："地主老财笑哈哈，穷苦百姓泪如麻。"

张牧之和他的几个兄弟伙一听是这么个整法，就冒火了。张牧之叫道："算了，老子不给他收了。"

陈师爷说："那咋行？你这个县太爷不想当了？"

王万生说："为了当这个臭官，要我们去坑害穷人？"

陈师爷笑了一笑说："刀把子在你手里，你要向哪个开刀，还不是看你的。"

张牧之问："你说咋个整法才好？"

陈师爷说："我们不想在这里头取利，不包给老财们，让他们拿去坑人。但是我们自己如果要去四乡找有钱人收这笔捐，你就搞一百个人去收它半年，未必收得齐。"

王万生问："那怎么办？"

陈师爷的点子就是多，他那眼睛眨巴眨巴几下子，脑子一转就出来了："这么办，随田粮附加。有田有粮的都是富实人家。"

"好，好！"张牧之他们几个都笑起来，"五万元都弄到他们头上去，专门整治他们。"

"不过，"陈师爷说，"这一下要碰到一些本县的硬牌子，本来是他们赚钱的买卖，倒弄得来要他们蚀财，他们要叫喊，要抗捐不交。"

"我们顶住跟他们干，最多砸了县太爷这把交椅。"张牧之说。

深谋远虑的陈师爷说："你一拿王法整他们，他们会暗地去上边告状。所以上边要去找个说得起话的靠山才好。"

他们商量了一阵，决定由张牧之和陈师爷赶到省里去一下，公开说的是去要求减少爱国捐数目，其实是去用钱打通门路，拜省上一个最有势力的刘总舵把子的山门。多亏陈师爷的门道多，几下就打通了。这位总舵爷，也乐得收这种县太爷当门生，随时三千五千地得点孝顺钱，也要得。他们还把这笔捐要采取随田粮附加征收的好办法，向省田粮总局打了一个招呼，对方哼呀哈的，没有说什么。

他们回来以后，张牧之本来想召集本县有田有粮的大粮户开会，特别是把黄大老爷请来，宣布上级的指示。陈师爷却劝张牧之先通过"民意"了再办。

"什么民意?"张牧之问。

"就是县参议会，这是民意机关。他们要不通过，你搞起来费力些。"陈师爷说。

"民意机关"，这个词我们大概都熟悉，听说不知道是哪一年，当权的国民党忽然想起了他们的国父孙中山先生的《建国大纲》，要提前结束训政时期，不想再把老百姓老这么训来训去了，宣布要"还政于民"了。于是，从上到下都要建立"民意机关"，这个民意机关就是各级的参议会。这个参议会的参议员要层层选举，说是要把那些代表人民意志的人选举出来。哪个地主豪绅不想去代表一下民意呢? 这可是名利双收的事。于是民主政治的好戏上演了。选举的时候，可热闹了。有公然贿赂的，有公开造假票的，有用油大来换票的，有用枪炮来抢票的，争得一塌糊涂，抢得一塌糊涂，还打得一塌糊涂，到底成立了县的民意机关——参议会，而且一致选举黄大老爷当了县参议会的议长。参议员们是些什么人可想而知了。这的确是一个代表地主老财们的有权威的机关，什么事你要通过它一下，就容易行得通。所以陈师爷劝张牧之要通过一下"民意"。

张牧之问："他们要不通过，怎么办？"

陈师爷笑一笑说："这也不要紧，国民政府有规定，参议会只是咨询机关，没有权力捆住政府的手脚的。参议会不通过，政府一样干。国民党那个中央政府，历来就是这么干的。"

哦，原来还有这一条，国民党"民意"的把戏原来不过如此。谢天谢地，有这一条就好办。在这一点上，张牧之硬是拥护国民政府对于民意机关的权力限制。

于是，张牧之请黄大老爷召开县参议会。他亲自到会宣布上级的征收爱国捐五万元的通知。并且发表堂皇的演说，说这是为了江西打共产党，战事所需，一分钱也不准少，随田粮附加，限期交清，否则以贻误军机论罪。

"好硬气！"大家吓得倒嘘了一口气。

"看来这回事情要烫手。他文官不要钱，武官不怕死，你就莫奈何。"

"这个后生恐怕有后台吧，不然怎么这么硬。"有的人又担心说。

"说得好听罢了。只要他把钱一装腰包，就会'水'了。"有的人根本不相信有见钱不抓的县太爷。

"那金子就是火，只要一揣到身上，再硬的心都会软化。"另外一个人支持这种看法。

不管在参议会上怎么偷偷摸摸地议论来议论去，怎么公开地讨论来讨论去，国民政府反正要收这五万块钱。结果好说歹说，还是叫做无异议通过，就是用不着举手表决。

一般老百姓听说这一回的爱国捐是随田粮附加，不包出来了，都举手叫："阿弥陀佛！"民国以来，算第一回看到过一个清官。不过大家还要看一看。光说大话、不干好事的县太爷，他们过去也见得多。

但是，张牧之硬是怎么说，怎么干，一点也不走展。这一下不是把乡下的穷苦老百姓整得鸡飞狗跳，而是把有田有粮的财主们整得心痛了。有抗捐不交的，他就去捉来关起，限期交清。张牧之带来的一个跟班，名叫张德行，因为他的鬼点子多，外号叫他"张得行"。张牧之叫他负责监押这些老财，他算是出了大力。他把那些财主押起来，好话他不听，送钱他不要，隔一阵在他们身上出气，狠狠地敲他们一阵。"哼！你们也有今天！整！好好给我启发启发！""哎呀，哎呀，我服了。"那些财主遭不住了，只好认输，乖乖地交钱了。张德行这一回真是"得行"了。他说："老子这一辈子没有这么痛快过。"

但是果然还是碰到硬牌子。本县第一块硬招牌黄大老爷的一个管家硬是顶住不交。是不是黄大老爷故意这么布置，来试一试张牧之的"硬度"的，谁也不知道。大家都在等着看硬斗硬的好戏。张牧之一听说是黄大老爷家的，毫不客气："哼，老子正在找你的缝缝钉钉子呢，好，给我抓起来。"

这个管家不仅被抓起来了，而且张德行给他"特别优待"，要叫他"站笼子"。这可是往死里整的刑法。

陈师爷知道了，说服了张牧之：对黄大老爷要硬碰，也要软烫。于是把这个管家放出来，由陈师爷亲自押着送往黄公馆，交给黄大老爷，说："虽是违抗国家法令的大罪，还是初犯，请黄大老爷看着办吧。"

黄大老爷没有想到对他来这一手。明摆着的，这是他主持县参议会通过了的，有苦说不出，只好说是管家不懂事，敢犯国家大法，答应叫他马上交钱。黄大老爷一交钱，陈师爷就到处宣传，老财们看黄大老爷都抗不住，又听到衙门里有一个叫张德行的对老财们实在"得行"，不敢拖抗，纷纷交钱。这一下老财们的抵抗阵线被打破了，任务完成得不错。

但是黄大老爷并不心服，他暗地思忖，怎么会派来这么一个死不要钱的县太爷呢？他通知他的在省政府当官的儿子去探访一下。哦，原来是刘总舵把子的门生弟子。黄大老爷明白，刘总舵把子不特招呼得了快半个省的袍哥和土匪，而且他的哥哥又是本省有名的军阀，蒋介石把他都莫奈何的。算了，这一回算倒霉，输了这口气吧。

但是张牧之并没有一个完。跟着来的又是"二五减租"。

"二五减租"这事早就有了，孙中山的"三民主义"里就主张过，但是三民主义的忠实信徒们历来没有实行过，偏又喜欢年年在口头上这么叫喊：二五减租。大家听得耳朵都起茧茧了，从来没有谁把它当一回事。老百姓呢，能够不二五加租，就算谢天谢地，谁还指望会二五减租？

可是张牧之硬要把它当一回事来干。偏偏这时候，听说国民党的那个国民政府和共产党打仗打得不那么顺心，前方吃紧，很害怕它后方的农民起来抽它的底火。于是，正儿八经地发了一道告示，说要认真实行二五减租了。

"这一回他们又要'认真'了！"县里的财主们在黄大老爷面前说起这事，都不禁哈哈大笑起来。认为这一纸告示不过是一张废纸，因为有油墨，连拿来擦屁股的资格都没有。

"不要笑得太早了。"黄大老爷放下他的白铜水烟袋，恨恨地说，"我们这个穿中山装的县太爷要不滚蛋，恐怕我们今年还要蚀财。"

不错，黄大老爷比其他财主们是要高明一些。张牧之接到这个告示，不特在全县到处张贴，并且动员学生到处去宣传："今年要二五减租了，这是政府的法令，谁敢违抗，严惩不贷！"农民们呢？从新来的这位县太爷上任以来办的几件事，在他们的脑子里已经有一个青天大老爷的印象。现在这个青天大老爷号召他们起来向财主们要求二五减租，也许是有一点希望的吧，一股风就这么吹起来了。有些农民就是不信邪，就是扣下二成五的租不交，看你能把我扭到县衙门里去！有的土老财还是照昨年的皇历，硬是把佃户扭到县衙门去。嘿，这世道莫非真是变了？扣下来挨训的是他们自己，而不是抗租不交的佃户。这个消息又传开了。这股减租的风闹得更大了。

这一次损失最大的当然还是黄大老爷，最不服气的也是黄大老爷。他一直在心里琢磨："这是一个啥子人？刁钻得很，专门找空空和有钱人作对，向着穷鬼们……啊，莫非他……"

黄大老爷专门请县党部的书记长胡天德来，他们研究了好一阵，不得要领。到底这位新来的县太爷只是一个奉公唯谨、不懂世故的角色呢，还是别有背景？胡天德一点也回答不上来。他名义上是县党部的书记长，是专门负有防止共产党活动的责任的，并且领得有津贴，县党部里还设得有"调查室"这样的机构。可是胡天德一天除开和县里的绅粮们吃喝打牌，到黄大老爷公馆去请安之外，就是睡在自己床上抽鸦片烟。对哪一种烟土最带劲，他倒是有过调查，别的他就从来没有想去调查了。

黄大老爷对于胡天德回答不出他提出的问题，也不责怪他，只要他肯从鸦片烟床上爬起来认真去做点调查工作就行了，便告诉他："小老弟呀，共产党无孔不入，睡不得大觉呀！你要找两个靠得住的人，去摸清张牧之他们的根底，要从他带来的几个人的身上下功夫，特别是那个秘书师爷，把他能拉过来，我们的事就好办了。"

胡天德领命去了，而且也认真派他的调查室的人去做调查工作。但是搞了一阵，毫无成效。因为张牧之带来的几个人，都是铁了心似的，随便你用什么办法，想和他们联络感情，交交朋友，总是靠不拢。他们几个都是烟酒不沾，请吃饭不到，更不敢去送钱送礼，怕反而弄得猫抓糍粑，脱不到爪爪。从这一点上看，胡天德越是感觉有点像共产党，他越是紧张，于是决定亲自出马，找机会去联络陈师爷。虽说陈师爷这个人比较随和，交际应酬也还通人情，可是要从陈师爷口里探听张牧之的底细，比叫泥菩萨开口还难。是哟，陈师爷在社会上混了几十年，对于胡天德这样的人是干什么的，难道还不明白吗？胡天德不仅没有摸到一点情况，反倒被陈师爷从他的话里套出来，是谁叫他来打听的。陈师爷马上告诉了张牧之，黄大老爷正在叫胡天德想办法来摸他们的底。这些人决不会安什么好心肠的，要大家多留点神。

张牧之说："黄天棒这个混蛋，是我们的眼中钉，肉中刺，不设法除掉他，总不甘心。"

"是啊。"陈师爷说，"擒龙要擒首，打蛇要打七寸，把他除了，这县里的事情才好办。"

于是大家都来想除掉黄大老爷的办法。

胡天德向黄大老爷汇报了情况，黄大老爷更加坚定地相信，张牧之一定有不寻常的来头。你想，他带来的一般下人都那么一滴油也浸不进，是简单的人吗？因此他亲笔写了一封信，叫胡天德上省城去送到省党部，请那里"调查统计室"派两个高明的"调查专家"来。

等到那两个"调查专家"到来的时候，正是本县的老百姓真心实意要给张牧之送万民伞的时候。张牧之最近又为老百姓办了一件好事，惩办了两个大家恨得要命的恶霸。这两个家伙横行乡里，杀害农民，逼奸妇女，越来越凶。他接到了许多乡下老百姓的请愿书，就把这两个坏蛋抓起来审问。这两个家伙根本不把什么国法放在眼里，他们在堂上公然供认真情不假；要他们在口供上按指拇印，他们也满不在乎地按了，心想，这些东西顶个屁用。这下好，张牧之抓到罪证，就请本地机关、法团、学校和参议会的绅粮派出代表来会审，连黄大老爷也不得不派出代表来参加。会审结果，硬是证据确凿，罪不容赦，于是一致公议，明正典刑。这两个该死的家伙，才晓得这一回碰上了硬码子，一下就蔫了，连黄大老爷也不好出面救他们。

杀这两个大恶霸的日子，县城里真是万人空巷，都涌到河边沙坝去看热闹。一看到这两个恶霸被五花大绑，跪在沙上，一刀下去，人头落地，大家都不禁鼓掌欢呼起来。从此，"张青天"的名声就传开了。大家没有想到几十年来到底还出了这么一个青天大老爷。于是老百姓自发地凑钱要给"张青天"送万民伞。这把万民伞，再不是那些县太爷要卸任了，估倒本县绅粮们送的那种万民伞，在上面签名的寥寥无几，这把万民伞真是万民来签的名，何止万民，二三万都过了。

老百姓真心实意给张青天送万民伞的时候，正是省党部的两个调查专家偷偷地到县里来调查的时候。除了黄大老爷和胡天德，谁也不知道来了这么两个人。他们听了胡天德的并不清楚的汇报和黄大老爷很清楚、很有见地的情况介绍后，对于张牧之干的这些非凡的事，已经有了深刻的印象。但是一听到他们介绍原来进行的调查工作都失败了以后，就笑他们"逗错了膀子"了。那个姓李的调查专家（鬼才知道他是不是真姓李，听说这种担负着特别任务的神秘人物都是隐姓埋名的）说："你们完全逗错膀子了。这样的人，你们以为可以用吃喝、女人、金钱就拉得过来吗？"

另外一个姓王的调查专家下结论说："这要用最新的科学方法才行。"

到底王、李二位调查专家提供了一些什么"科学的"方法，不是你我懂得了的。总之，这姓王的和姓李的两位专家忽然在给"张青天"送万民伞的活动中成为特别的积极分子。姓李的一个是在县立中学当训导主任，当然可以代表教育界，那一个姓王的是新开的一个茂华贸易公司的经理，自然可以代表商界。他们不放过一切机会来歌颂"张青天"的德政，甚至吹到"张青天"一定是党国专门派来推行国民党的新县制的。他们在活动送万民伞的当中和张牧之、陈师爷自然就有了一些接触，从他们的"真诚"的歌颂中，居然给张牧之留下一个较好的印象。他们对于"张青天"惩办了两个恶霸，认为是为民除害，好得很，只是还少了一点。这一点颇引起了徐大个的同感，他在和王经理闲谈时，说出了："哼，要依我那几年的脾气，不砍他一百，也该砍他五十。"

"好，好。"王经理称赞，他对于这位"张青天"的卫队长的"那几年的脾气"很有兴趣了。不知"张青天"那几年又是什么脾气？又在哪里使出脾气来？

但是混了两个月，两位调查专家的科学方法好像也没有帮助他们调查出张牧之的什么根底来。原来他们的科学方法，对付共产党也许有效，对付张牧之就不行。弄来弄去，实在看不出张牧之有一点共产党的味道。看他们讲义气的江湖习气，说是刘总舵把子的门生倒是有几分像的。看起来他们也"逗错了膀子"了。

要不是张牧之自己在一次冒失的行动中露了馅，又加上一个十分偶然的真相败露，他们再怎么灵，也不见得能得手。

怎么一回事，听我慢慢说来。

跟张牧之进城当跟班的几个兄弟伙，每天在衙门里事情不多，也很少上街去游逛。因为一上街就是看到土豪劣绅和地主老爷欺压老百姓的事，又打不得抱不平，生了一肚子闷气回来，何苦呢？住得久了，难免几个就在一起发起牢骚来："我们进城这么多天，也没有狠狠整治那些大坏蛋，给穷苦老百姓多办点好事。尽这么下去，不把肚子叫闷气憋破了才怪。"

"我恨不得在街上砍他几个，还是回山里过自在日子。"

"要生个什么法子，暗地里整治他几个害人精才好。"

他们就这么三言两语议论起来。过了几天，还是张德行"得行"，他就生出一个法子来了，而且第一次出马就成功，叫他们高兴了好几天。

张德行想出了一个什么得行的法子呢？

他们平日在街头巷尾，听到哪家老爷，怎么欺侮哪家穷人；哪家绅粮，估倒向老百姓要多少东西。诸如此类不平的事，见天至少也有三五件传到耳朵里来。可是他们却没有办法公开出面去打抱不平。他们几个就商量了一下，确定了报复的目标，定出暗地报复的办法。晚上，就乔装打扮起来，上街去走。他们尽量不走大街，尽量不叫那些打更的、巡街的看到了，不过就是那些巡街的、打更的偶尔看到了，都知道他们是县衙门里当差的，大概是出来办什么案子吧，也没有理会。他们轻脚轻手出去，过不多久，就把要办的事办了，轻脚轻手地回来了。比如前几天下午，他们在街上亲眼得见本城的镇长，在光天白日之下，敲诈南街一家老百姓，把钱勒索走了。他们当天晚上就出动，走到镇长的小公馆外墙边，不费什么脚手，就翻墙过去，这些本事本来是他们的拿手。他们一直摸到镇长睡房里去，把他叫起来："你把今天下午在南街讹诈别人的财物交出来！"跟着一支手枪就抵到镇长的后脑勺上了。镇长没有想到来了这么几个蒙面的强人。他要不认账，一颗"卫生汤圆"就会要他的命，只好乖乖地交出来。他们拿到财物后，把镇长锁在内屋，用刀威胁他，如果叫喊，马上回来杀他。还警告他，今夜晚的事，以后如果说了出去，马上来取他的脑壳。然后他们几个又悄悄翻墙出来。把这些财物送到南街，敲开那家的门，把东西扔进去，扬长而去，回县衙门了。那个镇长第二天竟然不敢声张出去，害怕什么时候，这些蒙面强人又来光顾他，取他的脑壳。

张德行他们几个干的这件事，无论事前，或者事后，并没有和张牧之通气，更没有告诉陈师爷。他们认为干这样惩办恶人的事，张牧之还会不同意吗？而且不止干一件，还一连干了几件差不多的事。无非是为穷苦老百姓办点好事，惩治那些土豪劣绅。当然，他们一次也没有动刀动枪，也没有惊动很多的人。因此，除开那吃了苦头的恶霸和暗地得到好处的穷百姓外，再也没有人知道。那些吃了苦头的恶霸都得到警告的，说是把他的脑壳暂时寄存在他的颈上。那也就是说，假如要说出去了，随时有人要来取走他的脑壳的。他哪里生得出第二个脑壳来让他吃饭、说话、打烂条整人呢？只好哑巴吃黄连，算了。

但是事情总不能封得滴水不漏。过不多久，在街头巷尾，就传出一种神奇的神话，说是从天上降下什么神灵，专门惩恶赏善，很办了几件好事。比较肯相信实际的人们，却说是有几个侠客黑夜进了城。和在街坊说书人那里听来的评书里说的一样，添油加醋地说，都是飞檐走壁，来去无踪，专门扶弱济贫，惩治强霸的几个好汉。

这样的传说，也传到张牧之和陈师爷的耳朵里。他们都认为这是无稽之谈，只反映了受苦受难的老百姓希望有什么侠客一样的人出来，替他们惩治横行霸道的人罢了。这种传说也传到黄大老爷的耳朵里，说得活灵活现的。他对于冥冥之中有什么奖善罚恶的天神在飞来飞去，有些害怕，但一想他做的恶事，实在也太多了，还是不相信的好。至于说有来去无踪的侠客，却宁肯信其有，不可信其无。什么时候有一颗复仇的子弹向他射来，或者在睡梦中忽然他的脑壳搬了家，他一直有些担心。因为他自己明白，他从来没有宽恕过一个人，也就从来不敢希求别人宽恕他。因此，他做了一些防御性的安排。他不大走出他为自己筑起来的像监狱一般的高墙大院。要出街，他从来不事先叫人知道时间。突然出街了，也是前呼后拥，跟着一大路提着张开机头头的盒子枪的保镖。他坐在那四人换抬的凉轿里，像风一般地过去了。他还不放心，有的时候，他叫前面一乘凉轿上坐上一个和他模样打扮差不多的下人，自己却坐在一乘普通轿子里，像个跟班。这样有个替死鬼在前头替他顶住，就是刺客动手，他还可以溜掉。他还知道，侠客总是在月黑风高的夜晚出来活动的，他偏偏也是一个喜欢昼伏夜出在黑暗里干勾当的人。所以他尽量不叫人知道他在夜晚的行踪，比如今夜晚他在哪一个姨太太房里烧鸦片烟过夜，谁也不知道。有时，他在吃过夜饭以后，人不知鬼不觉地悄悄带两三个保镖，从旁门溜出去，到后街他养的几个候补姨太太家里去过夜。

正因为这样滑头，他才算逃脱一次惩罚。

张牧之到底从张德行他们的口里知道他的兄弟伙在城里干的秘密活动了。一谈起来，大家哈哈大笑，说："×妈这才叫快活哟！"这样神鬼不知，轻轻巧巧就办了一桩复仇的买卖，比在衙门办事要痛快得多了。在衙门办事，要想好多条条，挽好多圈圈，才能惩治一个坏人，还免不了带来这样那样的议论，以及明的暗的抵制。

这种活动，竟然对于坐在衙门里的大老爷张牧之也产生了意外的诱惑。他也有心想把自己的脸蒙起来，施展出他久已不用的飞檐走壁、开门破户的精巧本事，去干几回浪漫的痛快事。但是被他的兄弟伙们阻止了："你到底是出头露面的老爷嘛。"

但是这一回，当他听到他的兄弟伙们在暗地商量，想去干一桩非凡的活动时，他怎么也按捺不住自己，非得亲自去走一回不可了。原来是他的兄弟伙们在商量着，想要钻进防备最森严、墙高屋深的黄公馆去和黄大老爷开个小玩笑，警告他一下："你的脑壳并不是铁打的，搬不得家的；颈项也不是钢浇的，砍不断的。"警告他再要作恶，有人是能够进他的公馆来找他算账的。张牧之赞成偷偷干一下，他坚持要自己参加，算作是他当县太爷的业余消遣。

事先，进行了周密的侦察，张牧之专门利用办一件公事的机会到黄公馆去找一回黄大老爷，知道黄大老爷住的上房在哪里。几个跟班也趁老爷们在谈公事的时候，顺便在公馆里暗地看清进出的门路。

又过了一些日子，他们半夜里出动了。张牧之带头。他们很容易就翻过黄公馆的围墙，直奔黄大老爷的上房。但是不巧得很，值房的大丫头说，黄大老爷不在上房，不知道今夜晚在哪个姨太太房里过夜。（这丫头也不知道，其实黄大老爷今夜晚根本不在黄公馆里过夜，到后街一个叫"夜来香"的半开门的女人家里过夜去了）

怎么办？张牧之当机立断，砸开黄大老爷上房的商柜和箱子，抢了一些钞票、金银和珍宝，然后把一把匕首插在黄大老爷睡的大床的枕头上，就迅速退了出来。

他们正要按原定路线，从后门旁边猪圈矮房子爬墙翻出去的时候，不知道什么人走漏了风声，黄大老爷的卫队赶过来，向他们开火。这时候还有一个兄弟伙没上得了矮房，就被子弹封住了。张牧之他们就伏在墙上和藏在柱后的卫队对射起来。但是在黑夜里，彼此都看不清，一枪也没有打中。当时一个卫队的人拿出支装七节电池的长电筒来，像盏小探照灯一样射向矮房，照得明晃晃的。那个最后正在爬墙的兄弟伙被一枪打伤了手，几乎滚落到院子里去。张牧之举起手枪来正要开枪，一个光柱射到他的举枪的右手上来，照得清清楚楚，下面在喊："打，打，一个也不叫翻墙跑了！"张牧之一见事情紧急，敌人在暗处，他们在明处，那个兄弟伙再爬墙的时候容易给打落下去。他举枪瞄准那大电筒，叭地一声，算是把电筒打灭了。但是几乎同时，张牧之的一根手指麻了一下，他知道他的手被打中了。电筒被打灭了以后，大家都在黑处，卫队朝墙上瞎打一气，一枪也没有打中。他们顺利地撤了出来，从衙门的后门悄悄溜了进去。谁也不知道这是县衙门里的县大老爷半夜出去消遣去了。

第二天，黄大老爷亲自坐上凉轿到了县衙门，来找县太爷报案。张牧之眼见自己的手指还包扎着纱布，不好出去见面，就推说这两天感冒了，请陈师爷出去接见。

陈师爷出去接见了黄大老爷，黄大老爷把昨夜晚黄公馆发生盗案的经过情况说了一下，送上了失盗的财产清单。并且坚持说，今天早上，在屋瓦上发现人血，一定是有强盗被打伤了，大概是打伤了手，因为墙头上有血手指拇印。又说进去的强盗有四五个，一色的黑色短靠衣服，脸上蒙了黑帕子。他要求马上严加追查，缉捕强盗归案，还把插在黄大老爷枕头上的匕首也交出来，当做追查的线索。

陈师爷说，县太爷这两天感冒了，在后衙里休息，不能接见。但是他一定把这件案子向县太爷报告，立即追捕强盗。黄大老爷只好回去了。

陈师爷回到后衙，把这件案子向张牧之报告了，并且把匕首送给张牧之看。张牧之用手接过他自己用惯了的这把匕首，很有意思地笑了一下，陈师爷忽然发现张牧之的右手一个指拇缠上了新的纱布，心里不觉一怔："难道会是这样吗？"但是他一句话也没说，就退了出来。照例发号施令，叫四门注意查缉。他当然知道，这是不会有结果的。

过了几天，张牧之为了一件公事，和陈师爷一起到县参议会去，见到了黄大老爷和别的参议员。在谈话的时候，张牧之不经意地举起右手来比画，他早已忘记他那受过伤的手指拇了。当然，所有到会的绅粮老爷们，没有一个人注意这件事，只是陈师爷心里很吃紧。他特别注意地望着黄大老爷，看他是不是留心张牧之受伤的手指。还好，黄大老爷似乎毫不关心县太爷的手指。但是直到散会，陈师爷始终捏一把汗。

又过了两三天，在一次陈师爷和张牧之的闲谈中，陈师爷旁敲侧击地提醒张牧之："有些事情干得太痛快了，只怕要带来不痛快哟。"又说："黄大老爷这些人不是没有心机的人，他要钻到了哪怕针鼻子大的一点缝缝，也是要下蛆的哟。"

张牧之随便笑了一笑，没有回答。然而从此以后，城里出侠客的事，就慢慢地再也没有人提到了。

但是，陈师爷没有想到，张牧之自己更没有料到，无意之中他们出了一个大纰漏。

张牧之到县城里来当了县太爷以后，在西山一带活动的兄弟伙们，有时候难免三个两个地到城里来走一走，开开眼界，徐大个和张德行他们几个当跟班的就招待他们在县衙门里住。张牧之也通过他们和山里的部队通消息，告诉他们：哪个大鸦片烟客最近要运一批烟土进城，在什么关口好拦路截下，取了他们的不义之财呀；哪个大财主要运大批货物过西山，叫他们在半路上抢了，运到邻县去发卖呀；特别是黄大老爷的商货、鸦片烟和租米，他们只要查访到了，就马上告诉山里，派小队出来在外边突击。因为消息确实，几乎回回都得手。而且人不知鬼不觉，谁也弄不清是哪一股绿林英雄干的事。黄大老爷约集几个大绅粮到县衙门来报案，拜会张牧之，说："本县治安问题愈来愈严重了，根子都在西山有个江洋大盗张麻子，一直没有落网，要通缉归案才好。"

张牧之和陈师爷哼哼哈哈地答应了，并且又把过去通缉张麻子的告示找出来，照抄一遍，贴出去。上面写的还是通缉那么个有大胡子的张麻子。张牧之在这些告示上盖上县政府大印的时候，不禁哈哈大笑起来。

黄大老爷又在县参议会上呼吁，要求派兵去清剿。张牧之也装模作样地极力赞成派团防队去清剿，但是要参议会通过随田粮附征一笔清乡费，参议会也通过了。在这同时，张牧之派人送消息回山里，叫他们或者暂时躲开一下，或者索性在重要关口打埋伏，捞他几支好快枪。团防队打了败仗回来，总是照老规矩报喜不报忧，清剿的事就这么不了了之。张牧之还是在城里当他的县太爷，平安无事，思想也有些松懈了。

张牧之在西山有一个兄弟伙打仗勇敢，打坏了一只眼睛，外号独眼龙。独眼龙那一只好眼睛最近也发炎了，因此到城里来找人医治一下。进城以后，由徐大个招待进了衙门，暗地见到了张牧之。张牧之叫徐大个替他找治眼的医生治疗，平时就住在徐大个那里。有一天，徐大个带独眼龙上街去医眼，在衙门口忽然撞见了一个人。这个人一见独眼龙，很惊奇地看着他们。徐大个和独眼龙却没有留心，擦身过去了。

这个人左看右看，暗暗地叫："是他，一点也不错。"就急急忙忙回到黄大老爷公馆报告去了。

原来这人名叫罗一安，是本县一个在街上打秋风混日子的浪荡人。那个秘书师爷顶王家宾的名来这里当县太爷的时候，他东混西混，混进衙门当了一名跟班。秘书师爷眼见要垮台了，卷款潜逃的时候，他也决定跟秘书师爷上省城去混事。谁知在西山被张牧之他们截住，取了钱财。因为罗一安是挑着秘书师爷的贵重行李过山的，就被张牧之当成一个挑担子的夫子，给他发放了路费，放他下山去了。罗一安没去得成省城，还是回到县城里。东混西混，又混进了黄公馆当一名跑腿的。今天偶然在衙门口碰到独眼龙了。

黄大老爷马上叫罗一安到上房来问话："你硬是在西山张麻子的寨子里亲眼得见这个独眼龙吗？"

"亲眼得见的。"罗一安说，"是他第一个冲向前来抢的，后来在山上，又是他亲自发钱给我，叫我走路的。"

"你硬是亲眼见到这个独眼龙和徐大个在衙门口一路走吗?"

"一点也不假。"罗一安说,"刚才看见的。"

黄大老爷认为这是一个很不寻常的发现,但是不动声色。只告诉他千万不要声张出去,以后重重有赏。同时还问罗一安:"那么你在西山寨子里,没有看到他们的头目张麻子吗?"

"啥子张麻子?"

"一个留着大胡子的大麻子,姓张,是个江洋大盗,他们的头头。"黄大老爷解释。

"没有。"罗一安说,"我没有看到一个有大胡子的麻子。"

"哦。"黄大老爷想,他大概没有见到这个土匪头头。

"那么你在西山看到过徐大个吗?"黄大老爷又问。

"没有。"

"陈师爷呢?"

"没有。"

黄大老爷点一点头,又嘱咐他:"除开我,你对哪个都不要讲出去,重重有赏。你要漏了,取你的脑壳。"

黄大老爷取了五块钱给罗一安。罗一安欢天喜地出去了。这一下够他到"云雾山庄"去玩格,喊摆出上好的"南土"和崭新的烟盘子烟枪来了。

黄大老爷马上请胡天德和省里来的李、王二位调查专家来公馆里密商。这一下子打开了李、王二位专家的思路。

王……我不知道他的名字,叫他王调查专家吧,我看也不够格。调查了两个多月,啥子鸡毛也没有摸到一根。王特务特别敏感,他把徐大个曾经对他谈的什么"依我那几年的脾气,不砍他一百,也要砍他五十"的话连起来一想,他的思路特别活跃起来,简直是想入非非了,而且提出了一套调查方案来。王特务说:"不想方设法叫他们钻到我们设计的圈套里来亮相,你是摸不清楚他们的底细的。"李特务也是这个意思。黄大老爷狠命地将了将他下巴颏上的几根胡子,眼睛眨了几下,越来越亮了,最后下结论地说:"不学《西游记》上孙悟空那样钻进铁扇公主的肚皮里去,你是降服不了他的。"

看起来王特务设计,李特务施工,黄大老爷提线、供应器材,他们是真要"安排金钩钓大鱼"了。

西山里的独眼龙和别的兄弟伙到县城里来玩，并且在县衙门里进进出出的，陈师爷是早有意见的。他给张牧之提起过，起初张牧之觉得这些兄弟伙都是和他枪林弹雨里一同滚过来的，都是铁打的金刚，信得过的。他现在做了县太爷，兄弟伙要到这繁华世界里来走一走，看一看，也是人之常情嘛，因此并不在意。

但是陈师爷坚持自己的看法："你不要以为黄大老爷这些人是吃素长大的。这里是虎狼窝，他们的脚脚爪爪多，大意不得哟。"

张牧之觉得陈师爷说的也是，答应一等他把除掉黄大老爷这件大事办了，就杀他个人仰马翻，扯起旗子回西山，还是过自己的自在日子去。他们哪里知道独眼龙进城替他们亮了相呢；哪里知道黄大老爷又重新专门派人在衙门口把独眼龙的相挂得清清楚楚了呢？

过了几天，黄大老爷发现独眼龙不再出现的时候，在城里放出话来，说是他们有一批"土货"要送到省里去，正等找几个得力的保镖。大家都知道，这"土货"就是鸦片烟的代名词。鸦片烟那时在我们国家里，是和黄金、白洋具有同等价值的东西，而且是"吃"得的，无论是官绅商贾，以至卖苦力的贩夫走卒都非天天"吃"它不可的。这当然是十分贵重的了。

这批"土货"被人押着，由几个挑夫挑着起运，因为消息早从城里送进了西山，一下被截住了。押运的人见势不对，丢了就溜了。几个挑夫被独眼龙一干人马押着，挑起"土货"上山了。这夫子里又有罗一安，他一上山就仔细观察，独眼龙正是他在县城衙门口看到的那一个，一点也不错。他又打听谁是头头，看有没有一个长大胡子的麻子，还是没有看到。他又把这寨子的前后左右都看好了。他自然没有说出他是黄大老爷家跑腿的，又以一个挑夫的身份被放下山去。他更没有露出这批"土货"其实是假货，样子做得很像真的、上好的贴金纸的"南土"，真要拿出去卖，叫人用刀切开一看，就认得出是不值钱的了。罗一安跑回城里，就向黄大老爷报告了。黄大老爷听了，笑一笑，马上叫人去请王特务和李特务来。

话分两头，且说张牧之进县城来当县太爷已经几个月了。这种做官的生活，对他来说，比坐牢还难受。他开头起这个做官的念头，只不过是想借机进城，找黄大老爷报仇。进城以后，看到穷老百姓在旧官府和土豪劣绅勾结之下，过着牛马不如的痛苦生活，因此出于义愤，借当县太爷的机会，给老百姓办几件好事，同时整治一下那些坏蛋，出一口恶气。他也的确办了几件好事，也把黄大老爷为首的豪绅集团暗地整了几家伙，并且因此真正赢得一个清官的名声，老百姓真心实意地给他送万民伞。但是他越看越清楚，靠他一个青天大老爷是不能把这紧紧压在穷苦老百姓头上的一块大石头搬掉的。豪绅又是这么多，从上到下，密密麻麻，就像蝗虫一般，整几个，甚至杀两个，又有什么用呢？

他不想当这个叫他心烦的县太爷了。他想在城里大闹一场，把黄大老爷这个大仇人砍了，还是回到自己的老寨子上，和兄弟伙们大碗喝酒，大块吃肉，称兄道弟，公平分钱，来得痛快些。搞得好的话，扩大势力，做几个县边界地区的自在王；再扩大了队伍，就学范哈儿割据包括几个县的防区，自己封个军长、师长什么的，自己委任专员、县长，自己立个章法出来，打出一个小小的江山，那才安逸呢。

因此张牧之自个儿就做出决定，通知在西山里的兄弟伙，由独眼龙暗自带进城来，埋伏在县衙门里，准备提了县衙门的枪，杀了黄大老爷，抢了县银行，放火烧了衙门，就回西山去。独眼龙和兄弟伙们得到通知后，就三个五个、十个八个，白天晚上，零星下山，暗自进了城。有的住进衙门，大半住进衙门口附近的几个客栈里，把枪支埋在县衙门，专等张牧之一声号令就动手。独眼龙还把上次抢到手的鸦片烟土带进城来，准备卖了，换成现钱。

说话又分两头。且说黄大老爷和王、李两个特务商量以后，决定把假的鸦片烟土送给张麻子，等着在城里捉进城卖这假烟土的张麻子的人。同时又把张麻子在西山的寨子的防守情况，告诉了邻界几个县的地主联防武装，还请了专区的保安大队，准备联合进剿，捉拿张麻子，一网打尽。

黄大老爷还使出钻进铁扇公主肚皮里去兴妖作怪的办法，专门召回他自己放在南山里的"棚子"，挑出几个精干的，给他们发两挺轻机枪，然后布置他的团防队去攻打，让他们边打边退，向西山张麻子的寨子靠拢，争取入伙，以做内应。果然在西山的独眼龙发现四个土匪被团防队追过来，走投无路了，便派人下山去接应，打退了团防队。这伙人为首的于蹩子连忙献上两挺新机枪，要求入伙。独眼龙一看，正需用，就和于蹩子喝了血酒，拜了兄弟。

于蹩子钻进了西山大寨，好不高兴。正准备保安大队来攻山时做内应呢，忽然独眼龙告诉他连夜开拔，又不说开到哪里去，只顾带着他们下山。于蹩子倒以为这大概是攻山的消息走漏了，搞不成了。一直等到独眼龙带他们悄悄走近县城，才晓得是要去大闹县城。但是于蹩子还是不晓得张麻子是哪一个，更不知道张牧之就是他们的头脑，正在县城里等他们。

于蹩子跟着独眼龙进了城，被安排住进衙门口一个小客栈里。两挺机枪却被独眼龙乘黑夜拿去了。他不知道独眼龙拿去埋在县衙门里头了，他乘夜晚睡觉起来解手的工夫，偷偷翻墙出来，直奔黄公馆，半夜请起黄大老爷来，向他报告独眼龙带队伍进了城，只等这几天人马到齐就要大闹县城，他的两挺机枪也被独眼龙提走了。但是他没有提到要杀进黄家公馆的事，他根本也不知道。

黄大老爷一听，大吃一惊。问他："你怎么叫他把那两挺新机枪提走了呢？这就不好了，两挺机枪，多大的火力呀！"但是黄大老爷这时来不及想这些了，他叫于蹩子赶快偷偷回客栈，不要漏了风，继续打探。同时叫人马上去请王、李两个特务和胡天德来商量。

王、李两个特务来了一听，也大吃一惊，没有想到张麻子走在他们前面。正当他们调兵遣将，要去围攻西山大寨的时候，他倒早得了消息，跳了出来，避实击虚，攻打防务空虚的县城来了。他们已经来不及去查问从什么地方走漏了消息，第一着要走的棋是连夜派人到西山附近去把保安大队和地主的联防大队调回来。然后赶紧调查清楚独眼龙带来的人有多少，住哪里，以便在城里一网打尽。他们肯定张麻子也在这进城的人里面。

他们正商量着，罗一安赶进公馆来报告，说擦黑的时候，他又在衙门口看到了独眼龙进了城，并且走进县衙门里去了，倒像是回到自己家里那么方便一样。

黄大老爷已经知道独眼龙进城来了，但是他为什么那么随便进出县衙门？和徐大个、张德行这般人有来往，是不用怀疑的了，但是和县太爷、和陈师爷有没有什么瓜葛，却弄不清楚。猜想起来，这位县太爷可能是张麻子的保护人，坐地分赃的。

"啊，啊!"黄大老爷想着，忽然惊叫起来，"难道那天晚上……"

"怎么回事?"王特务问。

黄大老爷把那天晚上有几个蒙面强盗来他公馆肇事，以及在墙头发现血手指拇印的经过，说了一遍，又说："过了两天，张牧之来参议会议事，我晃眼看到他有个手指拇包着纱布，当时我只感到奇怪，没当回事。现在想来，莫非……"

"难说，说不定张牧之本人就是个江洋大盗，不光是窝藏了独眼龙、张麻子一伙。"王特务的脑子也很灵的。

"那么，这一台戏就更好看了。"黄大老爷冷笑地说，"这一回要钓大鱼了。"

话又说回来，独眼龙那天晚上带了两挺机枪，偷偷进了县衙门去见张牧之和陈师爷。张牧之见了很欢喜，问独眼龙从哪里搞来的，独眼龙说了缘由。陈师爷却在心里打鼓：这种新机枪，就在这个县里找遍了，也找不出十挺来，这个于躃子怎么一个人就抓住了两挺？既然抓住两挺机枪了，还怕三五十个拿烂枪的团防队来攻打吗？为什么要向西山退呢？

"嗯，这里有鬼。"陈师爷说。

"啥子有鬼?"张牧之问。

等陈师爷一说出他的道理，张牧之也警觉起来。问独眼龙："这个于躃子现在在哪里？"

"我把他们连机枪一起带进城来了。"

"哎?"张牧之吃惊了，"你和他又不熟，咋个可以带他们进城来干这样的大事呢？"

陈师爷当机立断："赶快去把他们弄进衙门来，先软扣起，审问他们的来历。"

独眼龙马上要出衙门回客栈去喊于躃子他们四个人，张牧之叫住说："你对于躃子说，要他来取回机枪，还是由他们使用，熟一点。"独眼龙点一下头，便出来了。

独眼龙来到客栈，正巧于躃子刚翻墙回来睡下。他装着睡熟了，独眼龙掀了几下才把他叫醒，告诉他要带他们去取机枪。于躃子当然高兴得很，机枪又由他来掌握，黄大老爷就放心了。

他们四个跟着独眼龙走到衙门口，于蹩子没有想到居然径直就走进县衙门里去。也好，就跟进去，看他们干啥子。这倒是一个好向黄大老爷领厚赏的报告材料呢。

独眼龙把蹩子四个人引到管牢房的张德行那里，进了内院，喀嚓一声，黑牢大门关上了。于蹩子吃了一惊，问独眼龙：

"咋个把我们弄进这里来了?"

独眼龙笑着说："你不晓得这种地方就是我们常进常出的地方? 这是不要钱的客栈嘛。"

"老哥，你莫开玩笑哟。"于蹩子说。

"哪个给你开玩笑了?"张德行说，"独眼龙本来是我的老相识。"

"介绍一下。"独眼龙说，"这是张哥，我们进城干大事，借你这个不查户口的客房住一下，你好好招待他们吧。"说罢，他自己走开了。

"哦。"于蹩子明白了，要说安全，这里真叫安全呢。

张德行给于蹩子安排一个房间，给其余三个人安排另外一个房间。然后，张德行布置一下，带一个人走进于蹩子房里去，笑着对他说：

"我把话说在前头，进我这个客栈来的，第一要说老实话。你是哪里来的? 到独眼龙那里干啥子的?"

"这个，"于蹩子有点诧了，"这个……我原来在南山拉个小棚子，到西山是去投奔独眼龙，还带去了两挺机枪。你问独眼龙去嘛。"

张德行说："独眼龙叫我问你呢。你拜的哪个的门? 你的新机枪是从哪里搞来的?"

"噫，张哥，"于蹩子说，"不看朋友面子啦? 你放我去找独眼龙来给你说伸展嘛。"

"你想得倒撒脱。到了这种地方，话不说明，就莫想出去。"张德行变脸了，对一块儿来的那个大块头说："伙计，拿开嘴的家伙来。"

于蹩子还想坚持，独眼龙带进来一个于蹩子的人。独眼龙说："不用问他了，他的伙计都说了。"

带进来的那个人说："于蹩子，说得脱，走得脱，我是遭不住，说了。"

于蹩子一下蔫了气，低下了头。只好一五一十说了。但是今晚上他翻墙出去向黄大老爷报告的事只有他一个人知道，没有说。

当独眼龙问明情况，到后衙去向张牧之报告的时候，张牧之说："好险，要是打起来了，他们拿两挺机枪在我们屁股后面烧我们，那不把屁股烧焦了？"

正说着，陈师爷带进一个人来，是在西山留守的兄弟伙，从西山连夜赶来的。他报告说："我们前脚才下山，他们大队人马就围攻上山来，扑了一个空，现在正在搜山。我是钻空子跑出来的。"

张牧之把独眼龙审问于蹩子的情况告诉了陈师爷，然后分析说："看起来他们还不知道我们钻进他们的老窝子里来了。我们要在他们的大部队没有回城以前，把县城给他端了，然后走路。"

陈师爷想得更远些："也难说他们在西山扑了空，不估计我们避实击虚，端他们老窝子来了。再说这于蹩子进了城，未必就那么老实，没有通风报信，总之要快！"

"好，明天晚上就动手。"张牧之决定了。独眼龙下去准备去了。

陈师爷说："我看不要硬端，还是生个法子，把黄大老爷请到县衙门里来，随便捏造他几条罪状。这样轻而易举，不费一枪一弹。"

"好，你明天到他公馆去请他，就说请他后天到衙门来议事，研究进西山剿张麻子的事。就说别的绅粮们也请了。"

陈师爷嗯了一声，出去了。

再说黄大老爷这一头。

第二天上午，独眼龙以为明后天就要回山了，带来的鸦片烟今天要拿去卖了才好。于是派两个兄弟伙，挑着这两担鸦片烟到牙行去卖。牙行的人一见那烟土，就明白来路，马上报告了黄大老爷。黄大老爷马上派两个得力的人来牙行，对这两个兄弟伙说：

"这烟土黄大老爷买了。但是要送上府去让他老人家过目。价钱好说。"

这两个兄弟伙不明底细，只要能出手，管他是谁呢。于是挑起担子，跟着来人走进黄大老爷的公馆，挑进后堂。黄大老爷一看，正是他派人送到西山让张麻子抢去的假烟土。他说话了：

"烟土再多我也要，再贵我也收，但是要是好的。"

"都是上等好南土。"来人拿出一块来送给黄大老爷看。

黄大老爷叫人拿刀来切开看。当然正如原来设计的那样,一刀切开,只见外表薄薄地糊上一层烟土,内里却是一包烂糟黑膏子,根本不是烟土。黄大老爷马上就变脸了:

"哈,原来是骗子,你们就老实招认了吧。"

那两个兄弟伙怎么也没有想到是这么一回事。怎么独眼龙先前一句也没有交代这是假烟土呢?抬来的时候连一块也没有打开看过吗?当然,他们不能招认是从西山寨上带来的,更不能露出这是抢了来的。只能硬着头皮承认自己是鸦片烟骗子,并且挖空心思编造出一个鸦片烟骗子的故事来,说他们原是在山里的鸦片烟贩子,后来学会做假膏子骗人,就变成鸦片烟骗子了。如此等等。

黄大老爷,还有那个姓王的和姓李的两个特务也在场。他们似笑非笑地听着这两个处境十分尴尬的老坎,在行家面前编造实在不高明的骗子的故事,简直是一种享受。但这是多么残酷的享受!就像一个凶恶的猫儿逮住两个小耗子,故意玩弄,让它们做徒然无效的逃跑,然后又一爪子抓回来,慢慢玩弄,一直玩弄厌了,才一口吞掉它。

黄大老爷开口了:"你们这个骗子的故事编得实在不圆范呀。"

姓王的打了一个哈欠,说:"简直把人都听得要打瞌睡了。你们两个还是老实招了吧,老实说了,黄大老爷不唯不杀你们,还有赏哩。"

这两个人当然坚持他们已经说过的故事。姓李的威胁说:"你不要以为把你们莫奈何,这公馆里什么都齐全,你们想坐牢,有旱牢、水牢、站牢;你们想死,有枪打、刀砍、绞索绞;你们想尝刑法的滋味,这里更是五味俱全,什么样式的都有,看你们自己选择吧。"

他们还是坚持着,决不吐出西山寨的真情来。黄大老爷却既不威胁,也不利诱,只是冷冷地说:"你们不说这假烟土是从哪里搞来的,我倒可以替你们找出证明来。"他说罢,就叫人:"给我去搬几块出来。"

一会儿,几块一模一样的假烟土放在他们两个面前,当面用刀切开,也是一模一样的黑膏子。黄大老爷说:"你们看,这假烟土的来历总清楚了吧。"

这两个兄弟伙在真凭实据面前不好说话,只得咬住说:"原来是你们在造假烟土卖给我们的哟。"

黄大老爷说："你们想必听说我最近在西山被抢了几担烟土吧？就是这种烟土。你们不要狡辩了，老实招认了吧。叫你们拿这种烟土来卖的独眼龙，都已经招认了，是你们张麻子一伙强盗抢我的。"

这两个兄弟伙没有想到，他们的老底子完全被抠出来了。连独眼龙，他们也知道了，想必独眼龙也被他们抓住了，但要说独眼龙供出来了，绝不可信。独眼龙是铁打的金刚，多实在的兄弟伙，那样容易就供了？不能相信。好，好汉做事好汉当，大不了也不过一死。于是两个都承认他们是张麻子的兄弟伙，拿来卖的鸦片烟是抢来的。一个说："抢了你的烟土又咋样？"一个说："我们就是张麻子派来的又咋样？"

"好，好，是这个。"黄大老爷举起一个大指拇说，"你们说一说，张麻子现在在哪里？独眼龙怎么认识县衙门的徐大个和张德行？你们这次到县城里干什么来的？……"

一串串问题，噼噼啪啪像石头向他们打过来，不知道要怎么回答才好。但是他们在和张麻子跪在一起烧香叩头的时候，就发过誓的，头可以断，血可以流，不能出卖兄弟伙。不然就是见面发红财，三刀六个眼，眉头都不准皱一下的。怎么能在这般吃人不吐骨头的野兽面前显示出自己是软骨头，是烂炮蛋呢？"哼！笑话！你们是在门缝里看人——把人看扁了！老子们是膀子上站得人，刀口上跑得马的好汉，啥子刑法、坐牢、杀头，算不得卵子。二十年以后，又是一条好汉……"

两个人就像钢筋铁骨，站在那里，一动不动，再也不多说一句话。嘴唇咬得紧紧的，快咬出血来了。这是多么值价的英雄好汉呀，可惜我竟然没有把他们两个人的名字记住。但是在我们这个多灾多难的国家里，正是风云际会、英雄辈出的时代，像这样出身贫贱却没有一点奴颜婢膝的钢浇铁铸的无名英雄，何止千千万。记不住这两条好汉的名字，又算得什么呢？

不管是黄大老爷也好，还有把折磨人当做他们的专门职业的姓王、姓李的特务也好，都清楚地知道，你就是用千斤重的铁棍子，也休想撬开这样的嘴巴的。算了，关起来，等把张麻子捉到了，一起发落他们上西天去吧。

黄大老爷和那两个特务本来想从抓住的两个卖假烟土的人身上打开缺口，好做张牧之他们的文章，结果卡了壳子。他们还不甘心，一不做二不休，决定从陈师爷这个书生头上开刀。陈师爷是本县人，有家有室，和那些亡命之徒、提起脑壳耍的人是不同的。他们急于打开一个突破口，摸清底细，只待正兼程赶回县城的大部队人马一到，就可以下手，把他们一网打尽了。

他们正研究怎么去请陈师爷，怎么才能不至于打草惊蛇地把他请进公馆里来的时候，陈师爷却自己进来了。黄大老爷真是喜出望外，马上请入书房，特别优待。陈师爷传达了县太爷的话，请黄大老爷明天到县衙门去议事，讨论治安问题。

"很好，很好。"黄大老爷说，"我也正为本县的治安问题着急呢。明天上午一定到。"

陈师爷起身告辞，黄大老爷却阻止他走，说："师爷是本县土生土长的，亲不亲，乡里人。我们请你吃顿便饭，说点闲话，不算屈驾吧。"

陈师爷说："我还有公事在身，改日专门来叨光吧，今天告辞了。"

黄大老爷说："师爷不肯赏光，不勉强，不过有几句话，想向师爷请教。"

"啥子事情？"

"没有什么。"黄大老爷说，"我想打听一下，有个在县衙门进出的独眼龙，到底是个什么人？"

陈师爷万没有想到，黄大老爷已经把独眼龙瞄上了。大概是于跛子进城后，已经进了黄公馆透过消息了。这还得了，搞不好，这次张牧之端县城的事，只怕端不起走还要砸锅的。他只想支吾过去，快回衙门告诉张牧之，搞不得。陈师爷稳起，装出莫名其妙的样子问："啥子独眼龙？我没有在衙门里见过这样的人。"

"没有见过，我们都见过了，还不止一回呢。这个人是西山张麻子土匪窝子里的大土匪，现刻就住在你们衙门里。"

"你们既然知道地方了，快去告发，叫县太爷把这个土匪抓起来吧。"陈师爷说。

"是要抓起来，也一定要抓起来。我们现在有兴趣的不在一个独眼龙。"黄大老爷半吞半吐地说，进一步试探着，"师爷是一个规矩本分人，何苦去下水……"

"你这话是什么意思？"陈师爷毫不含糊地打回去。

"陈师爷是聪明人，连这个也听不懂？"那王、李两个特务从隔壁房里走出来，凶神恶煞的样子。姓李的大声武气地说："陈师爷，实告你说吧，我们是专门从省城里赶来调查的，早已摸清了底细，西山张麻子带了大批土匪进城，就窝藏在你们衙门里，你们这位县太爷和你这位师爷，窝藏大土匪张麻子，这个干系还小吗？我们请陈师爷来，就是劝你不要陷深了，这可是满门抄斩的大罪哟。"

陈师爷已经听出来，独眼龙带兄弟伙进城的事，肯定是泄露了。但他们还摸不清张牧之和张麻子的关系。肯定更不知道他和张麻子的关系。因此硬顶住："你别咋咋呼呼的，我不吃这一套。"

"你陈师爷既然进了公馆，坐上席位了，你吃也得吃，不吃也得吃！"王特务威胁说。

"呃，"黄大老爷和两个特务，一唱红脸，一唱黑脸，现在轮到他唱红脸了，"陈师爷，你大概还不认识这两位吧？来来来，介绍一下，这位姓王，这位姓李，都是省党部调查室的。他们二位专程下来办案子，也是重担子在肩上，莫奈何，请师爷帮个忙吧。我们是低头不见抬头见，以后在县里见面的场合多呢，这样吧，"黄大老爷对两位特务说："你们二位也不要操之过急，请师爷就在我们这里吃晚饭，好好考虑考虑吧。"

就这样把陈师爷扣留了。陈师爷并不害怕自己被特务和黄大老爷扣留，怕的是张牧之不知道敌人的阴谋，搞迟了要上当。但是现在不由分说，他已被推进黑牢关起来了。

"师爷。"忽然从角落里传来一个声音，陈师爷因为刚进黑屋里来，看不清楚。

"哪一个？"陈师爷问。走拢去一看，吃惊了。怎么的，黄大老爷早下手了吗？

两个兄弟伙把独眼龙叫他们卖烟土被骗进黄公馆遭抓了起来的事简单地说了。"哦。"陈师爷想，还好，他们还没有先动手。但是事情看来十分紧急，不送出消息去，眼见要吃大亏。陈师爷把这个意思对两个兄弟伙说了。一个说：

"我出去！"

"你咋个出得去？"陈师爷问。

"只要把我举到挨上屋顶阁子板，找个阁子板稀的地方，取去几片瓦，从阁子板缝里爬上去，一上屋，我就走得脱了。"

"好，冒险也得这么办了。"陈师爷下决心说。

等到晚上，黑牢里一片漆黑。陈师爷站在一个兄弟伙的肩头上，要爬上去的兄弟伙又站在陈师爷的肩上，顺着砖墙，顶了上去，刚好能摸到阁子板。这些兄弟伙平时练就了上屋爬墙、吊檐走瓦的功夫，不大一会儿，他轻轻地不出声音地揭去几片瓦，露出黑沉沉的天空。他用手钩住阁子板一翻，脚就伸出去了，不一会儿他就钻到了屋顶上，还不慌不忙地把瓦又盖好，才轻脚轻手翻出墙外去了。

他下了地，一个猛趄子跑回县衙门，找到徐大个，带去见了张牧之，把前因后果一五一十地说了，叫张牧之快去救人。

"这还得了！"张牧之马上叫徐大个去请来独眼龙，"他们抓人了。就是要死人，也要救出陈师爷和兄弟伙来。走，我们提前马上干事！今晚上半夜里动手。"

"是硬攻，还是软取？"独眼龙问。

"硬攻晚上恐怕打不开大门，还是软取。这么办。"张牧之虽然在这么紧急的时刻，还是有条不紊地布置。

于是大家开始行动。

独眼龙把于蹩子从牢里提出来，要他带路，要不干，就一刀子捅死。这种人是怕死鬼，马上叩头发誓。独眼龙带着十几个人，全副武装，两挺机枪也带去一挺，慢慢走近黄家公馆的后门。同时，上次夜间跟张牧之一同翻墙进黄家公馆的几个人，带着短枪和手榴弹，从上次翻越过的后墙，翻了进去，落到后门里院子的墙根，在墙角和花坛后边隐蔽起来，准备接应独眼龙。张牧之则带着十几二十个人，向前面大门走近。还没有到大门口，他分配了十来八个人拿着枪在大门左右高墙边防守，不准有人来救援。他自己却带了七八个人，其中就有一直跟着他的徐大个、张德行和王万生等五六个人，其余两个提着一挺轻机枪，准备张牧之进大门后，在后面作掩护。张牧之先打了招呼，一等大门开了，他要以一个县太爷的身份，灯笼高照，大摇大摆地走进黄公馆去"办公事"。

独眼龙带的人走拢黄公馆后门，用手枪抵住于蹩子背心，就叫于蹩子喊门。于蹩子规规矩矩地叫喊："开门，开门！"

"小声点!"独眼龙怕于蹁子大声武气地叫,引起内里守门的人怀疑。

"开门,快开门。"于蹁子故作小声地叫。

"啥子人?"里面有人在拉枪栓,走到后门边来了。

"丁哥,开门,我是蹁子。有要紧事禀告大老爷。"

"哦,于蹁子来了。"里面听出声音来,接着嘎地一声,后门开了一条缝。刚才答话的人伸出头看,"蹁子。"

"呃——"于蹁子回答。

"深更半夜来干什么?"

"有机密大事向大老爷报告。"于蹁子回答。

"慢点。等倒起,大老爷吩咐,没他的命令,不准放一个人进来。我进去问了再说。"嘎的一声,门又关上,并且上了门闩。

这时埋伏在墙根花坛后面的几个人本来可以一跃而出,把守卫的两三个人按倒,就去开了后门,放独眼龙他们进来,岂不省事。但是他们有上次进来过的经验,外边一打起来,声音传进上房,黄大老爷警觉了,就会防备起来,事情就不好办了。所以没有动手。

这个叫丁哥的卫兵进去,到了上房,走到黄大老爷的鸦片烟铺前。这时,黄大老爷的一天生活才真正开始,他和姓王、姓李的两个特务正在叽叽咕咕商量什么。只听到黄大老爷对他们说:"明天上午,至迟下午要到城里。"王、李二人退出房去了,丁哥上前报告:"大老爷,后门口有人要进来。"

"哪一个?"黄大老爷警惕地问。

"于蹁子。"

"哦,半夜三更,他来一定有要紧事,快放他进来。"黄大老爷说。

丁哥退出来,到了后门口,命令开门。门嘎的一声开了。独眼龙一步跨到前面,用枪抵住丁哥的胸口,小声叫:"不准动。"

丁哥向后退走,不知道怎么搞的,背后又有一支枪抵住他的背心,小声叫:"老实点!"他的枪已被下掉了。其余两个守卫的也被从花坛后跳出来的人用枪抵住后背心,枪也被下掉了。于蹁子被押进来。独眼龙派人守住后门,对丁哥和于蹁子细声说:

"要活,就带我们到上房。"

两个怕死鬼发着抖,低着头,在前面带路。过去进来过的兄弟伙已经摸过这条路，丁哥想把他们引到另外一个住着卫队的院子里去，没有成功。"老实点，从这边走!"丁哥被枪逼着，只好引到上房。到了上房门口。独眼龙用枪一摆，命令丁哥叫门。丁哥只好叫："大老爷，于蹺子来了。"

黄大老爷睡在鸦片烟铺上，正在吞云吐雾，享受才给他装在玉石大烟枪斗上的一个大烟泡，他一边吸一边说："叫他进来。"

黄大老爷的卫兵才把门一打开，独眼龙几个人一拥而入。黄大老爷听到声音不对，马上坐起身，在烟盘子上抓他的小手枪，但是已经晚了。几支枪早已抵住黄大老爷的脑壳。他的卫兵的枪也被下了。给他烧大烟泡的姨太太早已吓得魂不附体，动弹不得，瘫在床上。

独眼龙这一手搞得很干净利落。他马上叫提轻机枪的去悄悄守住卫队的院子门口。另外叫几个人赶到前院去开大门。守大门的几个卫兵怎么也想不到从上房下来的提着手枪的人不是自己人。他们听到有人叫他们起来开大门，就起来了。等到手枪抵住他们的胸口，还迷迷糊糊地莫名其妙，问道：

"哎，开啥玩笑？是不是大老爷叫开大门的？"

"把眼睛睁大点看，是老子叫你开的。"

卫兵真的睁大眼睛一看，已经没有活动的余地，只好乖乖地开了大门。

这时，张牧之叫点上灯笼，大模大样地走了进来。后面大声传话：

"县太爷来请黄大老爷到县衙门议事去。"

这时，独眼龙已经把黄大老爷押到前厅来。张牧之走到他面前说："黄大老爷，受惊了。"

黄大老爷勉强挣扎地说："不是明……明天上午到……到县衙门去议事吗？"

"怕请不到你呀。同时，还要请大老爷高抬贵手，把我们的陈师爷还给我们。"张牧之冷笑。

其实出去报信的那个兄弟伙，早已带人到后面黑牢里把陈师爷和那一个兄弟伙放出来，走到前厅来了。

陈师爷一见张牧之，就把他拉到一旁，细声地对他说："看来他们已经摸到了我们的底了。是省里专门派来的两个特务干的。要把他们抓到才好。"

张牧之马上下命令搜查，黄家的下人都说这两个人今夜晚上半夜还在大老爷烟铺边的。但是到处搜查，都没找到。后来才知道，这两个家伙，趁刚才乱哄哄的时候，装扮成黄家的打杂的下人，溜出去了。

"这可是大祸害。"陈师爷说，"该办的快办，今夜晚不等天明就退出城去吧。"

"笑话。"张牧之不同意地说，"我大模大样骑着马进城，还是大模大样骑着马出城。我要把黄家大恶霸明天上午在县衙门当堂开审，问明罪恶，开刀问斩，叫老百姓来看看我怎么除掉这个大恶霸。偷偷摸摸，不明不白，把他现在黑打了，太便宜他了。"

"这样办当然很光彩，只怕时间……"

但是张牧之决定的事，陈师爷只能提建议，不能改变。张牧之下令抄了黄大老爷的家，天已明了，他们把黄大老爷五花大绑，押回县衙门。老百姓听说，都站出来看热闹。许多人都跟到县衙门去了。张牧之叫把县衙门的大门大开着，请大家进来围看审问大恶霸。这一下满街传开了：

"张青天审问黄大恶霸啦！"

"县衙门大打开，都去看呀。"

用不着传锣告示，老百姓像流水般涌进县衙门，把大堂围得水泄不通。在大堂上的"正大光明"金匾下面，公案后面，大模大样地坐着"张青天"，你看他好气派！有的只听说，还没有见过县太爷的，挤到前面来看：哦，他就是"张青天"！

"啊，他就是'张青天'？"另一个人也不觉失声叫了一下。这个人不是别人，就是第一回在西山大寨被当场释放的罗一安，他简直不相信自己的眼睛，又细看了一下，急忙悄悄地退出去了。

就要开审了，"张青天"旁边坐着陈师爷，他正忙着起草告示。堂下两边一顺溜站着两排提着手枪、张着机头的兄弟伙，杀气腾腾的。

张牧之一声号令："带大恶霸！"

黄大老爷被两个兄弟伙像提小鸡似的提到大堂上，吓得骨头都酥软了，像死狗趴在那里，连发抖都没有劲了，好像断了气。

周围的老百姓看了，实在痛快，唧唧喳喳地议论起来：

"哼，那么威风的，如今像个癞皮狗了。"

"你横行霸道一辈子，也有今天呀！"

"看'张青天'咋个发落他。"

老百姓能够涌进衙门，已经是破天荒的事。今天能够当着黄大老爷的面，唧唧喳喳议论他，更是想也不敢想的。在这个县里，特别是在这个县城圈圈里，哪个不晓得黄家这第一块硬招牌？真是他咳一声嗽，小孩子都不敢哭，他跺一下脚，会地动山摇的。他随便骑在老百姓头上屙屎屙尿，哪一个敢哼一声？被他搞得家破人亡，岂是一家两家、十家二十家？哪一个县太爷来上任，不是第一件要办的大事就是到黄公馆去向他拜门生子弟呢？什么大事不去大老爷的烟铺上请教，听候吩咐，你的命令休想出衙门口！

这样一个大人物，今天却被这个年轻的县太老爷拉来开庭公审，哪一辈子听说过这样的事呢？但是今天是确实的了。衙门大大开着，这么多人在闹着嚷着，大堂上"张青天"明明坐着，黄大老爷明明在堂下趴着，会是假的吗？而且，你听，"张青天"在问话了：

"黄天榜，抬起头来，你知不知罪？"

当陈师爷把黄大老爷……哦，现在该叫黄天榜了，老百姓过去都是叫他"黄大老爷"，或者只叫"大老爷"，从来没有人敢当面叫他的名字。只有在背地才敢叫他黄天榜，并且咒骂他叫"黄天棒"。今天一听"张青天"当众叫起他的名字来，听起来虽说有一点陌生，可是舒心得多了。

当陈师爷把黄天榜的罪状随便拈出十几条来——这是一点也不费力的，平时大家都清楚极了。——"张青天"叫他抬起头来，问他知不知罪的时候，这位大老爷居然听从地抬起头来，模糊地说："知罪。"

张牧之抬头对周围的老百姓说："众位父老乡亲，黄天榜犯下十恶不赦的大罪，我张牧之到县里来，早就察访清楚。大家说，对黄天榜该怎么办？"

"杀！"像雷声一般震动了大堂。

"不杀黄天棒，我们难见天日！"

"杀天棒！"

一片喊杀的呼声，上上下下，里里外外，都响遍了。有的却一把鼻涕一把眼泪，爷呀、娘呀地哭喊起来，原来这是被黄天棒害过的冤主，一听说"张青天"抓了黄天棒，都挤了进来，又喊又叫："不忙杀，不忙杀，我要当面向他讨血债。"

有几个哭着喊着挤上堂来，揪住黄天棒就咬起来。张牧之叫兄弟伙拉开了，他们还又跳又哭：

"青天大老爷，给我们申冤报仇呀！"

要闹着进来的人越来越多，陈师爷看一看太阳已经过了衙门口大黄桷树顶了，对张牧之说："快办，快走。拖不得了。"

张牧之大声宣布："好，现在宣判！"

陈师爷拿起写好的告示，念了起来。每念一条，下面都咬牙切齿地喧闹起来，实际上大家只听到"就地正法，开刀问斩"几个字。大家欢呼起来："该杀，该杀！"

黄天榜一听，顿时昏了过去，已经什么也不知道了。

"推出去！"张牧之下令。

一队手拿亮晃晃大刀的人站出来，把黄天榜背绑起来，在他的背上插上"黄天榜恶霸一名立斩决"的标子，把他提起来往衙门口外推去。张牧之和陈师爷带着兄弟们，拥出衙门口，准备就把衙门口的石地坝当做法场，围拢来看的人更多了。

正当刀斧手举起亮晃晃的大刀向黄天榜的头砍去，忽然听到一声："叭！"只见那刀斧手把刀一丢，自己倒了下来。紧接着周围响起枪声，有十来个人冲进法场，拉起黄天榜就朝大街那边冲去。

真是事出意外，张牧之没有想到会有人劫法场，把黄天榜抢跑了。陈师爷马上就明白他害怕发生的事，已在眼前发生。张牧之见势不好，大叫一声："给我追！"

他自己带了十几个兄弟伙向劫法场的那群人追去，但是这时四周枪声齐响，群众大惊，一片混乱，反倒把路遮断了。张牧之从法场捡起那把大刀，大叫："散开！散开！"他们好容易冲出人群，见几个大汉提起黄天榜在大街上飞跑，张牧之不顾一切，带着人追了上去。这时，本来在周围警戒的独眼龙他们也和围攻过来的大队团防兵打了起来。但是围攻的人很多，独眼龙他们大半拿的是短枪，全靠那两挺机枪发挥了威力，才把团防队打退了。独眼龙眼见顶不住，便带着兄弟伙顺着张牧之追的方向退过去。

张牧之带着兄弟伙冒着枪弹直追过去。最后，到底追上黄天榜，张牧之举起大刀，一下把黄天榜劈成两半，倒在街上。张牧之毫无畏惧地哈哈大笑起来。

但是他和两个跟来的兄弟伙陷入敌人的重围，无法脱身了。独眼龙赶拢，想拼死命救出张牧之，忽然一梭子弹扫过来，兄弟伙又倒了几个。张牧之眼见独眼龙硬冲锋，也救不了自己，反倒要死更多的人，大叫道："莫管我！冲出城去！"

张牧之才喊完话，已经被七八个人包围起来，他虽然挥动大刀砍翻两三个，可是到底众寡悬殊，被抓住了。

独眼龙眼见不行，才带着兄弟伙从横街杀出城。但是一看，进城的几十个兄弟伙，有的跑散，有的在战斗中牺牲了，只剩下不到二十个人。最使独眼龙伤心的是他们的头儿张牧之没有出得来。

陈师爷本来不会打仗，人一乱，他和张牧之被冲散了。他知道大事不好，赶忙隐没在人群中，从小巷混回家里，叫老婆带着孩子连夜连晚到外地去安身。他呢，还想看一看，便去平时很熟的一个当科长的朋友家里，躲藏起来。

张牧之空做了一场好梦，反倒被抓住了。原来，那两个姓王姓李的特务从黄公馆混出去以后，马上跑出城去迎接正赶回县城的保安大队和团防队，连夜赶到城边。干特务工作的是狡猾一些，他俩悄悄地先带几个便衣进城，一下碰见了刚从县衙门里挤了出来的罗一安，告诉他们黄大老爷马上要问斩了。姓李的马上出城，把部队偷偷运动到城外埋伏起来，又带二三十个人一色短枪赶到衙门口，正是黄大老爷被提出来问斩的时候。他们就采取突然袭击，劫了法场，城外一听城里枪响，就冲了进来，和独眼龙打开了。

"'张青天'被保安队抓住了！"

"唉，青天不开眼，好人没好报！"

老百姓从极度的扬眉吐气中一下掉进极度悲伤里去，像又有一口大黑锅，从天上扣下来，扣在他们的头上，见不到天日了。

张牧之是什么命运在等着他，这还用我来说吗？

县太爷张牧之被抓起来了，县参议会的议长黄大老爷被砍掉了，怎么办？本县的绅粮和老爷们开了紧急会，除向省里报告外，临时推了那个姓王的特务代理县长，姓李的特务代理议长，先办起公事来。

他们要办的第一件事就是杀张牧之。要处决一个县长本来是不容易的，何况这个张牧之又是老百姓拥护的青天大老爷呢！所以他们也要来一个名正言顺的审判，然后拉出去名正典刑。

他们从罗一安被抢到张麻子大寨，和独眼龙带兄弟伙进城，住在衙门里，已经可以肯定张牧之这位县太爷窝藏盗匪，虽说有罪，但还够不上杀头；说他擅自杀了县参议会议长、本县大绅粮黄天榜吧，这一条在老百姓面前未必说得过去，因为黄天棒是太臭了。只有一个看来有力的新证据，就是罗一安可以出面证明，他在西山张麻子山寨里见到过张牧之。今天早上罗一安在衙门大堂上见张牧之坐大堂的时候，看得真切，可以证明是他。但是光一个罗一安出来证明，人家怎么相信一个堂堂县太爷会在江洋大盗的寨子里出现呢？他们万没有想到，张牧之自己出来帮他们解决了困难。张牧之被保安队押进县衙门的时候，王特务和他打了个照面。王特务不无几分讽刺意味地对张牧之说："想不到早上本县的'张青天'，晚上却成了张麻子……一伙。"

王特务本来没有弄清楚张牧之就是张麻子，张牧之听得有心，还没有等他说出后面的"一伙"两个字，就马上顶回去："老子就是张麻子又咋样？"

"啥？你原来就是西山的张麻子？"王特务真没有想到，吃惊地问。

"老子就是，你又咋个样？可恨昨夜晚没有把你两个抓到手。"

哈，意外收获！他自己承认是张麻子。这下就好办了。王特务本来还有些怀疑，怎么一个西山里的江洋大盗，会跑进城来当起青天大老爷来？管它呢，只要他认账就行。

于是代理县长王特务在代理参议长李特务和机关法团的绅粮老爷们的陪审下，开庭审判张牧之。

王特务问话："你老实招认，你是江洋大盗张麻子吗？"

张牧之倨傲地站在大堂上，他看到他刚才坐的位子上竟然被这样一个鬼脸尖嘴猴子坐上了，十分生气，毫不含糊地说："老子就是张麻子又咋个样？老子是专门进城杀你们这些贪官污吏、土豪劣绅的。恨只恨没有把你们这些吃人不吐骨头的坏蛋一网打尽！"

在座的老爷们本来没有兴趣再问下去，以免徒然讨一阵痛骂。但是王特务对于这个江洋大盗为什么要进城当县太爷很不理解，还想问个究竟。在他看来，一个江洋大盗和一个县官是完全不同的两码子事，"盗"和"官"怎么能联在一起呢？但是眼前的事实不就是张麻子这个强盗化名张牧之钻进城里当起县官来了，而且当起青天大老爷来了。这怎么可以呢？因此他问张牧之：

"你一个江洋大盗，怎么可以来当县太爷呢？"

张牧之听了，像受了莫大的侮辱，反问王特务：

"为啥子我就不能来当县太爷？你问一问全县老百姓，我给他们当县长，有哪一点不好？有哪一点不够格？"张牧之用手一指围在大堂外的老百姓。老百姓一阵嗡嗡议论，忽然像一声炸雷似的炸开了："他是我们的青天！"于是，"张青天"、"张青天"、"张青天"的呼声在人群中此起彼伏，像狂怒的波涛一般涌进大堂来。

坐在县太爷位子上的王特务神情紧张，不知道说什么好。张牧之听到群众的呼声，满意地一笑，继续坦然地说：

"你们以为我当了你们骂的江洋大盗就可耻吗？哼！才不呢。我当强盗就是专门抢你们这些为富不仁的混账老爷的，就是专门来治你们的。你们以为当县太爷就荣耀吗？狗屁！你们剥老百姓的皮，喝老百姓的血，吃老百姓的肉，从他们的骨头里也要榨出油来。你们比强盗还强盗十倍！不，简直是不能比的。我这个强盗现在才失悔来当县太爷呢。我就是当一辈子青天大老爷，最多给老百姓办点好事，就好比给他们治点伤风感冒，或者帮他们捉几个虱子罢了，哪里能救得他们的性命？我失悔我没有再当强盗，当最厉害的强盗，抢光你们抢来的东西，剥开你们的皮，挖出你们的狼心狗肺，烧掉你们的衙门，砸烂你们的天下，把你们一个个千刀万剐。哼！我现在才明白了，只有强盗才能治你们，别的……"

"不要听他的，宣判！宣判！"坐在两旁的老爷们，本来想看看这个强盗怎么向他们讨饶，结果被臭骂了一顿，吓得目瞪口呆。坐在堂上以审判者自居的王特务忽然感到自己变成了被审判者，气得打哆嗦。而且大堂外嗡嗡嗡嗡的老百姓的声音是可怕的，好比阴云在聚积，可以带来一场暴风雨。

坐在堂上的王大老爷拍桌子："宣判！"他站起来，捧起一张纸念："土匪张麻子一名立斩决。"并且用朱笔在张字上点了一点，把笔丢了下去。他们不准他占有"张牧之"这样一个好官名，立意要叫他土匪"张麻子"。

下面的文章是什么，不用我来说了。剩下的就是把张牧之五花大绑，押赴河边沙坝去砍头了。只是插在他背上的标子更大一些，上面写的字更显眼一些，押赴刑场的武装队伍更长一些，滴滴答答吹的号音更惨烈一些，行刑队的大刀更晃人一些。不过还有一点，老百姓来给受难者送行的队伍从来没有这么长，悲愤的心情从来没有这么强烈。

全城的老百姓几乎都出来了。他们并不是来看热闹的，他们不承认杀的是江洋大盗张麻子，而是他们拥护的"张青天"。你看，大家都是紧绷着脸，紧咬着嘴唇，沉默地看着那一队一队走过去的团防兵，看着那骑着高头大马担任监斩官的新代理的县太爷。有好多人家，公然在门口摆出香案，点上香烛，好等"张青天"从面前过去的时候，给他烧一点纸钱，送他走路。有的还摆着馒头、肉菜和美酒，给他饯行。这个传统的风俗，新县太爷看了虽然不高兴，可是也没有办法。只是催快一点。

张牧之呢，他知道他给老百姓办的好事很少，受到的恭维却这么大，他很感动，不住地对望着他走过去的老百姓点头，表示感谢。别人给他捧酒上口，他一饮而尽，说声"道谢"。他越是那么昂着头，挺着胸，坦然地走过去，脸上看不到一点愁苦的影子，越是叫看他的老百姓心里难受，有的低下了头，有的不住地抹眼泪。

军号凄厉地叫着。

天也变得这么暗淡无光了。

他还是那么走着，坦然地走着，走着……走着……走着……

巴陵野老摆到这里，他那光光的头在灯光下低下去了，口里还在细声地念着："走着……走着……"

"怎么啦?"我问了。

他不回答，还是小声地在说："走着……走着……"好像他现在还看到张牧之在他面前坦然地走着一样。仔细一看，他的眼泪早已簌簌地滴落满地了。

我们听的人都沉默了。

"那么独眼龙后来怎么样了?"我禁不住又问他。

"不清楚。只听说他们冲出城去以后，拖回西山，后来转到北山、南山，到处打游击，队伍又像滚雪球一样，一天一天滚大起来。后来听说共产党派人来找过他们，他们拖到大巴山，跟王维舟的红军合伙去了。以后就不知道他们的下落了。"

"那个陈师爷呢?"一个科员问他。

"陈师爷吗? 唉，张牧之被抓了以后，他不想马上离开县城，冒着杀头的危险，偷偷混在老百姓队伍里，给张牧乏送了行，才悄悄离开。他的年纪大了，已经没有办法跟着独眼龙回西山，找红军去了，只好带着一家老小，流落到边远的县份去。当然，他能干什么呢? 只好又托人在一个县衙门里谋一个吃不饱、饿不死的科员差事，混他那余下不多的晚年了……"

"唔，陈师爷恐怕就是他。"后来过了很久，我才忽然悟了出来，对一个科员说。

"嗯，八九不离十。你听他摆的好些事情，不亲临其境，恐怕说不到那么真切吧。"

"硬是他。"另一个科员说，"你不听他说过，那个陈师爷梦想的正和他自己想的一样这样的话语吗?"

"对头。"我附和说，"你见过他摆到最后，那落满一地的眼泪没有?"

然而，我们只是这么瞎猜猜，没有谁敢去问张科员，也就是给我们摆龙门阵的巴陵野老。

何必去打开别人那痛苦的记忆的匣子呢?

第四记

山城走卒：娶妾记

今晚上是黄科员——哦，自从他参加冷板凳会以后，自己取了一个雅号叫做"山城走卒"，现在该叫他为山城走卒了。今晚上是他拈着了阄，于是他欣然从命，摆起他的龙门阵来。

在没有开摆以前，让我先来说一段"入话"吧。

想必你们知道，或者，想必你们不知道，我们中国从唐朝、宋朝以来就是一个盛行摆龙门阵的国家。那个时候叫做"说话"，或者叫做"平话"、"说评书"，有上千年的历史了。据说好多伟大的小说，比如《三国演义》《水浒传》《西游记》，还有《今古奇观》等等，都是在那种街谈巷议之中，不断传说，不断丰富，然后由文人把这些"说话"和"评书"集中编写成书的。你看那些小说不是分章，却是分回，在每一回的开头，总有"话说……"，在末尾总有"后事如何，且听下回分解"，就可以证明了。你们还可以翻一翻《今古奇观》，许多篇故事里，在"说话"没有进入正文以前，要说一个和正文多少有点关系的小故事，叫做"入话"。入了话，才正儿八经地说起话来，也就是摆起龙门阵来。我也来先说一段"入话"吧。

有一把年纪的人，大概总听说过，四川这个天府之国，盛产军阀，这可算是闻名中外的一种土特产。这些军阀，割据一方，坐地为王。互相兼并，战祸连年。真叫"争城以战，杀人盈城，争地以战，杀人盈野"。四川的老百姓吃尽了苦头，恨透了他们，他们的种种暴行、恶行、丑行、秽行，以及他们的趣史、秘史、逸史、艳史，便在老百姓的口里传说开来，也算是口诛吧。我这里摆的就是这些军阀中的一个。这个军阀叫……还是积点口德，姑隐其名吧。他在民国年间，曾经坐地为王，在四川一隅建立过一个小小的独立王国。我就是他的王国统治下的一个小老百姓。他刮地皮，打内战，横行霸道，杀人如麻。这些都和四川其他的军阀一样，是尽人皆知的。但是他却有与众不同的地方，也可以这么说，他可以算作一个更富于浪漫色彩的军阀。他的出名，不完全像其他军阀一样，在于他的杀人的多少，刮老百姓的粮刮到民国几十几年了。却还在于他干过一些富于传奇色彩的事情，这就给我们小老百姓的街谈巷议中增加了说不完、听不厌的趣事。虽说老百姓又根据自己的口味，加了不少作料，但是这个军阀给我们端出来的正菜有味道，是起决定作用的。

比如他痛恨中国人的"东亚病夫"这个诨号。在他看来，老百姓穿长袍，就是"东亚病夫"的表现，甚至是"东亚病夫"的根源。于是他就下命令剪长袍。他派出了专门剪长袍的"剪子队"在他的王都内满街转，逢到穿长袍的就拉住嚓嚓几下，把长袍的下摆剪掉，只剩下了上半截，于是看起来就不那么猥琐，有接近于"赳赳武夫"的模样了。穿长袍的先生们剪去下摆，倒没有什么；穿旗袍的女士们被他们这么一剪，就几乎露出了光屁股，有伤风化了。但是他不管这个，也不理会那些专管风化的老学究们怎么摇头叹气，还是一街地嚓嚓嚓，只顾剪过去。先生们和女士们马上都被迫地短打扮起来，给这个山城增加了不少蓬勃的朝气。

四川的军阀很相信神道谶语和童谣。据说古代的帝王更是相信。他们的社稷的盛衰，都可以从这些莫名其妙的谶语中猜得出来，或者从这些童谣中听得出来。所以历来的皇帝，别的事可以不管，这件事非管不可，派人到市井中去打听童谣，并且请星相学家替他解释童谣，这是皇运攸关的大事，疏忽不得的。四川这些土皇帝自然也一样，都很迷信。他们对于自己的命运总觉得难以掌握，于是寄托于神道说教。比如鼎鼎大名的四川第一号大军阀，就请来了一个外号叫"刘神仙"的人来当他的军师。据说一切办事打仗，都要先请这位神仙在袖中卜卦，才能决定。我摆的这个土皇帝也请过一个什么"半仙"来。他经常要"半仙"替他推算吉凶祸福。有一回，这个"半仙"忽然研究出来，或者是他在扶乩的沙盘上去请示过什么从空中过往的神仙，说他的主子大人将来倒霉可能就倒霉在狗的身上。怎么办才能转祸为福呢？杀狗！不仅在他的独立王国的京城里，而且在他的整个王国里，展开大规模的杀狗运动。真是雷厉风行。他扬言，不杀狗的就拿脑袋来。谁还敢爱狗胜于爱自己的脑袋呢？杀狗运动搞得相当彻底。那位"半仙"却忽然又觉悟到，这个可以给他的主子带来灾难的狗，也许并不是什么真正的狗，而是一个姓苟的人。他恐怕杀光了狗还不能解决问题，又建议杀掉一切姓"苟"的人。这么杀戒一开，闹得鸡飞狗跳，姓苟的人和那些残留下来的狗，只好都逃出他的王国去了。从此他的家天下就太平无事了。

但是这些出人意料的政治活动，还不如他的另一个私人怪癖传得久远。这个怪癖就是，他是个不可救药的"骚棒"。什么叫"骚棒"？就是喜欢搞女人。只要他看准了的女人，不管她是什么大家闺秀或者小家碧玉，不管是半老徐娘，还是摩登女郎，都得按规定时间送进他的公馆去。他认为满意的就封为姨太太。听说他的老婆可以编一个娘子军连，这绝不是夸大。他到底糟蹋过多少女人，自然无从统计，就是他讨了多少姨太太连他自己也是无数的。

在他的"皇宫"里，有无数漂亮的老婆。其中有会唱戏的，有会跳舞的，有会弹琴的。他特别喜欢身体健壮的漂亮女运动员，所以他有两个很会打网球的姨太太。听说不知道是哪一年，在上海开的全国运动会上的女子网球双打比赛中，这两位姨太太得了亚军。他还在各大城市设立了许多"行宫"，每个"行宫"里都养得有这样的"活寡妇"。因为他一辈子也不一定第二次到那里去，就是去了，他也未必瞧得起那些"隔日黄花"。早已有人替他找到更漂亮、更年轻的女人供他消遣了。

既然老婆无数，相应的他的子女，也就繁衍无数了。但是这些子女的身上很难保证都是流的他的血。这一点连他自己也是明白的。虽然他定得有很严的规矩，并且一直照这样的规矩办事，只要他发现他的姨太太和谁私通了，马上就地正法。即使这样，他也觉得还是难以保险。所以他又有一条规矩：虽然那些无数的子女都姓他的姓，但是，替他传宗接代的，只限于他的大老婆生的子女，这样才能保证他家优良品种的纯洁性。

他记不清他的姨太太，自然也就很难认得他的儿女了。于是就发生一件浪漫主义的"桃色事件"。我要声明，是不是真的发生过这么一件"桃色事件"，我没有考证过，也不敢去考证，所以我不敢保证。也许这不过是老百姓的胡诌，或者是他的仇人故意编造出来臊他的，就像苏东坡在黄州请人说鬼一样，我姑妄言之，你们姑妄听之吧。

听说，他为了洗去"东亚病夫"这个恶号，大力提倡体育运动。但是有人恶言伤他，说他是想物色健美的姨太太。且不管他，反正他常举办运动会是确实的。

据说，有一次，在运动会上，有一个出色的篮球队长，长得十分健美，一下被他看上了。他实在难以忍耐，马上就把那个年轻漂亮的女子篮球队长叫到面前来，而且没有什么二话可说，只说了一句："马上到我的公馆去。"谁都明白，一个女人到他的公馆去的任务是什么，而且还是谁也无法拒绝的。这女子当然也明白。但是她却意外地拒绝了，她说："不行！"

我们这位坐地王听那女子这么回答，真的吃惊了，这恐怕是他一生中第一次听到这样的回答。他问："为什么？"

"听妈妈说，你是我的亲爸爸呀！"这个女子说出了一个十分重大的理由。

他既然看中了一个女子，垂涎欲滴，哪里听得进这种莫须有的理由。他下了严厉的命令：

"胡说！给我弄进公馆去！"

他的卫队长不由分说，把这个女子装上汽车拉走了。这位军阀大人和据称是他的庶出的女儿回到公馆去干了些什么，就不用再说了。

"入话"就说到这里。

为什么说这样一个"入话"？有道理，且听我下面慢慢摆来。

且说民国十七年间，上海某街平康里有一个破落子弟名叫王康才，他家过去也还算薄有家产，在附近县里有三二十亩薄田，在平康里有几间街房出租，日子本来过得去。谁知他的父亲生来不务正业，好吃懒做。平日结交几个浮浪子弟，抽鸦片烟，进出赌窟，还寻花问柳，染上了花柳病，真是烟酒嫖赌占全了。不几年就把田产荡尽，只剩几间街房收租过日子，那光景一天天眼见支撑不下去了。大概他也算完成了他到人间来的历史使命吧，到底把家产吃尽喝光了，才离开人世。他的儿子王康才，把老人的丧事办完，几间街房早出手了。只剩下孤零零的一个人，怎么过呢？上海是十里洋场，大地方，只要肯动脑筋，随便怎么"打秋风"，还是可以过日子的。于是王康才便在十字街头，施展出他爸爸祖传的手段，居然混了下来，还不错哩。你看他那一身打扮。穿着上海滩上那种掌红吃黑人物的服装，短打扮，宽大衣袖还卷过一个白边来。走起路来一摇三摆。挨着他走的人要自觉地和他保持一段距离，作为他的肩头摇摆的空间。一看他那张牙舞爪的样子，一定是学过几手，有点拳足功夫的，谁敢不让他几分。他打扮得油头粉面，长得相当标致，活像上海的一个"小开"模样。

这也算遇缘吧，就像我们通常听说的古书上摆的一样。有一回，他和几个兄弟伙去城隍庙"白相"（就是闲逛的意思），在一个僻静的处所，看到两个小瘪三在欺侮一个女学生。他就学起古代义侠的风格来，挺身而出，打抱不平，把那两个小流氓打跑了。并且救人要救到底，他勇敢地护送这个女子回了家。那家人姓吴，是一个小康之家，有个铺面，做小本买卖，家里就只这么一个闺女，名叫吴淑芳。吴家对王康才的义侠行为大为感激，从此就有些往来。后来他请人从中撮合，入赘到吴家去，做起上门女婿来。

他在这个小店里守了两年，学会了做生意买卖，日子过得不错。不过他觉得总不是个长进的地方，想向高枝上爬。这时国民党中央军官学校正在招生，他决定从枪杆子上去图个上进，就去投考中央军校。他考上以后，去南京学习"剿匪救国"的本事。一年毕业，挂上少尉的头衔，送到江西和共产党打仗去，干起"攘外必先安内"的伟大事业来。在开拔以前，他特地回上海去和家里人告别，住了半个月。他在江西打仗，算不得冲锋陷阵的猛将，可也并不落后于那些临阵脱逃的人。因此许多同学被打死了，做了"烈士"，他却不几年工夫，由少尉而中尉，而上尉，爬了上去，当起连长来了。

一混就到了民国二十六年，也就是一九三七年，抗日战争爆发了，上海一下打起仗来。他虽说写过信回去，叫他老婆逃难到大后方去，但是上海一下就沦陷了，他的老婆下落不明。他是属于中央军的嫡系精锐部队，正因为这样，才叫他们担负着"特别任务"，所以没有开到前方去打仗。他们的任务就是维持经济秩序和缉拿走私。谁不知道"维持"就是"把持"，缉拿走私，就是垄断走私？他作为一个连长，沾的光不少。

何况他在上海也曾敲过几年算盘，做买卖的办法比别人还精明一些。从此他的腰包就膨胀起来，身体也跟着膨胀起来，头脑自然也相适应地膨胀起来了，发财的欲望自然更是大大地膨胀起来了。

这时候，他对一个上尉连长的薪水收入加上克扣军饷，也早已不在话下。他的"外快"的收入何止十倍二十倍？因此他对于作为一个真诚的三民主义信徒和蒋介石校长的忠实学生的信念，慢慢地淡薄下来，而对于重庆见风长的物价特别有兴趣去研究，对于黄（金）的、白（银）的和花（美钞）的更是着了迷。他索性脱下戎装，穿上长袍短裤，解甲从商，和几个朋友开了一个"国际贸易公司"。他们所从事的贸易活动的确是国际性的。他们活动于我们这个重庆蒋记的国家和南京那个汪记的国家之间，以及中国和日本之间。好在两国之间的关卡都是他的好朋好友们守着的，打通关节并不困难，只要把黄的、白的、花的送过去，谁个不爱呢？

现在王康才——不！他为了和那个赖以发迹的党国彻底脱离关系，改名为王聚财了——现在王聚财是"重庆国际贸易公司"的总经理了。

现在我们看到的王聚财，早已不是我们在上海十字街头或城隍庙里看到的那个精瘦精瘦颇有几分猴相而又十分聪明的青年；也不是我们在江西剿共前线看到的那个魁梧奇伟、开口闭口"本党"、"领袖"的那个三民主义忠实信徒；甚至也不是抗战初期他才开始在重庆投机市场钻进钻出，在国境线上流着汗、拼着老命偷偷押运私货的投机商人了。现在是堂堂的"国际贸易公司"的总经理。不特在重庆朝天门一带的繁华去处盖起了一栋半中半洋的大楼，雇了几十名对于投机之道比较娴熟的职员，在上海、南京、武汉还设了专人坐庄，探听市场行情，买进洋广百货，运到重庆来销售。更重要的是，他不知是通过什么党国内线关系，和当时在大后方独霸经济的孔家搭上了线，替孔家二小姐在仰光和香港代办进口美国、英国的洋货。本来是个代办行，他却不忘记在必要的时候，向同业的商人大肆宣传他的这个公司来头很大，是孔家的子公司。这种似是而非的谣言，在他说来，却可以变成可靠的资本。他在资本周转上有时不灵活了，只要向别的私家公司、银行开口，谁敢不对他买账？好家伙，孔二小姐，谁不知道。她只要指头一动，就叫你倾家荡产了。

从此，他在投机市场上便更活跃，他的吸进和卖出，往往叫其他投机商人闻风而动，跟着他转。因而他可以自由操纵市场。这个公司也从此大走红运，黄金、美钞真是"不尽长江滚滚来"了。孔二小姐看了也眼红起来，派人从中撮合，干脆由孔二小姐把她手下经营得并不很得力的贸易公司合并进去，再投一批资本。孔二小姐成了这个新公司的董事长，从此这个公司成了名副其实的孔家店了。他作为"孔家店"的总经理，那个神气劲是你想也想不出来的。几年工夫，不仅有五六层的新的贸易公司大楼盖了起来，还从商业资本转化成为金融资本，开办了一个名义上是私营实际上是半官营的国际银行。他不仅是商界的大老板，而且也是金融界的大亨了。不仅在洋广百货上是居于举足轻重的垄断地位，而且也在黄金、美钞和股票投机市场上成为马首是瞻的人物。他还在翻手为云覆手为雨的神通中，把一些小商行、小银行、小公司吃了进来，成为他的代理店、代销店，他的子公司、孙公司。

现在来看我们这位上海滩的浮浪子弟、江西的剿共英雄变成的总经理，已经可以说面目全非了。你看，他由瘪三的精瘦身材到军人的魁梧奇伟，再到富家翁的大腹便便；你看，他从步行到坐丁丁当当的私包车，再到坐时新的小轿车；你看，他从竹夹壁墙的半洋式小公馆到货真价实的砖木结构的洋房，再到钢筋混凝土修造的、美观大方、有着各种近代化设备的大公馆。在温泉、黄山、林园的林荫里都修造起他的小巧玲珑的别墅。他的身体随着他的事业而膨胀，他的贪得无厌的野心也随着他的成功而膨胀，而他的娇妻美妾的队伍也随之而膨胀了。

慢着！你不是说他在上海有一个叫吴淑芳的老婆，并且在抗战开始的时候他通知他的老婆搬到内地逃难来了吗？想必这个大老婆一下成为他的顶阔气的大太太了吧？

才不呢！看起来，你提出这样的问题，就证明你这个人中了点中国的旧道德的毒。他的确是靠了上海那个叫吴淑芳的老婆才幸得不饿死，这是事实。但是据说根据美国的、英国的、日本的新道德，他是应该忘掉那个黄花老婆的，何况他的老婆根本没有能够搬到内地来。他现在是总经理，就应该讨几门和总经理身份相当的大家闺秀当大太太、二太太、三太太以及小星、爱妾。反正他的公馆别墅多，他的汽车又很灵便地把他送到这里那里。怎么还指望他还守着鳏夫的日子过，等待去接他的上海老婆来重庆呢？他早已忘记了在上海还有一个家，家里还有一个黄花老婆。何况，他还有理由叫我们相信，他的上海的家，从上海沦陷后就下落不明了。他是曾经写信叫他的老婆逃难到内地的，谁知道她为什么没有搬到重庆来呢？也许早就死了。这对他来说，有什么可以责备的呢？至于在重庆又讨了老婆，而且还讨了姨太太，这又有什么不可以呢？难道堂堂的一个总经理能够打光棍吗？能够只讨一个老婆而不娶几房姨太太吗？何况这些姨太太大都是对于他的事业发展起着特殊的帮助作用呢！

　　但是有一点，我却不准备为我们的总经理辩解，虽说他是"孔家店"的红人，我还是说老实话，瑕不掩瑜嘛。王聚财总经理继承了他爸爸的传统，酒、色、财、气，一应俱全。特别是对于女人有那么一种特别的嗜好。据说这又是和发财有天然的有机联系的。总之，王聚财总经理除开讨了大太太、二太太、三太太之外，还喜欢搞"金屋藏娇"这种古已有之的把戏。在几个别墅里现养着两三个"小星"，就是既年轻又漂亮的女郎，可是却没有办正式迎娶的手续，半明半暗。就是这样，这位总经理还不满足，总喜欢在各种舞会的场合，又看中了这个那个所谓名门闺秀，临时搞到大饭店去喝酒，反正不搞到天明是不会散的。同行的商人，半官半商的人，半军半商的人，总喜欢来奉承总经理，说他生就的是"桃花运"，是偷香窃玉的风流种子，总要搞几桩桃色事件才合乎道理。

　　果然就出了一桩桃色事件，轰动了当时的陪都——重庆。

　　且说，有一天，王聚财到某大人的公馆里参加完午宴，酒足饭饱，回到公馆，昏昏沉沉地睡下了。连把昨天晚上的瞌睡补起来算在内，一觉醒来，已经是第二天的下午四点钟了。他起床梳洗完毕，正要准备出去开始新的一天的夜生活。王聚财的一个下人叫……叫什么呢？名字已经不可查考，反正姓马，按照他的一生行状，我就杜撰一下，叫他"马浪当"吧。马浪当来找总经理了。

　　"总经理，我弄到手了。"马浪当谄媚地眨了一下眼睛。

　　"在哪里？"总经理一听，就来了精神，不禁笑了起来。他对于马浪当给他"拉皮条"的本事是从来不怀疑的，这一回又不知给他弄一朵什么标致的花儿来了。

　　马浪当这个人也是上海十里洋场里的"高级产品"，虽说他没有王聚财那么聪明伶俐，那么走红运，可是他找上王聚财这个靠山，吃喝玩乐也够他一生享受的了。他别的本事没有，在上海滩上学会一种叫"拉皮条"的本事。"拉皮条"这个话的来源已经无法考证，反正是专门为那些好色之徒去搞女人的一种特殊职业。马浪当已经替总经理一连拉到两个漂亮的"小星"，还给他临时拉过几个"过夜的"，总经理都享受得十分满意。但是正如总经理常穿的西服、皮鞋和花哨的领带一样，才穿了一两回便嫌旧了，摔在那里不穿了，要去买更时新的、更摩登的来穿了。总经理对于那些女人也是像对待他的花领带一样，用几回就感觉厌烦起来，要换新的了。近来总经理对于那些在跳舞场里出够风头的交际花，那些能歌善舞的"明星"级的"歌星"、"舞星"，对于那些陪美国友人玩乐的"吉普女郎"，都试过一下，没有兴趣了。他正像吃够了大鱼大肉、海参鱼翅、浓酒烈烟的人，感觉腻味了，想要吃点清淡的蔬菜瓜果，喝点清汤，吃点四川的泡菜来开开胃口一样，对于那些交际场中善于挤眉弄眼、卖弄风情的高级仕女，不感兴趣，而向往于端庄娴静的小家碧玉了。

不知道这是总经理出于偶然，还是和他近来的心情有关，有意为之的。不久以前，他参加了一次他的商业系统办的商业职业学校的毕业典礼。这种职业学校是为他的公司、银行培养会计之类的职员的。来报考的一般是女的比较多，而且在录取的时候，长相漂亮是一个很要紧的条件，因为这样才可以多多招徕顾客嘛。总经理在这个毕业典礼上，别的没有留心，很留心看了一下他的那些未来的下属女职员，也的确看到好几个他认为"够味"的女子。其中有一个，个子长得苗条，脸盘长得漂亮，总是那么低眉不语，冷如冰霜的样子，他一见就心动了。会后他马上叫他的老皮条客马浪当替他去打听，并且要他去"做工作"。

马浪当替他去做了"工作"，今天就是来公馆向他汇报"工作"来的。马浪当对于总经理毫不掩饰的那种就要流口水的馋色样子感到高兴，因为那是可以转化为他的钱口袋的，他回答说：

"已经弄到手了。"马浪当得意地说，但又一转，"不过，总经理，她可是来府上当家庭教师的哟。"

"啥人要侬找家庭教师？阿拉要的是……"他一着急就丢掉他的兰青官话，讲起道地的上海话来。

"知道，知道。您要的是商业学校那位高才生，我请来的也正是她。"

马浪当还在卖关子。

"咋的又是请来做家庭教师呢?"

马浪当还在故弄玄虚:"大太太给我说了嘛,要给您家小姐请个高级保姆来。"

"嘻,你今天是怎么的了,总跟我说不到一路去?我懒得管请保姆的事,我要的是那个,是来……"总经理简直有几分生气了。

"正是请的您想要的那个,她也正是来给总经理那个的。"早已熟悉总经理说的"那个"是什么意思,他也顺着总经理说的"那个"笑着回话,"不过,这个姑娘可不是那种马路上拉人的货色,也不是交际场中那种一见总经理就要倒到怀里来摸支票簿子的交际花。人家是正牌子的正道人家的姑娘。我把嘴巴说起趼疤,拿票子把她埋起来,她也未必肯干。那是清白人家的真正的小家碧玉。"

"好,好,我正是要这样的碧玉。"

马浪当说:"正因为这样,我才打听到我们银行里一位姓黄的小职员和这女子家的爸爸妈妈是朋友,是他介绍这个女子进我们商业学校的。我托这个姓黄的从中说合,不再分配她到我们的银行或公司去当小会计,请她到总经理府上来当家庭教师。这样一来……"

"哦,我明白了,好,好,好,就先来当家庭教师吧。"总经理是何等样聪明的人物,下面的文章难道还要马浪当来做吗?他问:"这个女子的情况怎样?多大岁数?"他对女人的岁数是特别关心的。

"这些我都从姓黄的那里打听好了。这女子叫张小倩,今年才十七岁,嫩得很。她的爸爸是一个从上海转到四川来的老工人,妈妈是个小学教员,住在远隔二百里外的小县城里。还听姓黄的说,这个小学教员的老家也在上海,抗战初期逃到四川,无亲无故,又找不到职业,日子难过得很,才由姓黄的职员介绍和一个姓张的老工人结了婚,她只有一个小女子,也带到姓张的工人家里,这个小女子就是张小倩。她妈妈后来找到一个小学教员位置,才算勉强过得日子。她妈妈答应张小倩来府上当家庭教师,也是想将来胜利了,能够靠着总经理的福气,搭个便船回上海老家的意思。"

"哦,是同乡,这好说。这女子现在哪里?"

"在会客室里已经等了两个钟头了。"马浪当说。

"快请进来吧。"

张小倩被引进来，到了总经理的起居室。总经理一看，正是那天在商业学校毕业典礼上看到的那一位。不过现在更看得真切，也就是看出比他想得还要漂亮一些。穿着淡雅，举止娴静。绝无一点总经理惯常往来的那些名流女士那种妖娆风骚、花枝招展的气味。她没有什么打扮，连一点脂粉的气味也闻不到。哦，这真是嫩鲜鲜一盘素菜。总经理当时就有这样的感觉。马浪当介绍给总经理：

"这位就是请来的家庭教师张小倩女士。这位就是王聚财总经理。"

"好，好，请坐，请坐。"王经理那双说不出来是什么味道的眼睛就像两把刀子，张小倩实在不敢抬头直看，只是点头微笑一下，便半低着头了。

使张小倩惊异的是她从来没有见过这么豪华的公馆和富丽堂皇的客房。那些摆设，许多是她从来没有见过的，叫不出名字来。她不敢去碰一下，说不定有个什么奇巧的机关。满墙上挂着这个大画家、那个大写家送的字画，多得几乎是用来糊墙壁的，而不是用来供人欣赏的了。更奇怪的是她从来没有看到过这么胖得奇怪的人。脸上的肉过剩得没有地方堆，只好放到下巴下面去，那个地方早已不是一般人的下巴了。眼睛也被肉挤得只剩下两条弯曲的缝了。那眼珠子几乎看不出来。最可笑的是颈项根本看不出来，只有三条肥厚的肉棱子，一看就很容易使人想起那出槽待宰的肥猪的颈项。至于那肚子，膨胀得像一个打气打得过足的大气球。上面覆盖着的衣服也好像经常处于崩裂的边缘，总叫人担心，别要有个什么有棱有角的东西去砸一下，就会砰的一声发生骇人的大爆炸。所以总经理很习惯用双手保护着自己的肚子。看起来总经理不算很矮的人，但那手和脚的长度却总觉得和躯体长度比例不当，以致像大有退化得没有的可能。那样一来，就会是一个裹着绸缎的大气球上放一个画着鼻子、眼睛和嘴巴的大皮球的怪物了。的确，只有在中国，只有在"前方吃紧，后方紧吃"的重庆，只有在投机成风、一夜之间就可以变成百万富翁的市场里，才能产生出这样的怪物来。只有一点使张小倩略有一点好感的，那就是听到总经理道地的上海话，和她妈妈说的一模一样，听起来总还有几分亲切感。

张小倩来总经理府上当家庭教师的条件是不必讲的。只是催她马上搬到府上的专用书房来住就是了。她教的对象是总经理的一个小小姐，今年还不满六岁，不够入小学的年龄，那是一个娇生惯养的娃娃。与其说她是来当家庭教师的，还不如说是来当保姆的更为恰当一些。她每天的工作其实不过是陪着娃娃玩耍罢了。教她认几个字吧，这几个字似乎和这位娇小姐生就有排他力似的，随教随忘，几乎每天都得从小学课本的第一页第一个字从头教起。

可怪，王总经理天天在外边忙得不可开交，却对自己的小小姐的学习十分关心，回来以后，总不忘记到书房来向张小倩了解孩子学习的情况，并且一本正经地教训自己的孩子。哪怕在外边这个宴会、那个舞会里早已吃得酒足饭饱了，回公馆以后还总要叫办一点可口的小吃，叫小小姐请她的老师一块儿吃。于是就随便摆起家常来。总经理有时还喜欢说一点像加作料一样的不伤大雅的笑话，这种笑话在交际场合的酒席上随时可以听到。有时总经理甚至还会对政府不积极抗日、收复失地，以及小老百姓的痛苦生活，表示有分寸的愤慨和一定程度的同情。忽然还对于教育事业、慈善事业也表现出应有的热心和慷慨。在张小倩面前，凡有人来求他帮助的，他为了表现出扶弱济困的义侠风度，从不吝惜。慢慢地在张小倩的单纯的心里建筑起一个"有良心"的资本家的形象来，一个忠厚、正派而勤奋的长者。至于说到将来有朝一日抗战胜利了，他答应带张小倩他们回上海，并且给他们一家安排比较好的工作，更是一口咬住，"笃定"的了。

张小倩在公馆里待了一段时间，她感觉比初来的时候自在和随便得多了。对总经理来书房走动也不那么拘束了。又过了一些日子，有一回，张小倩有事找总经理，她喊"总经理……"

"你以后就不要这样叫我了。"总经理很恳切地说，"你我既是同乡，又同在异乡为异客，你在这里无亲无故，你就叫我作伯伯，叫我一声王伯伯吧。照说我的年纪，给你当爸爸也是够格的。我倒真有意收你当我的干女儿哩。"

由于马浪当以及公馆的管事，特别是大太太的努力，张小倩和总经理的关系，从雇用的家庭教师发展到伯伯和侄女的关系，再进一步又发展到干爸爸和干女儿的关系，并没有经历一个很长的过程。公馆里由马浪当带头，叫她大小姐，很快也叫开了。既然是干爸爸，自然就随便得多了。而且干爸爸十分喜欢这个干女儿，不要说吃的穿的，连总经理的公司从仰光、香港进口的什么稀奇洋玩意儿，也总不忘记捡些出来送给干女儿。弄得干女儿都有几分不好意思了。干爸爸却一口说："我没有别的干女儿，就认了你这一个干女儿，不疼你，我疼谁去？"干女儿也就不好拒绝了。

张小倩曾经回到乡下她自己的家里去，把这件事告诉了爸爸和妈妈。妈妈听了，觉得女儿命苦，一直没有过一天好日子，现在总算找到一个好饭碗，而且将来可以借光早回上海，也就没有什么说的。左邻右舍的人听了，都来道喜，找了这样的金山银山当了靠山，以后好日子长着哩。偏偏是那个当工人的死老头子听了，却不以为然。"哼，为富不仁，我从来没有见过一个老板是好东西，哪一个不是恨不得把我们工人熬干了，再从骨头里榨出二两油来？我就不信这个大资本家忽然发了善心！"左邻右舍那些多嘴婆娘听了，就背地骂他："生就的穷骨头，扶不上墙的癞皮狗！"

事情既然已经到了这步，也只好这样。但是爸爸不准女儿拿任何礼物回家里来，也不准妈妈到公馆去看望女儿，说："你要去跨那家公馆的门槛，我打断你的贱腿！我们穷要穷得有志气，一颗汗一分钱。施舍的一文不要。"

张小倩回公馆，自然不敢把她的爸爸说的这些话对干爸爸讲。干爸却偏偏对她愈来愈亲热，送的东西更多了。她只好把这些东西一件不动，放在公馆里。

八月中秋节来了。总经理不知道凭什么神通，大概是孔二小姐的法力无边，居然能够从上海运来阳澄湖的大螃蟹。他们一家人吃清蒸螃蟹喝团圆酒，十分欢快。张小倩是从来不会喝酒的，干爸干妈再三劝她喝一点，她才勉强喝了两盅甜葡萄酒。这种高级葡萄酒又香又甜，本来不怎么醉人的，但是张小倩喝了，过不多一会儿，却感觉天旋地转起来，支持不住了。干妈心疼她，亲自扶她到内房去休息去。

下半夜张小倩才醒过来。她忽然发现她的身边睡着她的胖干爸，醉醺醺的。昨晚上张小倩喝的什么酒，上半夜到底发生了什么事，这用不着我来描写了。据说美国的科学十分发达，专门为老爷们办事方便，发明了一种迷魂酒，喝了就四肢无力，再也休想动弹。

张小倩明白在自己身上发生了什么事情了。两三个月工夫，在她那单纯的心灵上建造起来的好心和善良的干爸爸的形象，一下全轰垮了。禽兽！真正的禽兽！她想叫，却叫不出声；她想狠狠打干爸的耳光，手却举不起来；她想挣扎下床，却一点力气也没有了。相反的，干爸那个血盆似的大嘴巴向她亲过来，并且又搂住她，按住她了。她动弹不得，只有眼泪还算听她的指挥，像泉水一般涌了出来。天呀，这世界真有惩治恶人的五雷吗？你为什么也是向着有钱人，一声不响呢？

事情就这么做定了，张小倩浑身是嘴也说不清，只有隐忍着暗地哭泣。她当然不敢告诉她的妈妈爸爸，爸爸会打死她，妈妈也会气死。世界上哪里还有路。这时，那大太太来向她赔礼道歉来了："干爸昨晚上也是多喝了酒，糊里糊涂，不知道睡在我的床上的是他的干女，做成大错了！"张小倩恨透了，你这个无耻的女人，做好的圈套，你就是帮凶！她想狠狠捆她一个耳巴子。马浪当这时进来了，嬉皮笑脸地向她道喜来了。

张小倩痛骂这个混蛋，马浪当却一点也不生气，劝她说："生米已经煮成熟饭。顺着点吧，总经理特别喜欢你，总不会亏待你的。你要不干，我们亲眼见你从总经理卧房里出来的，我们给你嚷出去，看你的脸往哪里放。"

一个才十七岁的孤苦无告的弱女子，在这种场合怎么办呢？你们说，怎么办呢？嗯，告状去，到哪里去告？这种事在官场里是家常便饭，谁来理会？回家向爸爸妈妈诉苦去？她哪有这个脸呢？死，这是最方便的出路，可是在公馆里，众目睽睽之下，也不那么容易。而且公馆里来对她好说歹说的说客又是如此之多。干爸爸又是在她面前表示那么虔诚的忏悔，对她又是更加体贴，他提出来的建议又是那么切实可行。她就像一个已经陷入泥塘的人，无力自拔，自暴自弃，越陷越深了，从此和胖干爸做了露水夫妻。而总经理两三个月的惨淡经营，终于达到了目的。对于这样一块碧玉，是特别满意的。

但是严重的事发生了，两个月之后，张小倩不仅想打瞌睡，而且嗜酸。大家都看出是怎么一回事，她自己却没有这个经验，直到肚子大了起来，她才惊慌起来。这么不明不白地总不是个事。不待她向干爸爸提出来，干爸爸却早已做了安排。派马浪当到她家里对她爸爸妈妈说亲去了。当然，据马浪当说，一切错误都在于张小倩没有家教，看上了总经理有钱，勾引了总经理。不仅生米已经煮成熟饭，几乎瓜熟蒂落，要生小少爷了。马浪当提出了总经理看得起她，不把她当做"小星"，硬是明媒正娶，吹吹打打拜堂，娶为四姨太太。

爸爸一听，就气得七窍生烟，当场宣称，再不认张小倩是他家的人了。而且威胁她的妈妈，再要认她当女儿，连她也赶出门去。工人家里哪里容得这样的嫌贫爱富的女儿！妈妈听了十分伤心，不肯相信，要去问个究竟，可是爸爸提出有力的证明：果真是资本家欺侮她，她为什么不上吊寻死，还有脸活下来，还去给资本家生孩子、传宗接代？

于是马浪当的任务完成得很顺利，张小倩便做定了总经理的四姨太太。

时间过得快，一九四五年八月的一天夜晚，忽然满街噼噼啪啪地放起鞭炮来，说是"胜利了"！这真像买国家发行的"胜利彩票"一样，我们忽然中了头彩，从天外飞来了一个"胜利"。

总经理还得了意外一个胜利，四姨太太张小倩正是这时候给他生了一个取名叫"胜利"的小少爷。总经理每天在外奔走，也正是为了要带着两个"胜利"回到上海去。孔二小姐已经给他布置了，要他作为经济接收大员到上海去接收，把孔家店的势力迅速伸展到上海、南京去。

张小倩暗地里通知她的妈妈到重庆来一趟，研究怎么回上海的事。她妈妈瞒着老工人，到重庆王家大公馆来，见到了女儿，真有说不出的高兴。女儿也是这样，连声喊着："妈妈，妈妈，我到底见到你了。"

母女两人正在说话，总经理忽然回来了，闯到张小倩的房里来。张小倩就给他们两个介绍。两个人对看了一下，却忘记了互相说几句问好的话，都奇怪地沉默了。忽然，妈妈开口了：

"你？……"

总经理笑了一下，很客气地用道地的兰青官话说话，尽量避开上海口音："丈母娘，您好。"接着说："你们谈吧，我还有事。"便起身走出去了。

妈妈忽然觉得天旋地转，把头靠在女儿的肩上，低声地自言自语："难道他……"

"妈妈，你怎么啦？感觉不舒服吗？"女儿扶住妈妈。

妈妈脸色煞白，几乎站不住了，口里念着："难道是他……他。"

"你说什么呀?"女儿扶定妈妈,想赶快去找药来。

"不,小倩,我没有什么不舒服。我只是想问你,他就是王总经理吗?"妈妈勉强抬起头来。

女儿点一下头。

"他的名字真是叫王聚财吗?"

女儿又点一下头。

"他真的是上海人吗?"

女儿再点一下头,但有点莫名其妙:"妈妈?……"

"王康才,王康才。"妈妈几乎无声地自言自语。忽然打起精神问:"他没有告诉过你,他还有别的名字吗?"

女儿摇一摇头:"妈妈,你问这个干什么?"

"没有什么。"妈妈抬起了头,望着墙上总经理和张小倩两人的合影出神,忽然低声地叫,"天呀,难道真是他吗?"她站起来,把那张照片取下来,左看右看。眼泪忽然簌簌地流了下来。她用只有自己才听得到的声音在念:"王康才,王康才……"

"妈妈,你到底怎么啦?"女儿抱着妈妈的颈子。

"没有什么,小倩。我真怕呀。"

"怕什么?妈妈。"

"我怕……我怕,真是……"妈妈吞吞吐吐地说不下去。忽然用双手捧住脸,长叹一声:"天呀天,我犯了什么罪,造了什么孽,这么……"

"四太太。"公馆的内管家进来了,手里提了一包钞票,放在桌上说,"总经理刚才交代下来了。请四太太告诉您老阿妈,请她老人家快回去收拾一下,过些日子就把回上海去的船票送过来,这些钱就当做路费吧。总经理忙,不来送了。说是回上海以后再来拜见。"

说罢,内管家退出去了。

妈妈把桌上的钱推开,说:"明白了,一定是他。想把我打发走,不敢见我。"

"妈妈,你说些什么呀?"女儿越不明白了。

妈妈抱住女儿,呜呜地哭了:"小倩,我的女儿,我……好些话,不好对你说……我们命苦……"

"妈妈,你有什么苦情,告诉女儿吧!"

"是要告诉你的，总是要告诉你的。不然，哎，天理良心，这怎么行呢？但是，我要先见一见你们总经理。我有事……问他……"

女儿替总经理辩解："他正准备回上海去办接收的事，是忙得很，日夜不落屋。他说话算数的，船票过些日子就送来，我们过些日子就坐飞机走，回上海见得着的。这样一大包钱，作路费有余了。"

"哼，钱，钱，女儿你不知道……"妈妈欲言又止了。

"妈妈，你告诉女儿吧，我不知道什么？"

"这样吧，女儿。"妈妈很冷静地说，"你叫人告诉总经理，说你有事告诉他。并且说我已经回去了。"

"妈妈，你才来，不住几天，怎么能走呢？"

"你就照我说的办吧。"妈妈坚持说。

女儿叫一个丫头去请总经理，她照妈妈交代的告诉了丫头："告诉总经理，老太太已经走了。"

小丫头去请总经理去了。这句话果然灵验，总经理来了，一推门就问张小倩：

"你有事找我吗？"

女儿还没有回答，妈妈从里间走了出来，说："是我有事找总经理。我又回来了。"

"唔。"总经理多少有些不愉快，勉强把他那块胖肉塞进沙发里去。

妈妈问了："我回上海，您到哪里找我？我的老家住在哪里，总经理知道吗？"

"这个……"总经理说，"这个，我当然不知道，不过，老太太回上海一打听我们公司，就找得到我们住在哪里了。"

"您当真不知道吗？"妈妈问。

总经理摇头："当然不知道。"

"总经理，您的大号不是叫王聚财吗？我就联想起来了。想托您打听一个人，这个人名字叫王康才，健康的康，人才的才。也是上海人，本来是个破落户，多亏我的一个女朋友好心，招他做了上门女婿，才算活出来。后来他去从军，抗日战争爆发后，还写过信给我的朋友，叫她逃难到四川去。听说后来他到了四川就一直没有消息了。可怜我那个朋友，带着一个小女儿，拖到四川来，登报找王康才，没有找到，在四川流落，过不得日子，几乎跳水。多亏一个老工人救了她，一混八年，勉强活了出来，女儿也养大了。可是这个王康才一直找不到。现在我的朋友要回上海去了，又怕回上海找不着王康才，您能帮助我的朋友打听一下吗？"妈妈竟是这么冷静地有条有理地发问。

总经理在战场、官场、商场都是久经考验的人，经验十分丰富，善于应付各种复杂的情况。可是今天在这样一个陌生的普通老女人面前，却显得这么局促不安，脸上红一块白一块的，额上明显地冒出汗珠来，支吾着说：

"老太太，我叫王聚财，聚积的聚，财宝的财，我从来不叫王康才……"

妈妈笑了："我本来没有说您叫王康才，我是请总经理帮忙找一找王康才。"

"这当然可以。不过我近来很忙……"

"请您可怜我这个朋友。王康才这个人太没有良心，丢下妻室儿女，弄得她们走投无路。王康才要是死了，倒也罢了。要是还在，我的朋友对我说，她是一辈子都要找他的，就是到了阴曹地府，也要找他算这一笔账的。"

"你跟我说这些干什么？我和你那位朋友不认识，无亲无故……当然，帮助她打听打听是可以的。"总经理支吾着说。

"您不认识她吗？请您记住，她的名字叫吴淑芳。"妈妈说得那么坚定。

"妈妈，你说什么？"女儿听到妈妈的名字吴淑芳三个字，大为吃惊了，"原来你说的是我那个没有良心的爸爸呀！这么多年了，你还提这个混蛋干什么？"

妈妈冷冷地说："王总经理在重庆交际广，人缘宽，一定会帮助我们找到这个该天杀的。"

"好好，我一定尽力。"总经理的神经现在恢复平衡了，冷静地说，"我现在忙得很，没有工夫，这样吧，老太太……"

"不要叫我老太太，叫我吴淑芳吧！王康才总经理先生……"

"妈妈，你说些什么呀？"女儿简直惊呆了。

总经理强作镇静，对张小倩说："小倩，你妈妈想找你原来的爸爸，想得精神失常了，把我王聚财当成王康才了。不像话，真不像话！"

总经理站起来想走，妈妈站起来，声色俱厉地叫："不要走！哼，精神失常，我精神正常得很！真不像话，谁真不像话？我找你找了十几年了。今天找到了，这笔账该清算了。"

"妈妈，你到底说些什么？"女儿哭起来了。

"哼，真是发疯了，这个女人！来人哪！"总经理叫他的保镖们进来。几个彪形大汉像身上安得有弹簧一样，一下蹦了出来，站在左右，摩拳擦掌的样子。同时闻声赶来的还有别的几个人，马浪当也在里面。大家望着，不知道发生了什么事了。总经理还想威胁小倩的妈妈："告诉你，我不是好惹的。你到我这公馆里装疯卖傻，想敲我的竹杠，没有你的好下场。规规矩矩给我滚出去！要钱，要船票，随便多少，我给就是。"

"哈哈哈哈！"妈妈毫不在乎地大笑起来，"王康才，你以为你人多势众，就在理了？你是王康才，哪怕你长得再胖，哪怕你烧成灰了，我也认得你是王康才，你这个丧尽天良的禽兽！"

"给我叉出去！"总经理号叫起来。

保镖上前抓小倩的妈妈。可怪，她竟是这样的有力量，她一下就摆脱了保镖的手，猛力向总经理扑去，给了他两个响亮的耳巴子，吐他一脸的唾沫，她真的疯狂了。

"妈妈，妈妈！"小倩哭叫起来，不准保镖去抓妈妈，她护着她，对总经理叫："你为什么要抓我的妈妈？你发疯了？"

"我没有发疯，你妈妈才疯了。叉出去！"总经理命令。

两个保镖把小倩拉开，一下把小倩的妈妈捉住，往门外拖。小倩也不知从哪里来的那么大的力量，一下冲过去，死死抱住妈妈，竟像生铁凝住一般，保镖用力也拉不开了。"妈妈，妈妈，可怜的妈妈……"她大声号哭起来。

"小倩，我的女儿，你记住，你那个没良心的爸爸王康才现在就站在你面前，就是你现在的狗丈夫王聚财！"

"什么？"小倩一下愣了，手也松了，呆呆地站住，快要像一片叶子似的飘落到地上去了。但是她到底站住了，眼睛里发出可怕的凶光，像剑一般地刺人。她一步一步地、一步一步地走到总经理面前，站定了，不说一句话。

"这是怎么啦?"周围来看的人莫名其妙。

"有这样的事?"小倩心里还怀疑。

小倩的妈妈被保镖挟持着,还在挣扎着叫喊:"你霸占了我,又霸占了我的女儿,你这个禽兽!"

许多公馆的下人都围在那里,听到那个老女人说的话,纷纷议论起来,嗡嗡的像隐雷在响。

"什么?你是王康才?"小倩看准总经理的脸,"叭!叭!"就是两个耳巴子,接着小倩像发狂似的在总经理的胸上捶打起来,号叫着:

"是不是?你说,你说!"

这个总经理过去站在别人面前,总是那么盛气凌人的样子,今天可是怪了,竟然呆呆地半低着头,站在那里,老实地接受小倩对他的惩罚,一点也不躲避。

"是不是?你说呀!"小倩扭住总经理的头发,狂叫起来。

"是……但是……"总经理嘴里模模糊糊地发出一点声音,忽然像一座山垮了,他倒向沙发里去了,呆呆地望着大家。

沉默。总经理沉默,张小倩沉默,小倩的妈妈也沉默,连周围看热闹的人也沉默了。那几个彪形大汉本来就只知道动手动脚,不知道动口的,当然也沉默了。沉默,死一样的沉默,周围的空气都似乎凝固了。

像从乌云中飞出一道闪电,小倩号叫一声:"啊!"然后是一串笑声。可怕的笑声,像刀子在刮骨头,像帛巾一下被撕裂了:"哈哈哈哈……"

小倩转身跑进屋去,抱出她才生下不久的儿子来,望着,亲他的小脸蛋:"我的亲儿子,啊,我的亲兄弟……"她走近总经理,嘻嘻地笑起来,狂乱地说:"我的老公,啊,我的亲爸爸……我该怎么叫?哈哈……"她的眼睛直愣愣地望着大家。大家都把眼光转开,不敢正视她那像刀锋一样的眼神。孩子哇地一声哭了起来,那么凄惨,是在抗议吗?小倩搂住那孩子:"我的儿子,我的……兄弟……哈哈……"

"天呀!你怎么会这样……"总经理号叫一声,不敢看任何一个人,把头埋进胸部。

是忏悔?是自恨?是天良的发现,未见得。这样的大人物,无论犯下什么样的弥天大罪,是从来不后悔的,对于自己从来没有什么可以责备的。至于良心,正像下人骂他们的:早给狗吃掉了。他们有时也觉得办的事情不如意，不顺利，他们就把这些都怪罪于天。是天作了不公平的安排，是天的错误。他们自己是一点错误也不会有的，是一点责任也不负的。现在总经理也叫起天来，并且质问天："你怎么会这样……"下文没有说，无非是怪罪天这么不合理的安排，鬼使神差，偏叫他强奸了自己的亲生女儿，而且生下一个罪恶的儿子，或者应该叫外孙吧。

那些不相干的下人，站在周围看着这一切，是惊奇？是愤怒？是幸灾乐祸？是看到这些大人物自己撕下斯文的外衣，剥开肥胖的肉体，露出他那豺狼般的野心和肮脏透顶的罪恶灵魂，而感觉心满意足呢？我们也不及去仔细观察了。大家都沉默地望着。

还是善观风色的大管家当机立断。对小倩的妈妈说不尽的好话，劝她们暂时住到一个空着的别墅里去。事情已经是这样了，只有慢慢来商量着办。况且张小倩受的刺激太大，神经已经错乱，也需要调理一下。就这么拖拖拉拉地把母女俩弄上小汽车。张小倩紧紧抱着孩子，老是嘻嘻地笑着，使她的妈妈也害怕起来："小倩，小倩，我可怜的女儿。"

以后的事情怎么样了？

我没有资格来多插嘴，因为轮到新闻记者们来绘影绘声地尽情描写，义正词严地大声谴责了。连自称是孔老二的嫡派宗传的"国民道德促进会"，也不知从哪个角落里钻出来发言，用古色古香的四六对仗句子发表了堂皇的道德声明。连由许多大人物的正房太太、偏房太太、没有房的太太以及可以给随便什么老爷当太太的交际花们组织起来的"新生活妇女会"，也忽然义愤填膺，兴起问罪之师来。至于街谈巷议，唧唧喳喳，并且随各人的爱好，添枝加叶，加以传播，茶楼酒肆上当做最新新闻，就更不用说了。

为什么会这样呢？

这个世界上的事情，常常就不是照你我推想的人之常情那个轨道发展的，而常常是越出常轨，按照报纸制造耸人听闻的自由轨道发展着。某一天，某一家大报纸，据说是一直和孔氏大家族唱对台戏的另一个大家族的报纸，在社会新闻版（这一版是最受有闲人士及不闲人士的欢迎的）里登出一件杀人和自杀的人命案来。说的是某大公司有一个总经理（报上说，"姑隐其名"），他的一个别墅里的某姨太太，因受虐待，遭受遗弃，发了神经病，抱子投河自杀了。接着她的妈妈进城去，得知此事，因受刺激太深，过街的时候不慎被汽车轧死了。报纸上这件新闻最后留下伏笔说："据说内情非常复杂离奇，记者正在向有关方面探访，将以专稿报道"云云。

这条新闻是当做一条最普通的新闻登载出来的，位置也摆在并不显眼的地方，因为现在投河、上吊以及汽车轧死人的事多的是，没有什么新鲜。但是又埋下"内情非常复杂离奇"的伏线，又有吸引人的力量，大家等着看下文。果然过了几天，几个报纸的编辑部都根据自己的需要，或者说他们老板的需要，作了不同的报道。有的报纸只是照抄前两天报纸上的报道，而故意略去"内情非常复杂离奇"一句。有的报纸甚至把母亲被汽车轧死和她的女儿抱子投河自杀，分别报道成两件事。一件是一个女人因精神病抱着孩子跳河自杀了；另一件是一次普通的车祸，有个老女人做了车下鬼。另外一张报纸却报道得大不相同。隐约提到那个被轧死的老女人，名叫吴淑芳，是小学教员，和那个抱子投河自杀的女人张小倩是母女关系。吴淑芳是抗战初期从上海来大后方寻亲不遇，现在偶然地找到了既富且贵当了某大公司总经理的原配丈夫，这位总经理却不肯认她，这个可怜的女人却又无故被汽车轧死了。那个叫张小倩的女人就是吴淑芳的女儿，也就是那个某大公司总经理的宠妾。这个吴淑芳去看女儿，认出那位总经理就是她的原配丈夫，闹了起来，张小倩一气就疯了。另一说是吴淑芳冒认丈夫，想要敲诈那个公司总经理的钱财，法院正在调查云云。

为什么一件事实，我在前面已经向你们做了负责的报道了，在几张报纸上却有这么不同的报道呢？这些"无冕之王"为什么用笔杆子互相打起架来了呢？一言以蔽之，老板不同，利害不一。而且我们知道总经理有的是钱，而钱是能通神的。"神"还如此，你这凡世间的什么"王"以及这些"王"后面的报纸老板们，在美钞、黄金的攻势面前，顶个屁用呢？

官司打下去，慢慢就热闹起来了。那个叫吴淑芳的老女人的后嫁丈夫，就是那个老工人，向法院递了状子。这个状子是吴淑芳没有被轧死以前亲笔写的，在报纸上影印出底稿来了。说明这个总经理不认原配妻子，又估奸她的女儿，这个女儿也就是总经理自己的亲生女儿。这位总经理强奸了自己的女儿，强纳为宠妾，还生了一个儿子。吴淑芳还举出一个很有力的证明，要求查验，说她原配丈夫，就是这位总经理的肚脐眼下面有一块银元大的青癜。这种隐秘的地方岂是一个女人能够随便知道的吗？这一下就在山城轰动起来。于是道德会出头来发表谈话了。妇女会也出头声援来了。至于有些被这个总经理的大公司压迫得喘不过气来的小公司，更是乐意出钱印出影印的状子到处张贴，或者假借各种名目的法团站出来主持公道，印出整齐的"十大罪状"之类的"快邮代电"来。有的还出钱登在报纸上的广告栏里。这罪状里有一条说，那抱子跳河自杀的女子是被人掀下河去的。那老女人也是总经理收买人故意用汽车轧死的，说他企图消灭罪证。

这种种的情况，我没有那么多的闲工夫去调查。但是这样的总经理，是很懂得西洋那条谚语的："富人要进天国，比骆驼穿过针孔还难。"既然他死心塌地地要进地狱了，什么坏事还不敢干呢？何况他有一个一肚子坏水的烂师爷给他出谋划策，而上面还有孔家大老板面授机宜呢？

那么这案子后来怎么结案呢？

说起来更是离奇……你们把眼睛张得那么大望着我干什么？……要我三言两语就把这个离奇的公案说清楚，免得大家憋得心里难受嘛！慢一点，难道冷茶都不让我喝一口，润一润喉咙吗？……

好，好，我就三言两语摆完它吧。

某一天早晨，一张大报在社会新闻栏里登出一个消息。说"国际贸易公司"总经理王聚财投河自杀了。在报上赫然登出他的绝笔书。说他为富不仁，受到天罚，鬼使神差地估奸他不认识的亲生女儿，纳为姨太太，生下孽子，又被他的前妻前来认出他来，他自知铸成大错，无法悔改。现在前妻和女儿以及孽子都亡故了，他无脸再活在人世，所以一死了之。并且奉劝世人不要娶妾等等的话。总之，这位总经理承认了事实，并且良心发现了，做出了以身殉道这样高尚的举动来，的确是令人感动的。

在同一张报纸上，还登着他投河时脱下的鞋袜的照片，还有被打捞起来的浮肿得不像样子的尸体。这当然是有力的证明了。何况"国民道德促进会"还登着劝世的文章，妇女会登着反对男人娶妾以及号召妇女不要当小老婆的评论呢！

不过，世界上的事情总是这么复杂的。另外一张报纸上却登着另外一个完全不同的报道。题目是《总经理金蝉脱壳记》。报道的是"据某方面传出可靠消息"。内容说的是这位能干的总经理早已奉某巨公（谁都会猜想是孔家大老板）面授机宜，改名换姓，飞往台湾担任一位经济接收大员去了。那具面目全非的浮肿尸体不过是总经理这只金蝉临走时脱的壳罢了。

这当然更是一件耸人听闻的消息，也在这个山城嗡嗡嗡地响过一阵，后来也不见提起了。为什么？因为大家早已把自己的注意力放到匆匆忙忙打点行李，活动美国飞机票，或最低限度在美国的登陆艇上占个位子，像蝗虫一般，成群结队，赶回上海、南京、广州、武汉等地去"劫收"去了。谁还热心去管这山城的亲父强奸亲女一案的道德问题呢？

于是山城里大蝗虫飞走了，小蝗虫飞来了。照样熙熙攘攘地做生意买卖；照样收粮取税；照样办报纸，制造戡乱建国的言论；酒楼茶坊，照样热闹非凡；舞场照样灯红酒绿；小公务人员照样那么凄凄惶惶地上班下班，和骏马飞奔的物价竞走，提着、背着、抱着一大捆当今政府新发行的金圆券和一个小口袋去米店排队。至于那些下苦力的人们，还是一样在陡峻的朝天门梯坎上，背着沉重的负担，淌着大汗，嘶哑地呻吟着，一步一步地爬上去，无休止地在那没尽头的生活的上坡路上爬呀，爬呀……

一切都很正常。但是远远听到了隐雷声，在北方。

山城走卒摆完了他的龙门阵，有一会儿工夫了。可是大家还是沉默着，似乎还在等待他摆什么。我们好几个人却发现眼泪正扑簌扑簌地从他的脸上掉到地上哩。我问他："你怎么啦？"

"唉，一想起这些，我就感到难过。那母女俩的影子总在我的眼前晃来晃去。"

"为什么？"

"因为我正是那个贸易公司的那个姓黄的小职员，就是我把张小倩介绍去投考商业学校的，也是我介绍她去大公馆当家庭教师，是我把她送进了火坑去的呀……"

"怎么能把这笔账记在你的名下呢？这怎么能怪你呢？这笔血债应该

记在他们的账上，应该怪罪的是他们。"我们劝他。

"他们？他们是谁？"他反问了，把"他们"二字叫得很响。

真的，到底"他们"是谁？该怪罪什么人呢？我们谁也回答不清楚。

谁来回答这个问题？谁？哪怕用刀、用剑来回答也好！用血、用火来回答也好！

第五记
野狐禅师：禁烟记

这一回总该轮到我来摆了吧。你们真是的，就要按你们那个拈阄的次序，不想摆的人估倒叫摆，想摆的人不叫摆。我早就想给大家摆个最有趣味的、最惊人的、也是最新的龙门阵了，硬不准我摆。我这自由的喉舌被你们禁闭了这么久，今天才算有了自由。——赵科员，哦，现在该叫他的雅号"野狐禅师"了。好，让野狐禅师摆他的龙门阵。

野狐禅师这个人是我们冷板凳会里最活跃的分子，他是发起人之一。泡上一壶酽茶，扯荒诞无稽的"乱谭"，是他的不可救药的嗜好。在这方面他秉赋着特别的天才。不知道他看过多少野史外传，读过多少唐宋传奇、元代杂剧和明清小说，翻过多少上海的黄色小报。他有随便拈来，穿凿附会，脑袋一摇，眼珠一动，就串成一个故事的特殊本领。他可以比手画脚，摇头晃脑，口沫横飞，讲得有声有色，离奇古怪。有的时候连他自己也扯不通了，不能自圆其说了，大家也会给以原谅，而且对他表示同情的惋惜。但是只要他睡一个觉，第二天起来就可以给你扯圆，弄得天衣无缝，真像他亲身经历过的一般。而这也正是我们希望于他的。老实说，这样的时代，这样的生活，假如不发疯，也不出家，也没有本钱去做隐士，老是背起生活的重担，在这既淹不死也爬不出来的世俗的泥塘里挣扎，在穷极无聊、苦极无奈的晚上，能听到这种莫须有的"乱谭"，引出人们含泪的微笑，或者阿Q式的自宽自慰，也就算是一种稀有的享受了。

在冷板凳会里，我们奉送他一个雅号叫野狐禅师，是再恰当也没有的了。因为他摆的龙门阵大多属于荒诞无稽之谈，是一种"野狐禅"，你很难相信是真是假。从他有时候弄得不能自圆其说，或者他摆的一些龙门阵中常常发生串台，张冠李戴的情况，就可以使我们明白，大概又是他在发挥自己的创作天才了。然而我们却还为他摆的人物有时伤心流泪，有时欢欣鼓舞，有时摇头叹息，有时拍案惊奇。其实他不过是看透炎凉，玩世不恭，于是嬉笑怒骂，皆成文章罢了。我们却这么认真地听了进去，而且大为感动，事后一想起来，还不禁哑然失笑哩。

有时候，我们不禁为他乱扯的野狐禅赚了我们的眼泪，浪费了我们的许多表情，而表示愤慨，他却老是那么笑眯眯地不说话。第二天晚上你又情不自禁地跑去听他那些无稽之谈，为他的人物流荒唐的眼泪，自愿去浪费自己的表情了。

现在他又要开始摆起来了，我们同声给他提出："这一回你要摆一个真的，不要假的，不要无中生有。再不要那么乱编乱凑来糊弄我们了。再不要那么把张胡子的事栽到王麻子头上去了。"

你猜他怎么说？他却给你讲出一篇大道理来："嘻，这个世道，认真不得。真像《红楼梦》里'太虚幻境'的那副对联上说的一样，'假作真时真亦假，无为有处有还无'，哪里有个什么真假是非之分？再说这个世界本来就是一个大舞台，在舞台上看到的生、末、净、旦、丑，不也就是你我在衙门里天天看到的张、王、李、赵、孙吗？这世道本来是这么真真假假，若有若无，'乱纷纷你方唱罢我登台'嘛。他们干的真中还有假，我摆的假里却有真哩。说到串台，那就难说了。一年三百六十天，天天开戏，你仔细看来，还不是生、末、净、旦、丑几种人物，翻出种种悲欢离合的故事来吗？说来说去，总不外演的是忠孝节义的本旨，你能保证他不串台？为什么唯独对我这么求全责备呢？"

他说的真是有一番道理，驳他不得。同时，我们要听的是龙门阵。他说了半天，不要说还不见他摆的龙门阵里的龙头，连龙尾巴的影子也还不见哩。还是让他摆起来吧，谁管他是真是假，是有是无呢？好，他认真地摆了起来。

我来摆一个禁烟的龙门阵吧，这却是一个真实的故事，不是我胡编乱造的。当然，有时候我难免要做点艺术加工，有时候还要添枝加叶地略加渲染，免得你们听得没味，打瞌睡。就像炒一盘菜，虽说肉和蔬菜都是货真价实的，总要经过一个高明的厨师加上种种作料，拌上葱子蒜苗，还要掌好火候，才能端出一盘色、香、味都好的炒菜来，叫你吃得津津有味。又比如我们看一本传奇书，不管是言情的，如张恨水的《啼笑姻缘》，或者是武侠的，如平江不肖生的《江湖奇侠传》，其中那些叫你啼、那些叫你笑的才子佳人，那些叫人荡气回肠的卿卿我我的爱情描写，那些峨眉山、邛崃山的哭道人、笑道人、红姑，难道真有其人其事吗？还不是那些文人学士，逞遐思之奇彩，编出来的吗！就说现在出版的新小说吧，哪怕是鲁迅的《狂人日记》《阿Q正传》，茅盾的《子夜》，或者是巴金我们那位老乡写的《家》，难道都是真人真事吗？没有那回事。虽说难免要从他们所见所闻的社会里，摘取人物和事件，却都找不出实在的根据，不管鲁迅怎么声称，他在《狂人日记》中写的狂人是他的"某君昆仲"之一，其实还是假的。他们文学家有个新名词，叫做"虚构"，据说这是小说做法的精髓哩。那么我扯的这些野狐禅，怎么要求件件是实，不准我添油加醋，添枝加叶，虚构一番呢？

野狐禅师的嘴巴好像没有笼头的野马，不知道他扯到哪里去了。哪个耐烦听他说小说做法呢？我们都皱起了眉头。他一看，才收了口，表示歉意。……哦，哦，你们又要说我这个野狐禅师说的野狐禅越扯越远，没有边了。好，把我的舌头的野马拉紧缰绳，还是言归正传吧。

且说民国多少年，不管是哪一年，反正是在我们这个青天白日的党国的首都——准确地说，应该是陪都——重庆。因为抗日战争一开始，我国的堂堂首都——南京就送给日本人了，我们的政府不得不惶惶如惊弓之鸟，急急似漏网之鱼，也顾不上睡在紫金山上的国父了，带着国民政府的官印和姨太太、老妈子（这两种人万万不可少，一个陪老爷睡觉，一个给老爷做饭吃）逃到了四川，在重庆插上青天白日旗，庄严地宣告"抗战到底"！从此重庆这个山城得到了"陪都"的光荣称号，变得十分热闹起来。白天你看那市场上人头攒挤，熙熙攘攘，都在各显神通，为跨上"物价"这匹飞奔的骏马而奋斗。夜晚你看那灯红酒绿，纸醉金迷，嘭嚓嘭嚓之声，令人脚痒。那些得意非凡的政客，从前线败退下来的赳赳武夫，胖得发愁的商人，红得发紫的明星，俊男姣女，各都怀着良好的情绪，去为追逐稍纵即逝的人生欢乐而汗流浃背地在舞场、官场、情场里奋斗。真是好不热闹也么哥，好不热闹也么哥。南宋有位古人叫林升的形容南宋的偏安小朝廷说："山外青山楼外楼，西湖歌舞几时休。暖风熏得游人醉，直把杭州作汴州"，也可以用来形容我们这个偏安西南一隅的蒋记小朝廷，只要把第二句的"西湖"改为"嘉陵"，把最后一句里的"杭州"改成"山城"，把"汴州"改成"石头"就再贴切也没有了。山城者重庆也，石头城者南京也。你念念看："山外青山楼外楼，嘉陵歌舞几时休。暖风熏得游人醉，直把山城作石头。"谁还记得在紫金山上睡着的国父孙中山呢？反正有一个国民党的蒋总裁兼军事委员会的委员长、兼新生活运动委员会的主任委员、兼禁烟督察总署的督办、兼四川省的省主席这么一位无所不能、无所不通的党、政、军、民，从上到下一概包揽的至高无上的伟大人物，实实在在地在领导着我们抗战，又有美国佬送钱送枪和种种剩余物资，比如霉变的面粉，穿旧了的军衣军毯，变了味的牛肉罐头等等，来支持我们抗战，等着日本人乖乖地送来一个"胜利"就是了。

但是也有煞风景的事，日本人并不那么乖巧，在送来胜利之前，却送来许多炸弹，把这个美丽而繁华的山城，神圣的陪都，炸得一塌糊涂，真叫梁摧柱折，血肉横飞。还点缀了在躲飞机的大隧道里，我们政府当局为维持秩序，把铁门紧闭，以致闭死一万多无辜老百姓的奇闻。眼见炸塌了多少新盖起来的洋楼、公馆、别墅……

什么？王科员，哦，你在我们冷板凳会的雅号叫"三家村夫"吧？你嫌我说题外话说得太长了？不，我这不是已经入了正文了吗？我的故事就是从一个被炸塌的公馆说开头嘛。

重庆有一回遭到日本飞机的猛烈轰炸。这次轰炸，据说是因为日本派了秘密特使到重庆和当今的政府谈判和平反共的条件，没有谈成。反共倒是协议一致了，和平（这两个字在政治家们的字典里是读成"投降"的）的条件也已经谈妥，关键就是在"和平"之后，重庆的蒋记国民党政府和南京的汪记国民党政府要合流，谁算是正统嫡派，争执不下。汪精卫认为他和日本合作最早，反共最坚决，连他的青天白日旗上早就加上一个"反共救国"小黄幡了，当然他才应该是正统。好比一位老爷讨两个太太，先进门的总是大太太吧。总不能把后接进来的"小星"扶正吧。但是重庆的蒋总裁却坚持重庆政府才是从南京搬来的正统政府，又是孙中山的嫡派，而且是经过国民大会"选举"产生的。既然还都南京，理应把他扶正。就这么争着，像老百姓直言不讳地说的，如谁当日本帝国主义的"大老婆"吵个不休了。于是日本就要给重庆一点颜色看看，叫做以炸逼降。

这次轰炸真把重庆炸得山摇地动，陷入火海了。在重庆附近的一个小山包上，有一座漂亮的大公馆也被炸塌了，连钢筋混凝土的梁柱都摧折了。炸毁一座公馆，这不算什么新闻，炸毁十座公馆也不算什么新闻。要算新闻的是，也是我要专门摆给你们听的是，从炸毁的大公馆里一根折断了的混凝土立柱里发现了一具男人的尸体。你说挖煤的因为塌方，把人压在煤层里了，还说得过去。说到建筑房子倒钢筋混凝土立柱的时候把一个人倒进混凝土里去了，居然没有被人发现，这不是滑天下之大稽吗？这真是一件大大的奇闻。

这一下轰动了山城。好事的新闻记者自不必说要去采访，警察当局自然也是要派干员去查验，连一个大学里的考古专家，也赶到现场，要参加"发掘"工作。他认为是人类历史上一个重大古物发现，可以向全世界作精彩的考古学术报告。但更奇怪的是从这个埋在钢筋混凝土里的男子的服饰看，不会是一个普通的建筑工人，而是一个当官的。从他的衣服口袋里搜出的名片看，这个当官的就是前几年忽然宣布失踪的禁烟督察专员王大化。这个案子前几年在报上曾经喧腾一时，认为是一桩奇案。这个和权力极大的委员长侍从室有密切关系的禁烟督察公署里的一个督察专员，怎么会一下就失踪了呢？为什么军、警、宪、特联合破案，破了几年都如石沉大海呢？而今怎么又忽然在一次日本飞机的轰炸中，被日本的炸弹把他从一根大柱里发掘出来了呢？这不是更奇吗？然而比这更奇的是，据说从这位专员的衣服口袋里还发现了极其重要的材料。当时有一些记者看到了，那位考古专家也看到了，而且看得比较细心，因为从他的考古职业的本能出发，他是不能忽略从考古发掘中发现的任何一点文字性东西的。但更可怪的是这些材料一送到有关当局去以后，马上就被宣布为绝密材料，并且禁止任何报刊披露此事。连在场的新闻记者和考古专家都受到严重警告。这就更是奇事了。

这种千奇百怪的事，从此在公开的场合，大家都噤若寒蝉。但是在私下里却有种种传说，像长了翅膀在到处飞翔，而且越传越神。哪一种传说算作原版，连高明的侦查破案专家也无法弄清楚了。有人曾试图去找原来采访过这种新闻的记者和那位考古专家去核对一下，他们一致的回答是："我不想当王大化第二，这件事还是免开尊口吧。"

我现在摆的就是那些传说中的版本之一，而且自信是比较地接近于原版的，我并没有自己进行过任何艺术加工。至于在传说的过程中，是不是经过某些"传奇世家"本着文学的夸张手法，进行了某些艺术加工，我就难以保证。本来嘛，实事求是地说，我们中国是一个古老的大国，有悠久的文化。偏偏我们的祖辈人忠实地继承了古代那个莫须有的仓颉老人"循鸟兽虫鱼之迹"，给我们创造的可怕的方块字，以致百分之九十的中国人只能用口头来传递自己的文化。年深月久，对于传播传说就积累了极其丰富的经验，善于在传播这些口头文学的过程中，进行必要的艺术加工。

比如说吧，"张老大的骡子掉了铁掌了。"一个人这么传说了。传到第二个人的耳朵里去后，他不仅义不容辞地传说开去，还赶忙加以补充说，那骡子是掉了两只脚的铁掌，而不是一只。传到第三个人的耳朵里去后，他十分高兴地（因为这第三个人和张老大前回为了田里争水，吵过架的）传说开去，自告奋勇地再加上一只，说是掉了三只脚的铁掌。而且为了使人确信，还说是掉的前腿的左脚和后腿的双脚。传到第四个人的耳朵里去后，他就索性把能够掉铁掌的可能性全部加以占领，硬说是四只脚的铁掌全掉了。而且据说他是亲自和张老大一块去赶场的路上，在王家沟过桥的那一边桥头，一下子全掉了的。这么亲眼得见，你还能不信吗？可惜的是传到第五个人，因为四只脚的铁掌都已掉光，他就再没有进一步加工的可能，不能不因为他不能再发挥传统的创造才能而惋惜了。至于传回到张老大耳朵里去，即使张老大证明说，他的骡子根本从来没有钉过铁掌，自然就无从掉起，也是无济于事的。大家对张老大的权威性的话丝毫不感到兴趣，也不想加以理睬，只顾继续传说下去，更加绘影绘声地传下去，直到另外一个有趣的值得传播的新闻又出现了的时候为止。比如说这一回是王老爹的牙齿忽然在做梦的时候掉了，再也吃不成干胡豆了；又比如说，什么地方走了蛟龙了；什么地方的老黄桷树成了精了；什么人家的老黄牛忽然口吐人言，说上天在七七四十九天之后就要降下刀兵水火之灾，把这一乡的恶人收尽呀如此等等。总是一个接着一个的奇闻，被人们不断地传说着，不断地被人们进行艺术加工。至于某大财主的四姨太偷了马弁，双双投河自尽了这样的新闻，或者山里头出了神兵天将，把那些可恶的地主、恶霸、贪官、污吏都收拾掉了，田地平分了这样的新闻，当然是当做特别重大的新闻，必须进行特别的艺术加工，进行特别起劲的传播，这就不消说的了。总之，在我们这里，生活像泥流，每个人都在里面挣扎，传说就像一道射到这泥流上的一片光明。它是我们生活中的盐巴，没有它，我们的生活将变得更其淡而无味了。啊，传说，伟大的传说，我们不禁要用神圣的《圣经》式的语言庄严宣告："传播传说的人们哟，你们有福了，你们将从这里得救，你们将升入天国。"

嗯，哎呀，你们看，我这个人就是没有给我的嘴巴派上一个站岗的，老是自己守不住口子，一开放就没完没了。还是拉回来说我们的奇事，把禁烟督察专员葬身钢筋混凝土里的奇事说说清楚吧。

要说这个，我又要从鸦片烟说起。

我在这里也不想谈鸦片烟的历史，说：鸦片烟又名洋烟，产自外国，十九世纪由英帝国主义的炮舰带着传教士到中国来传教的时候，把鸦片烟也一起传进中国，起着和传教士一样的作用，对黄帝的子孙进行精神麻醉和肉体摧残，结果把我们中国搞得民穷财尽，使我国面临像林则徐上给皇帝老倌的奏章上说的，"不特无可用之财，抑且无可用之兵"这样一种亡国灭种的危险境地。虽然林则徐这些有识之士，起来禁烟、烧烟，却得不到清王朝的支持，引来一场辱国丧权、割地赔款的鸦片战争，并且从此帝国主义就在中国横行霸道起来。这样有关鸦片烟的光荣历史我不想谈，我倒想谈一谈鸦片烟的厉害处。

我记不得是什么人写过一篇《鸦片颂》，把鸦片比作美而艳、毒而妖的女魔，真是再确当不过的了。时至今日，你也用不着到什么穷乡僻壤去，就是在我们这样不算很开通也不算很闭塞的县份来说，只要一走出东门，走几十百把里，只要留心就可以赏鉴。你看她在田野里长起来，风姿绰约，迎风摇曳，五颜六色的花朵，多么艳丽！而一旦她成长成熟，一朝走近你的床头，又是多么香艳，令人陶醉，令人迷恋！多少大丈夫拜倒在她的裙下，成为懦夫懒汉；多少英雄豪侠，为了占有她、保护她而不惜抛洒热血，不惜把自己的生命和财产供奉于她的祭坛；不惜杀身取祸，不惜倾家荡产；多少达官贵人把她奉为神灵。事实上她被公认为法力无边。谁只要占有她，就算有了摇钱树了。没有权力的可以有权力，没有地盘的可以有地盘，没有枪杆的可以有枪杆。既然有了权力，有了枪杆，当然也就有了道理和正义，因而没有道理和正义的也可以有道理

143

和正义了。公理、正义、权力都会被这个女妖玩魔术一般地玩弄于股掌之上，一下全变成你的囊中之物。而且这个妖妇也并不贱视一般平民和苦力，只要你肯去亲近她，她也肯俯身下就，和你打得火热，难解难分。你是一个下力人，你可以从她身上吸取激素，使你能够把你最后的一点精力挤榨出来。你看那些抬滑竿的苦力，在陡峻的山路上抬不动了，只要在幺店子里和这个女妖亲亲嘴，就会精神抖擞，生出神力来。你看那些在重庆朝天门陡峻的石梯上匍匐挣扎的苦力，只要在半途的席篷里的板床上，蜷起身子，呼呼地抽两口，就会背负重物登天梯如履平地一般了。我还听说过那些年四川军阀打仗，只要把鸦片烟让"兄弟伙"抽够，就会产生神奇的勇敢，真是冲锋陷阵一往无前。抽鸦片烟的主要工具烟枪是每个勇士都随身带着的，所以四川军很多有"双枪军"的"美名"。我还听说两军对仗，形成胶着状态，只要把鸦片烟摆在阵地上，一声号令："兄弟们，冲呀!"一个个都会变成无敌的勇士，拼命向前，不惜杀身以取烟。你莫看鸦片烟枪上那么一个小小的窟窿，它却不仅把无数的田地、房屋吸了进去，把一条一条精壮汉子的精血气力吸了进去，甚至把自己的老婆孩子也吸了进去，把自己的廉耻道德也一古脑儿吸了进去。烟瘾来了——也就是这个女妖在他身上施展法力了，他是可以发疯、变心、丧尽天良，向人叩头作揖，抵押灵魂，卖妻鬻子，铤而走险，一切人间坏事都可以干得出来的。这样的骇人听闻的悲剧，啼笑皆非的趣剧，我们听得还少吗？就是你们，哪个说不出几件来？

就拿这个县城里，以蒋委员长命名的中正路来说吧。你数过去看看，有多少家烟馆？衙门口头一家就是"凌云仙馆"，这是我们这里比较体面的一家，门口有珠帘画栋，里面有楼台亭阁，花木水池，十分别致。你一进去，就见到云烟缭绕，登堂入室，就像入了仙境，和那美不可言的妖姬一接触，你就会飘飘欲仙了。房间的摆设，古色古香，自不必说，就是那锦垫皮褥上陈设的一套金光闪亮的珍贵烟具，就可以使你叹为观止了。银子打的盘，金子打的灯，玉石挖的斗子、嘴子和打石，湘妃竹做的杆子，各种精致的盛鸦片烟的小盒子和灵巧的工具，没有几百个上千个银元是办不到的。至于那熬好的烟土，都是上等的"云烟"，这种烟出产于云南，远道跋山涉水、斩关夺将而来的。你一躺下，便有技术高明的枪手，为你烧好了龙头凤尾的烟泡子，等你去吞云吐雾，飘飘登仙。

在盘子边还用宜兴陶壶泡有龙井香茶，还放有各种时鲜果品、各种糖食，摆在烟盘边备用，使你不会口苦舌燥。假如你更有兴致，还可以去后街迎香院里叫一个高级的"女史"来陪你烧烟，还可以去菜馆里叫一个扬州姑娘（都是号称扬州或苏州姑娘的，谁知道是真是假）来唱个小曲儿，叫你荡气回肠。一切物质的、精神的享受都够了，你可以起身去后花园闲走，那花厅里已经为你摆好上等的清淡的筵席，享受名厨为你精心制作的艺术食品。这样的生活，虽说要用金钱来堆砌，却的确是"只应天上有，人间几回闻"的神仙快活日子了。这样的高级仙馆，当然只限于那些高官富商、巨室贵族能进去享受，一般人是进不去的。连那些殷实的土老财家里的土少爷，或新发了迹的投机商人，哪怕用白花花的大洋去敲门，也是不得其门而入的，要有身份，懂吗？这是特等的烟馆。

我们往下看去，隔几家铺面就有一户，进去看看，明窗净几，摆设也还讲究，烟土也还不差，算作头等二等的。在这里进进出出的人就多一些，地主、小官、绅粮、师爷、商人、军官，有男有女，有老有少，各色的人都有。但下流人是不能进去的。他们是在街那头，烟熏火燎的古巷里头，那里开着下等的烟馆，这就叫各得其所。在这里进出的大都是一般的穷公务人员和下力人，这妖妇并不嫌贫爱富，居然把他们看上了，把他们也迷住了。屋里挤着好几张床铺，竹席上有一个木枕头，中间放着锡灯竹枪，只要能躺下吞云吐雾就行。赶快过好烟瘾，就去卖力气，哪有工夫来摆排场。甚至在河坝和穷巷里有一种不入等的烟馆，用竹席搭一个棚子，在地上放一块草垫，只要躺下几分钟，就能完成和这个妖妇的交往的任务。不过听说近来从东洋又进口了新技术，从鸦片烟中提取精华而成的白面面，洋名叫"白面"，我们这里名叫"梭梭"。这只有科学发达的日本国，才能有这样专门为了在中国"利国便民"的好发明。为什么说是利国便民呢？虽说我们和日本是不共戴天的敌国，我们国家还是可以穿过全线沉寂的前线去把这种新产品运了过来卖高价，于是财政上就有了一笔不小的收入，故叫"利国"。烟民们服用简便，只需把白面放在一张纸上，纸上面有一根嘴衔着的小竹筒对着，下面用火柴点着，一缕青烟升起来，他从竹筒把这一缕青烟吸下肚去，就过了瘾，所以我们叫做"梭梭"。这样就无须倒在床上，点灯烧泡，用烟斗吸，既省力又省时，故叫"便民"。这种新发明大有取代古老的国粹式的倾向，这也可见是我们中国的一个不小的进步，谁说我们东亚病夫就没有一点进步呢？

既然有这么多鸦片烟民，而这些烟民大多是一经着迷，就乐于倾家荡产，粉身碎骨。相应地经营鸦片烟就成为一个庞大的事业。就不能没有种烟的、运烟的、熬烟的、卖烟的种种机构，相应地就要有管烟的官吏和衙门，跟着来的就有收税的，吃欺头的了。而且山里头还出了专抢鸦片烟的烟匪。欣欣然简直成为国民经济中一项重大企业。但是因为鸦片烟在全世界都认为是毒品，在禁止之列，我们是三民主义的国家，为了不失国体，岂可不宣布禁烟？于是相应地又建立层层的禁烟机关。你如果没有看到挂在重庆大街门口的"禁烟督察总署"的堂皇牌子，你总可以在我们这里街上看到贴有堂皇的禁烟布告。这些布告的末尾都写着蒋总裁的大名"蒋中正"。总裁亲自出马来对付这个妖魔，亲自兼任禁烟督察总署的总办，难道还不够重视吗？

是够重视的，甚至可以说重视之至了。你看我们的总裁在日理万机之余，还亲自过问禁烟的事，在他的总办之下，还设立许多权力极大的督察专员。在各地还设立了禁烟专员公署，在公署之下还设立许多侦缉队，这大半又是由蒋总裁的"贴心豆瓣"① 们，即那些经常担任特别任务的神秘的特务机关来组成的。他们拥有最先进的交通工具，包括飞机和无线电台在内，还用最新式的美国武器武装起来。这样说来，我国的禁烟工作应该是在世界上名列前茅了。那么为什么还是烟苗遍地，烟民遍城乡，烟土满天飞呢？这只能怪你不懂得中华民国的"特殊国情"。在我们这个实行三民主义的特殊国家里，一切事情都得特殊地看。而我们这个伟大国家的大国民又是十分精于玩弄方块字的文字游戏的。有些字又是这么容易音近而义通。比如我们拳拳服膺的"三民主义"，有些老百姓讲究实际，就老实不客气地叫"杀民主义"，而我们坚持一党治国的"国民党"，老百姓却喜欢名实相符地叫它"刮民党"。准此，那么"禁烟督察总署"为什么不可以叫"种烟督察总署"或"运烟督察总署"呢？实事求是嘛。这样一来，许多复杂的、不可理解的现象都变得简单明白了。

事实上，谁不知道鸦片烟不仅是蒋总裁领导下的庞大的特务机关的

① 贴心豆瓣：很贴心的心腹人。

经费来源？而且这对于国家财政也不无小补。因为除开在烟价上可以取几倍之利外，还可以在烟民登记上按人头抽取"灯捐"。谁不知道禁烟督察总署是鸦片烟的总库，而那些禁烟侦缉队便是鸦片烟运输队呢？而那些满街挂着牌子的戒烟所，实际上就是吸烟所。在那里出卖的戒烟丸子不过是可以吞服的烟泡罢了。事实上在"杀民主义"的国土上，在经济上有一个庞大的鸦片烟托拉斯，而这又和政治上的军统特务机构形成表里，互相支持。这便是我们"杀民主义"中国的总裁的两根重要支柱，一个经济上的，一个政治上的。

做生意嘛，谁不知道，十倍的利息可以给人带来百倍的勇气和千倍的凶残。这就不能不使一些地方军阀看得眼红，千方百计想打破蒋总裁的运烟督察总署的垄断，要求均沾利益。是啊，莫非"只许州官放火，不许百姓点灯"？过去美国也还提倡过"门户开放，利益均沾"的主张呢。既然你总裁可以保护种烟，可以偷偷运烟，可以半公开卖烟，我们为什么不可以？我们地处四川、云南、贵州，土地肥美，气候适宜，比你条件更优越些。于是各种贸易公司、土特产公司应运而生。包种，包运，包销。这些土皇帝为了强制农民种烟和强制老百姓吸烟，还设立了新奇的税捐名目，"懒捐"，你不种烟，不吃烟，就证明你懒，既然懒，抽你的懒捐便是天理、国法、人情都说得过去的了。但是这就和总裁的鸦片烟垄断托拉斯发生了矛盾，有了矛盾，就难免争斗，一争斗起来就难免叫枪杆子发言，乒乒乓乓打了起来。于是在中英鸦片战争过去了一百年之后，在二十世纪的三十、四十年代又发生了国内的"鸦片战争"。这种战争有时打得十分激烈，真是"争地以战，杀人盈野"。为了把鸦片烟运入对方的城市和地区抢销路，就出现了一种走私的机构和一种反走私的机构。于是又出现了一种专门的学问——鸦片烟走私学。从而也就出现许多骇人听闻的走私案。

一般地把鸦片烟作种种伪装，混入商品运，已经不算什么奇闻。就是妇女把鸦片放在不便检查的地方，混过关去，也不算奇事，而且已经为相应设立的妇女侦缉队所破获了。新近在鸦片烟走私学的科学研究上有了新的突破，就是请死人来运烟。死人怎么能被请来帮他们运烟呢？可以，就是把死人开膛破肚，塞满鸦片烟，缝好，穿上衣服，装进棺材，哭哭啼啼，吹吹打打，搞大出丧，混过检查站。但是谁愿意这么狠心，把自己家里死了的亲人提供给别人作运烟的工具呢？这个好办，借几个人来就行了。反正在中国，别的生产不行，人的生产却是很发达的，提供几个运烟工具是毫无问题的，抓几个人来杀了，改装成运烟工具就行了。

这就是最近重庆报上登载的失踪案件突然增多的原因。失踪的有小孩，也有老人，也有身强力壮的下力人，甚至还有公教人员。像你我这样老而无用的公务人员，就是他们废物利用，弄去作运烟工具的好材料。别看我们这一辈子无用，说不定最后对蒋总裁的伟大事业还能作出一点贡献呢。

听说最近重庆许多家长闹恐慌，深怕某天自己的小孩在街上玩耍，被一个陌生人或不陌生的人用几颗糖果引诱了去，从此下落不明。听说前不久在海棠溪过渡的检查站上就发生这样的事。有一对夫妇，穿戴神气，女的抱着一个小孩，头上用披风盖着，走过检查站，男的不住催女的快走："走起点，到城里医院去早点给孩子看病，时间挨久了不好。"检查站的人拉开披风一看，不错，是一个病小孩，脸色蜡黄，放过去了。其时，刚好有一个女人哭哭啼啼，疯疯癫癫在叫唤："我的幺儿咧，我的幺儿咧……"她是过河进城向她的丈夫报告孩子失踪的事的。这真叫无巧不成书，已经上了渡船的那对高级夫妇，和这个女人站得靠近，偏巧一股风吹来，把小孩的披风吹开，马上被那男的盖好了，那个疯疯癫癫的女人偶然瞥了一眼，忽然惊叫起来："我的幺儿哪！"便来夺那个太太手里抱着的小孩。

"你干什么？疯婆子！"

那个男人马上把疯女人推开了，并且把披风盖得更严密，说："我们的孩子正害病，吹了风我们不依你，莫装疯了。"

大家都认为这个女人没道理、装疯，怎么硬把别人的孩子认作自己的孩子呢？但是那个女人却抓住不放，叫喊："我的幺儿呢！"一把鼻涕一把泪地大哭起来。

这时有一个多事的人走过来企图调解："太太，你就把你的娃娃让她看看吧，她仔细看了，不是她的娃娃，就不闹了。"

但是那位先生坚持不准看，理由是孩子病重，不能吹河风。大家觉得也是，并且谁愿意和这个疯婆子站在一边呢？这时渡船已经到岸，大家纷纷下船，那疯女人还揪着不放，硬说孩子是她的，拉拉扯扯下了船。这就惊动了码头上的警察，想来调解。那位先生却也慷慨，对自己的太太说："好了，让她抱着，我们到街上派出所去和她扯去。""好嘛，"那太太也同意了，"你抱起走嘛，我们一起到派出所去，看你疯。"那疯女人十分满意，接了过去，抱着走上坡。那位先生和太太在前面走。那疯女人亲热地亲一亲娃娃的小脸蛋，忽然惊叫起来："哎呀，这是咋搞的，娃娃冰冷呀！"

许多过路的人和警察围拢来看个究竟，不知道这个疯女人又在胡说些什么。但是当大家看一看那即使化了妆还是显得蜡黄的娃娃的脸，摸一摸娃娃的鼻息，不能不惊叫起来："娃娃死了。"大家期待地望一望那位先生和太太，他们却不知道什么时候已经走得无影无踪了。以后的文章大家都想得到，经过警察抱去检查，原来这死娃娃的肚子里满满地塞上鸦片烟了。

这个事情传开以后，有娃娃的爸爸妈妈都很惶恐，不准娃娃上街玩，说："你出去吗，看把你拿去装鸦片烟。"娃娃也知道被人抓去装鸦片烟，这并不是幸福的事，不大单独上街，从此娃娃失踪的案件才少了。

但是走私学专家们的创造性是无穷无尽的，又出现了老人失踪案。据说有一位阔先生在茶馆里找一个老头儿，这种老无所归、流落茶馆的老头儿，在重庆的茶馆里是很多的，这位阔先生要老头儿替他送一封信到某街某巷某公馆去。答应给他送信的脚力钱，老头儿欢欢喜喜地拿着信去了。但是他一去就再不见他来坐茶馆了。同时在某街某巷的这个公馆里就传出他家的老太爷得急病死了，吹吹打打，大办丧事。在报上登出讣文，亲友都来吊唁，家人还"亲视含殓"（就是装入棺材）。丧事办完，孝子贤孙就扶柩回武汉、南京老家归葬去了。中国本来是一个"以孝治天下"为传统的国家，何况蒋总裁和汪总统都是大力提倡"忠孝为立国之本"的，和我们同文同种的日本人，到中国来自然也跟着提倡忠孝，不遗余力。所以对于扶柩回乡安葬的行列，都是通行无阻的。于是一棺材鸦片烟便平安地运到了目的地，一本万利。后来据报馆的记者绘影绘声地描述（这是不是记者的创作，我也说不清），那茶馆里的老头儿送到某公馆去的信的内容是"送来老太爷一名，请查收"。这个老头儿走进这个大公馆，糊里糊涂地当了别人家的老太爷，死了以后，享不尽的哀荣。更料不到他老而无用，却最后对蒋总裁的运烟托拉斯作了重大贡献。

但是古话说："要得人不知，除非己莫为。"这件老人失踪案终于被揭穿了，还绘影绘声地上了报纸。这样一来，是不是运鸦片烟的事业就受到打击了？才不呢。既然这是我们的禁烟总办提倡的事业，而那些走私学专家们都有非凡的智慧，自然又有了新的创造发明。但是，这是一部《走私学》专门著作的内容，不容我这个老朽在这里喋喋不休了。

不过，你们会说："哦，你东拉西扯说了半天，原来就是想说那位禁烟督察专员被埋到钢筋混凝土里去的事，就是和运鸦片烟的事有关呀，这有什么稀奇？"不，和鸦片有点关系，却并不就是一回事。这是根据葬身钢筋混凝土的禁烟督察专员向上级报告底稿和一份女人的揭发材料中可以证明的。你们耐心听我摆下去嘛，重要的文章还在后面呢。

据说，从某小孩和老人用来运鸦片烟的案子公开以后，社会上舆论喧腾，要求彻查破案。这一下惊动了御办的禁烟督察总署，不得不声言要认真督察一番。这个禁烟督察专员王大化就是奉命承办这件案子。这位督察专员不知道是哪儿来的菩萨的心，豹子的胆，对于骇人听闻的杀人运烟案件十分愤慨，竟然要认真去查一个水落石出。不久果然就由侦缉队送来一个烟贩子。王大化马上提审，这个烟贩子是人赃俱获的，一口气就认了账。在刑讯之下，并且招认他是由本地方一位很有势力、过去当过军长的大人物开办的土产公司派来运烟的。这当然是一个重要案子，只好先由警察局看押，报上级处理。但是把这个烟贩押下去的时候，他却开了黄腔，大骂起来："哼！你们委员长都运得烟，我们军长就运不得烟？你们用死人来装得烟，我们用货来运烟就错了？只许州官放火，不许百姓点灯吗？"

这一下引起了王大化的注意，马上把烟贩子提转来问他："你这是啥子意思？"

"哼！水仙不开花——你装什么蒜？谁不清楚你们禁烟总署就是运烟总署？"

这个王大化是新近才调到禁烟督察总署的，硬是不清楚，他也没有装蒜，他的确认定他的工作任务就是禁烟，所以他一定要问个明白。

当场有一个参加提审的姓张的侦缉队长就打岔说："谁耐烦听他的那

些胡言乱语，押下去！"

那个烟贩子却指着张队长说："张麻子，我们打交道也不是一回两回，你们别动队运的好多烟，不是从我的手转过去的？那老头子不是你叫他送的条子？你到我面前来充什么正神？"

这位王大化越听越奇怪，他硬是打破沙锅问到底。因为这个烟贩子提供了交他承办的有关人尸运烟案的重要线索。他单独审讯了这个烟贩子。结果使他几乎无法相信，这两起杀人运烟案，正是中央别动队，也就是禁烟侦缉队张队长他们干的事，说得有鼻子有眼的。并且还指出现在就在通远门洞子口张公馆还压着几万两大烟待运上海呢。这大烟就是从本地另一个军阀统治下的"蛮子"地方运出来的。这个案子可就大了。王大化决定第二天就向督察总署的副总办报告。

但是第二天上午，王大化还没有去上班呢，警察局长来找王大化，说昨天提的那个烟贩子在牢里服毒自杀了。王大化大不以为然，这么重大的案犯，正式的口供都还没有取到，怎么就让他自杀了呢？并且他哪来的大烟呢？警察局长以为王大化会从他的报告中变得聪明起来，结果，他偏不开窍，还责备他呢："你们怎么这么马虎，让一个在押犯自杀了呢？"

警察局长看到这位王先生简直是擀面杖当吹火筒——一窍不通！只好明白地告诉他：

"王先生，这种自杀是常有的事。我看还是与人方便自己方便的好。"

"我不明白你的意思！"王大化追问。

"我讲的够明白了，你要不信邪，骑驴看唱本，走着瞧吧。"说罢径自告辞走了。

王大化从警察局长的话里听出话来了，哦，原来这警察局长也参与这种黑买卖了。这还了得，好，把你也写进报告里去。

王大化上班去了。副总办是从来不大来上班的，当然找不着。他碰到了另一个姓李的督察专员，王大化就把他的重大发现告诉了姓李的，并且显出十分义愤地加上几句："你看，我们的中枢领导日理万机，哪里知道下面有这么一些跳梁小丑胡作非为，天天在挖党国的墙脚？"他是很为这个党国担心的。

姓李的听了，一点也不惊诧，倒是莫名其妙地望着王大化笑，过了好久，才冷冷地说："王先生，你的为人，兄弟素来敬佩。不过，这个案子你告状告得不是地方。"

"怎么的?"

"你大概晓得投鼠忌器这个典故吧。就怕在老虎面前去告状，反倒叫老虎吃了。"

王大化明白了。原来这禁烟督察总署真像昨天抓住的那个烟贩子说的，就是一个运烟督察总署。他的脑子里突然开化了，哦，这烟贩子哪里是在警察局自杀了！原来警察局长也是黑帮一伙啊，这还了得。我直接给总办写报告去告状。总办，你日理万机，哪里知道你下面有一个毁坏党国根基的鸦片烟黑帮呀！于是他回家去起草呈最高当局的报告稿去了。禁烟总办，大家都晓得，就是当今最高当局，我们的总裁兼委员长嘛。这就算通了天了。

王大化后来怎么向最高当局揭发了禁烟总署、别动队、警察局合谋杀人运鸦片烟的阴私的，我们不得而知。这时地方势力办的小报，却隐隐约约地报道了有某大机关私运鸦片烟，并且杀人灭口的事。那种地方小报和中央大报对着干，互相揭发阴私的事是常有的。但这一回却掀起了社会舆论的群起责问，以致专门小骂大捧场的某大报也不能不在不太显著的版面上登一篇两篇读者要求清查的来信。甚至在地方势力占主要地位的参议会上，也有人提出要求彻查人命案。总之，闹闹嚷嚷的不可开交了。

但是这对于干大事业的中央要人来说，算不得什么，不过像身上有两个跳蚤在跳，咬了几口，最多有点不舒服罢了。谁来理会呢？直到有一张小报登了一则《某专员访问记》，没有说是访问的谁，内盘的人知道这不过把王大化本来谈得很平常的话，加油添醋，进行渲染而已。其实没有什么具体的东西可以刺人的。但是最后有几句话，不管是不是王大化说的，却引起了中央某些要人的重视，这几句话的内容是：美国正在调查国际麻醉品运销情况之际，这种骇人听闻的大规模运烟案，实在有供调查的价值。最后还提到记者问专员有无向美国大使馆或美国记者提供情况的打算。报上说的是："专员额首不答云云。"

这一下可就惊动了山城，据说负责当局也不能不过问这事。你想象得到，美国，谁不知道是我们的友邦，又是我们的恩人，不特正在帮我们打日本，还运来了不少剩余物资，是惹不得的，要是真的把这官司打到美国去，就不好下台了。

至于到底王大化是不是向最高当局写了报告，是不是向美国使馆或外国记者透露了，我们的负责当局又怎么办了，我们都无从知道。只是过不多天，一个小报报道了某禁烟专员失踪的事。但是这种消息和报纸上满篇"反共救国"的言论和在华北、华东向自己的抗日同胞收复失地，打得热火朝天，硝烟弹雨满天飞的消息比较起来，已经是无足轻重的了。至于说到奇闻异事，比这种怪事要精彩得多的还有的是，靠登奇闻异事或黄色新闻的小报应接不暇。靠看这种报纸消遣无聊岁月的人，也已找到更富于刺激性的进口的美国黄色电影和小说来代替。那些黄色电影和小说，真是好极了，对他们好比是更富于营养的牛奶面包和高级点心。这比土造的馒头、花卷好吃多了。于是专员失踪这件案子慢慢地也从报上失踪了，再也没有人提起了。

直到最近日本人帮我们用炸弹发掘出某公馆钢筋混凝土柱中的怪尸，才又引起了一阵喧腾。不过对一天苦于去追赶像骏马飞奔的物价的小老百姓来说，是无暇去管这种陈谷子烂芝麻的事的。而那些胖得发愁、闲得要命的太太、小姐、少爷们，尽有新的舞场、咖啡馆、美军组织的跳舞会和谋杀、打斗的美国最新电影，可以排遣日子，那些老爷们正在官场、市场里汗流浃背地奋斗，有些却忙着和南京汪政权谈判合流，准备有朝一日飞回南京、上海去接收，做准备工作去了。谁还理你的什么怪尸案呢。虽然说在这怪尸身上还发现了什么报告稿之类，又被当局宣布为绝密材料，不得透露。看过这材料的记者和考古学家都不想自己去当"怪尸"，而缄口不说一句话。于是只好含含糊糊的莫名其妙，不久便烟消云散，天下太平了。

嘻，你们会要说了："你这个人叫'野狐禅师'，一点也不错，摆一个龙门阵，前面扯了老半天的'乱谭'，后面摆到紧要处又故意卖关子，藏头露尾，躲躲闪闪，叫人听得心里痒痒的，怪不安逸。我们聚精会神地听到末尾，原来是一个平淡无奇、在我们现实生活中俯拾即是的龙门阵，一个尽人皆知的运鸦片烟的黑幕。谁不知道我们的'今上'（也就是最高当局）就是中国鸦片托拉斯的总经理，谁不知道在他的指挥下有一个庞大的担负着'特别任务'的秘密武装机构。这个秘密机构除开担负着格杀打扑共产党的特别任务之外，还担负着种、运、卖鸦片烟，为老板积累资本的特别任务？谁要泄露这个秘密，谁就有资格去充当他们的运烟工具。像王大化这种身居魔窟，却梦想天堂的人，结果只好落得个死无葬身之地，被埋进钢筋混凝土里去，也不过为这个山城那些闲人添一点茶余饭后的闲谈资料而已。"

是的，你们说的一点不错。难道我们这十个人办起这个冷板凳会来，或明月之夜，或风雨之夕，聚集到一起，喝着冷茶，把这无聊的岁月，辛酸的生活，用莫须有的龙门阵和拉杂的乱谭消磨掉，不正是一样吗？为什么嫌我东拉西扯，浪费了你们这么多并不宝贵的时光呢？

哦，你们笑了，可见我说的一点也不错了。特再吟打油诗一首，以助余兴：

月落星稀夜已阑，野狐禅师扯乱谭。
王侯卿相笑谈中，几人解得语辛酸。

"不行，不行。"野狐禅师摆完了他的龙门阵，又吟完了他的打油诗后，不第秀才第一个叫了起来，对野狐禅师表示不满，"你的肚子里的龙门阵多得很，垒成垛垛了，你在我们这个会上正式地拈着了阄，不正二八经给我们摆一个好样的，却想用这些扯乱谭来敷衍过去？不得行。会长，请你公断。"

会长峨眉山人笑一笑说："野狐禅师扯的确是乱谭，不过在这些乱谭里，却也见他的辛酸意。还算有点味道。只是龙门阵摆得简单了一些。"

野狐禅师马上回答："这个好办。我给你们再摆一个龙门阵就是了。且说……"他就要开篇了。

"不，不。"会长说，"不用摆了。让大家都摆完一个了，第二轮你第一个摆吧。况且，今天已经太晚了，明天早晨我们还要去啃办公桌呢。"

"算便宜了你。"不第秀才还在咕噜。

第六记

羌江钓徒： 沉河记

　　你们前面摆的都是重庆这种大码头的龙门阵，至少也是县衙门的龙门阵。现在轮到我来摆了，我是一个乡坝佬，只能摆一点乡坝头的龙门阵。恐怕就没有你们摆得那么龙飞凤舞、有声有色了。不过我在乡坝头所见所闻的事，恐怕也是你们城里人见所未见、闻所未闻的。——吴科员，哦，照规矩也应该叫他在我们冷板凳会里的雅号"羌江钓徒"了。羌江钓徒今晚上拈着阄，该他来摆龙门阵。他便这么说开了头。

　　说实在的，我们历来没有在这位"钓徒"身上寄多大的希望。因为他的身体不太好，说话有气无力，常常在他说话的中途，出现许多故障，不是咳嗽就是吐痰，或者要端起他那古色古香的陶茶盅轻轻地呷两口酽茶，然后喘几口气，做够了拂胸和深呼吸这种种过场，才能接着讲下去。平时他讲话尚且如此，如果让他摆起龙门阵来，该是故障丛生、难以为继的了。但是奇怪，在冷板凳会摆龙门阵和听龙门阵，好像是灵丹妙药一般，许多老病缠身的老家伙，竟然变得精神起来，一次也没有缺席，只要拈阄轮上了的，一个也没有称病不摆。而且一摆起来，也不像平常说话那样，咳嗽吐痰，故障丛生，而是一气说下去，越说越有精神。今天羌江钓徒正是这样，不要看他平时病蔫蔫的，轮到他摆龙门阵，却是那么虎虎有生气，大有滔滔不绝之势。于是大家不胜动容，肃然恭听他的龙门阵。他开始摆起来。

　　我摆的这个龙门阵是我亲眼所见，亲耳所闻，是实实在在的故事。我不如野狐禅师那样善于虚构，善于"冲壳子"，就是他说的，善于"艺术加工"，把眼看就要出纰漏、不能自圆其说的故事，硬是编得圆圆的，天衣无缝，把道听途说的野狐禅，抹上一层亮光光的油彩。你明知听了要上当，也不惜破费工夫听下去，甚至于还赔上叹息和眼泪。我可没有这种艺术。只能实打实地摆点事实，说不圆的就让它残缺不圆，记不清的就让它暂付阙如吧。

我起头就说过，我摆的是乡坝头的龙门阵，先向你们介绍一下乡下的环境，不把背景说清楚，说起这些故事来，你们会说，在文明的二十世纪的中华民国里，怎么会发生这种荒唐的事呢？

我们那个县是一个山区小县，我们那个乡场更是一个埋在深山里的小乡场，虽说有一条在乡下人看来已经够大的大河穿过那里，还是交通十分闭塞，社会不大开通。我从那里出来，听到人家摆一些事情，真叫我有《桃花源记》中说的"不知有汉，无论魏晋"的感觉。别的地方都进入到文明的二十世纪了，我们那里好像 还停留在皇帝老倌的大清一统天下里，一切风俗习惯还保留着前朝的遗风。没有一个人敢于去怀疑，甚至梦想去打破它。因为我们那里有一个精神上的皇帝，实实在在地统治着我们。这个人姓吴名廷臣。他是我们那里赶上大清帝国最后一次省城的会试中了举的吴举人，又是后来升格为我们山乡的政治、经济、文化领袖的吴老太爷，而且是维持我们一乡风俗礼教的吴氏大宗祠的族长，也就是我要摆的龙门阵里的中心人物。

吴廷臣——我们最好还是叫他的权力的象征的名字吴老太爷吧，身个不高，最多不过五尺。由于鸦片烟的浓缩作用，成为一个精瘦精瘦的样子。脸上一张黄皮，颈下几条青筋，手伸出来只见一双皮包骨头的干爪爪。但那一对眼睛却还保持着清亮有神，腿脚也还灵便。他的脑子里的状态我们虽然不得而知，但是从他说话办事的敏捷度看来，那里的机器是正在以飞快的速度，正常运转着的。有的人说他的脑筋是一块坚硬的花岗石，那是指他的思想的僵化和凝固程度而言的，而他自己却认为是在坚持创造一个"致君尧舜上，再使风俗淳"的吴家大湾。他正在致力于挽救这"人心不古、世风日下"的"颓风"。他认为在皇帝老倌统治下，先辈人创造和信守的一切典章制度、一切风俗习惯都是最好的。孔夫子一脉传下的儒家的伦理道德观念，思想行为规范，也都是最最好的。虽然这些早已渗进了道家的虚无和清静观念，以及佛家的一些善恶因果报应的观念。所有这一切就集中反映在北京有一个皇帝和三年一大比的科举制度。北京的宣统皇帝一下台（吴老太爷叫做"蒙尘"），科举制度一废除（吴老太爷说是毁了大典），一切都乱了套。一切罪恶、颓风和世道人心的混乱，都根源于此。所以他常常摇头晃脑地说教：要挽救这世道人心，只有一条办法："立正统！"但是宣统皇帝是确定无疑地下台了。张勋复辟，他很高兴了一阵子。就是袁世凯这个皇帝，在他看来，只算作是一个"赝品"，他也觉得总比没有皇帝的好，也准备去顶礼膜拜。但是都没有如愿。而他要以吴家大湾吴氏家族之力，举起勤王的义旗，明显是徒劳无功的。他也就只有摇头叹息的分了。但是他却在吴家大湾建立起封建正统的堤防，在他统治下的吴家大湾的老百姓，都得按传统的道德规范和风俗习惯来办。谁要违反，他就要举起礼教的鞭子，严厉惩罚。

他坚持在他的堂屋的神龛上供上"天地君亲师之神位"，在神位前还供着一个"当今皇帝万岁万岁万万岁"的万岁牌，虽然他早已不知道这位万岁爷到底是谁，只要有万岁牌就得到安慰了。隔些日子，他怕这个万岁牌蒙了尘，要斋戒沐浴后，把这个牌子请下来，刷洗得焕然一新。因为这是他的唯一的精神支柱。他对于"民国"深恶痛绝。他反对有的人家把堂屋神龛上供的"天地君亲师之神位"的牌子改为"天地国亲师之神位"，以"国"代"君"，连民国的年号他也痛恨。在人与人之间往来的文书契约上，因为要民国的官家承认才具有法律效力，他无法反对写上"中华民国××年"，但是在人与鬼神和与祖宗的往来中，在一切正式的祭祀大典上，比如老祖宗上供时烧的纸钱包袱上，他却坚持写上大清宣统××年。他有他的解释："在阴曹的祖宗，哪里知道人世已经反了正（这是他对'辛亥革命'的说法），不写上宣统年号，怕把钱汇到冥国去，祖宗收不到。"

他在他的堂屋的后房里，仍然保留着他的在皇帝统治下当过官的祖宗传下来"肃静"、"回避"的牌子，特别是那顶盖满红须须，顶镶蓝宝石，还拖着花翎的清朝官帽，更是奉之如神。就是那顶早已破烂的四人抬大官轿，也还放在地上。听说刚反正不久的那几年，他每年都要把这两块牌子、一顶帽子拿出来，晒一下太阳，洗刷干净，甚至把官轿也抬出来整修一番，似乎他随时准备听候皇帝的召唤，要使用这些东西一样。后来看来皇帝再登龙位是没有希望了，他不再每年举行一次清洗大典，可是他还恋恋不舍地独自一人到那间房里去，抚摸那些神圣的东西，发一阵呆，最后叹息一回才出来。

他反对一切新的玩意儿。洋布、洋纸、洋书、洋烟、洋油、洋灯……他都拒绝使用。他还是用他的土粗布和本地绸缎做衣服，用他的本地黄色土纸写文书，看古色古香的线装书，吸本地的叶子烟，点本地的桐油灯。只有一样他作了妥协，那就是洋火，因为用这种火柴点火，实在比用石镰和火石打火方便得多。还有一样，是他极其嗜好的，那就是鸦片烟，鸦片烟本来也是从外洋传进来的，但是他从来不承认鸦片烟是来源于外洋，因为他说他的祖辈人早已抽这种烟了，明明是祖辈传下来的国粹，怎么说是洋货呢？

至于办洋学堂，讲新学，他更认为这是亡国灭种之大患，是想叫堂堂炎黄子孙臣服于夷狄之邦的诡计。他虽然无力禁止乡政府奉命办起来的官立国民小学，也无法阻止他吴氏大族的子弟去上国民小学，去读"人，手，足，刀，尺，山，水，田，狗，牛，羊"和"大狗叫，小狗跳"这种无聊的国文课本。他却有权力限定他吴氏大族里有身份、有教养的子弟，一定要在他以族长名义用祠堂公产兴办在吴氏宗祠里的义学。他除了请两个"冬烘先生"来讲书外，还亲自去给装扮成小老头的孩子们摇头晃脑地讲《大学》和《中庸》，讲点"正心、修身、齐家、治国、平天下"以及"君君、臣臣、父父、子子"的伦常大道。我忝为吴氏的宗族子弟，就有幸或者不幸地被选进这个私塾去学习孔孟之道。我生性很笨，实在读不懂那些"子曰学而时习之，不亦说乎"的《论语》，"关关雎鸠，在河之洲"的《诗经》，"气之清，上浮者为天，气之浊，飞沉者为地"的《幼学琼林》，还有"天地玄黄，宇宙洪荒"的《千字文》和"赵钱孙李，周吴郑王"的《百家姓》，而一心向往那些"大狗叫，小狗跳"的新学。特别对于私塾先生手中的那根用紫荆竹做成、还故意留着节疤的教鞭望而生畏。我对于强迫自动伸出手去，让先生打手心，强迫自动搬去条凳，自动脱开裤子让先生打屁股，当然更不感兴趣。起初我尽力逃学，后来干脆要求开除，才算解脱了我的厄运。不过有一点，至今不能忘记的是私塾老师要求我们每天写十张大字、一张小字，让我学到了能够到这个县衙门里来混饭吃的誊抄功夫，得以追随诸公之后，吃点老爷们剩下的残羹冷炙，不致饿死。这恐怕倒是我要向我们的族长感恩戴德的。这个宗族的私塾办得怎么样，我不得而知，不过我后来在祠堂门口偷看过，似乎学生越来越少，最后只剩下三五个小老头，在那里一边打瞌睡，一边没精打采地念着"子曰"、"诗云"了。而这正就是吴老太爷认为"人心不古、世风日下"的确证。

不知怎么的，吴老太爷对于妇女的三从四德教育，有着特别大的兴趣。他像在汹汹的洪流中固守着最后一块没有被淹没的礁石那样，固守着妇女节操这一块最后的阵地。他坚守"女子无才便是德"这个信条，他并不主张女子上学，更不主张女子上新学。因为女子一上了学，便会懂事，便会胡思乱想。特别是上了新学，女子就会懂得"有女怀之"，小小年纪便春心大动，讲起"自由恋爱"来，怎么得了？那简直是西洋禽兽之邦的乱伦行为，斯可忍孰不可忍！但是他却偏偏又主张女子要认得几个字，以便于读《女儿经》，懂得三从四德的古训，特别要懂得女子要"从一而终"，信守贞操的古训。丈夫死了，只能一辈子守节，不得有再嫁的非分之想。那些保持贞节，至死不变的女人，受到他的极端尊敬，千方百计地要为这种女子立贞节牌坊。我们那个吴家大湾立的贞节牌坊最多，几乎走上一里两里路，就在大路上看到一个个用青石修起来的贞节牌坊，巍峨壮观。这可以算是我们吴家大湾的一景。至于那些守节不贞的寡妇，却要按他的宗族祖传的惩治办法惩办。那办法也是吴家的祖传大法。把奸夫淫妇弄到祠堂，裸体对绑起来，用鸳篼抬着游乡，受尽凌辱，然后在他们的背上绑上一个磨墩，弄到大河里去沉河。而且宣称，到了阴曹，还要被阎王送上刀山，送入火海，并且要受两个丈夫把女身各砍一半的极刑。好像他早已对阎王送去了照会，早已通知了女人的原夫一样。

于是我才亲眼得见下面要给你们摆的这两个龙门阵。一个是立贞节牌坊，一个是沉河。而两个龙门阵其实都是吴老太爷当了主角的一个悲剧，后来却又被老百姓转化为笑剧。

且说我们吴家大湾有一个寡妇，名叫王馥桂，但是在我们那里，按照族规和保甲的官家文书上写的只能叫她为吴王氏，这表示她是本姓王的女子嫁给了姓吴的男人当老婆。因此我们也叫她做吴王氏吧。吴王氏从小是一个标致和活泼的姑娘，聪明伶俐，会踢毽子，会唱山歌，更会绣一手好荷包和汗巾。本乡吴家大姓中有好些个青年，都一心想得到她绣的荷包和汗巾，也就是说想要讨她做老婆。其中最积极的头数一个人，这个人不是别人，正是我们的吴老太爷。吴老太爷那个时候很年轻，是一个倜傥风流的翩翩公子，又是个秀才。家里又颇有一些田产，所以在和其他姓吴的一些少爷比起来，他的条件最优越了。可惜有一个很大的不利条件，这就是吴老太爷——还是叫他当时当少爷的名字吴廷臣吧——已经娶了一门太太。吴廷臣想要离婚吧，当时还没有这种规矩，除非女的犯了"七出"之条，合该休妻。而吴廷臣的太太偏偏是上孝公婆，下敬丈夫，实在无疵可责。想要讨王馥桂当小老婆吧，照吴氏家规，除非太太不生儿，无人传宗接代，不然不能接姨太太。而吴廷臣的老婆却是一个、两个儿子直见生。这就使吴廷臣对王馥桂垂涎欲滴，却无法到口。天无绝人之路，吴廷臣到底还是想出办法来。明娶不行，可以暗通嘛。于是吴廷臣施展出公子的种种手段，到底还是把王馥桂搞到了手，干起偷鸡摸狗的勾当来。可是好景不常，王馥桂总不能在娘家当老闺女，到了岁数，总要嫁人。嫁了一个男人，吴廷臣和王馥桂的恩情就难以为继了。如果王馥桂嫁的男人是一个身强力壮的下力粗人，要是抓住了他们的苟且之事，是可以把吴廷臣活活打死，也不算犯法的。吴公子早已在脑子里算到了这一着，所以他就和王馥桂串通了，为了做长久的"露水夫妻"，由吴廷臣极力鼓动一个吴家大湾的有重病在身的少爷，讨王馥桂来冲喜，接着就有媒婆拿着王馥桂的"八字"到病少爷家里去对"八字"，接着又有算八字的瞎子出来证明，这两张"八字"相生不相克，是天生一对，抬王家姑娘到家一冲喜，准保少爷病就会大好。这一切都做得这么顺理成章，王馥桂又肯冒风险去冲喜，一说就成。吴家把王馥桂抬了过门。可是喜没有冲成，却冲成了丧，这家病少爷没有几个月就一命呜呼了。这都是命中注定的，媒婆概不负责，而算八字的瞎子也总有失算的时候，无可奈何。何况王馥桂又甘心当寡妇呢。这样一来，吴廷臣和王馥桂的恩情自然就不明不白地延续下去了，王馥桂也就以一个誓不再嫁的贞节寡妇受到乡里敬重。据说，这只是据说，吴廷臣也以一个提倡寡妇守节的卫道士闻名于乡里了。——这些事都是我小的时候在乡里听说的。后来吴廷臣已经发展为儿孙满堂的吴老太爷，而王馥桂也早已是老态龙钟的老太婆，有名的守节几十年的贞洁寡妇吴王氏了。吴老太爷更为诚笃地讲求礼教，对于守节女子更加崇敬。于是为守节烈妇立贞节牌坊，便成为吴老太爷晚年的光辉事业。他不特把他作为族长掌握的祠堂公产的大部分拿来从事这种事业，甚至把自己的家产的一部分也拿来充当修建牌坊的基金，在吴家大湾的重要通道上，这儿那儿立上这种用大的石块、石柱、石额坊、石斗拱、石脊、石檐建造起来的有几丈高和三座门的庞然大物，便是他维护道统的最牢固的藩篱。但是要在中间大门的额坊顶上树立起一块巨大的石碑，上刻贞节女人的姓名时，就不能没有衔头。光刻上"某某氏之贞节牌坊"是太不体面了。要请准一个这种衔头，在皇帝老倌还坐在龙位上的时候是并不难的，因为朝廷自来提倡守节。只要一批入了学当过官的有"功名"的老学究，联名向北京的礼部上一个报告，送一些贡奉，便可以得到礼部的批准，便可以在牌坊上刻镀金的"圣旨"两个字，并用镂刻的蟠龙拱卫着，其下便是"钦命×品诰命夫人××氏贞节牌坊"一行大字。这便是极其光荣的事，不特对于守节的寡妇是这样，一乡一族都认为是自己的最大光荣。如果没有那么大的面子，守节女人的后代并没有比较显赫的官职，请不准有品的诰命夫人的头衔，总可以请到"钦命孺人"的头衔。如果请不到皇帝老倌的"钦命"，能请到本省权力最高的藩台、巡抚、布政使司批准的孺人称号，也还是可以在一县、一乡、一地光荣一阵子的。

但是皇帝老倌退了龙位了，吴廷臣再没有机会考中进士，去做真正的朝廷大臣，只能以"举人"的身价在吴家大湾当老太爷。现在他要立贞节牌坊，不仅"圣旨钦命"请不到，连省级、道级、府级的"特命"也请不到，而他又不承认这个"民国"，不屑于去向民国的省政府请命。于是他想出一个变通办法，在石碑上刻成"待封孺人"，那就是说等待着皇帝的钦命，至于待得到待不到，就不用管了。反正"孺人"是做定了。吴老太爷玩的这一套把戏，的确在吴家大湾起了维护礼教的作用，真有那么一些寡妇，愿意忍受一身清苦，来博得立一个贞节牌坊的虚荣。因此我们那个地方，立志守节的寡妇最多。至于是不是真正的贞洁，这是一个很复杂而且不便于去检查的问题，只要吴老太爷认定的，便取得了生前或死后立贞节牌坊的资格。比如前面我提到的那个吴王氏，虽说年轻时候和那时叫吴大少爷现在叫吴老太爷的吴廷臣，颇有一些年头的暗地往来，但终于是守了一辈子的寡，所以吴老太爷还是努力要为吴王氏立一个贞节牌坊。这个时候，由于自然规律的淘汰，知道他们之间的暧昧关系的老人已经很少了，因此吴老太爷便可以为这个老太婆创造出许多动人的守节事迹来。于是在乡间树立为寡妇的模范。吴老太爷为了恢复闷名教，动员了一些寡妇去向这个模范寡妇请教，来坚定自己的节操。其中被动员去请教的寡妇中，有一个便是吴老太爷的女儿张吴氏。

张吴氏原名叫吴永洁，生长在礼教之家的吴老太爷的府上，年纪轻轻嫁到吴老太爷的世交张老爷家去，才不过一年多，丈夫便病死了。不消说，吴老太爷为了自家的门风，坚持要吴永洁一生守寡，不准再嫁。但是她才十八岁，实在年轻，想到自己还有长长的几十年，将在这种寂寞、孤独中生活下去，感到实在可怕，总有些不安心。回到吴老太爷家，也难免要出怨言，摔盆打碗，或者暗自啼哭。吴老太爷觉得自己的女儿就不听自己的礼教，没有坚贞守节的决心，很是担心。因此他去说动这一乡颇有名声的吴王氏，要她帮助自己教训女儿，给她谈守节的好处，立贞节牌坊的无上荣光。吴王氏，就是那个年轻时候和吴廷臣老太爷打得火热的王馥桂，感觉很奇怪。这位吴老太爷，似乎已经把他青年时代的孟浪行为，忘记得一干二净了，倒要她来帮助教训他的女儿、年轻的寡妇吴永洁了，真是滑稽！更叫她感到滑稽的是，还是这位吴老太爷，年轻时候，那么无情地破坏了她的贞操，现在老了，反倒来树立她作为守节的模范来了，那么煞有介事地为她奔走，要为她立一个大大的贞节牌坊。

"好的，叫吴永洁来吧。"吴王氏还是痛痛快快地答应了吴老太爷的嘱托。她自己心里想："我是要好好教训她一下的。"

吴永洁在吴老太爷的三催四催下，到底到了吴王氏的家里。吴永洁一进门，看到吴王氏一个人住在这么一座大屋子里，空荡荡的，这种空洞和寂寞，已经叫她害怕了。再看吴王氏成天无聊地坐在屋里，人不像人，鬼不像鬼，不知道怎么打发这一天天的日子过去。这样的生活还不如出家去做尼姑的好，尼姑总还有菩萨陪伴，总还可以敲木鱼、念经卷、数念珠打发日子嘛。吴永洁倒要听听这个守节的模范寡妇是怎么想的。

吴王氏一见到吴永洁那么年轻，那么活泼，那么匀称的身材，那么水灵灵的眼睛，马上回想自己的年轻时代。她只能想自己的命运的错误，年纪轻轻就被吴廷臣勾引上了，后来又误听他的怂恿，嫁到吴家去给一个病鬼去冲喜，结果落个守寡的下场。起初还有吴廷臣和她做露水夫妻，过几天快活日子。后来吴廷臣另有新欢，就再不理会她，叫她活守寡了。

就这么一混三十几年，忍受了孤独的痛苦，好容易熬了过来了。自己的身体已经像一段木头，变得麻木，自己的心已经像一潭死水，纹丝不动。到了晚年，自己最高的价值，就是给吴老太爷作维护礼教的工具，立贞节牌坊的偶像。她感到真是太可笑了。她想："生活既然这么嘲弄了我，我也要无情地嘲弄生活。"这自然不是她说的话，她也说不出这么文明的词来，但她的行动证明她的意思的确是这样的。所以后来干出了嘲弄生活，令人啼笑皆非，叫吴老太爷十分尴尬的事。

吴永洁去向她请教，她没有对吴永洁说多的话，只说了几句，然而就是这几句，已经够叫吴永洁大彻大悟的了。她对吴永洁说：

"你来看我，我有什么好看的？我不过是一块朽木，一堆死灰，一个没有埋的死人。我要告诉你的只有一句话：一个女人守节，实在是最痛苦的事，过这种日子，不如死了的好。你这么年纪轻轻，哪里找不到如意的人，为什么偏要为你爸爸去守活寡、受活罪？"

她从几十年的经验中得出的这个最后结论，使吴永洁开了脑筋，坚定了她要去过人的生活的意愿。她非常高兴，十分感动地握住吴王氏的手，流着眼泪说："你太好了，太感谢你给我指路了。"

吴永洁回到吴老太爷家里，精神愉快，笑容满面。吴老太爷真正相信吴王氏对自己女儿的教训起了作用。他要加紧把吴王氏的贞节牌坊树立起来。

不久，吴老太爷为吴王氏立的贞节牌坊已经快要完工了，上面赫赫刻着"待封孺人吴王氏之贞节牌坊"的石碑，已经立上去了。只等扫尾工程一完，就要举行盛大的揭碑典礼，这是吴氏宗族的一个大典，非同寻常的。

但是牌坊工程偏偏在这时候，出了一点事故，有一块檐石忽然从顶上掉了下来。这却是非同小可的事。按照我们那一方的礼俗，贞节牌坊是不能修倒塌的，连掉一块石头也不容许。因为据说这是神的谴责，证明这个女人不是贞洁的，所以立不起贞节牌坊来。不过要凡间的人来证明这个女人是贞洁的或不是贞洁的，是十分困难的，几乎是不可能的事。

但是事已至此，怎么来善其后呢？怎么来处理这样一个复杂的难题呢？不知道是哪一朝什么聪明的祖先人，想出了几个处理的办法来。一个办法是，为之立贞节牌坊的这个寡妇，只要一听说修建她的贞节牌坊的过程中出了事故，马上自己自杀，以表明自己的心迹，证明自己的确是一个贞洁女子。这就算是一个以死殉节的烈妇，是好样的。这样一来，牌坊准保立得起来。事实上在工匠的努力下，果然立了起来。这个寡妇就更是光荣了，虽然她已经无法享受这种光荣。

据说还有另外一种处理办法，就是出了工程事故后，如果有人认定，或者守节的寡妇本人自认，在年轻时候的确有过不规矩的行为或邪念，和某男子有过来往或对他有过向往，但是后来经过几十年守节的考验，这些都改正了。这样还够资格立贞节牌坊，不过要办一个手续。就是由这个寡妇自己用纸扎一个男人，如果有几个相好的男人，就扎几个男人，模样要尽量和有过的情人一样，由她用背篓背起来，送到牌坊下面烧了，表示绝了邪念。这样就可以得到神的谅解。神既然谅解了，人还有什么说的？贞节牌坊继续修建下去，再没有出事故，便算神的意志和人的愿望一致了，该立这个牌坊。

但是据说这样的做法是百无一例的。通常的情况是，寡妇一当有人提出疑义，或者修牌坊出了事故，寡妇自觉惭愧时，立刻自杀，以明心迹。于是牌坊还是太平无事地立了起来。却一直没有听说有什么寡妇敢于背一个纸男人去工地现场丢人现眼的。

现在为吴王氏立的贞节牌坊出了事故，掉下一块檐石来，怎么办呢？吴老太爷听到这个消息，大为震惊，十分不安。他暗地里向上苍默默祷告，要求赎罪。他说，苍天果然有眼，看到了他年轻时候和吴王氏的孟浪行为，记了一笔账，现在找他兑现来了。但是他不能承认这样的事，他是这一乡一族的精神领袖，是道统和礼教的护法神，如果他承认这样的事，他的一切精神支柱都崩溃了，便什么也完了。不，他简直不能相信这些孟浪行为是他吴老太爷干过的事，最好把它忘却干净，过去他便是这样做的。但是可怪，这次修贞节牌坊掉了石头，真像冥冥之中有个大神，用一块巨石压在他的头上来了。报应，报应！真是分毫不爽啊。他现在寄希望于吴王氏的良心觉醒，能够从她的贞节牌坊上掉檐石这个神的谴责面前知罪，赶快用自杀来掩盖，或者叫赎取自己的罪过，这是最理想的解决办法。

但是吴老太爷一直没有得到吴王氏自杀赎罪的消息。倒是听到多年来他没有听到过的对于吴王氏并不贞洁的唧唧喳喳的微言，并且据说吴王氏的不贞还和当时一位少爷有牵连。因此解决的办法只有由吴王氏自己用烧纸男人的办法来赎罪。吴老太爷变得胆战心惊起来，不知道神的不枉不纵的惩罚，什么时候将要落到他的头上来。

这种唧唧喳喳的小话，也传到吴王氏的耳朵里去，但是她却处之泰然。她根本没有想到要接收吴老太爷为她编织的光荣圈，也没有想到为了弥补这个光荣圈上的天然缺陷，毅然自杀，以获取烈妇的美名。她却老实地接受了传统的、但没有一个节妇敢于接受的办法，做一个情夫的纸人送到工地的牌坊下去烧毁。

她真的做了一个，并且认真地照年轻时候的翩翩公子吴廷臣的模样来做。她做好以后，放在那里看了好久，当时的生活情景，现在的道貌岸然的吴老太爷的形象，以及巍峨的贞节牌坊，她的光荣圈，交错地出现在她的眼前，她感到十分可笑。她并不感到有什么不光彩。

她毅然背起那个纸人走向贞节牌坊的工地去。一路上跟来了许多好事的青年。而老一辈的人却避开了她，不住地念"阿弥陀佛"，乞求神的宽恕。她并不感到羞耻，木然地走着，没有一点表情。她把纸人背到工地，卸了下来，无声地擦一根火柴，把纸人点着了，顷刻之间，化为灰烬。在她放下纸人的时候，她被许多青年围起来，指指画画，有人在说："啊，这个少爷真是漂亮呀。""你和这个野老公睡了几回呀？"有的甚至于追问她，要她说出这个纸人到底是谁。

她没有回答，她只有烧纸人的义务，却没有回答这个纸人是谁的义务。她一句话也没有说，像一个僵化的人，站起来走回家去了。她的这种行动，有的人说是无耻之极，有的人却说她勇敢得惊人。大家在工地一直嘲笑她，她却是尽情地嘲弄了生活本身，她感到很痛快，一出滑稽戏演完了，其余的让别人去演吧，她回家去了。

吴老太爷事后得知这个吴王氏在众目睽睽之下，到牌坊下烧了一个纸人。但是没有说出纸人是谁，他感到宽慰。不过现在想起来还有些后怕。后来虽然他听说有人指出那个纸人有点像吴老太爷，但是没有一个人敢于出来证明，年轻的一代无法知道那时的吴老太爷的模样，而年老的却不想去干遭天杀的缺德事。

吴王氏烧了纸人之后，牌坊果然立起来了，在她的头顶戴上了节妇的光荣圈，而吴老太爷又神气活现，做了一次礼教的卫护神。不久以前，我曾经回到吴家大湾去过，吴老太爷和吴王氏都早没了，但那贞节牌坊还结实地站在那里。这是后话。

且说吴老太爷为吴王氏立贞节牌坊后，他更带劲了。他下决心要在吴家大湾，在吴氏家族里，对一切伤天害理、违礼叛教的行为展开坚决的进攻。他现在对于"男女之大防"受到侵犯，"男女授受不亲"，女人要"行不动裙，笑不露齿"的这些古训几乎荡然无存，深感痛心。他特别看不惯男的女的在一起，嘻嘻哈哈，甚至推来挤去，搂搂抱抱，深恶痛绝。至于没有过门的女子或守寡的妇女，胆敢偷偷摸摸和男人胡混，那就是天理难容、族规不许的事，非得从严惩办不可了。于是就发生了他捉了一对奸夫淫妇拿去沉河的事。

吴老太爷有一个远房侄女，叫吴永芳，不守闺训，十八九岁年纪了，还常常出门去赶场上街，抛头露面，又喜欢涂脂抹粉，穿红着绿。那两只眼睛更是东瞧西望，惹人注目。还没说话，就笑得叽叽呷呷，深怕人家不知道她在眼前。吴老太爷看在眼里，心里想到几十年前的王馥桂，就是这样，招蜂引蝶，叫一群少爷疯狂追逐，使他也失魂落魄，干下有背礼教的事。这个吴永芳又是这路货色，迟早要做下有辱吴家族规的事来。他叫他手下两个帮闲的秋二，注意着点。这种秋二哥，在乡里游手好闲，靠当"帮帮匠"吃点欺头①过日子，平常没事还要惹是生非，唯恐天下不乱呢，何况吴老太爷有交代。果然过不几天，就兴冲冲地跑来向吴老太爷逗耳朵，说悄悄话，绘影绘声地说这个吴永芳和一个叫王三拐的青年眉来眼去，拉拉扯扯，说不定早就有了"那个"了。吴老太爷对于"那个"最敏感，是过来人嘛。这还得了！我吴家的闺女，被人"那个"了，非把这一对奸夫淫妇捉拿到不可，他叫这两个秋二留心着，捉奸要捉双嘛。

这两个秋二更是得意了，当了吴老太爷维持风化的耳目，现在进一步当了牛头马面了。但是他两个人下来一对口，其实不过是这一双男女青年在搞时新的"自由"，"那个"了没有，并没有确实证据，不过他两个知道，水不搅浑，是摸不到鱼的，他们向往欺头，不制造点事端，吃不到嘴。于是去鼓动那个王三拐，叫他大胆些，不要怕事，有他两个

_____

① 欺头：靠不正当手段占便宜的意思。

"贴起"呢。只要估倒她干了头一回，有一必有二，有二必有三，这一枝花才可以到手。这个王三拐，本来也只是一个浮浪子弟，也不懂得"自由"怎么个搞法，果然天天去拈花惹草，去撩拨那个吴永芳，不久果然到了手。两个秋二得了准信，赶忙去向吴老太爷报信。吴老太爷早就想在这吴家大湾整顿一下风纪，捉两个人来开刀，杀一儆百。他就叫这两个秋二去捉奸，趁这一双狗男女干苟且的勾当时，成双捉来。

这两个秋二耍了一点把戏，硬是混进王三拐的房里，把王三拐和吴永芳两个在床上按倒，赤条条地捆了起来。派人报信给吴老太爷，听候发落。吴老太爷听到把这两个狗男女在床上捉到了，狞笑一下说："好，照规矩办。"

我们吴氏家族从祖辈人传下来一个规矩，女人凡犯了族规，和人通奸，被双双捉住，照规矩就是沉河。不过沉河之前还要经过种种手续，然后明正典刑。吴老太爷叫两个秋二把这对男女赤条条地嘴对嘴捆了起来，用被单包了身子，叠放在一大鸳篼里，抬到吴氏宗祠里去，丢在石坝上。然后由族长吴老太爷召集吴家各户家长到祠堂里当着祖先的神主牌的面前开会。宣布吴永芳犯了族规。要她家和王三拐家拿出钱来，置办三牲八品，抬到祠堂，合族人向祖宗上供，由族长宣读了告祖宗的祭文。祭文里无非是说吴门不幸，出了妖孽，乱了族规，理当严惩。大家在族长带领下，祝告了天地和祖宗神灵后，吴老太爷庄严宣告："把奸夫淫妇拿去沉河！"

可怜这一对男女青年，不懂得怎么"搞自由"，糊里糊涂犯了族规，招来杀身之祸。他两个面对面赤条条捆在一起，虽是裹了被单，已是羞得无地自容，哪里还敢哭一声、哼一声，只有听候发落。大家用脚去踢一顿，吐一顿口水，羞辱一顿，才到了举行最后的大典沉河的时候。他们两个被抬到河边的船上，在他们的背上绑一个石头磨墩。等到半夜子时，由族长验明正身，把两个人连同磨墩，抛进河里，连泡泡都没有冒一个，便沉入河底了。于是沉河的传统典礼告成，吴老太爷高高兴兴地回家去了。

但是不是所有吴家大湾的人都高兴的，也不是吴氏宗族所有的人都高兴的。大家感觉到这到底太残酷了。何况时代的确变了，外面的自由之风，不管吴老太爷怎么封锁，还是传了进来。男女之间搞自由恋爱，为什么就是死罪？即使是婚前同居了也不至于犯了死罪呢！但是谁也不敢说，吴老太爷是这一湾的精神领袖；而这精神领袖又是建立在这一湾在经济上由他统管、政治上由他统领的基础上的，谁也把他莫奈何。

不过在这吴家大湾里，不信邪的人也有。头数几个"天不怕，地不怕，穿起草鞋就搬家"的当长工的青年。他们感到这个吴老太爷太专横，太顽固，总之，太可恶了。非得要整治他一下不可。他们并没有费很大的力气，就找到了一个"以其人之道，还治其人之身"的办法。

前面说过，想必你们还记得，吴老太爷有一个女儿名叫吴永洁的。吴永洁年纪轻轻，才十八岁就守了寡。吴老太爷要保持清白门风，坚决要他女儿守节，不准再嫁，给她许了一个贞节牌坊，扬名久远。但是这个女子太年轻，实在守不住。对于遥远的名声，没有兴趣，对于眼前身受的痛苦，却有切肤之痛。她想要出去到省城上学，重新找一个男人。可是吴老太爷坚决不准出去，这便断绝了她的出路了。

吴老太爷为了加强对于这个女儿的礼教教育，叫她去找正在为之立贞节牌坊的吴王氏，他以为吴王氏要保持立贞节牌坊的荣誉，会好好教训他的女儿。谁知道，前面已经说过，吴王氏不唯没有教育吴永洁坚守贞节，反倒告诉她年轻女子守节是最痛苦的事，劝她不要为了立贞节牌坊的虚名，一生受孤寂之苦。吴王氏的这一堂现身说法的教育，对吴永洁影响最大。她下定决心不再守节，她想远走高飞既然不可能，她就要在本地物色一个如意郎君，不顾她的老太爷的反对，造成既成事实再说。

正是吴老太爷叫两个秋二去把王三拐和吴永芳一对男女青年捉起来的时候，吴永洁已经在本地物色到一个如意人，一个姓吴的远房本家青年。他是一个破落了的书香之家的后代。他们在一次偶然的机会认识后，便一见如故，很快就打得火热，暗地里已经有了一些往来。本地有些青年是看出来了的，都替他们打掩护，觉得他们两个是理想的一对。在吴老太爷家里当长工的几个青年也知道这件事。他们对于这位寡妇小姐，敢于冒犯她家的家规，不怕族规的严厉惩罚，坚决不再守节，要自由地找一个如意男人，是表示同情的。对于她不顾一切的勇敢劲儿，甚至还有几分佩服。所以有时候那个远房姓吴的来这里找吴永洁，就是以到这里来找长工青年耍的名义，和吴永洁在长工房里幽会的。上上下下，可说就是瞒着吴老太爷和他的那两个包打听秋二。

吴永洁估量了形势，她要向她的父亲提出来和这个姓吴的远房青年结婚，必然要遭到最严厉的反对，特别是和本湾本族姓吴的青年结婚，那更是乱伦的事，大逆不道。本来出了五服的同姓是可以结婚的，但是吴老太爷决不能容忍同姓结婚。这样一来，吴老太爷虽然为了掩盖自己的家丑不外扬，不会把女儿怎么样，但肯定会千方百计地撵走这个远房青年，甚至于会搞死他。吴老太爷心黑手狠，是干得出来的，不然他怎么能在这吴家大湾成为太上皇？这样一来，摆在这一对青年男女面前的只有一条路，逃出去。不过也不简单，一来那个青年腰无分文，吴永洁不可能弄到很多钱。没有钱，他们的腿不长，飞不到好远，这样吴老太爷的腿长耳目灵，很容易把他们两个追回来。追回来后，估计吴老太爷倒不敢公开把他们两个绑起来，拿去祭祖宗，然后沉河。但可能把这个男青年害死，强迫吴永洁削发为尼，到尼姑庵去守一辈子的青灯。

　　正当他们两个谋划他们自己的事情的时候，发生了吴老太爷把王三拐和吴永芳捉来沉河的事。他们俩听到这个消息后，恨透了这个礼教的杀人恶魔，同时又害怕灾祸要落到他们两个人的头上来。

　　正在徬徨无计的时候，吴老太爷家里两三个长工青年来找那个远房青年商量来了。他们叽叽咕咕商量了半天，到底找到了一个很"绝"的办法。一方面达到了长工青年们想要狠狠地臊一下吴老太爷的皮，破一破他的礼教，一方面让这一对青年从此远走高飞，过好日子去。

　　这个远房姓吴的青年，很犹豫了一阵子，而且没有和吴永洁商量，不知道她肯不肯干。他说："你们倒是狠狠地臊了吴老太爷的皮，但是我们两个被绑起来，弄到祠堂去，丢人现眼，也太难堪了。"

　　一个叫吴二的长工青年说："那有什么？你们两个情投意合，自由恋爱，合情合理，大家都同情你们，赞助你们。我们都恨透了吴老太爷的那一套野蛮的族规，想打破它。你就是被绑在一起，也不算耻辱，却老实羞了吴老太爷，叫他当头挨了自己一棒。"

　　另一个长工青年说："你们被我们绑起来，是蒙住脑壳和身子的，谁也看不到你们，怕什么。我们不准哪一个来走近你们，欺侮你们。"

　　但是这个远房姓吴的青年还有顾虑，要是他们两个被绑着磨墩拿去沉河，绳子的活扣没有弄好，一下子真的两个都沉到河底去了呢，岂不淹死了？另外一个叫王三的长工青年说："决不会的。我们拴的活扣万无一失，一下水，磨墩就分家，掉进河底，你们两个就漂到船后去，我们有两个人在水里等你们，把你们送上一条等在后面的小船。"

看来青年们想的办法十分妥帖，远房姓吴的那个青年没有什么可说的了。但是他不知道吴永洁肯不肯照这个计策行事。他说他要去和吴永洁好好商量一下。

出乎这个青年的意外，吴永洁没有迟疑地同意这个逃走的计谋。甚至于她最后说："就是他们真的把我和你拿去沉了河，我也乐意和你一起去死。"这就说到极点了，那个男青年还有什么话好说呢。

这一场有趣的金蝉脱壳的好戏，就在那几个聪明的青年长工的精心策划和导演之下，一幕一幕地演出来了。

头一幕是那个叫吴二的长工青年紧紧张张的样子，跑到吴老太爷的上房去，对吴老太爷说："老太爷，有件事向你报告。"他卖关子似的不肯说了。

"你惊风火扯地跑来，有啥子事？"吴老太爷问。

"我不好说。"吴二故作神秘的样子，又纠正自己的话，"我不敢说。"

"有啥子不好说，不敢说？你说，我给你兜起。"吴老太爷还以为是什么扯皮的事。

"我说了，老太爷莫在意，是幺小姐的事。"

"幺小姐咋了？"老太爷不知道这个守寡的小女儿怎么样了。

"她犯了老太爷的律条了。"吴二终于说出口，"她跟远房那个老屋院子的吴……吴少爷……勾……勾起……"他用两个指头互相勾在一起。

"唉？"吴老太爷万没有想到吴二来向他报告的是这么一件事，关于小女儿的丑事。

"你胡说！"他怎么能相信自己这诗礼人家出这样有伤风化的丑事。

"都已经被捉双的捉到了，绑在一起，外面都已经闹喝了，呵吹连天的。"吴二客观地报告了情况。

"在哪里？"

"在那个吴少爷的屋里头。大家在吼，要严办，要沉河，说这是吴氏家族祖传的老规矩，是老太爷不久前还实行过的老规矩。"吴二好似老实反映大家的意见，其实都是他自己编的话。

"这还得了！你先去，我就来。"吴老太爷简直像被五雷轰顶，晕头转向。这个小寡妇怎么这样不要脸，背着他干这样丢人的事，又给人家捉住了呢？

"大家说，等你老人家来，不来不散。"吴二又威胁老太爷一句，才走开了。

怎么办呢？去，不好，不去，又不行。咋的偏偏在他才惩办了一对，自己的女儿竟敢来冒犯？他只好去看个究竟，叫两个秋二扶住，到老屋院子里。

他才跨进大门，果然围了一群人，在看稀奇，果然地上用被单捆住两个人。他不敢走拢去，示意一个秋二走拢去看个究竟。这个秋二挨大家靠近，从被单缝看进去，不错，是幺小姐，还有那个老屋院子的吴少爷。秋二回转来在老太爷耳边嘀咕两句，老太爷的脸色就变了。

一个青年对吴老太爷说："成双成对捉住了，老太爷看咋办？"

"要严办，沉河！"几个青年在嚷嚷，其中就有长工王三。

跟着还有起哄的、幸灾乐祸的声调："照老太爷的规矩办！"

形势是这样的逼人，老太爷连气都快喘不过来了。大家等着他发出他的权威命令，然而这是多么难出口哟。他在琢磨，幺女儿的丑事显然是真的，如果是被人无理捆绑，她在被单里听到她老太爷来了，岂有不叫喊的道理？现在这两个贱人一句话都不哼，是羞得无话可说了。真是两个该死的下流胚子，这个女儿哪里还能容得？他要不严办，以后的事，他还能说得起话吗？他的礼教的大防，不是要从他的小女儿这里打开缺口，一溃千里吗？他的权威和偶像岂不是都要垮塌下来，成为不值半文的一堆烂泥吗？……他的脑子以最高速度转了几个圈圈，接着他的眼睛向周围转了一圈，最后落到中间那个捆着的被单上去，闪出凶光来，但声音却小得几乎只有自己才听得到：

"照老规矩办！"

"照老规矩办！照老规矩办！"一片欢叫声。

吴老太爷被那两个秋二扶着回去，几乎连步子都踩不稳了，偏偏倒倒的。

第二幕戏的演出在下午。照上一次的老规矩，三牲八品抬到吴氏祠堂里去，捆着一对"奸夫淫妇"（青年们却不这么叫，是真正情投意合的好一对呀）抬到祠堂石坝上。合族的家长都来了，行礼如仪，念了告祖宗的祭文，宣告了惩办这一对男女的办法：沉河！

仪式完成，只等吴老太爷宣布，抬这对男女到大河边的船上去，等候半夜子时，绑上磨墩沉河了。但是吴老太爷颤巍巍地站在那里不动，他忽然宣布：

"抬回我家的堂屋去，我先要拿他们来家祭，晚上再抬到大河船上来。"

大家为这个意外的宣布吃惊，但是道理却是光明正大的，先抬回他家去，拿他们去办家祭嘛。于是第三幕戏的演出以前，插进了一幕过场戏。这对男女被抬进吴大老爷公馆里的堂屋去了，除了吴老太爷，两个秋二和长工青年，自然谁也无权跟着去看热闹。吴老太爷叫关起门来搞家祭。

一等大门关了，吴老太爷磨蹭到天黑都没有搞什么家祭。除开家里人，连长工也无权踏进他的堂屋了。

到底要捣什么鬼？长工青年们在议论，谁也猜不透。的确，吴老太爷的脑子的运转速度不是一般人能够跟得上的，脑子里转一圈便是一个主意，何况他今天在祠堂里脑子已经转了好几个圈圈了。

他偷偷把两个秋二叫来，如此这般吩咐一阵，叫他们轻手轻脚地从后门出去了。临出门时他再嘱咐："就说我有急事请她来。"接着他又悄悄说："把贱人关在黑屋里。装进袋子去的时候把两个人的嘴巴都塞上棉花。"

到了晚上二更过后，吴老太爷宣布家祭已经祭完，叫把两个捆在被单里的贱人抬到大河船上去，准备沉河。愿意来看热闹的人们都只能站在岸上，不准上船。今天吴老太爷却说他要亲自去船上坐镇，看来比上一次还要严重些，上一次他站在岸上，听到扑通一声，把人丢进大河，便回家了。

一切准备停当，只等半夜子时一刻，这最后一幕压轴戏就要演出了。船上的和岸上看热闹的人都耐心地等着。长工吴二、王三几个人是执行沉河的人，却并没有消停，把磨墩捆在被单包上，偷偷地把被单包上捆的绳子松开来，打成活扣，对磨墩也是一样。他们已经有两个人从舵后边下了水，吊在舵上，只等被沉河的人一下水，游到他们身边，便托着游走，到下边不远等着的小船边去托上小船，便万事大吉。

但是今晚上可怪，吴老太爷不仅上了大船，而且叫那两个秋二也在左右扶着他。吴二很担心，如果他要亲自来检查那被包绳，一提就会散包，磨墩也会分家了。这样就会现了相，一切计谋都会破灭了。这怎么办？虽然他们还可以等吴老太爷检查了，重新捆好，在放下水时，拉住活扣，叫磨墩不至于吊住被单包沉底。但是就怕吴老太爷叫那两个秋二来抬包和捆磨墩，他们就做不了手脚了。这就坏了。吴二失悔没有把这个关节考虑好，现在很被动了。

吴二、王三他们不希望出现的事情，偏偏出现了。吴老太爷很当一回事地走到船板边，对吴二说："时辰快到了，把捆的绳子都弄好。"然后对那一对捆着的男女说：

"你们记着，明年今天，是你们的周年祭日，我到河边来给你们烧纸，给你们做道场，莫要怨我。"

吴老太爷忽然对一个秋二说："你去看看，捆好没有？"

吴二的脑子里嗡的一声，坏了，这是经不起检查的呀。他迅速控住活扣，准备只让秋二检查其他的绳子捆得怎样。那个秋二正走到船板上来，还没有低下头去看，忽然"莫忙，莫忙，等到我……"一个女人的声音。她呼天抢地地向河岸奔来，后面跟了一大路人。站在岸边看热闹的，都回过头去，看发生了什么事情。一看，叫大家都惊呆了，来的女人不是别人，正是吴老太爷的幺女吴永洁呀。这是怎么一回事？她不是已经被捆在船上的那个被单包里准备沉河了吗？怎么忽然又从岸上喊叫着扑到船边来了呢？莫非是她的冤魂出了壳，显灵来了。在这半夜三更里，听起来也实在怕人得很呀。大家都恐惧地给这女人让开一条路。

这个女人奔到船边，还在大喊："莫忙，莫忙沉河，等我上来。"现在看得比较清楚了，正是吴老太爷的幺小姐吴永洁。这是怎么搞的？吴二和王三几个青年都看傻了。

吴永洁十分敏捷地跑过大船的跳板，到船板上来，一下扑到被单包上，对吴老太爷跪了下来，哭着哀告："爸爸呀，你放我跟着他一块儿去吧，我愿意和他一起去死！爸爸呀。"她大哭了起来。

这件事真是出乎大家的意外，都在岸边喧嚷了起来，连吴老太爷也感到意外了，虽然他的意外和别人的意外是不相同的。他的意外是他想："这个傻女子，我用掉包办法救了你，你不在家里待着，早来，迟不来，偏偏在这个节骨眼上跑来，往鬼门关里挤干啥?"

吴老太爷的确没有想到，这女子是这样的痴情。天黑以后，把她从被单包里拖出来，关进黑屋里，吴老太爷满心以为她的命被爸爸救了出来，会偷偷地藏在黑屋里不动，等他在河边办完了沉河的仪式，回来放她出来，连夜连晚送出吴家大湾，上省城去过日子。谁知道这个女子偏不领情，却在黑屋里又打又闹，终于把门撞开，跌跌撞撞地跑到大河边来，就是要和她的情人一块儿去死。你说这还有什么办法?

"贱骨头，你硬是要找死呀?"吴老太爷气得不得了。

"我愿意死，我愿意跟他去死……爸爸……"吴永洁死死哀求，又哭又闹，并且用手去撕那被单布，想钻进去的样子。

吴二和王三明白了，原来是吴老太爷在家里掉了包了。那么，这包里边是啥子人呢?为什么一点也不出声音?他们还一直以为里面包的是那位吴少爷和吴永洁这一对呢。他们两个知道一下水就会得救，从此远走高飞，过快活日子去，所以现在包在里边一直不出声音。现在包的是什么人?为什么就要拿去沉河了，还一声也不叫?

吴二把活扣一拉，被单包就散开了。啊，那两个人都满嘴塞着棉花，根本叫不出声来。吴二把他们嘴里的棉花扯了出来，那位吴少爷一下就把吴永洁拉住了:"永洁。"

"啊，我们一起死去吧。"吴永洁一把搂住自己的情人，再也不放手，呜呜地哭了起来。

从包里出来的另一个人，吴二、王三一看，啊，原来是才给她立了贞节牌坊的吴王氏这个老太婆。这是谁也想不到的事。

这个吴王氏并不显得激动，倒是十分冷淡的样子。吴老太爷见吴王氏被放出包来，扯去了口里的棉花，他下意识地把身子往后一缩，怕吴王氏来抓扯他。这老太婆却没有上前去抓扯，反倒很随便的样子，冷冷地说:

"你叫人来叫我去，说有要紧事要商量，我来了，你却不见，倒叫人把我抓起来，嘴里塞满棉花，不分青红皂白，估倒把我和这男人捆在一起，捆进被单包里。原来你是要我来给你的幺小姐当替死鬼呀。我一直在盘算，我就是死了，变成鬼了，也要来找你，算清今天这一笔账以后，还要算清过去的那笔账。没有想到，我活着就能和你算账，哈哈哈哈!"

这个老太婆开心地笑了起来，笑得那样的可怕，叫人听起来感到毛骨悚然。

吴老太爷简直吓得发了昏，簌簌地直见发抖。他没有想到今晚上在这么多人的面前，在女儿的面前，受到公众的审判，法官便是他的年轻时代的相好女人，不久前还为她立了贞节牌坊的女人吴王氏。他一句话也说不出来，跌坐在船板上。

吴王氏还是那么冷静，像检察官在读起诉书一般。她说：

"你满口的仁义道德，一肚子的男盗女娼。你不久前才把一对相好的青年沉了河。你现在又想把这个青年，你的女儿的情人，还搭上我，拿来沉河。你想一箭双雕，又救了你的女儿，又害死我，灭了我的口。谁晓得青天开了眼，硬是不饶你这种恶人，鬼使神差，叫你的女儿跑出来救了我。"

这个老太婆停下，喘了一口气，向黑暗的天空望了一眼，用手合掌祷告的样子，又继续她的控诉："你现在还想照你的老规矩，把这一对相好的青年沉河吗？那好呀。不过，你没有沉他们以前，先把你自己沉了河，把我和你捆在一起沉了河再说吧。哼，你以为给我修了贞节牌坊，你就把你的罪孽洗刷干净了？老天有眼，牌坊修不起来，掉了石头。我只好做一个像你的纸人拿去烧了。"

她用手向大家一扬，愤慨地说："你们都听到，都来作证，我背去烧的纸人就是他，吴廷臣大少爷。该沉河的是他和我，你们把我们两个捆起来沉河吧，我甘心陪他去见阎王，到那里打官司去！你们来呀，来捆呀。"

她的这一席话，把大家都听得呆了。一个人也没有出声音，只听到夜风在呼呼地吹，大河的水在咆哮着滚滚流去。还有吴永洁抱住她的情人的饮泣声。

吴王氏突然竭尽她的力气呼喊：

"你们来把我们捆起来吧，沉河！哈哈哈哈，沉河！"

大家没有动静，担心着，天是不是要塌下来，地会不会陷下去，大河会不会倒流。

吴王氏站起来动手去扯吴老太爷，叫："我们一起去死吧。在这阳世间打官司我打不赢你，到阎王那里和你打官司去吧。"吴老太爷木然不动，似乎也不害怕吴王氏来扯他去跳水了。但是他忽然感到血往头顶上一涌，一下昏倒了，再也不醒人事。

故事摆到这里算完了，下面的事无须多说了。什么？你们问那个吴老太爷怎么样了？我后来听说他被人抬回家里去，就犯了癫症，一天胡言乱语，总说那一对青年男女，王三拐和吴永芳来找他来了，他到处乱藏乱躲，碰得头破血流。过不多久，他一病不起，呜呼哀哉了。

你们还要问吴永洁后来怎么样了吗？还要问那个吴王氏后来怎么样了吗？

我先说吴王氏。她回去以后，要求推倒她的贞节牌坊，可是谁也不愿意把一个好好的工程推倒，她亲自拿棍子去打，拿刀去砍，也只砍出几道小口子，贞节牌坊还是岿然不动。她在那里向大家宣传，再不要守节了，寡妇的日子是最痛苦不过的日子。后来听说她吃斋念佛去了，说是要赎取自己的罪孽。

说到吴永洁和她的情人，那一对青年，就没有什么好说的了，他们在大家同意之下，结了婚了，不久他们都上省城去了。以后在哪里干什么，我也说不清了。

羌江钓徒摆完了他的龙门阵，大家很沉默了一阵，都不胜叹息。同时也叫大家吃惊的是，羌江钓徒平常是一个不善言辞的人，今天却摆得这么有声有色，从没有出过故障。

后来有人怀疑，怎么他知道得那么仔细？他说的那个"远房姓吴的青年"始终没有说出他的名字来，这里面有什么讲究？是不是就是他自己？他本来是姓吴呀。因此有好事之徒，故意问他：

"那个'姓吴的青年'到底是谁？他叫什么名字？后来到了省城干什么去了？"

羌江钓徒没有回答，只说："'远房姓吴的青年'就是吴老太爷的那个远房青年嘛，还能是谁？你问得未免太怪了。至于他的名字，我的确是记不起来了。"

后来有人出了一个主意，从旁边打听一下，看看他的夫人是不是曾经叫过吴永洁这个名字，就弄清楚了。

这办法果然灵。但是谁也没有再去问羌江钓徒关于"远房姓吴的青年"的事。

第七记

无是楼主：亲仇记

"我……我……我本来只……只是带耳朵来的。你……你……你们估倒要……要……要我也来摆……我……我……我是夹舌……舌……舌头，咋……咋个摆嘛！……"孙科员——哦，还是叫他无是楼主吧，这是冷板凳会中大家公认、孙科员自己也认账的雅号。无是楼主用他的夹舌头说话。他费了好大力气，颈子都憋红了，还是说不出话来。你看他那嘴巴尽管大张着，他那拳头捏得死死的，简直要捏出水来，接着他大张着爪子伸向颈项，似乎想要扒开自己的喉头，从那里挖出他的声音来。就这么花了两分钟之久，才说出来这么一句话。

大家都笑了。我们的确不知道，"拈阄儿"这玩意儿，冥冥之中，到底是谁在主宰，怎么偏偏轮到夹舌头无是楼主拈到了阄，该他来为今晚上的冷板凳会提供消遣的材料——龙门阵呢？

大家都知道，他是个有名的夹舌头，他这一生说的话，恐怕还没有我们冷板凳会上一个人一晚上讲的话那么多。有的人说，这都是由于他前世讲话讲得太多了，今世得的报应。这种科学论断，我们一时无暇去考证，只想到眼前的现实问题，到底怎么办呢？

这次拈阄儿不算数吧，不行。我们有约在先，谁拈到了，谁就得摆一个龙门阵。不然就开除会籍。硬要他摆吧，哪怕摆一个短的也罢，这不仅对于无是楼主本人是一种严重的惩罚，就是对于我们这些听众，无疑也是一场极大的灾难。看他那急得满头大汗、双手乱比画的样子，半天才逼出一个字来，不把我们也憋死了吗？

于是有的人想妥协了，说："算啰，算啰，跳过他去吧，另外请一个人来摆吧。"

大家点头，表示同意。

"不……不……不。归我……摆，我……摆……摆。"无是楼主急忙摆手，不同意大家的意见。

"你怎么摆得出来嘛。"

"我……我……我摆不出来，我……我……揣得有一个……一个……个龙门阵。你……你们拿去念……念吧。"无是楼主从他的怀里摸出一个本子来，郑重其事地放在茶桌上，把那卷了的书角压平。

我们几个人靠拢去看。这个本子面上是我们都熟悉的无是楼主的亲笔题字：《亲仇记》。我们随便翻翻，噗，好厚一本，全是密密麻麻的小字。翻开第一页，又看到无是楼主的亲笔题记。

原来无是楼主是一个有心人，他既参加了我们的冷板凳会，就信守冷板凳会的誓约，轮到谁，谁就得摆一个龙门阵。他早就做了准备，每次把他的这个抄本带在身上，以便拈到阄儿，就拿出来请人念。

好极了。我们把他交出来的抄本拿在手里，掂了一掂，重量不轻，按每页字数约计一下，怕有好几万字了。这个龙门阵就够我们冷板凳会念好多次了。恐怕归根到底，还是无是楼主对我们这个冷板凳会的贡献最大哩。

于是我们找几个人轮流地照这个抄本念，一字不漏。先念第一页上无是楼主亲笔写的《题记》，然后才是正文。

题　记

无是楼主

某君，姑隐其名，余之故交也。自金沙江畔归，寓我家，竟日作促膝谈，纵论天下形势，颇相得。某日，细声语我，将有远行。问将何之，笑而不答，唯将其旧作一本，交我保存。临别语我："此去道路阻长，战斗激烈，生死难卜。此本所记，虽不过悲欢离合之情，要亦社会相一角之写照也。敝帚自珍，古今皆然，幸为我藏之，不为鼠啮虫蠹之资足矣，非可以为外人道也。"余浏览一过，颇觉感人。因亲为装订，略加润色，矫正错字，并题名为《亲仇记》，藏之箧底。俟某君得胜归来，完璧归赵，想不以越俎代庖相讥也。

神州陆沉之年，风雨飘摇之夕，
记于靠山临江之城，周旋无地之室。

南方的雨。

南方雨季的雨。

南方雨季山林的雨。

下个不停的雨啊，弥弥蒙蒙，无边无际。像有个什么大力神，端起一个不知道有多么大的盆子，盛着五洲四海的水，顺着印度洋吹来的热风，向这深山、峡谷，葱茏的森林，无边的山野，汩汩的小溪，灰色的小镇，倾盆而下。不论白天或夜晚，老是这么下个不停，淅淅沥沥。屋后的芭蕉，小塘的荷叶，成天像擂鼓一般。街沿上的石头，似乎要被滴穿了。对于一个有着紧要事情急于赶路的旅客说来，就像每一滴雨都滴在他的心坎上一样，令人分外的焦躁、烦闷。不时走出旅店，站在檐下，望着那飞奔着的黑云，那呼啸着的山林，那神秘莫测的远方，那隐没在迷雾中的弯弯曲曲的路。心里问道：

这雨到底要下到哪一个世纪才停呢？

这已经是五年以前的事了。

我奉党的宁远工委之命，去向那金沙江畔的千山万水之间，寻找那支被敌人打散了久已失去联络的游击队。不管南方的雨季道路多么难行，要我尽快地完成这个任务。

我找好一个马帮，和他们一块儿出发了。起初我们走得相当顺利，顺着山路，一时徜徉于高山峻岭之间，一时游荡在深谷恶水之旁，每天按着规定的路程，天黑以前赶到了站口，歇宿在一个马店里。

那种马店，对于在这山区作长途旅行的旅客来说，就是天堂。当你在烈日的暴晒和蒸烤之下，在崎岖的山道上挣扎了一天；或者在泥泞的滑路上被瓢泼大雨饱浇了一天；或者一时是大太阳的蒸烤，转眼又是狂风暴雨的拷打，如此这般地又过了一天，当黄昏临近，拖着极度困乏的身躯，挣扎前进时，忽然看到了一天的终点，马店就在眼前，那不是天堂是什么？且看，太阳慢慢地落进群山之中去了，燃烧着的彩霞也暗淡下来，终于熄灭了，苍茫的暮色笼罩了山林。这时，就在那山脚下的小溪边，或者在那山顶的大路边，升起了诱惑人的炊烟，马店在望了。我们知道，在那里有虽然不很舒适但是尽够你扯伸了睡一大觉的板床，在那里有虽然不很丰盛却尽够你吃饱的热气腾腾的干饭和可口的又酸又辣的小菜。大半的时候，还能期望有浓烈得几乎不能入口的烧酒，你甘心醉死，也想去喝它几杯。还有豆腐干、盐黄豆甚至腌山鸡、酱兔子或熏火腿，帮你下酒，足够你排遣一天的疲劳和烦闷了。更有叫你一想起来就心向往之的夜话，一切旅途的疲劳和心头的烦闷，似乎都被雨季的倾盆大雨冲走，被金沙江河谷的热风卷走了。试想：大家随便坐在马店的小院里，有的人坐在小板凳上，慢悠悠地抽着呛人的叶子烟，有的人坐在木盆边用滚烫的热水洗脚，那么有兴致地翻弄他的厚脚掌，用小剪刀挑开小水泡或者剔掉干跰子。有些人围坐在一张小桌边，很有味道地在品尝新上市的嫩叶香茶。这时，不认识的人们互相认识了，马上就成为朋友，称兄道弟，递烟送茶，亲热地交谈起来。谈的都不是大人物关切的国家大事，而是下层受苦人的街谈巷议，俚语村言。信不信由你，他们从来不希望说服你，要你相信他说的都是确切的事实和不易的真理，他只想能叫你打发那睡前的闲暇时间，能叫你淡然地笑一笑，有助你消化饮食，正如摆在小桌上谁都可以舀一碗来喝的老鹰浓茶一样，也就行了。然而这是多么吸引人的闲谈呀，往往到了深夜，大家还不愿意散去。约好明天晚上到下一个站口继续摆谈下去。至于那村姑的无端的热情，那女主人炒菜的好本事，都是令人神往的。

所有这一切，当你还在途中作最后几里路的挣扎，一步一步走近遥遥在望的马店时，那真有说不出的高兴，使你鼓起最大的勇气，向那"天堂"走去。就是那背负着沉重包裹，无精打采走着的马群，也忽然变得精神起来，在山间暮色中，在那叮叮当当的马铃的有韵拍的回响中，脚步加快了，几乎是小跑起来，希望早点走进马店。那里一长溜的马槽中早已倒满了肥美的马草和干豆子，等待它们进去，一排排地客客气气地挨个儿站着，大咬大嚼起来。有的还高兴得像我们打哈哈一样地嘶叫几声，用来表示对于马店主人的招待的满意。

这看来像牧歌一般的生活，却并不能引起我的兴趣。我一路上和那些马帮的脚夫闲谈，希望从他们的口中打听出我要找寻的那支小小的游击队。但是没有一点着落，却又一路上碰着南方雨季的雨。马帮不能前进，只好住在途中的马店里，等候晴天再上路。可是这雨老是这么下着，一下就是几天。我想一个人冒雨前行，却被好心的马店伙计阻止住了。据他说要是不和马帮一块儿走，只身上路，说不定在哪里会碰到拦路抢劫。把你的东西拿了倒没有什么，要是一刀把你砍了，推下岩去，就谁也不知道你的下落了。他还列举了几件现成的例子，说得有鼻子有眼的，我不能不相信他的善意的忠告，于是只好这么呆在马店里等，等，等！真叫人烦闷死了。

但是那些赶马帮的脚夫却并不烦闷，他们已经习惯于这种艰苦的旅途生活了，心安理得地待在马店里等好天气。他们自有排遣时间的办法。打叶子牌，走象棋，甚至赌红宝，争输赢。其余的人就是摆龙门阵。我既不会打牌，也不会赌宝，走棋又感觉无味，就加入了摆龙门阵的一堆里去。从他们摆谈的那么多千奇百怪的故事中，我找到了极大的快乐。那惊人的情节，深刻的哲理，朴素的语言，生动的描述，那叫人笑得前俯后仰的趣话，那震动灵魂的悲哀和痛苦，都是使我永远不能忘怀的。特别是在夜晚，十来八个人围坐在火塘边，看着火塘里燃烧着的忽明忽灭的树疙苑，蹿着火苗，冒着青烟。火上面吊的鼎罐里开水正在咕噜着，好像也在埋怨马店外边下个不停的雨。这时候无论谁，随便开一个头，就像打开话语的闸门，细水长流，委婉有致地摆谈起来。我要不是有紧急任务在身，就这么跟着他们走下去，每天晚上听他们摆龙门阵，就是走一辈子，走到天涯海角，我也心甘情愿。

有一天夜晚，还是这样的雨夜，还是这么七八个人，还是围坐在忽明忽灭的火塘边，那开水鼎罐还是那么咕咕噜噜地埋怨着。可是，还没有一个人，来替我们打开话语的闸门。大家都沉默着，不说一句话，几乎都使劲地在抽自己的叶子烟斗，像要和它过不去似的。那呛人的烟子到处弥漫，这时马店外正下着雨，屋檐水滴滴答答，滴个不完。忽然，从马店外小街的那一头，传来呜呜呀呀的拉二胡的声音。这声音越来越近了，连这个拉二胡的人在那泥泞的小街上啪啪嗒嗒拖着走的脚步声也听得到了。这二胡的声音是这么的凄凉，如泣如诉，又像在诅咒。在这样的雨夜里，这样的山村小店里，叫我这么一个烦闷的远方客人听起来，想起"同是天涯沦落人"的诗句来，真是足够叫人落泪的。

我问："这是哪一个在拉二胡？"

"还是他。"一个马帮脚子对另外一个马帮脚子说，那一个马帮脚子点一下头，并且把头低下去了。

但是我还是不了解他们说的这个他，到底是谁，便问他们："他是谁?"

"你想知道他是谁，你就叫他进来，唱给你听吧。你只要管他今夜晚吃一顿饱饭就行了。"第三个马帮脚子向我建议说。

哦，原来是一个卖唱的。像这样到处漂泊，过着乞讨生活的穷苦人是很多的。几乎每一个小镇上都有。他无非是能够勉强合着嘶哑的二胡，唱一支通俗的小调，伸手向旅客讨一两个小钱罢了。我对于这样的流浪艺人，并没有太大的兴趣，没有打算去请他进来唱一段的意思。

"这一个不一样。"第一个马帮脚子似乎猜到了我的意思，企图说服我，"他有一段伤心事，说来包叫你落泪。"

"是呀。"第二个马帮脚子附和着，"我们听了两三遍了，还想听。"

"好，那就请他进来唱给我们听一听吧。"我为了不扫大家的兴，表示同意。

第三个马帮脚子似乎早已做好准备，一听我说请，他的脚已经到了马店的门口。过了不一会儿，就带着一个老人进来了。看来他不是第一次走进这个马店来，他很熟悉地走近火塘，并且不用我请，就坐在火塘边一条条凳上了。

在半明半暗的火光中，我看一下这个老人。我简直没有办法来描绘他的模样。通常描写一个穷而无告的乡下孤老头子的那些语言，自然在他的身上都是用得上的。那枯草般的乱发，那大半世的风霜在他的额上和脸上刻上的无数皱纹，那总是饱含着凄苦泪水的双眼，那一双枯藤般的手，那褴褛的衣服等等。但是，我从这个老人的身上却看到另外的许多东西。他那头发是枯萎发白了，却是那么倔犟地向上直立着。他的脸上是有无数的皱纹，可是并不掩盖他那古铜色的面色，和那像粗粝的刀砍削出来的有棱有角的双颊。他的双眼中是满含着泪水的，可是从泪水中却闪射出灼人的火焰。不是哀怨，而是愤恨。那张嘴巴紧闭着，嘴唇像是用坚硬的石头雕成的，你可以期待从那里面发出来的声音，是绝不可能有向别人乞讨怜悯的成分的。他那褴褛的衣服还掩盖不住那久经日晒雨淋的宽阔的臂膀和直直的脊背。从这一切，使我理解到，无论什么样的痛苦和打击，是压不弯他的腰杆的。他是那么顽强地要和自己的命运进行搏斗，要在风里雨里挣扎着活下去。他的眼里在盼望着什么，期待着什么。但是从那迷茫的眼神，可以看出他也不知道他到底盼望的是什么，期待的是什么。

一杯浓茶递到他的手里，他不客气地接过去，一连呷了几口，放在火塘边。拿起二胡来开始低头调弦。弦调好了，他抬起头来，用指头随便在弦上试拨几下，发出铿锵的声音。这声音似乎就引发了他的感情，在脸上的皱纹中开始凝结，并且从眼光中闪射出来，悲痛掺和着愤恨，然而找不到哀伤的踪迹。

弦调好了，他好像已经习惯于不必征求旅客的意见，就侧着头开始拉起他的二胡来。原来他拉的是他的长篇弹唱中的一支序曲。我的音乐知识很浅，除开在白居易的《琵琶行》中看到过关于浔阳江头那个天涯沦落妇人弹琵琶的描写外，也没有读过别的关于描写乐曲的作品。对于这个流浪艺人拉的二胡，我是无法加以描绘的。但是他拉的曲子却把我深深地打动了，也包括在座的这几个已经听过他弹唱的受苦人。而且，本来在另外的茶座上喝着闲茶的人，正在油灯下的棋盘上酣战的棋友，甚至正在廊檐边收拾马具的马夫，都被他的曲子吸引过来，把他围着，听他拉下去，没有一个人说话。那曲子从低沉的、平缓的、有几分沙哑的调子开始，仿佛像在这一带常见的深山峡谷中，一股并不充沛的溪流，从不光滑的浅浅的河床上流过。曲子接着激荡起来，并且越来越响，越来越快，越来越显得高低反差强烈。就像那条溪流已经流到更为狭窄又比较陡峻的河床上，溪流在两岸花岗石上冲撞激荡，接着就冲进满川堆塞着大石头的峡谷里去。有的是在乱石缝中迂回曲折、呜呜咽咽哭着，正在寻找出路的细流；有的是从壁立的危岩下或擎天的石峡中奔腾叫啸而下的激流；也有的是拼着全身力气向排列在河床上的狼牙石山拼命撞去的巨浪，甘心情愿粉身碎骨，哗哗啦啦散落在青苔上，化成白色的飞沫。曲子又走进平缓的抒情诗中去了，那么浅唱低吟、委婉有致，那么峰回路转、引人入胜，那么叫人荡气回肠。声音细得几乎听不到了，若断还续，似无却有，好像溪水已经流入地下去变成潜流了。忽然，轰然一声，石破天惊，乱云飞驰，像把黄河水抬到天上，一下倾倒下来，又像那地下潜流忽然从岩缝里飞奔出来，以万钧之力，浩浩荡荡，倾泻入一个几十丈深的黑龙潭中去了。多么痛快，多么气概！我们正大张着眼，望着他那麻灰色的一头乱发，正疯狂地颤动，他那手指上上下下飞快地按着弦索。忽然他把拉弓一抽，戛然而止，声息全无。他把脸抬了起来，眼睛并不望着我们，而是望着周围的黑暗，望着远处，好像看到了遥远的他所渴望看到的什么地方，那么光明，那么漂亮，从山穷水尽疑无路的地方，走到了柳暗花明又一村。他凝然不动，也不说一句话。

我们也一样，谁也不说一句话，呆望着他那麻木的平板的脸，又顺着他那眼光望过去，好像也想分享那他已经看到了光明的快乐。但是我们什么也没有望见，只是一片黑暗。什么悦耳的音乐也没有听到，只听到屋檐下滴滴答答令人烦闷的雨声，那马棚中夜马在咬草和喷鼻的声音。

有一个人把一杯水送到他的手里。看来是想叫他润一下喉头，准备接着听他的说唱了，下面才是故事的正文。

还是鼓动我去叫老人进来的那个马帮脚子在我耳边说："你还想要听他的说唱吗？就这么边拉边唱。不过，那要三几个晚上才说唱得完咧。"

这当然是不行的。因为听马帮的人说，明天我们可能要上路，至迟后天就要动身走了。一个故事只听了半截，那是最不愉快的事。不如改一个方式，请他在今天晚上，简单地把他的故事用说话的方式讲完。明后天如果不走，再请他来细细地边拉边唱给我们听。

那个马帮脚子看来和这个老艺人已经搞熟了，他去和老人嘀咕了几句，老人就同意了。他先讲个大概，有工夫的时候，再细细地拉唱。

他开始讲起来了。说的是只讲一个大概，但是我听起来，却是这样的细致，这样的曲折，引人入胜，这样令人感动，以至我下决心要记住他讲的一切。可惜我不是像他那样身历其境的当事人，那些惊心动魄的事情，那些生动感人的细节，那些精彩的形象化的语言，我都记不清楚。更可惜的我不是一个文学家，也从来没有打算当一个文学家，我无法把这些都准确地记录下来。

原来计划只讲一个晚上的，谁知道一讲开了，他也收不住，一直讲到了深夜，据他说，才讲了不过一半。连我在内，大家都打消了明天上路的打算，决心留下一天，听他把故事讲完，后天才出发。

时间已经过去了五年多，这个故事还一直萦绕在我的脑际。说这个故事的人，名叫王国柱。当然，王国柱是他后来起的大名，他原来只有一个小名叫铁柱。铁柱虽说后来和我有多次的接触，我却再也没有勇气叫他把自己过去的辛酸，重新拿出来，咀嚼给我们看看。因此，我现在在这个山城里坐着等长途汽车，百无聊赖的时候，忽然想起这个故事来。于是拿起了笔杆子，想把这个故事写出一个梗概来。

将来如果有个什么有心的作家，忽然从什么废纸堆里发现了这个故事梗概，把它加以发挥，使它变成一个劝善罚恶的"善书"，起一点随便什么样的作用，那恐怕已是我的非分奢望了。

1

六月的早晨，金沙江畔特有的晴天，湛蓝的透明的天幕笼盖着这南方的山山岭岭。在清晨，寥落的晨星隐没进蓝色天幕里去后，在天边东一块西一块地飘浮着淡淡的云。可是太阳一爬上东岭，那些云块被烧得发红发紫，不多一会儿，就融进蓝天里去，无影无踪了。万里无云的晴空里，只挂一个火红的太阳，炙烤着南云村和它周围的田坝和山岭。太阳越升高，气温也跟着升高，烤得叫大地喘不过气来。那山村里用红色泥土筑成的土屋，就像一座一座的火炉，散发出蒸腾的热气。村子里没有一点生气。通常唧唧喳喳飞来飞去的麻雀都躲进树荫里去蛰伏起来。连跑来跑去的狗也只好趴在树荫下，伸出长舌头来不住喘气。没有一点风。村口的向日葵低着头，无精打采地站着，叶子蔫索索的。一片沉寂，只有蝉子在此起彼落地竭力嘶叫，使人感觉更沉寂，更闷热。山上本来遍布着翠绿的马尾松林，现在也显得灰暗了。一周围田坝里的庄稼都萎黄了。有的已经像枯草一样，一把火就可以点着。在田野里，这儿那儿，穿着褴褛衣服、戴着破草帽的男男女女，顶着大太阳，踏着木头水车，从小沟里车水。可是不管怎么车水，田里的龟裂口子一天一天在扩大，小沟里的水也眼见得快干了。他们仍在做无望的挣扎，踏着水车，车着，车着……

这里有三十几天没有见一滴雨，连云也很少见，就是一个赛一个的大太阳挂在天上。天大旱了，一场灾难眼见逼近南云村来了。

怎么办呢？

地主老爷们除开因为天热，身体感觉不舒服，要寻找阴凉地方摆上躺椅，喝茶乘凉外，并不发愁。反正土地都租出去给穷庄稼汉们耕种去了。在租约上白纸黑字写着"不管天干水涝,如数交租"。他们尽可以等着收他们的"铁板租"。不肯交租或者交不起租的,自然有官家的王法管着。那监狱、那乡丁、那种种刑具都是现成的,还有保长、乡长坐在村公所、乡公所里,还有县太爷坐在县衙门的大堂上,等着问案子哩。

穷佃户们看着烧焦的大地,望着火辣辣的晴天,只有叹息和祈祷。当然也有细声咒骂一句"天杀人"的。有不信邪的青年们,把天旱怪罪在龙王庙里坦然坐着的龙王爷,说:"我们出了这么多钱给你盖庙子,塑金身,逢年过节上供,到了这么天干的时节,你都不肯吐出水来救人。"冒失的年轻汉子们就约好,到龙王庙里把龙王爷抬出来游乡示众,叫它和大家一块儿来晒晒毒太阳,看它恼火不恼火。但是龙王爷似乎也很少反应,连眉头都不皱一下,只是肩上的金漆晒脱,木头开了小裂纹了。

这时掌管这一方风水的阴阳先生为了维护神道,出来干涉了。请掌握这一方实权的保长出来制止青年们的胡闹。把龙王爷又抬回龙王庙,让它老人家在阴凉的大殿上歇凉。怎么办的问题还是没有解决。

有一把年纪的老年人出来说话了。根据过去他们的规矩,要解决干旱的问题,只有游水龙。办法是用麦秸扎成龙头、龙身和龙尾,用布条连接起来,这就叫旱龙。找几个青年把旱龙举起,到附近深谷里的乌黑的深水潭边去请水龙王。老人们带着保长和老百姓一块儿去。经过请来的法师在那里叩头作揖,烧香烛纸钱,嘴里念念有词,终于把在深潭里潜伏的水龙王请了出来,依附在草把旱龙上,然后由青年们举起龙神,一个村一个村地游下去。无论到了哪一家,都要把家里所有的水挑出来,一桶一桶地泼在水龙身上,自然也就泼在举水龙的青年们的身上。据说这样,龙神感动了,就会去东海请示它的老祖宗龙王爷,兴风布云,降下雨水来。

这个办法灵不灵?据老人们说:"诚则灵!"献的水多就灵。这么说来,如果老天不落雨,都怪你们老百姓不诚心,都怪你们老百姓献的水少了。而这个诚心是无法用秤来称的,献的水也是无法用升斗来量的。

游水龙其实只是浪费一些水,对抗旱毫无作用。但是对于青年,却把它当做一个有趣味的游艺节目。举着水龙,到这个院子、那个地坝,接受一场凉水的洗礼,在这么炎热的夏天,是最舒服不过的事了。许多青年都争着要去参加。谁能抢到玩龙头或者玩龙尾,更是莫大的幸运。

因为玩龙头玩龙尾的人，不但会受到更多的凉水的倾注，而且认为这是最英雄的，会受到青年们的崇拜。连那些闺女们，也往往要多看他们几眼。玩龙头的青年正在上下左右挥舞着龙头。在龙头的带动下，后面玩龙身龙尾的就跟着他上下左右地不停滚动，真像一条活龙在纷纷的水珠的闪光中，游动起来。那龙尾巴更是大幅度地左右摆动，真是龙头摇一尺，龙尾摆一丈。玩龙尾的青年充分表现出他那轻巧跳动的身段。"哈，你看那玩头的多么有力呀！""嘿，那玩龙尾的才真像在飞哩！"这样的赞扬，无论谁听了都是高兴的。

用瓢舀起水来，向龙头、龙身、龙尾泼去，特别是向玩水龙的青年人身上泼去，这是一周围的人的义务。水泼得越多越好。向人身泼得越准越叫大家喝彩。向他们的光光的古铜色的胸膛泼去，向背脊上泼去，都不算功夫，要泼向他们的头、脸、眼睛、嘴巴，特别倒灌向鼻子，叫受泼的人张不开眼，喘不过气，那才是功夫哩。泼水又是百无禁忌的，男女老少都可以泼，而且应该参加泼水。连那些大姑娘，平常时候，正眼平视一下那些英俊的小伙子也会不好意思，现在却是冲破了礼教的罗网，可以笑着、叫着，跟着舞动水龙的小伙子，向他们的身上泼水。而小伙子们谁受到更多姑娘的泼水，无疑是最受大家羡慕的了。

游水龙，这倒不像是在天旱的灾难面前，向龙王乞讨怜悯的悲哀的仪式，而的的确确反倒变成一村男女青年联欢的盛大节日了。

2

南云村今年碰到了空前的大旱，经过风俗老人的提议，保长和地主老爷的恩准，也举行向龙王爷乞讨雨水的仪式——游水龙。青年们也跃跃欲试地等待着即将到来的欢乐节日。

谁来担任玩水龙的角色？谁玩龙头，谁玩龙尾，在别的村子里也许还会争论一番，在南云村却可以说是早已成为定论的了。谁玩龙尾？当然是一蹦三丈高的孙家的三娃儿外号孙猴子的了。谁玩龙头？当然是铁柱嘛。

铁柱是谁？

铁柱就是铁柱嘛。他今年才二十岁，一个铁实的年轻汉子，长得十分标致。粗看过去，他那一头无论怎么剃除，总是顽固地生长出来并且挺立着的黑油油的头发，那滚圆的背膀，那像用古铜雕刻出来的有力的臂膊，那从破布白汗衫透出来的凸出的胸脯，那用腰带扎得结结实实的腰杆，当然还有两条粗壮的大腿配上一双大得出奇、拇指紧扣在地上的赤脚，你不能不得出这样一个印象，真像一根铁柱挺立在这地球上了。甚至可以说，他站在那里，就像是用生铁浇铸在那里的一根铁柱一样。

可是出奇得很，当我们从他的粗壮的背影望过去，正期待着他一车转身，我们马上看到一个宽大的、粗糙的、横眉立眼、大鼻梁下有一张紧紧闭着的大嘴巴这样的脸盘的时候，他却把一副那么秀气的脸盘呈现在我们面前了。那弯弯的舒展的眉毛，使你无从找到一点愁闷的踪迹；那不太大却十分明亮的眼睛中，荡漾着一池清波，在清波上明显地飘荡着智慧和聪明；那周正的通天鼻子下面，有一张并不太大的嘴巴，那两片薄薄的嘴唇似乎从来没有闭过，嘴角老向上弯着，总是那么要说不说、要笑不笑的神情。你不会相信从那个嘴巴里能吐出什么粗野的话来。谁也不能想象，这么一副秀气的脸却偏偏长在那么一个粗壮的身躯上。更叫人不能想象的是这么一个秀才模样的人物，阴差阳错，偏偏降生在一个十分贫苦的农民家庭里，又配上这么一个五大三粗的粗夯身子。

是的，铁柱就是降生在一个贫苦农民家庭里。当他降生的时候，他的妈妈想找一块囫囵布来包他那个才出世的光光的身体都办不到。然而他还是无病无痛地成长起来了。不到十岁，他就被送进本乡大财主孙怀玖家里当放牛娃儿了。人家说他是生就的机灵，其实是由于他特别的好学好问。当他才长成一个半大个子，已经和长工们一起在田里干老把式们才能干的活路了。才不过二十岁，就是我们现在看到的这个铁柱，已经被提升起来当了长工的领班。他不仅把各种复杂的作物栽培技术掌握了，而且能领着大家有条不紊地安排一年四季的农活。他很得孙大老爷的赏识，向他许下了许多美妙的前程。比如给他讨一个能干的媳妇，给他十亩八亩上好的田地，叫他当一个体面的佃户，生男育女，过个安稳日子，如此等等。铁柱这时候还没有想到这些，而且也并不那么相信财主老爷的甜言蜜语，天下哪里有不吃人的狼？他亲眼得见有两个当过领班的长工，也就是他的师傅，落得的悲惨下场。一个叫石贵的老长工，因为年纪老了，一生的精力都被财主榨干以后，在一个大年三十晚上团年的时候，被孙怀玖打发走了，只好到村头野庙里去过残年。另一个叫牛囤的长工，因为抬石头闪了腰杆，再也直不起身子来干活路，结果也被孙怀玖随手给几个药钱，就开销掉了。铁柱为这事想过很多很多，没有找到任何答案。他又不甘心听孙大老爷家里的管事先生孙二爷说的，一切都是命里注定这种混账话。他就去翻看那个已经走了的老长工石贵师傅留下来的几本小书，一本"善书"和几本唱本。这些书当然也不会告诉他什么道理。反正现在他正是在红火的年纪，又受着不特孙财主家里的长工们、而且这孙家湾和南云村里的青年长工们的崇拜，也就心满意足了。

他的力气大。在这一湾湾里，不管是扳手劲，摔跤子，没有一个青年赛得过他。有一回两个青年打起架来，大家劝解不开，他上去把两个青年拦腰抱住，举了起来，像一把铁钳子把他们紧紧钳住，叫他们气都喘不出来了。他要他们两个都告饶，再也不打架了，否则把他们的肋巴骨挤断，还要摔到地上摔成八瓣儿。那两个青年只好告饶了。就是赌吃东西，这一湾湾里也没有人赶得过他。有一回人家赌他二斤挂面、一斤肉，他一气吃下去，还喝了一大碗凉水解渴。

但是铁柱的这些都不是受到青年们崇拜的真正原因，真正的原因还是铁柱是带着这一湾青年们玩耍的头儿。在这山区的乡下，闭塞得很，不要说看戏看电影，就是那牵着一个瘦猴儿来要猴戏的，或者一个老头儿带两个女徒弟来游乡卖唱的，也是许多年轮不到一次。说到文化，只有孙大老爷和他家那个流清鼻龙的小少爷才有资格享受。还有管事的二爷，沾了一点文化气气，也只能记个账，写个借约或卖田的契约什么的。这一村的文化权威要数村头那位私塾老师了，那是一位穿得古色古香，装模作样地大声咳着嗽，竭力把自己装扮成一个有几分价值的老古董。但从他那里能够听到的只有"子曰诗云"那些玩意儿。铁柱这般青年看了他都会恶心，哪有心肠向他去学习文化？但是这个村子里有一个人，却成了一般做活路的青年们的文化老师。这就是孙大老爷家的老长工领班王万山。铁柱就是向他学的农活本事，也就是接的他的班。王万山还是铁柱的文化老师。

王万山是什么时候在什么地方学过一点文化的，谁也说不清楚。铁柱一到孙家这个财主家来干活儿，最使他惊奇的就是在长工屋里这位长工领班的床边竹席下发现了几本小书。而且大家特别高兴的事就是晚上睡觉以前，趁用热水洗脚的工夫，听王万山在摇曳如豆的桐油灯下念他的小本本。那是从镇上买来的小唱本。他念了一段，又细声唱几句，叫大家听得入了迷；虽说大家已经累得不行，而且管事孙二爷也老吆喝着："为啥子还不吹灯？"大家还是要听到一个段落，才肯吹灯上床。最入迷的就是铁柱。他拿着那些小本本，翻来翻去，他知道那里面有非常有趣的故事，他却念不出来，非常抱歉，也非常羡慕他的老师。于是他下决心向王万山师傅学认字。他真是专心得很，就是在田里做活路的休息时间，他都要用根树枝在地上画来画去。才不过一年多，他就把唱本上的字都认得了，他也可以去镇上买新的唱本来念给大家听了。这对他来说，简直像打开了一个新的世界，他随便到哪里，就留心收集一些小书来读，连陈年的旧报和皇历也不放过。慢慢地他也可以歪歪扭扭地写些顺口溜儿，来表达自己的心思。

这真像长了新的翅膀，他来了一个飞跃。逢年过节，无论青年们组织锣鼓班子，或者是玩车灯彩船，都非得请铁柱出来提调大家不可。大家都喜欢听铁柱唱他新编的唱词。至于舞狮子，玩龙灯，也是非他出来承头不行的。而且他是一个身体十分矫健的人，在狮子面前打滚蹦跳玩彩球的人，非他担任不行。玩龙灯要讲舞得好看，也非得要他玩龙头不行。只要他当龙头舞起来，那一条龙在空中左右游动，或者在地上打滚，把人眼都看得缭乱了。在乡下玩龙灯，是兴放竹筒花的。竹筒花就是用一截有节疤的斑竹筒灌进火药和铁屑，筑得实实在在的，用黄泥封起来，在竹节的那一头开一个小孔，装上火药引线，把竹筒花拿在手里，点着引线，便从小孔喷出火花，射得老高，像一棵开银花的火树。乡下的习惯，逢年过节玩龙灯，就要对着打着赤膊玩龙灯的小伙子身上喷射竹筒花，一根火红的火柱对着青年的背上射去，滚烫的火星满身乱翻滚，谁受得住，谁便是英雄。南云村里玩龙灯，要讲背得起竹筒花的头数铁柱。背竹筒花最多的是玩龙尾的，因此大家就要他玩尾儿。你看那竹筒对着他那光着的背心放出一股股火红的铁花，丝丝吼着，真也够叫人惊心动魄的了。可是他沉着地在石地坝里举着龙尾巴转着，接受火的洗礼和许多青年大声的喝彩，以至那些女娃儿们也在半明半暗中恣意地笑着，暗地为他喝彩。

3

现在南云村因为天干，要玩水龙了。玩头儿的离开铁柱，还能有谁呢？这样想着的不仅是和铁柱相熟的一般青年，还有一个在铁柱的心里已经占了位置的青年女娃儿。这个人就是孙大老爷家的孙小芬小姐。

孙小芬在名义上是孙大老爷家里的一个小姐，可是实际上却是孙大老爷家的一个丫头。怎么说是小姐又是丫头呢？这就说来话长了。长话短说吧，孙小芬的妈妈本来是孙大老爷家一个佃客孙家林的女儿。有一年，孙大老爷到孙家林这个佃客家去收租谷，忽然一眼看上了孙家的大女儿，立马要讨她回孙公馆去做不知是第几房的姨太太。你会说，这咋个要得？孙大老爷姓孙，孙家林的大女儿也姓孙，讨她做大老爷的姨太太，岂不是乱伦吗？这成什么体统？咳，你是第一回听到孙家出的稀奇事吧？孙家不成体统的事何止这一件两件？当然，你说得有理。但是在这一方，啥子叫有理，啥子叫没理，要孙大老爷说了才能算数的。这一回孙大老爷断道理来了：孙家林的这女子虽说姓孙，可是同姓不同宗，没关系。是呀，孙大老爷的家系里怎么有这么一个穷佃户呢？也许过去根本不姓孙，不知是他家哪一代祖先人跟着姓了孙的。穷佃户孙家林虽然百口分辩，他的祖祖辈辈都姓孙，而且孙家林的高祖的祖神牌还挤在孙家大祠堂的神龛角落里。但是谁理会这个？正如孙大老爷家的狗腿子孙二鳖说的老实话："哪个叫你生了这么一个标致的女儿，又不把她关好呢？一块儿好肉给馋猫看到了，还跑得脱吗？"孙家林还想出一个正当理由来抵挡，说孙大老爷都是四十开外快五十岁年纪的人了，这女娃儿还不满二十岁呀，年岁相差太远了。这个理由不禁惹得孙大老爷哈哈大笑起来。孙二鳖也连忙跟着哈哈大笑，并且加以注解："这个，孙家林，你放心，孙大老爷经常吃着洋药补酒，够你女儿受的，包她明年就生个胖娃娃。"

好说歹说，孙家林连叩头也没有受到一个，就当起孙大老爷的岳爷来了。一乘小轿把哭哭啼啼的孙家闺女抬进孙公馆里去了，并且给她取个好学名，叫孙桂芬。就这么，孙桂芬糊里糊涂地就当了孙大老爷的姨太太。但是到底是第几房姨太太，没有说，也许她根本还上不了房。因

191

为孙家的一家人谁也没有把她当做姨太太看待，实实在在是厨房里请来的一个不要工钱的打杂大嫂，烧火煮饭，喂狗关鸡，打扫房子，洗衣缝被，忙得不可开交。只是有时候孙大老爷高兴了，叫去上房陪着烧鸦片烟，也偶尔陪他睡觉。

果然第二年，就生了一个胖娃娃，是个女的。这一下，孙桂芬的身价更是一落千丈。谁叫她生个女的呢？反正一样，做个更辛苦的女嫂娘姨罢了，连孙大老爷叫她到上房去陪他的资格也取消了，孙大老爷早已又找到新的更标致的姨太太了。

孙桂芬生的这个女儿取名叫做孙小芬。名义上说当然是孙家的小姐，其实不过是个小丫头。孙小芬从一晓事情，就跟着妈妈在厨房里干这干那，没有少受气，少挨打。连正大名分地喊孙大老爷一声"爸爸"，也要受大家多少天的白眼和奚落。母女二人在破柴房里搭个铺，多少晚上，从那破瓦缝里望着天上的星星，她母女俩低声诉苦，抱头痛哭。连在隔壁长工屋里住的长工们也为她们的悲惨命运伤心落泪。铁柱第一个不安逸，禁不住敲响木板墙，对她娘女说："你们本是穷人家的骨头，他们哪里会把你们当人待！"

这话虽说简单，却解开了母女俩心头的疙瘩。名分上说起来一个是姨太太，一个是小姐；实际上一个是女佣人，一个是丫头，连长工也不如。孙小芬听到隔壁长工屋里的长工们同情的叹息，特别是听到铁柱的安慰，她哭得更厉害了。穷人的骨头穷人的血，还是只有穷人才能怜惜。像有一股暖流，流进她那早已枯竭的心田，她真有说不出的感激之情。

"孙小芬！又躲在你那狗窝里偷懒。上屋里在叫你哩！"那个管家孙二鳖又在院子里号叫了。孙小芬赶忙擦干了眼泪，走到上房去侍候那个阎王婆。去迟一步又要被鸦片烟扦子戳脸了。

果然，孙小芬还没有走进上屋，就听到那母老虎在拍桌打掌地又吼又叫："死到哪里去了？瘟神！"孙小芬硬着头皮跨进门槛，看到母老虎的凶神恶煞的样子，一身起鸡皮疙瘩。她还没有走近前去，那婆娘就吼叫：

"哼，我以为要用八人抬的大轿才把你小姐请得来哩！"说着就用手钉拐给孙小芬的头顶敲一下，接着扯起她的耳朵往梳妆台角上碰。孙小芬的额头上马上拱起一个大包。她想哭，可是她不愿意哭。她不想在这个恶婆娘面前示弱。甚至她连眼泪也不掉一颗，都咽到肚子里去了。她还反口说："你一喊，我就来了嘛。"

"哟，孙家的白米饭把你胀大了，敢跟老娘顶嘴了！"这婆娘被激怒了，顺手拿起竹鞭，向孙小芬没头没脑地打下去。孙小芬用手护着头，她的手背上，现出一条一条像猪儿虫大的紫疙瘩，她不能逃走，只能转过身来转过身去承受那无情的鞭子。可是她还是不哼一声，还对嘴："啥子事又惹你发气了嘛？"

其实那婆娘自己也不知道今天早上又是什么事把她惹发了气。她似乎一想起孙小芬就有气。她气她自己为什么不能生男育女，孙大老爷娶了孙桂芬来，为什么又不给他生一个儿娃子。要是孙桂芬生了一个儿娃子，她就可以把儿娃子抱过来，赶走孙桂芬，据为己有，承接孙家的香火了。可是现在站在她面前的却是一个不值钱的女娃儿，赔钱货。她越看越生气，越想越生气。孙小芬便是她最方便的出气筒。

孙小芬是老挨鞭子的人，她已经挨惯了，觉得没有什么。在门外听挨鞭子的孙桂芬却受不住了。孙桂芬扑进门槛，她并不想去向那个母老虎求情，只是抱着孙小芬哭起来：

"苦命的女儿呀！"

母老虎更是大发雌威，大叫："要你来号丧！她生是孙家的人，死是孙家的鬼，我才是她的娘，我爱怎么教训她就怎么教训她，和你这个婆娘有啥相干？"

照这一方的风俗，就是这样。老爷们娶多少个婆娘，都坐不了正，她们生的儿女只能把正房太太叫娘叫妈，生自己的亲妈却只能叫姨。似乎这些婆姨都不过是老爷们发泄性欲的工具和替大太太生孩子的机器。对自己的亲生儿女都不敢去疼爱的。

现在落到孙小芬身上的每一鞭子，都像是落到了母亲身上，她怎么也忍不住了，情不自禁地闯入这上房禁地，抱起女儿号叫起来："我的女儿，我的肉呀！"

孙小芬对于母亲在这只母老虎面前表现出来的软弱，却反而生气了。她埋怨亲生妈妈说："我站起是一个人，躺下是一个鬼，不过就是这样，你哭啥嘛？"

母老虎也叫起来："这上房没有你踩脚的地方，你给我滚出去！"

孙桂芬只得边擦眼泪，边退出上房去，不住地抽抽答答地哭："苦命的……"

母老虎对孙小芬也吼叫："老娘今天没有那么多力气来教训你，等老爷回来了，拿棒棒来启发你。你也给我滚出去！"她不记得叫孙小芬到上房干什么来了。

孙小芬退出上房，她一直没有哭，甚至没有掉眼泪。只有等她回到柴房，投到她亲生妈妈的怀抱里去，才大声地哭了出来："妈妈，我的亲娘呀！"她身上的每一根鞭痕现在发狠地痛了起来。妈妈用手指抚摩那一条一条的鞭痕，小刀在割她的心一般。母亲那辛辣的热泪，更像一粒一粒的火星滴在孙小芬的伤痕上。妈妈只能模模糊糊像发呓语似的叫："苦命的，哪个叫你投到娘胎里来？"

"唔，妈妈……"那母亲的手指的轻抚，那滴在伤痕上的母亲的眼泪，虽然使她微微感到痛楚，却使她得到最大的安慰。

4

和母亲感到一样痛苦的还有那在隔壁长工房里沉默着的长工领班铁柱。他虽然没有亲自到上房门外去听那啪啪的竹鞭的声音，可是他能够想象。想象一个人怎么在竹鞭下受煎熬，是比受到鞭打的人更其难受的，因为他可以设想出各种恶劣的鞭打方法以及被鞭打的人的各种痛苦的神态来。他从孙小芬被召唤到上房去开始，就感到心里忐忑不安，其后听到恶鸡婆的叫骂声和鞭打声，就更是难以忍受了。他的心一扯一扯地痛，他的皮肉也感到烈火般的灼痛。但是他没有能力去阻止这样的鞭打，甚至他没有权利去站在上房门外听别人受罪。只是坐在长工房里张着耳朵听着，牵心挂肠地想着，为孙小芬的抗议性的沉默而高兴。他说不出来这到底是为了什么。

今天恶婆娘对孙小芬的鞭打，几乎使他不能忍受，想要不顾一切地冲到上房去，把那个恶婆娘的竹鞭抓过来，折成短节节丢掉，然后把孙小芬保护着接回到她的柴房里去。他曾经这么冲动过，他的眼睛开始喷出火焰来了，他想站起来，但是被他的长工伙伴把他按住，不准他站起来。他用拳头狠狠地在床板上捶了一下："嗤！"把头低垂下来。当他的头不时抬起来，可以看出在他的眼里的火焰并没有熄灭，这样的火焰要燃烧起来，是可以把这地主老爷的公馆烧掉的。

当孙小芬从上房回来，投进她的亲妈妈的怀抱痛哭的时候，铁柱已经完成一个重要的任务，他去摘取许多片苦楝叶来，放进嘴里，细细地嚼，嚼成末末，吐了出来。苦楝叶是非常苦的，据说这苦味便是大凉性，用嘴嚼细，敷在伤痕上，便可以减少灼伤的痛苦。他把嚼好的苦楝叶末用一片叶子包起来，似乎并没有什么值得他犹豫似的站了起来，长工伙伴们谁也没有阻止他，他跨进隔壁柴房的门槛。

他径直走近孙小芬的床边，他并不曾想象这是走近在名分上说来是姨太太和小姐的床头，倒好像走近和自己平等的一个伙伴的床边。他把那包苦楝叶末放在床边，几乎没有看孙小芬地对孙桂芬说："把这个敷在伤包上，要好过一点。"说罢就退出房门，回到长工房里去了。

这样的事已经不是一次了。在孙小芬看来，也并不觉得奇怪，甚至几乎是期待着铁柱的到来。她看着铁柱那双穿着草鞋的大脚板啪啪地走了过来，她望着他那红光四射的严肃面孔，那像两片铁片似的坚实的嘴唇，那扬起的眉毛，啊，那一双闪光的诚挚的眼睛！孙小芬突然感到一切痛苦都成为过去，而有一种说不出的滋味，也不知道是甜是苦。孙小芬听到了那更其体贴的声音，使她心动："还要吗？我可以去再摘些来嚼。"

"铁柱，难为你了，不用了。"妈妈亲切地望着这个高大个子的年轻人。

等铁柱走出房门，妈妈就把苦楝叶末拿来敷在孙小芬手背上肿得最高的地方。孙小芬的手背上陡然感到一股凉爽的味道，而同时却有一股暖和的细流，流进她的心田。她什么也没有说，贪婪地享受这种感情。

说来奇怪，其实不奇怪。孙小芬以后被那恶婆娘欺侮，挨打，对于她说来，却不是特别可怕的事情了。她的皮肉之苦总会换来铁柱的同情和安慰。这种同情和安慰，几乎成为孙小芬努力追求的一种快乐和享受，以至简直成为她的生命的源泉了。她看到她的手上臂上敷着铁柱送来的药，她就想到这是铁柱亲手去采摘来的苦楝叶子，是他亲口忍着苦涩为她嚼成药末的，这里有铁柱的情分，她就非常珍惜，深怕药末掉了。

可是孙小芬对于自己这种模糊的愿望还捉摸不定。她无法肯定地说她是不是对铁柱有点什么意思了，她更无法肯定铁柱这么对她好，到底是出于一种什么动机和愿望。她只是默默地想着，听到铁柱在隔壁长工房里说一声话，咳嗽一声，笑一声，都是她的享受。她听到铁柱那啪啪地走得很重的脚步声出了长工房门，就害怕着，却又盼望着是他走进她的柴房来了。结果铁柱走过去了，没有进来，她感到几分莫名其妙的怅惘，甚至失望。

她想起来了，铁柱怎么敢一个人走进她的柴房里来呢？在乡村里，青年小伙子和大姑娘之间本来就隔着一层世俗的藩篱，更何况铁柱是一个普通的长工，而她却总还是孙大老爷家的血肉之躯，在名分上还是孙家的小姐呢。一个小姐和一个长工，隔了多么大的距离，要相好起来，该是多么不可想象哟。

"唉，"孙小芬不能不叹息了，"为什么他是一个长工，我却是一个空头小姐呢？要是我真是孙家的一个名副其实的丫头，该是多好！"她可以公开地和铁柱接近，公开地和铁柱说话，甚至公开地和铁柱相好起来，铁柱可以明媒正娶，把她讨过去当媳妇，该是多么幸福呀。

现在，她只是以她在厨房当丫头的实在身份，有机会和铁柱见面，说两句话，有时还暗暗地在给他盛的饭里埋进一点好菜。她在厨房的角落里偷看，她看到铁柱在长工桌上端碗扒饭的时候，偶然扒出一块肉来而吃惊的样子，跟着又看他赶紧掩盖起来，接着又偷偷吃了的满意神色。孙小芬像心里有一块石头落地似的舒服。

"我就是喜欢他，我就是要和他好起来，怎么样呢？要死要活，我顾不得了。"孙小芬简直为自己这种大胆的想法吃惊，甚至有些害怕起来了。也许这不过是一种不会有结果的梦想，只会给她和铁柱带来灾难。而且她还不知道铁柱到底对她怎样，他敢和自己相好吗？

"他敢和我相好的。"孙小芬痛苦地想。她不知道她凭什么作出这样的判断来，但是她越想越坚信不疑了。"他并没有把我当做什么小姐，他是把我实实在在地当做一个受欺侮的丫头。一个丫头和一个长工为什么不能相爱呢？他忍着苦替我嚼苦楝叶，这种情分是多好呀！"

"这苦中的甜味是多好呀！"孙小芬常常在半夜醒来，想得很多很多，一个少女的梦总是美丽的。她才从一个美梦中醒过来，她梦见她和铁柱好起来了，他们在打柴火的密林里幽会了，她投身在他那宽阔的胸怀中去，那是有多么大力气的双臂呀，简直把她搂得快要出不来气了。他就这么亲热地紧搂着她，一句话也不说。使她吃惊的是他的那两片铁片般的嘴唇向她的嘴唇挨过来了。"啊!"孙小芬惊醒了，原来是一个梦。她的心还在怦怦地跳着。她忽然听到隔壁长工房里的一片鼾声，她能够听出来那又粗又长的鼾声，就是铁柱发出来的。多好听!

可是有的夜晚，孙小芬却为噩梦纠缠住了。她梦见她和铁柱正在相好的时候，被孙大老爷捉住了，看他气得铁青的脸，那恶婆娘幸灾乐祸地拿出一根粗绳子来，叫孙二鳖把她和铁柱捆得扎扎实实的，还是嘴对着嘴捆起来的，把他们两个抬出去游乡示众。最后是孙二鳖在他们的背上绑上磨墩，拿去沉河。她和铁柱两个扑通一声被摔进大河里去，她和铁柱两个沉下去了，沉下去了，啊，出不来气了。

"啊!"她大叫起来。

"怎么啦?"她的妈妈把她拍醒了，原来是一个噩梦，她浑身流汗，心快要跳出来了。她没有敢把她做的梦告诉她妈妈。这个梦是多么可怕，可是她和铁柱被公开地捆在一起，一块沉到河底去，又是多么幸福哟。

孙小芬近来就是这么半夜半夜地想呀，做梦呀，折磨着自己。她既感到痛苦，又感到快乐。

她现在一天不看见铁柱，心里便好像有一块石头没有落地。她以每天吃饭的时候能看到铁柱那么狼吞虎咽的样子为快乐，她连看到他身上穿的布汗衫破了，从那破洞露出他那结实的有棱有角的肌肉，也感到奇怪的舒服。她又暗地为铁柱自己缝补衣服那样粗针粗线的手艺而感到好笑。要是她能替他缝补一下衣服，她会紧针密线为他缝得很巴适的。她真想这么办，想得很厉害，以至她趁铁柱他们出工去了，偷偷跑进长工房去，把铁柱的汗裤拿回柴房替他补好大洞，又送了回去。她注意观察铁柱的反应，也注意观察其他长工是不是会偶然发现铁柱有这么好的缝补手艺而盘问他。但是，她没有发现铁柱穿上她补的那件汗裤到厨房来吃饭，有什么特别的反应，其他的长工一样没有什么特别的反应。只是铁柱在舀饭的时候，看了她一眼，他们两个的眼睛对看了一下，便转开了。就是这样，孙小芬已经感到十分安心了。

5

南云村的玩水龙的班子组织起来了。铁柱举着水把龙的头，和伙伴们一起，从这一个大院子玩到那一个大院子。凉爽的水，一瓢一桶地泼在他们的身上，他们感到十分舒服。他们把过年玩龙灯的本事都使出来，使水把龙上下翻腾，左右盘旋，像真龙在飞舞，博得一个院子又一个院子里人们的喝彩声。按照风俗，这种场合是百无禁忌的，大人、小孩、老头以至不大出门的大姑娘，什么人都可以向他们泼水，向他们高举的水把龙身上泼水，向他们玩龙的青年的头上、身上泼水。有的恶作剧，专门给玩龙头的铁柱脸上泼水，叫他睁不开眼睛，或者故意用水由下向上照他的鼻孔冲去，叫他呛鼻子，这样大家便大喊大笑起来，觉得胜利了。越是向铁柱泼水的人多，越显出他的人才出色。一些年轻的大姑娘，都趁这个不受禁止的场合，向她们喜欢的小伙子泼水，跟着他们跑，笑着、喊着。铁柱的英俊和他能说会道，会搞各种青年喜欢的文化活动，是远近闻名的，因此向他泼水的大姑娘也最多。

水把龙玩到孙大老爷的院子里来了。这个院子历来就是这个村子或者说这一乡一坝里政治、经济活动中心，也是文化活动中心。那里准备的水最多，泼水的人也最多。这是孙大老爷很高兴的事，不特显出他在这一片地方的重要性，也希望龙神能够给他降下神水，使他年丰人寿。他兴致勃勃地坐在上首阶沿边看青年小伙子们玩水龙和看大人、小娃喊着跑着在给小伙子们泼水。

最兴奋的恐怕要算孙小芬了。她和别的一些青年，其中也有年轻的女伴，用大瓢小瓢的水向水龙和玩龙的小伙子们身上泼去，跟着游动着的水龙跑，又笑又叫。她特别有兴趣给玩头的铁柱身上泼水，铁柱也向她张着大眼睛笑，他似乎在逃避，却实在是有意承受着孙小芬泼来的水。这一下他们才真正地笑着对看，并且说着笑话，没有人奇怪。她再也没有这么快活过了。铁柱也再没有别的机会像今天这样对孙小芬笑，向她表示明显的爱慕之情。

"他果然是喜欢我的。"孙小芬心里默默念着，作出这样的判断。

这天晚上，两个青年，睡在隔壁，却没有合眼，他们想一样的事情，并且下了一样的决心，不管在他们的面前有什么灾难，他们也不在乎了。世界上再没有比被一个人真诚地爱着的人更幸福的了。

他们在这个院子里是无法谈话的，只能在厨房吃饭的时候，或者在院子里走动的时候，悄悄地用眼睛说话。这对于一对被爱情的烈火炙烤着的青年当然是难以满足的。他们终于找到了机会。当然是在铁柱的长工伙伴们的同情和支持下，才得到这样的机会的。

孙小芬隔些日子，要上柴山上去打柴，一去要半天才回家。有一天，孙小芬上柴山打柴去了，铁柱正带着伙伴们一块在坡上出工，几个青年长工就怂恿铁柱，要他偷偷到柴山上去会孙小芬。并且答应在孙家有狗腿子来查看时，替他说出种种的理由来掩护，"怕什么？去！"

铁柱不顾一切，偷偷跑到柴山上去了。那里倒好，密密的树林和灌木丛，哪儿都找得到幽会的地方。铁柱忽然在孙小芬面前出现，孙小芬简直骇呆了。然而她也早已有死也不怕的心理准备，无所顾忌，她就和铁柱钻进一个密密的灌木林里，找个能听到外面声音的地方，坐了下来。但是他们似乎并没有多少话要说，早已是心心相印，现在只是相亲相偎了。孙小芬过去梦中的情景成为现实了。她果然投身在铁柱那宽阔、结实的胸怀中去，铁柱的双臂果然是那么有力，把她紧紧抱住，叫她几乎喘不过气来。她不明白他为什么反倒抽抽噎噎地哭了起来，让她的泪水把铁柱的胸膛打湿了一片。铁柱什么话也说不出来，只是搂着，替她揩眼泪。她几乎要昏厥过去，像睡了的小孩似的偎着不动。世界上除开他们两个人，似乎一切都不存在了。横在他们前头的是幸福还是灾难，他们一点也不想去思考。

时间凝结了，现在，就是一切！

铁柱从此觉得他的命运是和孙小芬拴在一起了。他突然感到，孙小芬在上房遭到那个恶婆娘的鞭打是难以忍受的了，每一下鞭打都像落在他的脊背上，使他特别感到难受。有一次，他竟然大胆地冲到上房的门口。孙小芬正在遭受恶婆娘的毒打，她像往常一样，默默地忍受这一切，她唯一的期望是回到柴房，能够得到铁柱的同情和安慰。她没有想到铁柱竟然公开冲到上房门口来，并且抗议说：

"老板娘，你就息点气吧。你把你孙家的亲骨肉不当人，我们还把她当人呢。"

恶婆娘万没有想到，铁柱这个普通的长工竟敢来多嘴，这还了得！她竖起眉头，斜眼望着铁柱说：

"你这才是狗拿耗子，多管闲事！不撒泡尿自己照照，是啥东西，敢来跟老娘嚼舌头了。哼，我不看你是长工领班，我叫你马上给我滚蛋！"

铁柱也气了，大声说："你以为过了你这个村，就没有你这个店了？凭力气帮长工，哪里帮不成？非在你这里干？好吧，你就算账吧。"说罢他就回长工房去了。

其他几个长工听说他们的领班受了气，都说："要走就一起走。"都到上房喊算账。

孙大老爷在后房鸦片烟床上才起来，听孙二鳖来通风报信，赶忙出来说好话。明摆着的，大忙季节就要来了，他上哪里去一下找这么多长工？像铁柱这样提得起放得下的领班到哪里去找？他只好忍了这口气，好说歹说把铁柱留下，别的长工也没得说了。

铁柱出了这口气，也长了孙小芬的志气。她再不是默默地忍受，有时也敢还嘴，打急了也敢嚷嚷，要寻死寻活，不在家里过了。她又一次和铁柱在柴山密林里幽会的时候，孙小芬说起不在孙家过了，一块跑出去过日子的向往，他们两个好欢喜了一场。

可是一想起他们两个的前程，就心乱如麻。要把他俩相好的事公开，是不可想象的。一块逃走吧，也有难处，光光两个人到哪里去过日子？再说，这一带都是孙大老爷的天下，跑不出去，捉了回来，那真是要背磨墩沉河的了。说到这里，两个人只有叹气的分了。

但是他俩的关系实在已到了难以割舍的地步。有一天晚上，孙小芬的妈妈到上房去给大老爷烧烟去了。孙小芬一个人在柴房过夜，她早睡着了。她突然感觉到有一个人已经钻进她的被窝，睡在她的身边了，并且紧紧地把她搂住了。她闻到她熟悉的男人的气息，从紧张的粗声喘气里她明白这是铁柱。似乎早已料到有这么一天似的，她一点也不想反抗，相反的她感受到从来没有感受过的偎在亲人的怀抱里那种特别舒服的味道，哪怕她觉得铁柱是多么的粗鲁。她沉醉地细声叫起来："铁柱哥。"

可怕的事到底发生了。有了一次，就难免二次三次，他们糊里糊涂，不知道会发生什么事。终于孙小芬发现，她感到精神恹恹的，特别想吃酸的，有时想吐。这件事到底被她的亲妈妈发现了。孙小芬只好把她和铁柱相好的事对妈妈说了。妈妈吓得不得了："糊涂的女儿呀，这却是灭门的祸事呀！"

但是妈妈又有什么办法呢？不敢去找堕胎的接生婆，怕漏了出去女儿就没命了。而自然发展又是无情的，眼见女儿的肚子大起来。她慌了神了，找铁柱来商量，也没有好主意。孙小芬想起沉河的事就害怕，她想自己跳水死了算了。她对铁柱说，她这辈子总算有人爱过她，也死得了。铁柱却坚决地阻止了她。他们商量怎么逃了出去，但是这也很难。两个穷光蛋拖着孩子怎么混得下去呢？

更糟糕的是，孙小芬在上房走动，到底被恶婆娘看了出来。她把孙小芬关在上房，叫她跪在地上挨打。孙小芬突然什么也不怕了，大不了不过是一死，她不隐瞒地说了出来：

"我就是爱铁柱哥。你把我拿去沉河吧，拿去上刀山、下油锅吧。我就是喜欢铁柱哥！"

"好不要脸，你把孙家的门风败坏完了，是该拿去沉河。"恶婆娘气得七窍生烟了。她把孙大老爷叫来商量沉河的事。

孙大老爷一听，反倒不动声色了。他告诫他的太太，千万不要声张出去，这种事传出去，女子死了的事情小，他孙家的名声损失就大了。他决定把这件事掩盖过去。孙小芬下决心一死，甘心情愿和铁柱哥捆在一起去沉河，她等着。可是奇怪，她的那个爸爸不特没有声色俱厉地责骂、毒打孙小芬，并且把孙小芬拿去沉河，反倒对孙小芬说好话。说事已至此，打胎已经迟了，只好生下来算了。孙小芬当然猜不透孙大老爷肚里的算盘。老头子正在盘算着：如果逼得急了，孙小芬寻死寻活，闹了出去，孙家的招牌打烂，那就坏了。于是他当机立断，派人去把观音阁的那个女善人找了来。

6

隔孙大老爷的公馆约有五里路的山湾密林里，孤零零地有一座小小的庙子叫观音阁。观音阁守阁的人是一个带发修行的女人，外号何善人。与其说是观音阁里有个何善人，倒不如说有了何善人才有观音阁。这话咋说呢？

原来何善人是这一乡有名的美人，原本叫何美人。长得十分标致，又很有些招蜂引蝶的本领，和好多青年暗地往来。人家说她家门前的草路都踩成一条大路了，这自然是有几分夸张的说法，其实这都不过是有人替她抬高身价放出去的话。她最得意的是到底把本乡第一个大财主孙大老爷勾上了，真是吃穿不尽。不久何美人就身怀有孕，要孙大老爷明媒正娶。孙大老爷哪里敢把她娶回来，一则家里有一个母老虎守住门槛，娶不进去；二则何美人肚子里怀的，他也没有把握说是不是该姓孙，要是别人的种子，岂不乱了孙家的宗了，这也使不得。可是何美人又实在够意思，难舍难抛。于是不知道是哪个聪明人替孙大老爷出了一个主意，专门在不远的僻静山湾湾里修一座小庙，塑一尊大慈大悲的观音大士。那塑像的师傅也很有心计，那观音大士简直就像何美人站在那里了，一只手抱着水瓶，一只手拿着杨柳枝，怪好看的。孙大老爷就叫何美人打掉娃娃，宣称从此改邪归正，要到观音阁出家修行，再也不叫何美人，改叫何善人了。孙大老爷怕她剃了头发成个光秃子，破了相，不好看，叫她带发修行。这就是有了何善人才修观音阁的来由。从此观音阁名义上是孙大老爷经常去烧香的地方，实际倒成了他和何善人寻欢作乐的逍遥宫了。只是把何美人改成何善人罢了，谁还敢去拈花惹草呢？但是，这只是孙大老爷的想法，何善人是不是从此皈依服法，就一心贴在孙大老爷这个老家伙身上，和那些标致的小伙子断情绝义了，也很难说。孙大老爷也顾不得这些，他只要有这座逍遥宫就行了。又有何善人走家串户给他拉皮条，把女人骗到这里来行乐，避开了家里的母老虎，又省得到别人家去偷鸡摸狗，要担多少风险。至于外边风言风语，说观音阁里除开观音菩萨，没有一处干净地方，有的还说如果观音菩萨是活的，也难保不失身的，谁耐烦去听这些。

　　现在孙大老爷的闺女和长工闹恋爱，怀了孩子，有伤孙家门风，非同小可，他就想起这个僻静的小庙和何善人来。

　　何善人是孙公馆的常客，一请就来。她一来就径直到了孙大老爷的后房烟铺，一屁股坐在床沿便唠叨起来："哟，我以为大施主再也不去我们小庙行善了呢。你又是瞧起哪一家，要我来拉了？"

　　"你胡说什么，我有正事。"孙大老爷纠正她。

　　于是孙大老爷毫不避讳地一五一十，把孙小芬和铁柱私通、身怀有孕的事，对何善人说了。

"哼，我说啥子正事呢！你在外边寻欢作乐，就不准他们在家里偷鸡摸狗？大家都睁一只眼闭一只眼，各人行各人的方便吧。"何善人抓住了孙大老爷家里的隐私，更有理了。

"哎，你少唠叨，我以后多来行善就是了。"于是孙大老爷把他和他老婆商量的办法，告诉何善人。他准备把孙小芬偷偷送进观音阁去关起来，等她生罢孩子，再偷偷接回家，把这一宗丑事掩盖过去。

何善人问："那么，那个私娃儿呢？"

"你还不懂得咋个处理私娃儿？哪个还要这个杂种孙子？"孙大老爷认为何善人对于处理私生子是早有经验，不消说的。她所以要这么问，不过是想多要几个外快，于是，他又补了一句："一切开销，来我这里拿就是了。"

事情就这么说妥了，孙大老爷给何善人一叠票子打发她走。临出房门又叫住何善人，对她说："这件事你要漏出去，有你好看的就是了。还有，这女子你要看好，不要叫她偷跑了，也不要叫她寻死上吊。"

何善人对于这种善事久有经验，一一点头答应了。

一个黑夜，人不知鬼不晓，孙小芬被送进观音阁去，锁在大殿侧边一间堆杂乱东西的小屋里。这间小屋只有一个高窗透进空气和光线来，何善人只从她素来行方便的后门进出。

孙小芬的亲妈也被打发回娘家去了。对外只说她两母女都回娘家去了。

铁柱被蒙在鼓里。

7

孙小芬知道她是被关在观音阁里来了，因为何善人她是认得的。何善人除开给她送水送饭，带她上厕所外，还给她说好说歹，见天在她的耳门子里嗡嗡地灌："你自己做出这种见不得人的事，败坏了孙家的门风，孙家给你掩盖了，你还不愿意？"又威胁她："你要跑出去，丑事就会张扬出去，孙大老爷也顾不得你了。看孙家祠堂里不把你拿去沉河才怪呢！"这一点孙小芬是早已听说过的，按照孙家祠堂定的族规，孙家的女子要是"偷人"或者守寡的不贞洁，就要捉起来，背上磨墩沉到大河里去。她现在就落到这种危险的命运中去了。

"他们打算把我咋个办？"她问何善人。

"这个你都不明白？在这里偷偷生下私娃儿，你偷偷回家去，还是一个没出嫁的黄花闺女嘛。"

"那么娃娃呢？"

"私娃儿，你就不用管了。"何善人说得真轻巧。

那么么行呢？这是她和铁柱的骨血，是他们的爱情见证，怎么能不管！但是该怎么办呢？她的心乱极了。铁柱哥啊，你在哪里？你怎么不来出个主意哟？

铁柱在哪里？孙小芬被悄悄送进观音阁后的第三天，他就被孙大老爷随便拈一点过错，把他开革了。铁柱和长工伙伴们当然知道这是为了什么。他只好捏着鼻子受了。他到远远一个长工伙伴那里寄住，打零工混饭吃。他一心一意要打听出来，他们把孙小芬到底弄到哪里去了，是死是活，总要有个下落。他到孙小芬的外婆家里去问孙桂芬，孙桂芬说她不知道，她也正在着急呢，是不是真的被他们偷偷地沉了河了？铁柱跑到大河边去，望着那滔滔的河水，大河只顾自己流着，不能告诉他什么。如果真是沉了河，铁柱是有决心下河下海去寻找她的。

铁柱一有工夫就回到孙家大院子去打听，他的长工伙伴们也帮他打听。几个月一晃过去，还是没有打听到孙小芬的下落。难道真的被他们悄悄拿去沉河了吗？孙大老爷这种人是什么坏事都干得出来的。

关在观音阁里的孙小芬更是着急，时间过得快，几个月过去，她的肚子更大起来，她已经感受到孩子在跟她开玩笑似的踢蹬了。她像一个准备第一次做母亲的女人一样，既怀着兴奋，又怀着恐惧，而孙小芬更是有无穷的忧虑。她已经搞清楚孙大老爷准备搞什么鬼把戏，私生子是没有权利在这个世界上存在下去的。她怎么能容忍她和铁柱的真正爱情的结晶被人毁灭呢？啊，不，这是我的孩子！不能！

她一直心神不宁，夜晚常常做梦，一时梦见她才生下来的孩子被何善人捏死了，丢进厕所的粪坑里去了，像过去她听说过观音阁粪坑里不止一次发现过私娃子的事一样。一时她又梦见铁柱到观音阁里来了，拉起她跑出观音阁。唉，她怎么也跑不动，铁柱把她背起来飞跑。她的肚子疼得不得了，醒过来原来是在做梦。啊，铁柱，铁柱，你再不来，这一辈子就要见不着了。但是她坚信铁柱正在找她，他的心比金子还亮呀。

在孙小芬临产前一个月，铁柱到底打听到了孙小芬的下落，起初他从长工伙伴们的口中探听到孙二鳖偶然漏出来的口风。孙小芬并没有死，被关起来了，等到生私娃儿。后来被一个青年长工探听到了，是关在观音阁何善人那里。因为有一回何善人到孙大老爷家背米，她背不动那么多，就叫一个长工伙伴帮她背一下。这个伙伴背起米口袋，觉得重得很，为什么何善人背这么多米去？他就起了疑心。等他把米背到观音阁的后门，何善人就不准他再往里面走。那青年说："何善人，我帮你背进去倒在米柜子里吧，一个脚手就办完了。"何善人却坚决不叫他搬进去。他从大殿边伸头望一下，看到厢房有一间屋子上了锁，这观音阁里一定有名堂。

他回来和几个长工伙伴一合计，要赶紧告诉铁柱。铁柱听到这个消息，十分兴奋，也十分着急，巴不得马上冲进去，不管他三七二十一，把孙小芬背起来就跑。不过伙伴们商量一下，这个消息怕不实在，还是先搞确实了再说。即或知道孙小芬是被关在那里面，但是被锁在屋里，门也打不开呀。千万不要打草惊蛇。孙大老爷如果发现了，把孙小芬弄到别的地方去藏起来，或者把孙小芬搞死，就不好办了。铁柱也明白了这件事情急不得。但是他算一下时间，小芬的产期快到了，叫他又怎么不着急呢？

铁柱第一步要搞清楚的，到底孙小芬是不是被关在观音阁里。他趁擦黑的时候，没有人看见，偷偷地溜到观音阁外边的小树林里去。他装斑鸠的叫声在叫："咕咕，咕——咕！""咕咕，咕——咕！"

他想孙小芬如果是关在里面，她一听就知道是铁柱来了。这声音过去她在柴山上密林里等铁柱，铁柱就是先在树林边装斑鸠咕咕叫的。

孙小芬在里面一下就听出来了，"啊，铁柱哥，是铁柱哥，你到底来了。"她简直要发疯了。她很想笑，却偏偏抽抽噎噎地哭了起来。眼泪像泉水一般涌了出来，"啊，你到底来了。"

但是，她怎么回答铁柱呢？她不能高声喊铁柱的名字呀。她急中生智，到底想出了一个办法。她从床上爬到破桌子上去，她的手勉强够得着那个高窗。她用她刚才揩眼泪的手帕包上一颗地上的石子，用力从高窗扔了出去。手帕可能落在高窗下，那石子却一定会打到窗外的竹林里去的。是的，当她把手帕包上石子抛出高窗以后，她听到石子打进竹林去发出的沙沙的声音。

果然铁柱的耳朵很尖，他听到竹林里有响声，他跑了过去，悄悄穿过竹林，在暗淡的光线下，到底看到一块白晃晃的东西在墙边。他轻手轻脚走拢去，一看，是一块小手帕。捡起来一看，他认得，这肯定是小芬的手帕。他一摸，湿漉漉的。啊，这肯定是小芬的眼泪打湿了的。他心疼极了，他望一望那可望而不可及的高窗。"啊，小芬，你在哪里。"

铁柱弄清楚了孙小芬果然是关在观音阁里。他不敢再停留，又咕咕地装两声斑鸠叫，就跑开了。

这晚上孙小芬睡得更不好，痛苦和希望交织在一起。她的肚子已经很大了，她一个人要逃走是不可能的了。生了孩子以后，身体虚弱，更不好走。但是孩子却是可以抱走的。她很关心孩子的命运，深怕何善人抱去整死了。她对她自己能不能逃脱孙大老爷的魔掌，已经无所谓了。但是孩子，一定要活出去。如果她和铁柱一起带着孩子跑，很容易被孙大老爷发现，把他们抓回来，他们三个人一个也活不成。还不如让她留下来。只要铁柱能够抱走孩子，她的死活也不必管了。如果请何善人做这么一件善事，让铁柱把孩子悄悄抱走，何善人只要在庙后垒个泥巴堆，去向孙大老爷报告说，孩子已经死了，埋了，这样就遮掩过去了。

对了，就是这个主意，恐怕这是唯一的办法了。但是，何善人肯做这样的善事吗？

8

铁柱离开观音阁，去找他的长工伙伴们商量。有一个青年长工说："索性我们硬打进去，把孙小芬抢出来，铁柱哥背起她跑掉。"铁柱很赞成这个主意。可是一位老年长工却不赞成，他说："孙小芬快要生了，我们就是打进去，抢了出来，铁柱能够背起她走好远呢？何善人去告状，孙老财派人四处一追，你跑得脱？这方圆几十里都是他的天下，脚脚爪爪多的是，给抓回去就没命了。"

这个道理大家认为也是确实的，但是总要救孙小芬才是呀。要是能把何善人说动，叫她睁一只眼闭一只眼，那就好了。大家正说着，一个青年高兴地几乎叫起来，说："有了。何善人要的男人不止一个，和她最要好的是张家湾给张家财主帮长工的张树本。我跟他熟，我去找他跟何善人通个关节，叫她做事莫要向倒孙老财，把事情做绝了，还是给自己留条后路的好。"

"好，这个主意行得通，何善人哪里看得起孙老财这个老东西？无非是想他的钱财。和她真相好的人去说她，一定说得动。"老年长工分析说。

就这么办了，也只有这么办了。那个青年长工去找了张树本，把事情的原委对他说了，劝他搭一个帮手。张树本看在都是长工的分上，对铁柱又素来佩服，就答应去找何善人说一说。

何善人要的男人中间她最喜欢的是张树本，身强力壮，为人本分，她早已打定主意，等孙老财一死，就要把终身托给张树本。他们背着孙老财打得火热。这天张树本去找了何善人，劈头一句就是："你是想和我做长夫妻，还是做短夫妻？"

何善人莫名其妙，说："你说的啥话？"

张树本说："你我要做长夫妻，你就莫要死心塌地地向着孙老财。你莫要把我在这一湾的长工伙伴们得罪完了。"

何善人还不明白："你有屁就放，有话就说，卖的啥子关子？我向着孙老财那老不死的干什么？我又何曾得罪了你的朋友？"

"你帮孙老财把他的女儿孙小芬关起来，不就是得罪了铁柱哥了？不是得罪了和铁柱哥相好的这一湾上的长工伙伴？要不是我说话，他们要打进来抢人，看你跑得脱跑不脱。"张树本警告她。

何善人这才摸清楚了来龙去脉，她说："孙老财为了顾名声，要我守住他的闺女孙小芬，在这里悄悄生了私娃儿就送回去，还他一个黄花闺女。我还不是想多得点钱财。这也是为了你我将来过好日子呀。"

"铁柱哥他们想把孙小芬弄走呢。"

"那怎么行？我放了孙小芬，孙老财找我要人，我怎么脱得到手？等孙小芬把私娃儿生下来，我把私娃儿埋了，送孙小芬回公馆里去；他们要弄她到哪里，与我不相干。"何善人说。

"那私娃儿是铁柱哥的骨血，你还是不要带这个命债的好。"张树本劝她。

"他们要私娃儿，等孙小芬生了下来，他们来抱去就是了。孙老财叫我把私娃儿埋了，不许出头的。我只要在后门堆个土堆堆，对孙老财说私娃儿已经埋了，未必他还去挖出来看。"

事情就这么商量好了。

张树本当晚留在观音阁里过了夜。第二天去找铁柱回话。铁柱和长工伙伴们一商量，认为叫何善人为难也不好。只要能先保住娃儿，孙小芬回家以后调理一下，再带她逃走，也是一样。

于是张树本又去找何善人，约好暗号，等孙小芬生了娃儿，铁柱就去把娃儿抱出来。并且要何善人悄悄告诉孙小芬，铁柱要来看她。

孙小芬自从铁柱来观音阁外边竹林里和她通了声息后，过了好多天，再也听不到竹林后边装咕咕叫的声音了，她十分不安。铁柱哥，你怎么不来呢？只要你咕咕叫两声，我就是看不到你，也高兴了。你知道我们的娃儿要出世了吗？何善人要把娃儿整死了，怎么办呢？铁柱哥，你快来救我们的娃娃呀。

孙小芬几天来就是这么的，一会儿张起耳朵听后面竹林里的动静，一会儿又东想西想，十分着急。她把娃娃的一切衣物都准备好了。她还准备了剪刀，何善人要抱走她的娃娃，她准备和她拼命。

谁知道喜出望外，今天何善人来给她通消息，说她生娃儿的时候，铁柱要进来看她，要来抱走娃儿。

"真的这样？"孙小芬简直不相信这是何善人说的话，难道何善人真的变成善人了？

"哪个诓你？哪个忍心把一个活鲜鲜的娃儿整死？"何善人说到这里，就想起自己过去把私娃儿丢进茅坑，多么心疼。但是有什么办法，一个修行的女人怎么能养娃娃呢？她多么渴望着早一点走出观音阁，和张树本一块过日子，生男育女，多么快活。

"多谢你发的善心。"孙小芬简直高兴得想喊叫起来。只要娃儿救得住，只要能够见铁柱一面，就是死也没有什么可怕的了。她又把娃娃的小衣服小包袱拿出来东看西看，一个母亲的深情，使她陶醉了。

孙小芬几乎没有经历多少痛苦，很顺利地生下了娃儿。生的是个女娃儿。原来她想，生的要是一个男的，就叫小柱儿，要是一个女的，就叫小盼儿，这是她在盼望铁柱哥的日子里生的呀。现在生下来的是盼儿，她更盼望铁柱哥早点来。

果然何善人把铁柱带进来了。铁柱和孙小芬见了面，两个呆看了好一会儿，几乎不相信这是真的。他们两个什么话也没有说，沉浸在意想不到的欢喜里了。刚出生才一天的小家伙，安静地睡在孙小芬的身边。

何善人对铁柱说："娃儿你快抱走吧，再哇哇叫，谨防外边有人听到了。再说我要给大老爷去报信去了。"说罢，她走出了小房子，让铁柱和孙小芬两个单独在一起。

"铁柱哥。"孙小芬的眼泪牵线似的流了出来，然而又粲然地笑了。

铁柱躺下去依偎着孙小芬的肩头，并且用手掀开盖着娃儿的布片，看着正熟睡着的小脸蛋，不由自主地想去亲一下。

"莫。"孙小芬制止他，"我就怕她醒了哇哇叫，叫得我提心吊胆的。你快抱走吧，走得远远的。要是给他们追上了，你们是活不成的。"

"我们一块逃走吧。"铁柱说。

"不，你先把娃儿抱走，找个落脚的地方。我现在跑不动，等我坐满月，你再悄悄来接我吧。我再也不进那个阎王殿了。"

"也只有这么办了，我先走，再来接你。"铁柱同意小芬的打算。

何善人又来了，对铁柱说："铁柱，你来帮我在后门地头边挖个坑吧，做个假坟。不然我不好交代。这件事办了你就快走，怕孙二鳖来看见了。"

"好。"铁柱跟何善人去了。过了一阵就回来了，对孙小芬说："假坟做好了。我才明白，何善人其实还算是一个好人。"

"谁说不是，她本来也是苦命人，被我那个专门欺负女人的爸爸害了的。她的心是向着张树本的。张树本常常悄悄到这里来，我听得出来，迟早他们也会跑的。"孙小芬把她这一个月观察到的结论告诉铁柱。还加了一句："所以我不能现在就从观音阁跑掉，免得叫她脱不到手。"

天擦黑的时候，孙小芬把娃儿包得好好的，把干净尿布也收拾得整整齐齐。她再三嘱咐铁柱，怎么带好小奶娃。她说："找穷人家有奶娃的分点奶吃，平常喂她糊米汤。等我跑出来就好办了。"她把娃娃抱在怀里又喂了一阵奶，看了又看，竟然无声地掉下眼泪，滴在娃儿的脸上。她抬头对铁柱说：

"我就是担心你不会带。能找个穷苦人家有奶娃的帮忙就好了。"她又重复了一遍。

"不要担心，我找得到的。好在不出一个月，我就来接你走了。"铁柱抱起娃儿，忽然又低下头去，亲一下孙小芬的脸，孙小芬猛地把铁柱的颈项抱住了，听任铁柱亲她。她又拉住奶娃亲一亲，奶娃吃饱了奶，又睡着了。

"我的小乖乖，我的小盼儿……哦，我还没有告诉你，她就叫盼儿。生的时候我盼你来，你走了你又盼我去，小东西也盼着她的妈妈。我的小盼儿，叫爸爸快来接妈妈哟。"她又亲了一下小盼儿的小脸蛋。

铁柱趁天黑，抱起盼儿，从后门出去了。

9

何善人到孙公馆去告诉孙大老爷，孙小芬生了。孙大老爷问："是男的还是女的?"

"女的。"

"娃儿呢?"

何善人绘影绘声地描述："一下地我就把她在脚盆里闷死了。在后门挖个坑坑埋了。"

"好，好。"孙大老爷从来没有怀疑何善人的忠实。

"啥时候把孙小芬送回来?"何善人问。

"慢点。"孙大老爷说，"回来坐月不好，人多眼杂。还是在你那里坐满月再回来，你给她炖鸡和蹄髈，叫她快点养好。"

孙大老爷叫孙二鳖帮何善人带点吃的东西回观音阁。孙二鳖果然看到后门外地里有个新垒的小土堆子。他进去也果然看到孙小芬在小屋里哭得很伤心的样子。他回去向孙大老爷报告了，孙大老爷听了很满意。

何善人把鸡炖好，端给孙小芬吃，并且告诉她，要她在观音阁坐满月，身体养好再回去。孙小芬听了也很高兴，满了月，从这里逃走，更方便一些。

过了半个月，孙小芬的身体恢复得很快，完全可以走动了，走远路也不怕了。但是铁柱没有来，她日夜在盼着，数着日子，这半个月比几个月还长呀。

又过了几天，有一天天擦黑的时候，孙二鳖来了，告诉孙小芬："大老爷叫你还是回公馆去将息，那里方便些，我是专门来接你的。"

"也好。我回去再跑走，免得连累何善人。"孙小芬心里想着，把东西收拾一下，就告辞了何善人，随孙二鳖上路了。

孙小芬悄悄回到公馆，到了上房。奇怪，孙大老爷反倒对她好了，心平气和地问她的身子养好了没有，然后对她说：

"小芬，过去的事，都不要提了，都是铁柱使的坏。不管怎样，你总是孙家的黄花闺女，要顾孙家的面子，现在就当没有那回事一样。"

孙小芬听来，觉得她的爸爸还有点通人性的样子，但是想软化她不爱铁柱，是根本办不到的。好在过几天铁柱一来，便远走高飞了。现在用不着和他去争。

孙大老爷看到孙小芬不做声，很听话的样子，便进一步说出他的打算来："小芬，我是为了你好，叫你一辈子过好日子，有依有靠，我把你说给黑桃岭罗家湾的罗大少爷了。他是罗家的独根苗，是那一方的大财主。家有几百上千担良田美土，住的高房大瓦屋。你去一辈子享不尽的福……"

"啊?"孙小芬几乎惊叫起来。她万万没有想到她的爸爸使出这么一个坏主意，要把她嫁到远远的山里头去。

是的，孙大老爷早已在打她的算盘了，他想铁柱虽说已经撵走了，但是不把孙小芬快点嫁出去，嫁得远远的，总不放心。他本想要孙小芬把怀的娃娃打掉，就把她嫁出去的。后来因为月份大了，打不得了，才把她弄到观音阁去关起来，等她生下私娃娃，再弄回来，嫁出去。他悄悄托人四处打听，别人来说合黑桃岭罗家湾的罗大少爷。他知道那个少爷是个鸦片烟鬼，而且是因为大房不生，想讨个二房。但是孙大老爷也顾不得这些。孙小芬是他的偏房女儿，从来没有把她当小姐待，现在又出了这桩丑事，在这湾湾里迟早要漏出去。二房就二房，早点送出去，生米煮成熟饭，也就算了。这个主意除开他的大老婆和替他跑腿的孙二鳖，他对哪个也没有说。他叫孙二鳖去和罗家说好了，只等孙小芬一回来，马上弄一乘小轿抬进山去，就了事了。

孙小芬一听，真像五雷轰顶，她和铁柱商量好的将来的美满生活，都要成为泡影了，这怎么成？她不能不抗争了，她说：

"我不嫁！我生是铁柱家的人，死是铁柱家的鬼！"

"胡说！"爸爸生气了，"不知羞耻的家伙。我给你遮盖了，你还想去露丑。自古以来是父母之命，媒妁之言，哪里由你做得主？"

"我生也罢，死也罢，只嫁铁柱！"她坚持说。

"哼，铁柱，我还没来得及跟他算这笔账呢。他要回来，我先打断他的腿，再送衙门。"

"我不干，我不干！"孙小芬哭了起来。

母老虎忽然从内屋冲了出来，举手想打，被孙大老爷制止了。她气咻咻地骂孙小芬："你还给我号丧！你这个不知羞耻的烂货，能给你找到一个人家，嫁得出去，算是你的好运气了，你还不干哩。"

就这么在上屋吵了一阵。孙小芬忽然想起来，我现在和他们吵什么呢？反正我是要跟铁柱逃走的，只要铁柱悄悄来了，通了风，我就溜出去了。我真傻呀。于是孙小芬慢慢把口气放平和一些了，只说她的身体还没养好，等满了月再说吧。

"好吧，满月再说也好。"孙大老爷答应了。

孙小芬满以为这么稳住，免得他们起疑心，铁柱来了走不脱。她以为她已经把老家伙和恶婆娘麻住了，其实她哪里知道老家伙答应等满了月再说，正是为了反过来麻痹孙小芬的。

等孙小芬回到为她安顿好的小房里去，孙大老爷就叫他的老婆亲自严密看守好，还马上叫孙二鳖安顿好一乘小轿。第二天天还没有大亮，他就叫孙小芬起来，好说歹说，把她拉出后门，按进小轿，关了起来，叫孙二鳖押住，抬起上山去了。这一路都是荒山荒野，孙小芬在轿子里又哭又闹，又扳又跳，也没有人听到。就这么一直抬到黑桃岭罗家湾罗家大院子。

那个时候的风俗，大凡接偏房都是这样，并不像正房太太，明媒正娶，要吹吹打打，大办喜事。娶偏房的规矩是偷偷地用一乘小轿抬了进来，和男人过了夜，就算完事。孙小芬也是照那里的规矩抬进罗家大院的。孙小芬又哭又闹，谁管她呢？有几个婆娘来守着，好说歹说，把她拖进新房，叫罗大少爷进去估倒成亲，只要过了这头一夜，便一切都服帖了，成为罗家的人，要打要杀，也由罗家办了。你就是凶猛的狮子，关进那野蛮的世俗的笼子里去，慢慢地把你的灵光退了，不驯服也只能忍气吞声了。

孙小芬正是这样，她在罗家的第一晚上，曾经极力反抗，还是没有逃脱命运的安排，被一个陌生男人估倒按住，成了亲。从此她成了罗家传宗接代的生孩子的机器，而且她无法反抗自然的规律，又怀了孕了。

孙小芬想死，却没有勇气，她总想着铁柱有一天要来找到她，把她从这个火坑里救出去，远走高飞。她不相信铁柱会把她抛下。啊，铁柱哥，你在哪里？她每天都在楼上的窗口向远远的山口外凝望。眼见那楼下后花园里的花开了又谢，干树枝已经抽芽展叶，成为浓阴了，还是没有铁柱的消息。

孙小芬的肚子大了起来。因为在她的肚子里寄托着罗家的后代香火，寄托着几百上千担田地这份财产的继承人，她的地位突然上升了，受到罗家这个鸦片烟鬼的像对神灵一般的供奉，受到一家上下的尊敬，侍奉得无微不至。她的肚子按生理的规律膨胀起来，临产期快到了。

然而她还盼望着铁柱，想念着盼儿，直到她生下一个男娃儿，她在罗家已经真正成为一代权力的护卫神，还是盼望着铁柱，想念着盼儿。铁柱，盼儿，你们在哪里？

难道铁柱真是这么寡情绝义吗？当然不是。他抱着盼儿逃到几十里外的山外去。他把盼儿暂时寄托在一个穷苦老婆婆那里，就在那一带的地主家里打零工。他念念不忘孙小芬，他估计孙小芬坐满月了，抽空偷偷跑回去，找到了他的老伙伴们。谁知像一声霹雳落到他的头上，伙伴们告诉他，孙小芬被孙大老爷估倒按进一乘小轿，偷偷地嫁到远远的地方去了。

"在啥子地方？"铁柱着急地问。

"不知道。只听说很远很远，也不晓得嫁到什么人家里去了。"

伙伴们的回答，不得要领，但是铁柱坚信，孙小芬不会忘情的，他要找到她，哪怕被送到天涯海角去了，也要找到她。他只好回到盼儿那儿去，继续打零工，慢慢打听。他凭着身强力壮，什么农活都拿得起来，又会铺排活路，不久就从一个打零工的帮工匠，被一家地主雇做长工，并且又当了领班。他把盼儿寄在一个穷苦人家代养，一有空就去看盼儿。想从盼儿的眼睛、眉毛、鼻子，特别是小脸蛋上的两个小酒窝里重见孙小芬的丰采。他只能在有空的时候，跑几十里回到孙大老爷家的长工伙伴们那里去打听。

秋收完了，农活不太紧，他又得空回到孙大老爷那里的长工伙伴们那里去。这一次他承受了他一生中最沉重的打击，伙伴们告诉他，孙大老爷家里人传出话来，孙小芬嫁到山里去后，不安分，遭了毒打，她想不开，跑出来跳水自杀了。连尸首也没有捞到。孙家用孙小芬过去穿过的衣服和物件，给她起了一个假坟，叫她的灵魂有个落脚处。

铁柱万没有想到孙小芬落到这样一个悲惨命运中去。他神情恍惚地到伙伴们指给他的孙小芬的假坟那里去，发疯似的趴在已经长出茅草的坟头上痛哭："啊，小芬，小芬，你咋个不等我来就寻了短见？"

伙伴们怎么劝他，他也不走，他一直在那里哭到天黑，才被伙伴们拉了回去。第二天，他只好赶回他的新地方，去看盼儿，千万不能叫盼儿有个三长两短呀。他在回去的路上，走过大河，他估量这河的上游一定是从远远的山里流出来的，也就是说，这条河流才是孙小芬真正的坟墓。他站在河边，望着那滚滚而来的江水，他似乎看到孙小芬正在那滔滔的江水里挣扎着流了下来，他几乎要扑到江水里去。但是那只是幻觉。他不能跟着孙小芬去死，因为孙小芬的骨血小盼儿还活着呢。他要赶回去看他的小盼儿。这算是他唯一的安慰了。

10

十几年的岁月流逝过去了。但是山里的时间好像被凝固起来似的。一切都是老样子，那一带还是孙大老爷的天下，老百姓还是照老样子在重轭下过着苦日子，照样地上粮纳税，出公差，当壮丁。有一点变化的是观音阁的何善人已经成为隔日黄花。俗话说，人老珠黄不值钱，孙大老爷早已不去了。这却更好，何善人和长工张树本倒做成了真夫妻，而且公然在观音阁里生男育女了。

在铁柱看来，最大的变化，恐怕是他的盼儿了。铁柱靠自己的劳力苦挣，总算搭起一间草房，可以遮风避雨了。他费尽千辛万苦，也总算把小盼儿拉扯大，长成十几岁的小姑娘，已经可以帮助爸爸料理点家务事了。

在这十几年中，也曾有好心的伙伴，想给铁柱介绍一个女人，替他操持家务，照顾小盼儿。他却生死不干。他甚至于感到愤怒，好像这是给孙小芬的纯洁爱情之花泼上脏水一样。他连转一转要接一个女人进屋的念头，也觉得对不起孙小芬，是莫大的羞耻。他唯一用以净化自己灵魂的办法，就是回去抱起小盼儿，亲她的小脸蛋，像发誓一样地自言自语："不，我的盼盼儿，我们哪个都不要，就是我们父女两个，命根连到命根，一辈子……"现在小盼儿已经长成十几岁了，那模样出落得十分标致，就像回转去十几年前的孙小芬一般无二。他哪里容得另一个陌生女人到这个茅草屋里来呢？他盘算着是再过几年，他亲自在那些长工班子里，三挑四捡，物色一个好的青年小伙子，招进门来，跟盼儿做成夫妻，恩恩爱爱地过一辈子的太平日子。让他晚年抱个孙孙耍，那就好了。

　　但是铁柱并不是他的命运的主人，他自己的事情，偏偏不照他自己想象的那么发展，太平日子没有到来，却给他带来了一辈子的灾难生活。

　　在这山区地带，大小恶霸独占一方，建立起一个一个的小小独立王国。在这些独立王国里，老百姓的生杀予夺大权都操在这些独立王国的暴君手里。正像这些暴君自己宣称的："这山是我的山，水是我的水，地是我的地，人是我的人，路是我的路，天上飞的，地上跑的，河里游的，能张嘴巴的都是我的。"因此，山上打的野物，河里捞的鱼虾，树上结的新鲜果子，地里长的时鲜瓜菜，都要先送给他们尝新。以至于在他的王国里生长的标致姑娘，虽然早已废除了"初夜权"这种奴隶社会的野蛮法律，可是恶霸和他们的少爷们却拥有霸占她们的优先权。明媒正娶，做姨太太，是合理合法的；暗地里闯到女人家里去偷鸡摸狗，是半合法的。至于估逼估奸，也是他们的家常便饭。穷苦人家有长得标致的女儿的，总是提心吊胆，不知道什么时候会有灾星闯到家里来。

　　铁柱的小盼儿虽然才十几岁，却长得很出色了。正如大家说的，长得红艳艳的，白生生的，水灵灵的，泡酥酥的。小盼儿越是长得标致，越是成为铁柱的老大一块心病，就像一个秤砣挂在他的心上。他思想早一点看中一个长工后生，赶快过门成亲，以免招惹是非。但小盼儿还小，不到时候。平时他不准小盼儿出去抛头露面，只在家里做些家务活路。

　　可是这怎么能挡得住本乡本土那些浮浪子弟的窥察，怎么能不传进本乡大恶霸张家里那个外号叫"骚棒"的三少爷的耳朵里去，怎么能逃过他那馋猫一样的眼睛？没有过多久，"骚棒"就派管事的来找铁柱。

铁柱眼见灾星进屋，不会有好事情，冷冷地打了一个招呼："张管事，请坐。"

"铁柱，我给你道喜来了。"张管事坐下，拿出纸烟来招待铁柱。铁柱拿出自己的短烟杆来，没有接纸烟，也没有搭腔。

张管事夸了张家在本乡的富实和势力，又夸了三少爷的一表人才，于是提出要明媒正娶接小盼儿进屋的事。"这可是你们的天大喜事，真叫十年难逢金满斗。过门以后，吃不尽的山珍海味，穿不完的绫罗绸缎，将来早生贵子，还要享不尽的荣华富贵哩。"张管事以为加上这一段话作结尾，什么木脑壳也是敲得响的，哪怕你是顽石，也会点头的吧。

但是出乎张管事的意料，对铁柱说话竟像对一根擀面杖吹气——一窍不通。铁柱不仅没有像张管事预料的那样，感激涕零地立马答应，反而冷冰冰地说了一句："我的小盼儿没有那份福气。"并且站起来，准备送客的样子。

"嗐，你的脑壳莫非是榆木疙瘩做的？这么不通人情，人家是磕头都请不到我来上门呢！"张管事说。

"那就请去找别人家吧，我的小盼儿年岁小，不合适。"铁柱还是那么冷冰冰的。

"年岁小，不要紧，先订下了，等几年长大了再过门就是。"

"不敢高攀。"铁柱还是那一句话。

张管事看到铁柱死咬住这句话不放，有些生气了，脸上变了颜色，说："你莫要敬酒不吃吃罚酒哟。我把话说在前头。"他站起来走出门口，回头又说："我过几天来听你的回信。"便径自走了。

小盼儿在后面灶屋里听得一清二楚，等张管事一走，她就走出来扑在铁柱的怀里，早已是泪流满面了，她哭着说："爸爸，爸爸我哪里都不去，就跟你一辈子。不要打发我出去吧。"

铁柱看到小盼儿伤心的样子，就像针扎在心上一样。小盼儿就是孙小芬的化身，这是他的良心和希望，是他的命根子。小盼儿的哭声就像他的灵魂在呼喊。他抱住小盼儿的头，用手把她脸上的泪水擦了，对她说：

"小盼儿，我的盼盼，爸爸咋个会把你送进火坑里去呢？"

话虽然是这么说，他心里却像打鼓一般。他是知道张家在本乡的势力和手段的。文娶不行，就要武抢，这种事在张家，从那个老"骚棒"开头到下面几个小"骚棒"，发生的也不止一起两起了。

铁柱一想起来，心烦意乱，就把他的破二胡找出来，胡乱地拉，拉得他伤心地掉了泪，小盼儿也陪着哭了起来。唉，天下道路万千条，就是没有穷人走的路啊！

和铁柱一起受苦的几个长工伙伴，白天听说这件事，晚上都到铁柱的茅屋里来，七嘴八舌地议论开了。眼见祸事就要落下来，却谁也拿不出一个主意来。还是一个老长工劝他：

"看起来，你想在这里安个窝儿是安不下去的了，不如及早带着盼儿跑出去，不然你是逃不出这些吃人不吐骨头的阎王手掌心的。"

"如今兵荒马乱，活路也不好找，出去也是艰险路一条。"另一个长工为他担心。

"再艰险也比落进他们的磨子里受夹磨的好。"老长工说。

"我还是出去跑滩的好，哪怕落到讨口子的下场，也自在得多。"铁柱下了决心。

11

一个月夜里，铁柱把他的全部家当收拾起来，还不够一挑。他只随身带了一把镰刀。现在是快割谷子的时候了，那些随割谷子时令的先后，由南闯北帮人家割谷子的打短工的队伍就要出发了。铁柱没有别的出路，只有去赶上打短工割谷子的队伍，混过这一秋再说。他临走还没有忘记带上他的那把破二胡。过去的许多日月，从这把破二胡的琴弦上流出来的低沉和悲怆的乐声，正是他的心灵的声音，他可以从那琴弦上找到一点安慰，所以他舍不得丢掉。他从前在孙大老爷家里，用二胡的欢快的音符赢得了孙小芬的欢心，后来孙小芬被关在观音阁里，又靠他的二胡和孙小芬通了消息，其后孙小芬被远远嫁走，投水自杀后，他又靠这把二胡来排遣胸中的积怨和哀伤。现在又靠这把二胡来叙说他的流浪生活的苦况了。他的这一点拉二胡的本事是靠他脑子灵透，向一个算命的瞎子瞟学来的，他不是一个音乐家，根本不懂得作曲子。他只是顺着他的情绪的起伏波动，随意拉的。可是那种真情实感，不仅使他自己不觉掉下泪来，连和他一块劳动的长工们，听他拉起二胡来，也感到很大的安慰。因为从他的二胡中，诉说出他们的痛苦和希望。长工们常常三个五个到他的茅屋里来。也用不着点灯，坐在茅屋外边的石头上，一面吧着旱烟，一面听铁柱拉二胡。一直要拉到深夜，铁柱拉得倦了，大家也不用说一句话，也没有人叹一口气，各自熄灭了旱烟袋上的烟火，回家睡觉去了。现在铁柱要逃难去，临走的夜晚，他用不着去请，就来了七八个长工伙伴。大家坐在那里，也没有什么好说的，只是要求铁柱再拉拉二胡。铁柱要和伙伴们告别了，也很想拉一拉。他从他过年耍龙灯、狮子的欢乐调子，拉到他和孙小芬的不幸的爱情，一直拉到他流浪的苦情。长工们都沉默了，连旱烟袋上的火光也看不到了。最后大家也没有说一句告别的话，站起来各自走了。

现在铁柱把东西收拾好，马上要走了，他除开挣饭吃要用的工具镰刀外，就是带着这把二胡。趁天色未明，他挑起担子，牵着小盼儿上路去了。

他不知道往哪里走，反正要逃出张"骚棒"的霸道外边去。他想往南走，现在是快割谷子的时候了，到南边去找活路也许好找一点。于是他向南边无目的地走去了。

果然，走了两天后，地势越来越平坦，稻田越来越多，稻田里的谷子黄灿灿的一片连一片，迎风摇摆。有的田块已经开镰了。这是一个求吃的好地方。他知道这一带的风俗就是这样的。地主老财们总不想多请长工多花钱，总喜欢在农忙的时候请临时短工。这样，没有固定活路，也没有固定老板，可供雇用的流浪汉到处都是。特别是秋天割谷子的时节，卖零工的汉子成群成伙，从南到北，一路割上去，虽说汗水流了一路，却也可以吃几顿饱饭，还可以喝酒吃肉，还可以结交一些穷汉朋友。

铁柱走到一处正在开镰割谷的田边，开口问了："请问这位割谷子的大哥，你们这里还缺短工吗？"

那个埋头割谷的青年抬起头来，看到铁柱，并不感到奇怪，只是奇怪地望着铁柱挑了一副担子，担子上还挂得有一把二胡，更特别的是他还带着一个女娃儿。这和他们一般卖零工的大不一样。他们出来卖零工，除开一把镰刀和一个装有两三件换洗衣服的小包袱外，就只剩下两只劳动的手和一张吃饭的嘴了。为什么这个打短工的挑着家当、带着娃儿出来呢？

一个像长工领班的汉子走了过来，问了一下情况，知道铁柱是从北边逃荒到这边来的，这样的事多得很。他对铁柱说："你等到起，我去问一下老板。"

长工领班到附近一个村子里去了不多一会儿，和他一块走回来的看起来是一个管家模样的人。那个人走拢来，一看铁柱，虎头虎脑的，像一座铁塔似的站在面前，马上就满意地答应雇他当短工割谷子。并且在长工领班的要求下，答应铁柱不和别的打短工的帮工匠住在一起，把他和他的女娃儿安顿在一间堆灰的土屋角落里。

铁柱没有想到这么顺利地找到了活路。他下田割谷子麻利得很，以至于别的打短工的伙计不得不提醒他："老哥，干得合适一点哟。"铁柱马上放松一些，和其他的短工保持在一条线上。小盼儿没有什么活路，就在割过的田里拾谷穗，半天也可以搓出半碗一碗谷子来。

早秋燠热得很，只有低矮天窗的灰屋更是闷热。他拖一床旧席子出来在晒坝边和短工伙伴们在一起乘凉。随便摆谈起来，天南地北，千奇百怪，无拘无束。有一个小青年问铁柱：

"铁柱哥，我看你带得有一把二胡，你会拉吗？"

"我没有好好学过，只是随便拉的。"铁柱回答。

另外一个年岁大一点的短工突然问铁柱一句话："你带的是你的女娃儿吧，她的妈妈呢？"

这一句话像一把刀子插进铁柱的心里去。但是他却并不感到痛苦似的，他的心早已麻木了。他连气也没有叹，只是沉默着低下头来。

这些帮工匠一年到头四处流浪，谁没有一笔苦情账。看到铁柱把头低下去，不做一声，便知道不应该去戳铁柱的痛处。谁也没有再追问他。可是沉默，对铁柱来说却是更难堪的惩罚啊。

铁柱忽然站起来，走进灰屋去，回来的时候手里拿着那把二胡。他似乎不理会大家，径直走到晒坝外的竹林边，在一个池塘边的石头上孤独地坐下来。过了不多一会儿，琴声就从那池塘边传了过来，那么轻，那么细，却很悠扬，池塘的蛙声都忽然停下来了。这些坐在草席上的粗汉们当然不是音乐欣赏家，可是谁也没有说一句话来打断琴声，大家用心地听着，不知不觉都为这如泣如诉的二胡声吸引住了。是痛苦的，却又感到一种慰藉，深怕铁柱不拉下去。

夜深了。那凄婉的声音不断从铁柱的二胡琴弦上流了出来，在那夜空里盘旋，飞向黑暗的远方。池塘里的青蛙，似乎不想扰乱这些苦人们正在享受的哀乐，也停止了哇啦；竹林里微风吹过，簌簌作响，如泣如诉，像是在给二胡伴奏。铁柱忽然把二胡拉得飞快，高亢激越的声音，传入夜空，倒好像有千军万马杀奔过来，那么暴烈、愤激。这是刀和枪在搏击，这是血与火在飞溅，这是生与死在决斗，这是命运的呐喊，这是复仇的号召，这是巨雷在滚动，这是闪电在飞刺……忽然，嘎的一下，悄然无声，像拉断了琴弦一般。长工们听了，像是突然把自己的感情的闸门关住了，更是难过。但是谁也没有说什么，谁也没有要求铁柱再拉下去，就是这样最好，让痛苦关在心底，明天晚上再让铁柱的琴声把自己的感情的闸门拉开，缓缓地流出来。这是痛苦吗？不，这是一种难得的安慰，一种苦中带甜的享受。

"铁柱哥，听你拉二胡，知道你有一本说不完的苦情账，何不说出来，让我们替你分担呢？"一个青年长工向铁柱提出要求。

"是呀，你摆一摆吧。"别的长工也提出同样的要求。他们谁没有自己的一本苦情账呢？可是说不出，也许听了铁柱的诉苦，能够从自己的感情的共鸣中得到一点安慰吧。

长工伙伴们的要求像一颗火星落进铁柱的心里去，突然燃烧起来了。他感到有一种强烈的愿望，要把他和孙小芬的甜蜜然而夭折了的爱情告诉长工同伴们，从他们那里得到一点安慰。可是从哪里说起呢？他怎么能够把他的二胡丢在一边呢？怎么能离开和他一同度过欢乐和忧愁日月、并且能够替他倾诉这种欢乐和忧愁的这把二胡呢？离开他的二胡，他似乎什么也摆不出来了。

他忽然想起，他在孙大老爷家当放牛娃儿的时候，碰到两个老长工师傅，一个叫石贵，一个叫牛囤，他们曾经在田间劳动的时候，用自己的歌喉唱着自己编的山歌，倾吐穷人的心酸。那声音是那样的催人落泪却又叫人心里舒坦。他还想起，他的另一个叫王万山的长工师傅，这是他的文化老师，教会他念唱本，并且教会他唱出这些唱本的本事。他自己在过年过节玩狮子、龙灯的时候，也编过一些顺口溜，并且唱出这些顺口溜来。现在大家要他摆他和孙小芬的苦情，何不自己合着自己二胡的弦索，编一些唱词，边拉边唱呢。

就这么办。于是他利用割谷子的时候，边割边想，编出唱词，晚上就和割谷子的长工们，在地坝边、竹林背后的小塘边坐下来，调好他的琴弦，一边拉一边唱了起来。他的感情像是突然找到了一个开放的口子，顺着二胡曲调从弦索上流了出来。他感到痛快，长工们听起来也感到亲切，他唱的那些苦情不也正是自己的遭遇吗？

从此以后，铁柱成为这群割谷子的流浪汉的中心人物，几乎每天晚上，都不约而同地准时到了铁柱的茅屋里来，或者一同到池塘边去，听铁柱又拉又唱。后来他们割完这一片谷子，要流浪到北边去割另一片晚一点收割的谷子了。大家都裹成一团，不愿意散开，都想跟着铁柱走，走到哪里，听铁柱唱到哪里。

小盼儿跟着铁柱流浪，也和一块割谷子的长工伯伯、叔叔们一起，享受她的唯一的亲人铁柱爸爸的演唱和二胡独奏。她还不懂事，对于人世的辛酸知道得不多。但是从她的爸爸的唱词和叔叔伯伯们的插话里，她知道在世界上有这么一对深深互相爱着的人，曾经扮演过一场多么悲惨的爱情悲剧。她知道这出悲剧中的女主角已经屈死在山中的小河里，男主角带着唯一的女儿芳芳流浪出去了。她竟没有想到这个女儿便是她自己，因为谁都叫她做盼盼嘛。她也为芳芳的下落担心，禁不住有一天夜晚，她问她的爸爸：

"芳芳和她的爸爸后来到哪里去了？我们能找到他们吗？"

叔叔伯伯们不禁笑了起来，爸爸却一点笑意也没有，反倒皱了一下眉头。可是，他又马上搂住盼盼，和颜悦色地诓盼盼：

"找得到的，你将来会找到他们的。"

盼盼没有兴趣向自己的爸爸学习拉二胡，却对爸爸的演唱发生了浓厚的兴趣。她开始学习歌唱，和着爸爸的二胡旋律。由于她已经很熟悉这个故事，又十分感动，很快就学会演唱，并且演唱得很有韵味。她的歌声比爸爸那多少带着沙哑味的歌声清丽得多了，虽然没有爸爸唱的那么真切，在哀伤中夹着愤慨。

一个好心的叔叔，有一回去县城，竟然买了一个小鼓，还配上牙板和签子回来，让盼儿边唱边打着小鼓，铿铿锵锵很有节奏，敲打在点子上。这样一来，突然给铁柱的二胡增加了色彩。盼儿演唱也更是抑扬顿挫、舒缓有致了。怪不得有的叔叔说："要是有一身好衣服把盼儿打扮起来，把头发梳好，搽上胭脂水粉，再把小鼓配上架子，用红绸系着牙板，在铁柱这把很有味道的二胡的伴奏下，叫她演唱起来，真比城里戏台上唱清音的姑娘还强得多哩。"

12

当时大家这么说着好耍，谁知后来盼儿真就这么办了。这也是生活所迫，或者说命里注定的吧。

铁柱一伙打零工的长工，割完了谷子，秋风渐起，田里的活路越来越少，就像往年一样散了伙了。有的进城去"打野力"、抬轿子、挑水或者干别的打杂活路，有的下河去拉纤，走码头去了。唯独铁柱带着个女娃儿，没有办法。去当长工，地主老爷倒是看得起铁柱那一身气力和手艺，却不喜欢他多带了一张吃饭的嘴。要去做点小买卖吧，他却没有本钱。搞来搞去，铁柱除开他的那把二胡和盼儿的那副歌喉，什么本钱也没有了。铁柱和盼儿既然不愿意落入沿门打莲花落的乞讨行列，讨残汤冷饭过日子，就只有走进沿途卖艺的行列，凭自己的二胡和盼儿的演唱过日子。这种日子当然比打莲花落的乞丐过的日子稍好一点。

乡下的五大三粗的成年汉子，能跳会蹦的青年小伙子，还有大姑娘、大嫂子、老大娘、老太婆，除开逢年过节，看玩狮子、龙灯和花灯彩船，听打川戏围鼓，或者有幸去远地赶庙会看热闹，平常是说不上什么文化娱乐的。只有烧香叩头，求神拜佛，看端公跳神驱鬼，算作一种文化活动。年轻的小伙子有时碰上运气，可以跑十里八里山路，到乡场上去看耍猴戏的。这其实也不过是一个半死不活的老头，牵一只也是饿得没精打采的猴子和一只饿得精瘦的老狗，他给猴子穿上红背心，让它提个小锣，骑在狗背上当当敲着跑圆场，或者翻几个跟头，跳个"加官"，便向还没有来得及走散的观众乞讨几个小钱罢了。在乡下能够引起老太婆、老大娘和大嫂、大姐兴趣的是来了说"圣谕"的，讲"善书"的。那种老头，大概和三家村的冬烘先生差不多的打扮，衣服虽说早已褪色，却还洗补得很干净，穿得很周正，以表示他们的地位要比那些打莲花落的、耍猴戏的，甚至于比那些卖唱的，都要高尚一些。他的肋下夹了一个印花布包袱，打开来是几本线装书，据说这是经过皇帝御览、经过批准了的"善书"。他在随便一个什么院子里，搭上一张高桌子，安好高凳子。大人、小孩仍旧坐在自己搬来的小凳子上，围坐在一周围，好奇地看着这位皇帝派出来的乡村巡回宣传大使，看他毕恭毕敬地向供在高桌中央的皇帝万岁牌作揖叩头，然后登台讲皇帝的"圣谕"。翻来覆去，总不外讲那些对皇帝不忠、对父母不孝、对丈夫守节不贞，到头来受到报应的故事。就是这些也颇能赢得妇女们和老大爷们的叹息和眼泪。这在山村里，便算是相当高级的文化享受了。

铁柱再也没有别的活路，只好去卖唱求吃了。他真的去扯了几尺细花洋布，缝件短上衣把盼儿打扮起来，买一根红头绳把大辫子扎起来。虽说没有钱去买点胭脂水粉，盼儿把脸盘洗得干净，用打湿了的红纸在脸蛋上拍一拍，也显得白中透红，胜过胭脂水粉。加上那水汪汪的眼睛顾盼自如，那水灵灵的样儿，比那些涂脂抹粉的还强十倍。铁柱不管自己的穿着打扮，也要把盼儿的黑漆牙板吊上红绿绸带子，给小鼓配上竹架子。他们也用不着排练，就按他们过去在长工叔叔伯伯面前演唱惯了的故事，游村串院，演唱起来。

起初，铁柱还不敢去乡场上或大庄院里去演唱，只在那些不大的山村小院里演唱。他想，只要比讨口子的身份高一点就满意了。那些讨口子站在别人家的大门口，一面用打狗棍防着猎猎狂叫的狗，一面打起快板来，数"莲花落"。完了大概能够得到主人家赏一碗残羹冷饭，倒进破篮子破碗里，拿到村头屋角去吃，这还常常不免受到小孩子们的奚落和看家狗的侵犯，也真够伤心的了。铁柱想，去打莲花落求吃，他倒没有什么，可是怎么能叫盼儿落到这样的境地里去呢？现在他和盼儿两个是卖唱的，能够被人欢迎走进大门，在院子里端一条凳子请他们坐上，让他们从容地演唱。演唱完了能够得到大家凑的几个饭钱，或者被请进屋里，平起平坐，让他父女俩吃碗淡饭，喝碗清茶。人格受到尊重，这比讨口子好得多了。

出乎铁柱的意想之外的是，他们的演唱竟然特别地受到欢迎，轰动了山村，都以为他们是从大码头下乡来卖唱的艺人。你看盼儿长得那么标致，举止那么落落大方，演唱得那么荡气回肠。铁柱拉的二胡又是那么打动人心，在乡下哪里见过？何况他们演唱的那段故事，又是那么的引人入胜，婉转有致。这样的故事不要说那些当长工的、当丫头的听了要落泪，就是大娘、大嫂、大姑娘以至青年小伙子们听了，何尝能够平静？

就这样，铁柱带着盼盼，从这一个山村演唱到那一个山村，从山花怒放的春天演唱到大雪纷飞的冬天。赢得了多少眼泪和叹息，赢得多少爱怜和尊敬。就这样，在这山乡里传遍了一个优美的爱情悲剧，传遍了一个少女的动人的歌声。

铁柱和盼盼只在这些山村里演唱，他们不想去跑大码头，虽然有人鼓动他们到那些繁华世界里去挣大钱，到城市的说书场里去，到热闹的茶园里去卖唱，一定可以叫座。不，他们不想去见大世面，也不想去和大地方的歌手们争短长。他们只想用自己心灵的歌去感动这些穷乡僻壤的"干人"，去洗涤他们的忧愁，去抚慰他们的痛楚。他们甚至连大的场镇也不想去。他们向金沙江两边的深山地方越走越远了。这些地方是人们物质生活的贫瘠之地，也是人们文化生活的贫瘠之地，除开能听到那种这山传到那山的放牛娃儿的高亢的山歌，从来不知道什么唱戏，什么说唱。正因为这样，铁柱和盼盼的说唱受到特别的欢迎，他们也特别喜欢到这种山村去演唱。以至于在这一个山村还没有唱完，下一个山村就派人来接他们了。这样远近传名，有的山里的乡场，也派人来迎接，希望他们到乡场的茶馆里去演唱，铁柱也不好拒绝，偶尔顺路就到乡场上去演唱几天。

就这样铁柱、盼盼用演唱来维持他们的生活，倒也自在，父女俩相依为命，世界上没有什么力量能够把他们分开。年复一年，盼盼越发出落得标致了，已经是一个十六七岁的大姑娘，模样儿早已是楚楚动人，何况那樱桃般的小嘴里吐出黄莺般婉转的歌声呢，何况那小指头举起竹扦子，在小鼓上敲出那么轻快的节拍呢。

13

有一天，铁柱带着盼盼，在一个小村里演唱完毕，走进一个乡场。这个乡场名叫靠山场，名副其实地后靠两匹大山，前临从两匹大山中间流出来的一条小河，小河在场边绕一个弯子，流进场外一片平畴坝子里去。靠了这一条小河，使这个坝子变得格外丰腴。现在正是初秋时候，却还是到处一片绿荫。只有坝地的谷子一大片一大片地在微风中摇摆，掀起一层又一层泛黄的谷浪。看来过不了多久，要开镰割谷子了。怪不得这个乡场这么大，远望去一片瓦屋连绵不断，就因为有这么一个富饶的坝子，又加上山上的山货从这个山口场进出，养得起人。在这山区地带，像这样的乡场是不多见的。

铁柱带着盼盼走进街里去。这条街就是顺着小河边一溜摆下去，十分热闹，有各种洋广杂货，有许多吃食店，还有几个大茶馆。铁柱和盼盼往常到乡场上去求生活，大半是在场口找个空地，让大家围成一个圈子，便说唱起来。说唱完了，请大家在盼盼手里拿着的翻过来的小鼓里放几个小钱，他们又赶到场的那一头再去找个地方卖唱。

现在他们走进乡场的正街上，眼见茶馆里坐满茶客，这是最好的演唱地方。铁柱和盼盼走进一个叫"茗香"的茶馆里去，铁柱和茶馆老板说了几句好话，求他让给他父女一席之地，求碗饭吃。这个茶馆的张老板的心肠倒好，可怜这外地来的一老一小，让他们在茶座的空当里，放上一条凳子，铁柱坐着拉二胡，盼盼把小鼓的架子支起来，放上小鼓，她能有个站着打小鼓演唱的地盘就行了。

可是事情出乎这个茶馆老板的意外，同时也出乎铁柱的意外。等铁柱的二胡一拉完过门，盼盼的小手提起扦子在小鼓上轻敲几下，亮开歌喉才唱了几句，马上把满座的茶客吸引住了。茶馆里原来是闹纷纷的，现在却一下变得清风雅静，都把头转了过来，望着盼盼。为她那嘹亮的清音吃惊了。一个小曲过去，满堂喝彩。

张老板本来是出于一片怜悯之心，让这一对流浪人求碗饭吃，准许他们到茶馆来卖唱。可是铁柱的二胡一拉，盼盼的小鼓一打，小曲一唱，他也着迷了，他不觉走出柜台来听，并且亲自给他们父女俩泡两碗润喉的茶。当盼盼唱了一个段落，张老板竟像是他故意安排，请来演唱的一般，向大家拱拱手说："请大家帮帮场子。"他不待盼盼伸手向大家要赏钱，就自己带头给铁柱几个钱。并且留铁柱和盼盼在他的茶馆里休息。

显然的，假如说茶馆张老板算不得是一个艺术的欣赏者，总能算是一个精明的生意买卖人吧。他一下就受到了启发，眼见这么多茶客到他的茶馆里来"打拥堂"，他的茶馆生意恐怕就要发在眼前这一对父女身上了。于是到了中午，张老板不仅允许他父女二人在茶座上休息，还热心地请他们父女俩吃便饭。在便饭桌上，张老板便以优厚的条件和两个流浪人谈妥了生意。父女俩就算是老板请来茶馆演唱的，吃的住的都包干，还给点赏钱。只要他父女两个每天演唱两场就行。

铁柱怎么也没有想到，在山村里到处流浪了这么多年，却找到了这么一个吃饭的地方。他本来也没有多少想头，只想吃得上住得上，等盼盼长大成人，找个殷实人家，嫁了出去，一辈子有个着落，他对得起孙小芬，也就行了。因此他马上就答应了张老板的条件。打算把这个靠山场和这个茶馆当做他最后靠船的码头，结束他这一辈子的流浪生活。他早已在心上放不下的一块石头也许因此落了地。他的盼盼岁数已经二十出头，越长越标致了，他不能再让她跟自己在这个山村那个小店里流浪，害怕有个三长两短，他就是死了，也闭不上眼睛呀。现在可好了，就在这个茗香茶馆里演唱，不用到处抛头露面，就是有个什么事情，张老板总该有个照顾吧。

说张老板是个生意人，指望着铁柱两父女替他的茶馆招徕茶客，座上常满，生意兴旺，当然不错。可是过不多久，铁柱还发现张老板的确是一个好人，还是一个正派人。他不特是可怜他父女俩是苦命人，很表同情，并且对于盼盼的聪明伶俐十分喜欢。一看盼盼长得那么水灵灵的样儿，一双水汪汪的眼睛，好像他从来没有见过的艺术杰作，摆在他的面前，他十分欣赏，深怕有什么风雨会损伤她。他虽说不是艺术鉴赏家，可是对于铁柱的二胡和盼盼的清音，只要一听，却比吃什么人参燕窝汤还让他舒服。他总想保护他们的艺术才干。他似乎自认为是他们的才华的发现者，是盼盼的天然保护人了。

所以，有的时候，场上有那么几个痞子，到茶馆里听盼盼的清唱，胡乱起哄，他是不怕站出来说话，甚至把他们撵走的。就是在场上那些"占了字"①的，或者入了"流"的歪人，到茶馆来消遣，硬要盼盼唱什么"五更花调"，故意拿盼盼取乐，张老板也敢于站出来"维持"，找那

---

① 指参加了袍哥组织。

些站在他们背后的"大爷"说好话,给他面子,不叫他们的兄弟伙们来胡闹。这都是铁柱看在眼前、记在心里,感激张老板不尽的事。

铁柱和盼盼从此就在茗香茶馆里说唱,名声越来越大,茶馆的生意不用说越来越兴旺。就是不大到这种三等茶馆来落脚的绅粮们,也有时到"茗香"来歇歇腿,泡碗茶,其实是为了听盼盼的演唱。更不用说那些绅粮财主们的少爷们了。有的在茶馆里包了桌子,来不来都给钱。他们来听了盼盼的演唱,给的赏钱也很大方。其中有些浮浪子弟,一天闲得发腻,就把到"茗香"来听盼盼清唱,作为他们寻欢取乐的最好去处。有的凭票子多,能大把拿出来,估倒要铁柱和盼盼在茶馆关门后,给他们唱专场。连张老板也不敢不勉强对付着,因为这些人都是当地最有势力的人家的子弟,和他们的父辈一样,在乡里称王称霸,在场上"提劲"提惯了的,谁惹得起?张老板好说歹说,劝铁柱和盼盼对付着唱几段,弄到夜晚才回去。后来越发不像样,唱几段还不行,还叫人去街上菜馆里叫来大菜小菜,估倒要盼盼陪他们吃"花酒",甚至要铁柱答应到他们的公馆里去唱堂会。这可叫铁柱和张老板都为难了。

"我看你两父女还是走了的好。"张老板一片好心地劝铁柱,"这个是非之地,山大王多得像虱子,惹不起。"

铁柱点一点头说:"倒也是这样。"不过他真不想离开这里,他带着盼盼,在这山乡里流浪几年,好容易在这个码头上找到了茗香茶园这么一个落脚的地方,真像在海上漂荡的小船找到了一个安全的避风港一样。特别是在这汹汹的人流中能够遇到像张老板这样的好人,更是他乡逢知己,舍不得离开。铁柱本来早有一个打算,和盼盼一起,帮张老板把茗香茶园的生意搞得红火一些。然后托张老板替盼盼找一个老实的女婿,把盼盼嫁了出去,他自己就在茗香茶园里当一名跑堂的茶倌,就在这里归老。但是现在却不能不听张老板的话,和盼盼一起离开这个避风港,重新走上漂泊的路。谁知道前途会要遇到什么。他不觉感叹一声,对张老板说:"难得找到你这样的好人,真舍不得离开这里。"

"我又何尝舍得你们?"张老板说,"这倒不是我怕人家说我,找到了你们盼盼这棵摇钱树,我是怜惜你父女的身世,特别是盼盼。我真怕她这么一枝花,在什么地方有什么人来糟蹋她。我的心疼她哟。我没有跟你说……"

张老板的已经到了嘴边的话又收回去了。

铁柱问:"你还有什么话要给我说,你就说嘛。我快走了,凭我们这段缘分。"

张老板拍了一下铁柱的肩膀说:"老弟哟,我们真算有缘分。我老早就有一个想法,想收盼盼做我的干女,怕你们在这里住不多久,就没有提。后来,你们存心在这茶园里待下去了,我倒不想收她当我的干女,我有了别的主意。"

铁柱奇怪,为什么他和盼盼决心在这茶园待下去,张老板反倒不想收盼盼当干女了呢?他奇怪地望着张老板,对他说:"我也正有这一番心思,想叫盼盼感谢你收留我们的恩德,拜你做干爸,又怕你看不起我们这种像浮萍一样没有根的人。现在说穿了,那好……"

张老板打断铁柱的话:"我现在不收她当干女了。我想要她给我当儿媳妇。"张老板终于把他想说的主意说了出来。这却出了铁柱的意外。铁柱一时不知道该怎么回答好。张老板以为铁柱不同意,不觉后悔自己刚才失了口,他赶忙说一句收口的话:

"不过,我这个娃娃笨头笨脑的,一天只晓得挑水烧火,端茶送水,不像盼盼这么乖巧,你未必看得上眼,盼盼也未必肯干。"

"不,不。"铁柱忙接上话,"能找到大毛这样本分的人,是盼盼的福气,哪有不干的?你不早说。我早有意要请你帮我的盼盼找个可靠的人家过一辈子呢。这下可好了。"铁柱不禁高兴地笑开了怀。他多年压在心上的一块石头算是落了地。

他们两个在正屋商商量量地摆了一阵,便把大毛和盼盼的亲事说定了。他们两个都明白,事不宜迟,把他们俩的婚事定了,宣扬出去,盼盼是有主的人,那些拈花惹草的少爷们就没有指望了。开年过去,选个吉利日子,把他们两个的婚事一办,便绝了那些骚狗子的念头了,就这么办。铁柱和盼盼也用不着走了。

他们两个大人商量的话却同时被正在灶房里的大毛和在后房里的盼盼听到了。大毛欢喜得了不得,他担起水桶从灶房出来,在茶桌边碰得乒乒乓乓的,飞快走出茶园到水井边去了。张老板取笑地责备儿子:"乒乒乓乓的干啥子?把桌子碰烂,水桶砸散,看你两口子将来不开茶馆了?这憨娃娃。"

盼盼在里屋里伸出头来，望着大毛飞快跑出去的背影。过去，她叫大毛哥叫得怪随便的，今后可不行了，要躲着他一点了。铁柱看到盼盼伸出头来，又缩了回去，知道她已经听到他和张老板商量的事了，便叫了一声："盼盼。"

在往常，盼盼只要听到爸爸一声唤，早跑了出来，在爸爸身边挨挨擦擦了，今天却不好意思地在屋里回答："嗯，爸爸，啥子？"

"你出来嘛。"铁柱想叫盼盼出来，问问她的意思。盼盼却不出来，只在屋里说：

"啥子，你说嘛，我听得到。"

"你出来，我好问你的话。"铁柱坚持要女儿出来。

盼盼好容易跨出房门，不敢正眼望她未来的公公，躲在铁柱身后，含羞地低头耍弄她的长辫子。

"你听到了？"铁柱问她。

"啥子听到了嘛？"盼盼故意这么说。

"你和大毛的事……"铁柱直截了当地问。

"唉，爸爸，你……"盼盼扭头跑进内屋，并且把房门关起来。

两个大人都满意地笑起来。

14

盼盼和大毛定亲的消息，由于张老板有意识地散播，很快传遍了这个山乡的场镇。有的做生意买卖的人在背地说："张老板这个人真是精，硬是把一棵摇钱树栽在他的柜台上了。"有的浮浪子弟却忌妒地骂："一枝鲜花插在牛屎堆上了，可惜可惜。"

盼盼和大毛定亲这件事却着实惊动了本地的一个有名人物——罗家山罗家坝的罗家湾的罗家大院子的罗大老爷家的当家罗大少爷，罗长德。

罗家山本名不叫罗家山，本名叫落帽山。那匹山是这一带山区里最大的一匹山，最高的一匹山，望到山顶会把你的帽子都望落，所以叫落帽山。但是落帽山后来改名叫做罗家山了，那是因为这匹大山的田土树木都被一个广有钱财的大地主、也是一个有名的土地主罗大老爷买光了，照他自己的话说，这匹山的飞禽走兽都是他罗家的，都得姓罗，所以把这匹落帽山改姓罗，叫罗家山，自然是天经地义。好在大家讲求实际，乐得含含糊糊改叫一个字，叫落帽山为罗家山。正像大家把这个以敲人的棒槌出名的罗大棒槌，当他的面前，奉承他改两个字叫他罗大老爷一样。既然这匹山都改名叫罗家山了，在山下的一块平坝自然改名叫罗家坝，罗家坝靠山的那个湾口自然也要改名叫罗家湾，罗大棒槌的公馆要叫罗家大院子，自然是顺理成章的事了。

罗家大院子的确是一个大院子，老远望去，白墙黑瓦一座四合院的大院子，一道朝门是下马的地方，一坡梯子上去才是八字大朝门，大朝门上挂了一块金灿灿的金匾，谁也说不清是什么官员送的。有人存心挖苦罗大老爷，说是他发了财以后花了好些银子，在省上去买来的。大朝门进去是一个大敞厅，再进去是大石坝，两旁是厢房和客房，再上几步石梯子是正屋外的宽廊，然后才是堂屋和左右正房。正房东西都被一个大花园包着。后花园里，水池假山，楼台亭阁，游廊花厅，一应俱全。还有一座别致的读书楼，雅号叫"小雅楼"。罗大老爷年轻的时候，只知道在码头上呼么喝六，掌红吃黑，却实在没有读多少书。他为了弥补这个缺陷，专门修了这座花园和读书楼，还托人去省城买些线装古书和成箱成架的《万有文库》和《古今图书集成》《资治通鉴》之类的大部头书来，还买来一些假古董摆上，把小雅楼装点得果然文雅起来。可是罗大老爷却老忙着在正房那半明半暗的鸦片烟床上抽鸦片烟和算计别人，很少有工夫到小雅楼上来发挥雅兴。于是罗大少爷乐得在小雅楼上称孤道寡，干些吃喝嫖赌的勾当。于是大家名副其实地叫那座楼为"逍遥楼"，是大少爷过逍遥日子的地方。

罗家大院子虽说很大，除开围着这座大院子簇拥着许多矮屋和棚子，住着罗家的许多"佃客"外，中间大院子从大朝门走出去，一直走到正房和后花园，却冷清清地见不到几个人。因为罗家的人丁实在不算兴旺，罗大老爷是一脉单传的独根苗，可是传到他的头上，却有传不下去的危险。他的正房太太不仅没有给他生一个大少爷，连小姐毛毛也不见一根。外边有人说，天上不落，地上不生，他罗大老爷不能给他的太太施下甘霖泽沛，怎么能生出苗苗来。罗大老爷为这事出门上省城找名医看过，听说很花了一些银子，但是大太太还是不生。

正当外人在幸灾乐祸地骂，说罗大老爷的祖上的德薄，自己又干尽缺德事，活该断子绝孙、灭掉香火的时候，罗大老爷却从远方接进来一个偏房太太。在这个偏房太太的肚子里，得到了传宗接代的转机，这个偏房太太给他生了一个儿子。这时他已经快五十岁了，还不算晚。想得罗家财产的罗家远房的子侄辈，在外边造谣，说这个远方的女子是在黑夜里偷偷被抬进公馆里来，糊里糊涂地和一个陌生男子睡了觉，才生下这个宝贝儿子的。谣言说这是罗大老爷精心设计的，早已准备好一个专门放种子的男子汉，叫才从远方接进门来的偏房太太和这个男子睡了一觉，才养下这个传宗接代的小少爷来的。这种关于罗家是不是纯种的糊涂账，就是把家谱学家请来，也是永远查不清楚的，谁还耐烦去深究？反正在罗家大院子里的正房里，一个男娃娃呱呱坠地了，这是铁的事实，谁也无法否认。从此罗家的香火承接有人了。罗大老爷晚年得子，不用说有多高兴。他花大钱去给送子观音穿了金身，用这个慷慨行为来证明这个娃娃的确是他罗家的纯种。但是生了儿子的这个偏房太太却并没有被提为正房太太。生下来的男娃娃只能叫正房太太做妈，真正的亲生妈妈却只能叫姨妈。并且不准偏房的姨妈去亲近这个娃娃，不准去认自己亲生儿子，据说这是从古以来皇帝老儿定下的规矩。

　　这个宝贝疙瘩少爷像太子一样被宠爱着。他打一个喷嚏，也吓得一家人惶恐不安，又是请医生，又是请神，又是烧香许愿。该上学了，除开专门请一个老夫子在家里后花园的小雅楼上设馆教授外，还专门找了两个"相公"来陪读。这两个"相公"一直陪着这位大少爷到省城去读中学，后来又陪着他进一个有钱就能进的"野鸡"大学。这两位相公当然也陪着少爷花钱。他两个吃喝嫖赌，样样都精，出个花钱的馊主意，的确在行。他们读得不耐烦了，又把这一套搬回逍遥楼上来，而那两位伴读的相公，便成了两个很听大少爷使唤的师爷，专门给大少爷打烂条的狗头军师。罗大老爷已经老了，除开抽鸦片烟，苟延残命，已经没有事情好做，一家的财权慢慢地都落进儿子的手中去了。他看到儿子这么"败家好似浪淘沙"，花钱像流水，也只有叹气的分了。生他的母亲因为是偏房，靠她生了这个罗家的命根子，才算在这个家庭里有活下去的一席之地，她哪里还敢说什么？她连认亲生儿子都不敢认呢。她想劝儿子归正道，也无能为力。她经受够了人世的颠簸，也一切都看淡了，只管自己关在大院子里的几间僻静小屋里，供上观音菩萨，吃素念经，修积来世。

"罗丧德"——这是大家背后叫罗大少爷的绰号——听说场上来了一个唱小曲的标致姑娘,不待那两个相公的撺掇,就带着两个狗头军师和一帮狐朋狗友,撵到场上来,在茗香茶园专门包了最好的几张桌子。他们不管天晴落雨都来,简直着了迷。专场也包过,花酒也好好坏坏地吃过两回。每次有铁柱和张老板护卫着,他也还不敢对盼盼胡来。后来那两个狗头军师给罗大少爷出了一个坏主意,要包盼盼到罗家大院子的后花园逍遥楼上去唱堂会。那最坏的一个师爷附在罗大少爷的耳边说:

"只要能到逍遥楼,几杯花酒一灌,少爷不就爱怎么办就怎么办吗?只要过一个夜,她就好歹都服帖了。"

罗大少爷一听,简直像火酒烧心,立马叫师爷去办。这就是张老板急着催铁柱带盼盼快走的缘由。后来罗大少爷听说盼盼许给了茶馆的跑堂茶倌,更是着急。狗头军师劝他:"只要她还没有过门,她还是黄花闺女,就好办,这块肥肉还搁在你少爷的嘴边,张嘴就吃得到的。"于是烂师爷来找张老板和铁柱,说是罗家老太太在家吃斋念佛,慈悲得很,很想听听盼盼的清唱,白天去,下半天就回来。

张老板在这个码头混了几十年,哪个少爷、哪个光棍是什么德性,还不清楚?他料定这个狗头军师没有安好心,说的是白天去,下午回来,但是一到了逍遥楼,谁奈何得了他们。张老板在口里一边应着,等狗头军师一走,便和铁柱商量:

"看来事情等不到开春给大毛和盼盼办喜事了。三十六着,走为上着,还是快出去混几个月吧。大毛也一起去,翻过年,人不知鬼不觉地回来,把喜事一办,就好说了。"

铁柱和盼盼再也没有什么别的主意。没有想到从横道里忽然杀出这个恶虎星来,不出去躲避,是要伤人的。盼盼也顾不得害羞,极力拉大毛和他们一同出去。有了大毛,天南海北,走刀山,下火海,她都愿跟大毛去。

大毛不待爸爸嘱咐,就一口应承,有了他在,就有盼盼在,他要待铁柱像亲老子一样。

说走就走,当天下午就偷偷从场后小路动身走。当晚歇在隔二十几里路的一个小场上。第二天一早,又匆匆忙忙地上路。他们都庆幸到底逃出了虎口。

15

铁柱、盼盼和大毛正在山路上赶路，到了一个垭口。在垭口的一个小棚棚里，钻出几个既不像土匪也不像团防兵，或者说既像土匪又像团防兵的烂兵来。

"站住!"一个烂兵端起枪，对着他们三个人。

在山区里走路，碰到这样的人、这样的事多得很。可以说是五里一关，十里一卡，只要有个紧要的关口，就能遇到这样的人物。不是扰乱本地治安的土匪，便是维持本地治安的团防。其实他们都是一家人，什么时候该扮成土匪，什么时候该扮成团防，自有他们办事的讲究。至于老百姓，根本分不清他们是匪是官，也不用分清他们是匪是官，凡是遇到这种场合，规规矩矩交纳买路钱就是了。

铁柱在这山区闯荡了十几年，早见惯了。他毫不畏惧地走上前去，很有礼貌地拿了两句"言语"："在下是走江湖卖艺的，哥子们高抬贵手吧。"接着铁柱送一块银元到那个烂兵的手里去。这算是一个闯江湖的流浪艺人能够交纳的最高额的买路钱了，想来是会让他们过关的。可是很怪，这个烂兵用手一挡，不收这一块银元，却一本正经地说："少来!"

怎么的，有钱也买不到路了？铁柱心里正奇怪，一个师爷模样的人从草棚里钻出来，盯着铁柱和盼盼，看了一眼，忽然装腔作势地说：

"我们不是收买路钱的，我们是奉命来查缉走私鸦片烟的。检查!"

接着两三个烂兵围了过来，把铁柱背上的背篼放下来，把大毛背的包袱卷卸下来，胡乱翻看。铁柱的心落下了地，检查走私鸦片的，这和他们沾不上边。他满不在乎地让他们翻看，一面招呼盼盼过来，准备检查完了就赶路。

那个在翻铁柱背篼的烂兵，忽然从背篼底拿起一包纸包的东西来，交给了那个师爷。师爷拿起来闻了一下，笑一笑，问铁柱："这是啥子?"

铁柱看了一下，奇怪，他的背篼里除开他和盼盼的破衣烂衫，就是盼盼上台演唱时用的几件行头和小鼓、弹板，再也没有别的东西，怎么忽然钻出这么一个纸包来？

"我不晓得。"铁柱回答。

"从你的背篼里抄出来的，你哪能不晓得？打开来看看。"师爷命令那个烂兵。

烂兵把用纸包得严严的纸包一层一层打开。啊，是一包鸦片烟土。铁柱、盼盼和大毛都看得呆了。

那师爷更是装样子地问："噢，你倒装得怪像，你说，这是啥子？"

"我哪里会有烟土？"铁柱申辩。真的，铁柱把吃饭的钱全凑出来，恐怕还买不到一两烟土呢，不要说这么大一块烟土了。他明白这是那个烂兵在使坏，栽他的赃。他愤愤地望着那个烂兵："你们莫冤枉好人。"

"你明明看到我从你的背篼里抄出来的，你还想赖账？"那个烂兵振振有词地说。

这真叫有理说不清。铁柱才转过身去招呼盼盼走过来的那一眨眼工夫，不知道怎么的，就从他的背篼里抄出这个纸包来。

"好人坏人，我管不着，我们奉命查缉鸦片，从你的背篼里查出一包烟土来了，好坏你们要跟我们去走一趟。"师爷冷冷地说。

"到哪里也要讲理。"铁柱说。

"有你讲理的地方，你放心。"师爷接着命令那几个烂兵，"给我押起走！"

一路上铁柱在盘算，为什么要给他们三个人栽赃？这到底是把他们押到哪里去？干什么？他忽然觉得这个师爷好像在哪里见到过，可是平时他见到的师爷多得很，一时记不起来了。

他们走了一程又一程。铁柱问："你们到底是干什么的，把我们押到哪里去？"

"到你们讲理的地方去。"那师爷还是那么一句话。

"啊，罗家大院子。"大毛吃惊地指一指前面黑魆魆的一片大瓦屋院子说，"咋个把我们押回罗家湾来了？"

大毛的这一句话，像一颗火星点亮了铁柱的心。明白了，这明明是中了奸计，把他们押回到他们想逃脱的虎口里来了。不行，他们不能去。他抗议地叫：

"你们为啥子把我们押到罗家大院子？那里不是衙门呀。"

"嘿，衙门是人开的，罗大老爷要开个衙门，那里就是衙门了。走，给我押起走，"师爷露出凶相来。

他们三个人被连推带拉，到了罗家大院子的后花园门口，有两个提着手枪的马弁出来迎接。师爷带笑不笑地说："捉到了。"

一个提枪的人在师爷的耳朵边叽咕几句。师爷突然变得和颜悦色起来，对铁柱说：

"其实也没有啥子大不了的事，罗大少爷想请你们盼盼到公馆来唱堂会，你们偷跑了，所以派我们去请你们回来。只要你们答应进去，叫盼盼清唱一回，大少爷用银元给你们铺路，送你们出来。"

铁柱没有等这个师爷说完，就一口谢绝："我们不唱堂会，我们只在茶馆里卖艺，你们大少爷想听，到茗香茶园里来吧。"

"都到了公馆花园门口，哪能不进去唱一回？"提着枪的那个马弁说。

"我死了也不唱。"盼盼更是坚决。大毛也附和："走，盼盼，我们回去。"拉起盼盼想走。

可是他们被团团围住了，拉扯起来。那个师爷在发号令："敬酒不吃吃罚酒。文请不动，好，武请！把盼盼拉进去！"

两个马弁拉住盼盼就往大门里拖。铁柱像发疯一样地大叫："青光大白天，你们抢人呀！"不知道他从哪里来的那么大的力气，他两手一撑，就把扭住他两只手的两个烂兵推倒了，三脚两步，扑向前去，把盼盼拉了出来，他大叫：

"走，我们卖艺不卖身，看你们青光大白天抢人！"

那师爷也大叫："你说抢人，就是抢人！给我拦住。"

几个马弁上前，把他们三个围住，动手抓盼盼。大毛真发了疯，他使出毛力气来，几拳几脚，把两三个围过来的马弁打倒了，铁柱也和两个马弁对打起来。盼盼却被师爷拉住往大门里拖，盼盼死死地用脚蹬在地上不走，哭着喊："爸爸，我不去；救人啦，抢人啦……"

"盼盼，盼盼！"大毛想冲过来救盼盼，却被一个马弁用枪托子在大毛的头上敲了一下。大毛的眼睛一花，头嗡嗡地响，倒在地上了。

"大毛哥，大毛哥！"盼盼拼命扑到大毛的身上，死死抓住大毛的手不放。大毛睁开眼，看到盼盼满脸泪水，他想挣扎起来，却动不了。

铁柱到底年岁大一些，打不过两个马弁，两手被死死扭在背上，动弹不得，只有嘴巴还是他的，大声地叫："盼盼，我的盼盼……"

师爷和一个马弁像提一只小鸡一般，高高提起盼盼往里走，盼盼的脚落不到地，只有乱蹬乱踢，可是师爷还是提着盼盼的手不放。盼盼急了，用嘴一下咬住师爷的手，师爷哎哟一声，手上出血了。师爷恨恨地说：

"哼，这小家伙怪烈性的，要不是看在大少爷的分上，怕划破了你的脸盘子，我要狠狠扇你两耳巴子。给我提进去，送逍遥楼。"

两个马弁不管盼盼怎么乱踢乱咬，提起盼盼进了后花园的后门。盼盼挣扎不脱，只能回过头哭着喊：

"爸爸，大毛哥，你们走吧，我死也不干的……"

盼盼的哭声隐没在花园的曲径里了。

盼盼既然已经到手，马弁们把铁柱和大毛丢在一边就跑了进去，把花园后门关了起来。铁柱扑了上去，拼命拍打木门："盼盼，我的盼盼呀……"

大毛却还躺在那里，起不来，流着眼泪朝花园里叫："盼盼，盼盼呀……"

住在花园后门口附近的佃户，听到大少爷又在抢女人到逍遥楼去寻欢作乐，都不敢出来看。等后门啪的一声关上了，才有三个两个好心人出来，看到气得快疯了的铁柱，还在徒劳地拍打后门，又哭又喊，好心人就劝他说：

"别的法子没有了，回到场上去告他龟儿子的状，看还有一点王法没有。"

可是铁柱一点也听不进去，他不能离开盼盼，哪怕一天半天，一时三刻，也不能离开。但是一堵高墙把他们父女隔断了，真是喊人人无声，喊天天不应呀。

铁柱去把大毛从地上扶了起来，大毛也是失魂丧魄一般，望着后花园，口里喊着盼盼。他们两个互相扶持着，就在后花园墙下走过来、走过去，喊着盼盼，直到天黑，却没有办法进到后花园里去。晚上还听到他们像在喊魂一样地喊着：

"盼盼，盼盼……"

16

盼盼被两个马弁架着，一直送到逍遥楼上去。盼盼挣扎无力，只有痛哭，声嘶力竭地呼喊："爸爸，爸爸，大毛哥呀……"

当盼盼被架上楼的时候，在楼门口有一个看来有三十来岁的女人，迎了出来，一面扶着盼盼，一面开口呵斥那两个马弁：

"你们又在哪里活造孽，把哪家的良家闺女拉来了？造孽呀，天杀的！"

盼盼不知道这是一个什么女人，看她那么同情地扶着自己，并且开口斥骂架自己上楼的马弁，样子也怪和气的，好像和那些恶人不是一路的。

这个女人扶着盼盼，劝她上楼去："妹子，到了这种地方，也说不得了。先上来歇口气，再想办法。"盼盼没有拒绝这个女人，由她扶上了逍遥楼。盼盼疑惑地望着她，问她："你是啥子人？"

"跟你一样，也是被这家造孽的大少爷骗了来的，在这里落了难。我姓张，你就叫我张姐姐吧。"

盼盼没有想到在这个魔窟里遇到了一个和自己同一命运并且表示同情自己的女人。她原本想到的是一进公馆，就死拼死闹，准备着或跳楼，或上吊，或服毒自杀，也要保住自己的清白之身，她绝没有幻想要活着跳出这个火坑。现在遇到了这样一个怀着好意的女人，也许她可以帮助她跳出这个火坑吧。但是她自己为什么不想办法跳出去呢？盼盼问这个张姐姐：

"你为啥不想办法出去呢？"

"唉，我是远方的人，受了他们的骗，走州过县，老远地到这山里来。我无亲无故，往哪里走？走出门去东南西北都摸不清，咋个走？我在这里就这么不死不活地混了十几年了。"这个张姐姐说得真可怜，她说了后还深深地叹了一口气。

盼盼想，她自己的情况和这位张姐姐不同，有亲爸爸，有场上茗香茶园的张公公，更有一个情投意合的大毛在外边等着，只要逃得出去，一切都好了。于是她对张姐姐说了，她有爸爸，有定了亲的大毛哥，她要求张姐姐："我要设法逃出去，你能帮助我吗？"

"那好呀。我帮助你，不过要耐心等机会，不要着急，并且还要对这家的大少爷应付一下子才好。"张姐姐说的话，盼盼都听进去了。她想只要能设法逃出去，要她应付一下也值得。果然，张姐姐下楼去端一盆水进来，要盼盼梳洗一下，把刚才扯乱了的头发梳理好，把脸上的鼻涕眼泪擦干净，衣服也扯伸展，于是一个漂漂亮亮的姑娘，水灵灵的眼睛，在大镜子里活龙活现。张姐姐都情不自禁摸盼盼一把："怪不得大少爷死活要弄你进来，真是天仙下了凡呀。"

中午，一个马弁端饭菜上来，在张姐姐的劝说之下，盼盼也吃了。张姐姐说："吃得饱饱的，精神养得足足的，好走路呀。"她说得有道理。

盼盼在楼上度日如年，老催问张姐姐什么时候能出去。张姐姐说得有条有理：

"你想想，大白天，楼下守着两个马弁，咋个走得脱？总要等到晚上，天黑尽了，我去把马弁支开了，才好带你从后门出去。在出去以前，千万不要露了马脚，这家大少爷上楼来看你，你也要勉强应付他，叫他不防备你。"

看来也只有这样了。但是这半天好比半年，怎么过？特别是她在楼上忽然听到了后门外的小山坡上传来了爸爸和大毛哥的哭着喊她的声音："盼盼，盼盼，我的盼儿呀……"她心如刀绞了。她想在窗口也喊她的爸爸和大毛哥，可是被张姐姐阻挡了："你要一应声，他们就会把你看守得更紧，晚上怎么走得脱？"

盼盼想，这话也有道理，只好忍住，可是爸爸和大毛哥的声音从远远的山坡传进来，她心疼得不住掉眼泪，只好心里喊着：

"爸爸、大毛哥，莫着急，今晚上我就出来了，等到我。"

"看你，看你，一脸的眼泪鼻涕，如果是大少爷上楼来看你，这样子岂不叫他疑心？"

盼盼只好把眼泪和鼻涕擦干净，叫眼泪往自己肚子里流。心里念着："爸爸，大毛哥……"

张姐姐带盼盼在这个逍遥楼上看一看，有一个敞轩十分明亮，敞轩外面有带座位的栏杆，栏杆下是一个堆有假石山的水池子，水池子外边便是各色的花草树木，弯弯拐拐的小路，穿过一道道的圆门、方门、花瓶形、梅花形的小门，十分幽雅。在楼的东面是一间书房，书桌上、书架上都堆满了古书和新书。在楼的西头是一套卧室，雕花的大床上摆着鸦片烟盘子，烟灯还亮着呢。新鲜的水果装满盘，放在烟铺上。

张姐姐不知道为什么给盼盼介绍说："这位大少爷却不抽鸦片烟，这是专门招待客人用的。这位大少爷其实是一个洋秀才，在大码头混过，读过大学。你看那一屋子的书，很有学问。二十岁的年纪，还没有接太太。这里的女人他都看不上眼。在这乡下哪里去找称心如意的？"

张姐姐明显看出，她的关于罗家大少爷的介绍，并没有引起盼盼的注意。不要说在她的心上没有构成对罗大少爷的好印象了，甚至反倒引起盼盼用怀疑的眼光望着这位张姐姐。她就不再多说了。

到了晚上，楼上敞轩里灯火通明。张姐姐告诉盼盼说："大少爷要来看你了。"

盼盼从心里引起厌恶的感觉，而且不能不有些紧张。张姐姐看出来了，又劝盼盼："你一定要应付好，不要叫他起了疑心，我们晚上才好办事情。"

盼盼明白，这"事情"便是逃出这个魔窟去，她是应该在这个大少爷面前，不露出形迹来才好。她正在想象，这个大少爷是一个什么样的人物，她将怎样做才能麻痹他的时候，听到楼梯响了。一个穿得西装革履、油头粉面的青年，走上楼来了。给人印象最显眼的是胸前的花领带在翻飞，一个金夹子在领带上闪光，跟上来的还有两个马弁，这个大少爷厌恶地用手一挥，两个马弁便恭顺地退下楼去了。

大少爷走近前来，用手一拱，微笑着说："对不起，对不起，我没有在家，不想他们这样把你请来，得罪了。"

张姐姐连忙介绍给盼盼："这就是罗大少爷。"

盼盼望了一眼这位大少爷的模样，又听到这位大少爷的见面话，好像构不成一个恶魔的形象。但是她马上把这个想法打消，估倒把她抢进来的人会是好人吗？她连头也没有点一下。

"说实在的，我是赏识你的清音艺术，才想请你来唱一唱的。你的嗓子，我在省城里听遍了清音，没有你这么好的。你要到省城去献艺，唱不到三个月，保险满城红。"

这一套恭维话，没有在盼盼的心上引起反响，她正在想的是如何应付得好，等到晚上好"办事"，从这楼上逃出去。她听着大少爷说话，没有答理。

张姐姐却在盼盼耳边小声地吹一句："该是的？风流才子。"

盼盼还是低着头，不说话。

大少爷又给盼盼"灌米汤"，说："我不在家，下边不会办事，连你的行头也没有带进来，给你伴奏的人也没有请进来，我一心想欣赏你的艺术，也欣赏不成了。这样吧，今晚上暂时在这楼上和张姐姐一起住一夜，明天送你回场上去，我还是到茗香茶园来听你唱吧。我准备找几个人一起来听，说得好，我们搭个班子，把你送到省城去献艺。"

这位大少爷讲的这一番漂亮话，真能麻人，不要说盼盼了。不过盼盼并没有相信什么到省城去献艺出风头的那一套花言巧语，却相信明天早上就可以回到场上的茗香茶园去，就能见到她的爸爸和心爱的大毛哥了。

这位嘴甜的张姐姐也接到说："对头，今天天快黑了，和我住一晚，我明天早晨陪你回去。大少爷说话是算数的。"

"我哪一回说话没有算数？"罗大少爷拍胸脯拍得嘭嘭响。

他们说着说着话，天真的就黑了下来，丫头老妈子搬上晚饭来了，鸡鸭鱼肉一大桌子。罗大少爷忽然兴致来了，说："我就随便在这里吃了，给我拿点好酒来吧。"

张姐姐就从楼上一个放茶具和酒具的玻璃柜里取出酒瓶和酒杯来，放在罗大少爷面前，并且给自己的面前和盼盼的面前也各放了一个小酒杯子，亲自给大少爷斟了一杯酒，又给自己和盼盼的杯子里也斟上酒，是上好的红葡萄酒。

盼盼说她从来不喝酒。张姐姐劝她："今天难得大少爷高兴，来陪我们吃饭，我们也该陪大少爷喝一杯酒，礼尚往来嘛。"

罗大少爷兴致的确高，举起杯子来对盼盼说："我预祝你到省城一唱就红，干一杯。"他自己一口喝了。张姐姐也毫不为难地一口喝了，两只空酒杯向着盼盼。盼盼从来不喝酒，实在为难，不愿意喝。张姐姐歪过身去，对盼盼说："你就给大少爷一个面子，喝这一杯算了。葡萄酒，不醉人。"接着向她眨一眨眼睛，头向外边一摆。盼盼明白了，应该应付一下，以便晚上逃出后花园去。

张姐姐把盼盼的酒杯端起来，送到盼盼的嘴边。盼盼呷了一小口，果然很甜，没有辣味，并不难喝。这时张姐姐已经顺势把这一满杯酒送进盼盼的嘴里去了，盼盼还来不及拒绝，已经下了肚，张姐姐高兴地说：

"这一下就好了。"同时用眼睛瞟着大少爷，笑了一下，大少爷也笑了一下。

张姐姐赶快给盼盼送去几口好菜，叫她快吃，盼盼勉强吃了。大少爷又端起满满一杯，对张姐姐说："谢你一杯。"自己一口喝了，张姐姐也一口喝了，问盼盼："你还能喝一杯吗？"

盼盼摇头，再也不敢喝了。她感到她的胃里像翻江倒海似的难受，头开始发晕，有些支持不住，手都快软得抬不起来了。

大少爷还在大口大口喝酒的时候，盼盼已经晕得把头靠在桌边上，抬不起来。

张姐姐看到盼盼这般模样，对大少爷笑了一下，向屋里努一努嘴，大少爷笑着点一点头。张姐姐站起来，扶住盼盼的两肩，对她说：

"看来你不会喝酒，才喝一杯就醉成这个样子。好了，到我的床上去睡吧。"

张姐姐扶盼盼站起来，可是站不起来，连手也举不起来。盼盼心里十分明白，张姐姐的话她也听得十分清楚，就是身体软得不能动弹，像瞌睡来慌了一样。张姐姐连抱带拖，把盼盼送进里屋的大床上去，把她平平地放在床上，拍了拍盼盼，对她笑着说："你，好福气。"

盼盼眼睁睁看着张姐姐走出屋去。马上听到张姐姐和大少爷在说笑：

"大少爷，事情替你办得巴巴适适的了，你拿啥子来谢我？"

盼盼听到大少爷哈哈大笑，还听到他们又举起杯子碰杯喝酒的声音。接着大少爷说："老规矩，老规矩。"

"这么标致的姑娘，让你到了手，老规矩不行，起码要加倍。"张姐姐的声音。

"好，加倍，加倍。"大少爷的声音，"你是只放了迷药，还是加放了春药？"

"放得足足的，她动不得，够你玩一晚上。"张姐姐的声音。

盼盼的头脑突然像被什么大棒敲了一下，她开始意识到这个张姐姐给她吃的是迷药酒。不然，一杯葡萄酒怎么会叫她动弹不得呢？啊，他们都是坏蛋。

"不！不！"盼盼在床上大叫，想挣扎起来。可是哪里能动弹？"天呀！"盼盼张嘴喊，她不知道她到底喊出声音来了没有。

她现在才明白这个张姐姐是一个什么东西，她上了这个婆娘的大当了。

这样的婆娘是这种世道的特别产物，她们经常在大公馆里进进出出，过去也许还得过几天宠，可是岁数一过，人老珠黄不值钱，于是就干起专门给老爷和少爷拉皮条的差事。这种人养成好吃懒做的德性，口里蜜蜜甜，心中锯锯镰，善于替老爷少爷去四乡寻找漂亮姑娘。凭她们的把死人都说得活的嘴巴，在你没有落进她的手板心以前，你就识不破她的心术，把年轻女子好说歹说弄进了公馆。只要你肯张嘴喝一口酒，吃一口菜，她就会把迷药和春药叫你吃下肚去。到了这一步，多犟的女子，也休想逃出老爷、少爷们的魔掌，终于被糟蹋了身子完事。他们还有一种道理，一个女子只要一失了身，好说歹说，只好去当偏房姨太太了。

这个叫做风流才子的罗大少爷，见多识广，他知道盼盼这种烈性女子，硬抢进逍遥楼，她会寻死觅活，跳楼上吊，是不好沾上手的，只有靠张姐姐这种会拉皮条的婆娘，用好话稳住盼盼，只要一吃进迷药，就万事如意。霸占了她的身子，再叫张婆娘慢慢来劝说盼盼，从此就成为罗家的人。

盼盼这种毫无一点世故的姑娘，哪里经得住张婆娘的花言巧语的诱骗，哪有不上当的？

现在张婆娘和罗大少爷已经讲好了条件，喝了开心酒，到里屋来了。盼盼突然看到的是两匹张着血盆大口的野兽，向她扑了过来。她想奋力挣扎，可是手脚都不听她使唤。她想大叫，张开嘴却叫不出声音。眼见这个大少爷醉醺醺地上得床来，开始解开她的衣服，她竟一点抵抗的力量也没有了。

天呀，你对恶人为什么不开眼呀？

17

拉皮条的张婆娘真狠心，给盼盼吃的迷药一直到第二天天大明了才失了效。盼盼醒过来一看，自己被脱得精光，失了身子了。她恨这个人面兽心的大少爷，她恨这个花言巧语骗了她的张婆娘，她恨她自己这么糊涂地吃了大亏。但是现在悔恨也无用了，怎么还有脸去见人？怎么还有脸去见爸爸、去见大毛哥呢？你没有力气顶得住他们，难道你没有嘴，没有手，没有脚？你不能喊，不能哭，不能骂，不能打，不能咬？就是万般无奈，你不可以寻死上吊，不可以跳楼？可是你却是从下午到晚上，没有喊，没有骂，没有哭过一声的呀；你就是听到了爸爸和大毛哥在墙外哭着喊盼盼，你也没有吱一声、回一声的呀；你的仇人，那个大少爷上楼来，你是稳坐在那里，没有对他抓一把，踢一脚，咬一口的呀；啊，到了晚上，你是自己坐到饭桌子上去，自己张开嘴吞了张婆娘送到你嘴边来的那一杯毒酒的呀；而以后……啊，啊，我的天！

现在，自己赤身露体躺在这个仇人的床上，软绵绵的，失去了自己最珍贵的童贞。那个张婆娘，狼心狗肺，坑害别人得了手，已经不在了；那个大少爷，凶神恶煞，得到了兽性的满足，也已经下楼去了，说不定正在楼下商量什么更毒辣的阴谋诡计呢。自己怎么办呢？难道就这么躺在这里，等那个恶婆娘又上楼来对自己花言巧语吗？等那个兽性大发的大少爷上楼来再作践自己吗？……啊，我该怎么办？

盼盼翻身起来，穿好衣服，冲出卧室。敞轩里空荡荡的没有一个人。她从栏杆望出去，那高墙和后门外边的小山坡上，树丛中，便是昨天她和爸爸跟大毛哥分手的地方，后来又老从那里传来爸爸和大毛哥呼唤她的声音。爸爸、大毛哥，你们还在那里吗？可是我出不来了，后门打不开，高墙翻不过，恶霸的马弁守在楼下，现在就是没有这些，我也不能出来了，我没有脸出来见你们呀！什么人我也没脸再见呀。这个世界上哪里还有我盼盼的路呢？我怎么还能带着奇耻大辱活下去呢？

突然，死，像一个火星落进盼盼的心底。她不感到死的恐惧，反而感到在她走投无路的时候，死为她打开了一条光明大道。死，是那样地闪光，那么富于诱惑力。她忽然感到再也没有现在这么轻松了。她再也没有哭一声，哼一声。她非常害怕迟了一步，大少爷和张婆娘上楼来，堵住了她走向死亡的道路。她在楼上逡巡，寻找。她扑向栏杆，向下望去，不行，跳下去一定是落进水池里去，马上会被守在楼下的马弁救起来。她想找一根绳子，只要有一根绳子，穿在梁上就行了，但是找遍了里屋也找不到。她想把床单撕成布条，接成绳子，她竟没有力气撕开这新布床单。她走进另一间房间。张婆娘的床上摆着吸鸦片烟的盘子。盼盼走过去看一下，有了，在铜盒子里还有一块鸦片烟。于是她丝毫也没有犹豫地把一坨鸦片烟用指头挖出来，放进茶杯，倒上一杯水，用指头搅化，端起来咕咚咕咚，几口就喝进肚里去了。

这一下她才放心了。她高兴得不禁笑了起来，好像她终于取得了最后的胜利，谁也把她莫奈何了。她变得非常平静而自足，躺在外间的软躺椅上。来吧，要来的都来吧！

突然她听到楼梯响，楼梯口冒出了那个张婆娘，笑嘻嘻地走了上来。盼盼躺着，没有理会她。她走到盼盼身边，高兴地说：

"恭喜你，盼盼姑娘，这下你找到大靠山了。你要谢我这个大媒才是哩！"

盼盼有十丈无名孽火从心底升起来。她从躺椅上站了起来，居然微笑一下。张婆娘以为好事来了，走近盼盼，涎皮涎脸的。

"啪！"盼盼举起手，冷不防地扇了这婆娘一个耳光，又用另一只手狠狠扇了几下，接着用双手狠狠抓住那婆娘的胸襟，摇了几下，咬牙切齿地说："我是要谢你的，我这就来谢你！"把那婆娘推倒在地，跟着扑了上去，抓住她的头发乱扯乱撕。那婆娘想用手来抵挡，盼盼抓住她的手，咬了一口，血滴落在地板上了。

"来人啦，来人啦，救命！"那婆娘向楼梯口滚去，企图连滚带爬梭下楼去。

"干什么？"罗大少爷赶上楼来了。他一大早从盼盼的床上爬起来，走下楼去，找来张婆娘，商量怎么用好话软化盼盼的。现在张婆娘上楼去不大一会儿，还没有听到她们说几句话，就听到乒乒乓乓打起来了。他一听张婆娘在喊救命，知道事情拐了，就赶上楼来。

"干什么？"他大声问。

盼盼眼见仇人上来了，怒火烧得更旺。但是她却忽然变得奇怪的冷静，反问罗大少爷："你说干什么？"

大少爷看到形势似乎没有那么严重，便装得和气的样子，涎皮涎脸……说："我叫张姐姐来给你说媒，我明媒正娶你到我家来过好日……

他以为这么一个江湖卖艺的女子，听到他说要明媒正娶进屋，一定会乐意的。事实上过去他就在成事之后，用这样的花言巧语，骗过几个姑娘了。一个黄花闺女，只要一失了身子，就身不由己，只好顺从男人。他现在看到盼盼好像并没有对他有什么恶意，以为事情就要搁平了，便想走近盼盼。和她表示亲热。

　　"啪，啪，啪，啪！"谁知盼盼把她满腔的怒火，都集中在她的手掌上，愤怒地接连不断地打了大少爷一连串的耳光。盼盼嘴里骂着："你这个挨天杀的！"

　　"你敢，你发疯了？"大少爷招架着退向楼梯口，张婆娘也一起退向楼梯口。

　　"你看我敢不敢，你看我敢不敢！"盼盼真的气得发了狂，手边拿起什么，就向他们摔过去什么，花瓶、盘子、碟子、茶壶、茶杯，一起抓起来打过去，稀里哗啦，响成一片，东西像雨点般飞了过去。

　　"你发疯了？"大少爷一面招架，一面下楼。

　　张婆娘根据过去的经验，劝大少爷赶快下楼去躲一躲，说："让她在楼上摔碗打盆吧。过一阵就会好的，哪一个才拴笼头的小驹子不尥几蹶子的？"

　　两个人退下楼去。盼盼手里抓一把东西，从楼口追着打下去。忽然大笑起来："哈哈，我是疯了，我是疯了……"

　　接着她跌坐在躺椅上哭了起来。

　　忽然从花园后门那边，就是在墙外的小山坡上，传来了铁柱呼唤盼盼的声音："盼盼，我的盼儿，你在哪里？你听不到我的喊声，该听得到我的二胡声吧。盼盼，你听吧，爸爸拉二胡给你听呀。"

　　于是二胡的声音响了起来，是那么的沉痛和婉转，这正是盼盼经常听爸爸拉的一段，也是她唱得最熟练，赢得许多听众的眼泪的一段。

　　"啊，爸爸，我听到了，我听到了。可是我见不到你们了，再也见不到了，我再没有脸见你们了。"盼盼边哭边诉。

　　盼盼感到心里难受，她知道鸦片烟开始在她的身上发挥毒性，她的时间不多了。她要向爸爸、向大毛哥告别，没有别的办法，只能随着爸爸拉的二胡，唱起那一段悲惨的往事。

18

这歌声，这二胡声，是这样的悲怆，飞入天空，落到住在后门附近的佃户们的心上。没有想到，还落到一个女人的心上。

这个女人不是别人，就是从远方抬来罗家的偏房太太，就是那个为罗家生了传宗接代的大少爷，原名叫孙小芬的女人。

孙小芬自从铁柱到观音阁来偷偷接走了盼盼，她正准备等铁柱来接她逃走，却不料被孙家大老爷用一乘小轿，估倒抬到老远的山里头罗家大院子里来。从此一来二十年，再也没有听到铁柱和盼盼的消息。但是铁柱的声音、样子却永远留在她的记忆里，特别是铁柱到观音阁外边竹林边拉的二胡的声音，使她难以忘记。

她到了罗家，当天晚上，糊里糊涂地被一个陌生男人按住成了亲，并且接着怀了孕。生下的就是这个大少爷，成为罗家传宗接代的独根苗。但是孙小芬在这个家庭里是一个偏房，只能起一个生儿子的机器的作用。生下的儿子只能由正房太太抚养，不准由她抱养。只准儿子叫正房太太为妈，而亲生大少爷的孙小芬却只能被自己亲生的儿子叫做姨妈，根本不认作妈。孙小芬对自己生的这个大少爷也毫无一点感情，这是大老爷强迫她生的孽种呀。她一心只想到铁柱才是她的男人，盼盼才是她亲生的乖乖。即使近二十年没有他们的消息，她还是这么想着。只是她认命，以为这是前世造的孽，今世来受罪。她对什么都灰了心，罗家也以为她完成了生儿子的任务了，不用再理她了，把她养起来便算了。孙小芬乐得罗家这样对待她。她自己在罗家公馆里找了几间偏屋，打扫出来，供上观音菩萨，一个人住在那里，不和外边人来往。她万念俱灰，带发修行。她成天烧香念佛，赎取她这一世的罪孽，为她的下一世修积功德。时间流逝过去快二十年，她对铁柱和盼儿的印象也逐渐淡漠起来，甚至想从自己的痛苦的记忆里勾销掉，脱去凡心，准备在木鱼声中，在香烟萦绕中了此一生。

今天早上，她起来上早供，正准备念经，突然从檐口传来她所熟悉的声音，甚至还听到叫"盼盼"的声音。起初她以为这是她的罪□，所以从天空传来铁柱叫盼盼的声音和铁柱拉二胡的声音。后来听到一个小孩子又哭又唱的声音。不知怎么的，她忽然从心里感觉到了，莫非这是盼盼在唱吗？她才这么一想，便怎么也按捺不住自己的凡想。哪怕她拼命敲木鱼，念"南无阿弥陀佛，救苦救难，大慈大悲观世音菩萨"，她的耳朵里的"盼盼"两个字的声音却越来越响了，震动她的耳膜，震动她的灵魂，以至于她无法控制自己，丢下敲木鱼的小棒棒，要到后花园的门口去听个究竟。

她才走进她多少年没有进去过的后花园，马上听到从花园外的小山坡上传来二胡的声音，接着又听到喊"盼盼"的声音。

是真的，有人在喊"盼盼"，这个声音太熟悉了，是铁柱哥的。二十年了，没有想到又听到这个熟悉的声音。不知怎么的，孙小芬喜出望外。啊，我的铁柱哥还在，我的盼儿也还在，他们找到这里来了。他们在喊在唱。真好呀。

孙小芬在花园门口碰到了张婆娘，她问："哪个在喊盼盼？盼盼在哪里？"

张婆娘不回答，劝孙小芬："姨太，你老人家莫管了，这不是你老人家管得到的事。"

"我问你，哪个叫盼盼，盼盼在哪里？"孙小芬声色严厉地问张婆娘。

张婆娘没法，只好回答："在楼上，是大少爷昨夜晚接来的。"

"哎，在楼上，大少爷接来的，昨晚上？"孙小芬心急如焚地问，并且马上想走上楼去看。

在楼下客厅里见到大少爷，这是自己亲生的儿子，却不认娘，冷冷地凑向前来对孙小芬喊一声："姨妈。"

"盼盼在哪里？"孙小芬问他。

"在楼上。"大少爷回答，并且想叫姨妈替他去劝一劝盼盼，说，"姨妈，你上楼去帮我劝一劝她，说我明媒正娶她就是了。"

孙小芬一听，几乎晕倒。可是她还是努力镇定住自己，一步一步地走上楼去，一上楼口，便看到一个用凶狠的眼光盯着楼口的姑娘。

"是她，我的盼盼。"孙小芬不知道为什么下意识地感觉到了。她不顾一切地想扑上去。

盼盼却闪开了，盯住这个女人，心里想，他们又叫一个女人来玩什么花样？她大声叫："滚开！"

孙小芬还是张开双手走拢去，问："你叫盼盼吗？"

"你是什么人？"盼盼没有回答，反问一句。

"我是，我是，啊，我是你的亲娘呀。"孙小芬双手蒙住脸，几乎跌倒在地上，哭了起来。

"走开，我没有娘，我的娘早死了。"盼盼不相信，哪里又冒出一个亲娘来，又想来玩什么花样？

"叫你的亲爸爸来，叫铁柱来。"孙小芬哭着喊。

"他们不准爸爸进来。"盼盼说，继而加了一句，"不，我不想再见他。"

"你等着，我去叫他进来。"孙小芬站起来，走下楼去。

孙小芬在楼下碰见了她亲生的儿子，但是，按这家的规矩，她也只能叫他大少爷。她说：

"大少爷，你要娶人家，连她的爸爸都不准进来，哪有这种规矩？去放他进来。"说罢回到楼上。

大少爷以为是姨妈刚才在楼上说通了盼盼，这就好了。他连忙答应："这好办。"回头对马弁发命令："快去请进来。"

马弁开了后门，一会儿就把铁柱请进来了，铁柱一路走一路问："我的盼盼在哪里？我的盼盼在哪里？"

"在楼上，你自己上去。"

铁柱三步并作两步，噔噔地跑上楼来。铁柱也不管楼上还有一个女人，径直扑向盼盼，把盼盼抱住，一边亲她一边叫了起来："我的盼盼，我的好盼儿……我以为见不到你了。"

"爸爸，爸爸，我……我……"她再也说不下去，俯在爸爸怀里痛哭起来。

"我的可怜的盼儿。"孙小芬见到这样的情景，也禁不住哭出声来。

铁柱这才转过头来看，他突然把抱在怀里的盼盼放下了，站起来吃惊地看着孙小芬，以为是在梦中。他用手擦一下眼睛再看，惊叫起来："你不要显灵来吓你的女儿呀，我求你。"接着他跪在地上了。

"铁柱哥，我没有死呀。"孙小芬也跪了下去，抱住铁柱的头，哭了起来。

"咋的，你不是跳水了吗？我这不是做梦吧？"铁柱用嘴咬一下自己的手臂，很疼，不是做梦，但是他不明白为什么会在盼盼的面前忽然像幽灵一样出现了孙小芬。

"我没有死，我被抬到这个罗家来了。"孙小芬搬起铁柱的头来看，"啊，老了，快二十年……"

"啊，是小芬，你是我的小芬。我和你的盼盼打了二十年的秋风，没有想到在这里碰到了你。"铁柱现在才想起来，要给孙小芬介绍："这就是你的盼儿，你到底盼到了。"铁柱回头拉住盼盼，推给孙小芬说：

"盼盼，这就是你的亲娘呀，就是我给你说跳水死了的亲娘呀。啊，啊，她没有死，她还活着，嘻，嘻……"铁柱不知道是笑还是哭好，他是又在笑，又在哭。

孙小芬张开手臂等着，盼盼迟疑地看了孙小芬一眼，又看一下爸爸。爸爸笑着点头，盼盼早已被孙小芬搂进自己的怀里，叫："盼儿，盼儿，我到底盼到了你。"

盼盼伤心地哭起来："我的妈呀，妈……妈……"

孙小芬搂住盼盼，口里喃喃地念："盼儿，盼儿，阿弥陀佛……"

三个人抱成一团，三张脸上都糊满了眼泪，不知道是谁的眼泪。意外的欢乐，几乎使他们不敢相信这是真的，他们又希望这的确是真的。一辈子吃苦，只要有这一刻钟的欢乐，死也值得了。时间呀，凝结起来吧。他们三个人像一组精美的雕像，一动也不动了。只有声音还模糊地传出来："小芬……""铁柱哥……""盼盼，盼儿……"

突然，盼盼把爸爸妈妈推开了，急切地说："爸爸，你快走吧，妈妈，你跟爸爸快走吧。他们要来了，要害死你们的。我是出不去了。"

"不，不，我们一块儿出去。"铁柱说，"谁敢霸占你，我跟他拼了！"

盼盼已经明显地感到烟毒在她的身上弥漫开来，她的嘴皮开始发麻，头脑疼得要裂开似的，她知道她的时间不多了，她催爸爸和妈妈："快走，你们快。我出不去了，我快要……"

孙小芬发现盼盼的脸色转青，无力地闭着眼睛，手脚发凉，前额沁出许多汗珠，这是为什么？孙小芬抱着盼盼问："盼儿，你怎么啦？"

"我不行了。"盼盼勉强抬起无力的手指一指桌上。

孙小芬放下盼盼，站起来走到桌子边去，拿起茶杯来一看，她完全明白了。她扑向盼盼，抱住她，问："盼儿，我的盼儿，你怎么寻短见呀?"

"啥?寻短见?"铁柱也拿起茶杯来看,用手指蘸一点那污黑的水,送到嘴边,惊叫起来:"鸦片烟!盼盼,你吃了鸦片了?"

"爸爸,我没有脸见你,没有脸见大毛哥,不要管我了。昨晚上,他们……"盼盼一想起来,不禁痛哭失声,"我的妈呀。"

"怎么,昨晚上他们对你……"铁柱大张着嘴巴,说不出话来。

孙小芬完全明白在这个男盗女娼搞惯了的家庭里,在这个逍遥楼上,昨晚上发生了什么事情。她已猜着了八九分是谁在造孽。但是她还是要问清楚:"谁干的?"

"大少爷……"盼盼几乎昏过去了。

"大少爷?"孙小芬一听说这三个字,便像利剑穿心,忽地一仰头,昏了过去,脸色煞白。

"咋的了,小芬?"铁柱抱住孙小芬,不停地摇。盼盼也抱住妈妈的肩头摇:"妈妈,妈妈……"

孙小芬醒过来了,用迟钝的目光望着铁柱,咬着牙齿说:"是这个禽兽,大少爷!他是我生的呀。"

"啥?他是你的儿子?"铁柱万万没有想到。

"是我亲生的,却不是我的儿子,他不知道,也不认我做亲妈。"孙小芬回答后,口里喃喃地念叨,"唉,报应,报应,这是我的报应。阿弥陀佛,我的罪债还没有偿清呀!"孙小芬跪着,不断地合掌和叩头,好像冥冥中有一尊神就在她的面前。

盼盼忽然精神起来,十分冷静的样子,恳切地说:"爸爸,我不行了,你快走吧,迟了走不脱了。妈妈,你也跟爸爸走吧。我到底看到了妈妈,我高兴,我的好妈妈,爸爸为我苦了二十年,你跟他去好好替我照顾他吧。……我不行了……"

盼盼颓然倒下,紧闭着眼,呼吸紧迫,再也说不出话来,头上冒大汗,鼻孔出大气,眼看到了最后的时刻。

"盼盼……"铁柱抱住盼盼的头使劲摇。

"盼儿……我的盼儿……"孙小芬无力地喊,她感到她也活不下去了。

"啊,我要报仇!"铁柱毅然站起来,走向楼口。

"你干什么?"孙小芬抱起盼盼,问铁柱。

"我要找大少爷算账。"

"叫他上楼来。"孙小芬的这一句话,忽然提醒了铁柱。他一个人下去,势单力孤,恐怕还没有报得了仇,就给马弁开枪打死了。他马上变得清醒起来,轻轻走下楼梯喊:

"大少爷,请上楼来。"话说得很客气。

大少爷和张婆娘都以为事情大概是由他的姨妈和这个未来的老丈人说妥了。大少爷匆匆地走上楼去。张婆娘想跟上去,她是大媒,要去讨赏。铁柱却把她挡住了:"慢,你先不要上去,我们谈私房话,没有你的事。"铁柱跟大少爷上楼,顺手把楼门关了,轻轻插上闩子。

大少爷上得楼来,第一声就是:"姨妈,都说好了吧?"

"都说好了,你快过来。"孙小芬说。

大少爷走到面前。孙小芬说:"快来认吧,这是你的亲姐姐。她是我亲生的,你也是我亲生的呀。"

"什么?"大少爷愣了。他长大以后,家里有的老长工倒是告诉过他,他其实不是大太太生的,是姨太太生的。当时长工对他这么说一说,他也随便听一听,没有当真。今天姨妈说出来了,也许是真的吧。但是这个江湖女艺人盼盼怎么会也是她生的呢?他不信,他说:"你是想诓我不娶这个盼盼吧?我说话算数,娶定了,不管她是姐姐,是妹妹,我娶定了!"

"你这个乱伦的禽兽,不认生母,霸奸亲姐姐,还有理呀?我现在找你算账来了。"说时迟,那时快,铁柱抄起藏在身后的一根木棍,狠狠朝大少爷头上打去。大少爷还来不及叫一声,便昏倒在地。铁柱像猛虎扑羊,一下按了上去,用双手掐住大少爷的脖子,往死里捏。大少爷双脚双手乱伸乱踢一阵,便长长地摆在楼板上了。铁柱还狠狠地在大少爷胸膛上捶几拳头:"我看你还歪!"

孙小芬抱起盼盼,看着这一切,漠不关心的样子。铁柱长长出一口气,对孙小芬说:"我把你的亲生儿子掐死了,谁叫他霸奸我们的盼盼!"

孙小芬还是无动于衷地说:"他不是我的儿子,他是禽兽,罗家的恶霸少爷,该死。"

盼盼忽然又睁开眼,望见长长摆在楼板上的仇人,她又望一望爸爸妈妈，最后叫了一声："我不行了，你们走吧。"接着一翻白眼，便落了气。

"盼盼，盼盼。"铁柱和孙小芬喊也无济于事了。

铁柱说："我们快走吧。"

孙小芬说："不，你先走。你装作没有事，从花园后门出去。我在这里稳住，今晚上我再出来。"

铁柱看来只有这么办了，两个人一起走，就会惊动下人，跑不脱了。铁柱亲一亲孙小芬，孙小芬却紧紧把铁柱搂住了，叫："铁柱哥，今生来世，我们永远不分离了。"

"永远不分离了。我先走，你要来哟。"铁柱站起来走向楼口。

铁柱把楼门打开，孙小芬随着又把楼门关住，插上闩子。铁柱走下楼梯，在门口遇到张婆娘，张婆娘问："都说好了吧？"

"都说好了。我回场上去一下就回来。"铁柱一边回答，一边走向后门。张婆娘还多嘴："找到这么一个好女婿，你要谢我这个大媒哟。"

"要谢，要谢。"铁柱走出后门去了。

孙小芬在楼上站起来，往花园望去，眼见铁柱平安地走出后门，才从容地把盼盼的尸体摆顺，盖上布单子。她轻轻地走到另外一间卧室去，在鸦片烟盘子里取出鸦片烟盒来，用手指抠了一坨，放进茶杯，倒点开水，用指头搅了一阵，搅散开了，举起杯子，一口气喝了下去。她做这一切事，像办一件例行的事一般，做得有条有理，连手都不抖一下。她静悄悄地走出来，揭开盖着盼盼的被单子，和盼盼并排睡着，用布单子盖好盼盼和自己的身体，并且用手紧紧搂住盼盼，像平常睡觉一样，只是从此再也没有醒过来。临盖布单子以前她还像念晚经一样地在念："阿弥陀佛，我的罪孽算是赎清了。"

铁柱从此也从这个山区消失了。

尾　声

故事已经完了，还要拉一条尾巴，交代一下铁柱后来的事。你们也许要问：前面不是已经说得清清楚楚，铁柱后来就在山区里的马帮脚子们的路上，走南闯北，成为一个靠拉二胡、说唱故事来乞讨生活的江湖艺人了吗？

是这样，我就是在那山区的下雨天的客栈里，听他拉二胡，讲出他的悲惨故事的。但是后来呢？这就需要做一点交代了。

铁柱后来变成一个孤单的流浪人，年纪大一些，要找个下力的差事也不那么容易。于是又把他的二胡修整好，专门在金沙江畔山乡里的马帮的长路上流浪，哪里黑，哪里歇。晚上就给那些栈房里的马帮脚子们消愁解闷，拉段二胡，摆个龙门阵，靠好心人施舍点房饭钱。有时候也到他和女儿盼盼一同流浪过的老路上走一走，企图去寻找盼盼的足迹，甚至偷偷去罗家山罗家湾的荒谷里去凭吊孙小芬和盼盼，在坟头呆坐一阵，勾起过去的欢乐和哀愁，在这路上说唱自己的悲惨遭遇。

就是在这条路上，我遇到了铁柱，听了他讲他的故事。

我说过，我是为了寻找失落在这大山区里的一支游击队才到那里去的。金沙江畔，千山万水，我到哪里找去？于是我有了一个主意，何不叫铁柱游乡串村的机会，帮我暗地去打听呢？于是我去找到铁柱，给他做了一点工作，又给了他一笔钱，叫他各处走动，帮我打听，有了消息，就到一个小县城我住的地方来联络。

铁柱果然比我灵活得多，他在那些马帮脚子里边走边吹牛，没有多久就打听到了游击队隐藏和活动的地方。我叫铁柱带着我的联络口号到那个游击队里去找人，果然找到了，和我建立了联系。铁柱回来和我谈起来，高兴得很，他说：

"别人叫他们是土匪，我跟他们一块儿活动了几天，才知道他们本是我们穷人，上山去立的队伍，专门打富济贫，和那些恶霸老财们作对的。我愿意去和他们一块儿干，把这个不公平的世道翻过来，叫穷人们也抬起头来过几天好日子。"

我趁势对他讲穷人翻身的道理，我们的队伍到处都有。云南就有几支成万人的大队伍，还有一片一片穷人当家做主的干净地方，那里有成百万的大军，就在解放了的北方，我们就要打下这个江山来了。他听了更高兴，说再也不愿去到处流浪，摆那些叫人丧气的故事了，他说："我要跟着他们去打江山。"我很赞成，但是不主张他去游击队里干，就在我这里当一名交通员吧。我给他讲当一名交通员比当一名游击队战士还要紧，说服了他。从此铁柱就改名叫王国柱，还是利用他流浪人的身份，在各地走动，给我们当了交通员。他说："糊里糊涂地混了几十年，现在才算找到了正道。过去的事再也不愿意去想了。"

第八记

砚耕斋主： 观花记

我们参加冷板凳会的十个人中，按照规定，峨眉山人打头，第一个摆龙门阵，不第秀才殿尾，最后一个摆龙门阵。用拈阄来决定的八个人中，六个人已经拈着了阄，并且摆了龙门阵，现在只剩下我和穷通道士两个人了。我们两个人拈阄，不巧被我拈着了，该我来摆龙门阵。可是我早就说过，参加冷板凳会，我是听龙门阵的积极分子，却不是摆龙门阵的积极分子。本来我只带来了耳朵，没有带来嘴巴的。周科员——现在该叫他砚耕斋主了——说到这里，就被野狐禅师把话打断了。他说："你这不是睁起眼睛说瞎话吗？你的鼻子底下不是嘴巴，是什么？况且你刚才还在用嘴巴说话呢。"

砚耕斋主马上辩解："我是说摆龙门阵的嘴巴没有带来，这个嘴巴是带来陪诸公喝冷茶的呀。不过，到了这步田地，我想滑也滑不脱了。我还是凑凑合合地摆一个吧。"

于是砚耕斋主开始摆他的龙门阵。

我摆的这个龙门阵就叫做《观花记》吧。不过我说的这个"观花"，不是你们想的那个"观花"。你们那个观花是观阳世的花，我这个观花是观阴曹的花。唉，像说绕口令一样，说不清楚了，还是让我摆下去，你们就明白了。

这个故事发生在三十年前。三十年不算短，可是我现在还清清楚楚地记得，那个观花婆狗屎王二拄着一根打狗棍，一歪一倒地走去的背影，还在我的面前晃来晃去。我一想起来还感到一种深深的负罪之情。

我从小开始懂事，就知道我们乡下有一个有名的人物，是个女的，叫做狗屎王二。奇怪得很，为什么她别的名字不叫，偏要叫这么一个怪名字呢？乡里的好事之徒，曾经想寻根究底，为她正名。因为孔老二说过："必也，正名乎，""名不正则言不顺"嘛。但是他们作了许多努力，还是没有结果，只留下一些无稽的猜测。

有人说肯定是她的爸爸妈妈从小给她取的这个名字。我们乡下人和城里人不同，城里人一生下来，才过"三朝"，就要大宴宾客，给孩子取一个堂堂正正的官名，男的叫什么"国栋"、"廷柱"、"弼臣"或者什么"龙"、"凤"之类，总是长大之后，立志要去"为王前驱"，干一番大事业的人。女的呢？就叫什么"淑"，什么"贞"，或者什么"兰"、什么"桂"之类的名花香草，以显示出是名门淑女，大家闺秀。在我们乡下就不同了。除开福命很大的地主老爷们的子女外，一般人家都深怕自己的孩子一生下来，就罪孽深重，长不大，赶快给孩子取个名字，叫狗、牛、猪、和尚，以至石头、木棒之类，以表示他们的轻贱，而轻贱的东西是照例容易长大的。据说这样一来，那些从阴曹地府来阳世间捉人的无常二爷，勾魂使者，以为他们是下贱的牲畜，或者是无生命的东西，不在他们的逮人的职权范围之内，就不会把他们捉走了。有的人家还怕不牢靠，取下"铁锁"、"拴柱"之类的名字，这样就万无一失了。在灾难深重的苦海里，人命轻贱不如蝼蚁，不如小草，不如一块石头、木头，有什么办法呢？所以狗屎王二的爸爸妈妈别出心裁地用"狗屎"来为自己的女儿命名，也不觉奇怪了。

但是有的人不同意这种说法，说叫"狗"还可以，为什么要叫"狗屎"呢？在乡下，哪个不晓得狗屎是最臭的东西？一定是她的名声太臭，别人才给她取这个诨名吧。可是又有人反对，说，假如是别人强加给她的诨名，她一定会用她的正名来纠正，为什么在王保长的官家文书户口册上，却明明写着"狗屎王二，女"呢？

总之，各说各有理，那么找她本人问一下不就行了吗？不行，狗屎王二早已不知道到哪里去了。而且听老一辈人说，他们问过本人，本人的回答是："叫啥就叫啥呗，问这干啥？"

于是狗屎王二的正名问题，还是没有办法解决，这恐怕只有留待将来的"家谱学"专家去考证了。

我现在一想起来，就有一个女人站在我的面前，年纪四十几岁，头发蓬乱，却偏偏在乱毛髻上插一朵鲜艳的野花，脸上似笑非笑，似哭非哭，阴阳怪气。嘴唇老是在动，好像在说话，却又没有声音。有人说，那是她在和鬼神说话。因为和鬼神来往是她的职业——她是一个职业的"观花婆"。她穿上一件宽大得奇怪的上衣，长到盖住了膝头。那袖子足有一尺五宽，在大襟边和袖口上镶着半尺宽的绣花边，铜纽扣闪闪发亮。这是她替人们出使到阴曹去的唯一的一件外交礼服，平常是不大穿的。她的脚从来没有缠过，十分宽大，她吧嗒吧嗒地走在路上，结实稳当。这在那时的乡下，女人不缠脚，是最叫人难以容忍的了，不说要像大家闺秀缠成三寸金莲，至少也要用布条子胡乱缠小一点嘛。但是狗屎王二却得到大家的谅解，因为她经常要从阳世走到阴曹去，那路程听说是很长很长，并且很难走的，那时似乎又没有火车、轮船、汽车通阴曹，就全靠她的两只脚，不留双大脚怎么行呢？

叭，叭，叭，叭，你看，狗屎王二来了，穿着外交礼服。今天是到哪一家去呢？哦，到隔壁王大娘家。我们一群孩子都跟在她的大脚后边，到王家院子里去了。

"狗屎王二，你今天到阴曹地府去给哪个观花呀？"我们很有兴趣地问。

狗屎王二照例不回答，走她自己的路。我们说得多了，甚至夹了一些不礼貌的话，她就转过头来，恶狠狠地望我们几眼，有时威胁地说：

"石头，你讨嫌，我到阎王殿叫他们把生辰簿子拿来，把你的年岁勾了。"

这的确是很大的威胁，因为每一个人都在阎王殿的生辰簿上登记有名字，每一个名字下边都注明了该活多少年。到了时候，阎王就会派那戴高帽子的无常二爷来请你去了。把年岁勾掉，那就得马上到阎王殿报到的。可是石头还是老跟在她的后边臊皮，有恃无恐，因为他是石头，没有生命，十有九成在阎王殿的生辰簿上根本找不到他的名字。可是石头的妈却紧张起来，因为石头是个人，这是确实的。狗屎王二完全清楚，她真要到阎王面前告发了，那就不妙了。所以石头的妈赶紧叫："石头，你不要命了？"生生地把石头拉走了。

我们跟狗屎王二进了王家院子，径直到王大娘家。王大娘的大闺女害了病，面黄肌瘦，一直不见好。狗屎王二断定说，一定是这个闺女在阴曹的花树遭了什么祸害了，一定要去"观花"，看有什么办法改善花树的生长情况没有。王大娘完全同意。因为每一个活着的人在阴曹的什么花园里都相应地有一棵花树。活着的人的一切吉凶祸福都和这棵花树的盛衰息息相关。况且王大娘还想拜托狗屎王二去阴曹的时候，顺便去看望一下她的老伴王大爷，看看他近来在那里生活得怎么样。是不是没有抽大烟的钱了，她好给王大爷兑几个钱去。现在这兑钱的事，因为开办了"冥国银行"，好办得多了。只要到街上冥货铺里去买一些冥国银行的钞票回来，写上王大爷名字一烧，就汇到了。当然最可靠的是写一张冥国银行的汇票，交给狗屎王二，托她亲手交给王大爷，王大爷去冥国银行领取汇款就行了。这个业务也是狗屎王二经常办理的重要业务之一。

王大娘见狗屎王二来了，诚恳地接待她，先请她吃一顿丰盛的午饭，才好赶路。狗屎王二吃饱了，要上路了。她在一张方桌上供上一个红布包裹着的什么神，点上一对蜡烛和一炷香，烧了纸钱，恭恭敬敬地叩了几个响头，嘴里念念有词，才算办完了出发的手续。她坐在一张床边上，脚虚悬着，头上盖一块黑纱巾，一直吊到胸口。狗屎王二的脚一前一后地摆起来，这就是在走路，狗屎王二走上她的长途旅程了。

不多一会儿，她就到了鬼门关。凡人是最怕进鬼门关的，狗屎王二却很自在，在鬼门关守着的牛头马面，看来都是她的老朋友了。她一到就和他们打招呼问好，甚至还可以开两句不大要紧的玩笑。狗屎王二大概在回答守鬼门关的鬼卒们的问话："啥？吃了中午饭没有？……哦，吃过了。""嗯，请你们高抬贵手，开下门吧……是有正经事哟……啥？买路钱？我们常来常往，这一回就算了嘛……不行，上面有新规定？要多少？……哪里要那么多？……"

看来狗屎王二和她的朋友们争论起来了。守门的鬼卒非按上级的新规定收买路钱不可了。"是嘛，近来物价飞涨了，票子不值钱嘛。不过我们常来往，打个折扣吧……你把我带的钱都要去了，我进去走累了，喝碗茶的钱都没有了……"

王大娘坐在旁边，完全听到了他们的争论，她害怕狗屎王二进不去，误了大事，就说了："该给多少就替我垫起吧，你回来我补给你就是了。"

狗屎王二进了鬼门关，到了阴曹世界，她一面走，一面和路上的人（哦，应该说是鬼了吧）打招呼，有说有笑，就像是乡下人在赶场的路上走着一样，有时她还和相熟的鬼开几句玩笑。

"哎哟，"狗屎王二叫了起来，脚步停了，"这河上的奈河桥咋个在修理啊？……过渡船？好嘛，过渡就过渡嘛。"于是狗屎王二过渡去了。这个渡船就放在方桌上，一个碗装了水，上面架一双十字筷子。狗屎王二在渡船上又碰到新问题，要付渡钱。当然，她总算和撑渡船的鬼很熟，少给几个钱。王大娘又诚惶诚恐地答应等她回来了就补给她。

狗屎王二真有办法，一进阴曹的花园，就马上找到了王家大闺女的花树。狗屎王二转过来转过去观察了一阵，原来是有个蚂蚁窝就在这棵花树下，蚂蚁在这棵树上爬上爬下捣乱。"哼，原来是你们在害人。"这显然是狗屎王二在和蚂蚁说话。忽然，狗屎王二又惊叫起来："啊，这么大的青虫在啃树叶，有的花枝啃得只剩光杆杆了。"王大娘听了紧张起来，原来她的大闺女的病根在这里。王大娘要求狗屎王二：

"你就帮她把虫捉了吧，多给几个钱都行。"

"我哪里敢动？"狗屎王二说，"我只得跟管花树的说一声。"过一会儿，大概是狗屎王二在办交涉，只听她说："啥？你说杀虫要药水？你们这里连药水都没有？……有是有，要钱？那好说嘛。"

于是狗屎王二和管花树的鬼讲起价钱来。又给了钱，少不了王大娘当面答应回来以后补给她。于是一切都办妥了。观花的任务就算是完成了。

现在是狗屎王二去看望王大爷了，总算狗屎王二的熟鬼多，三问两问，就找到了王大爷。王大爷一见家乡来的人，好高兴啰，在亲热地和狗屎王二说话。王大娘在一旁听着，激动得不得了，不住地插嘴，报告家里的情况，问老伴近来可好。狗屎王二都忠实地传达了。

"唉？瘦了一点？给你兑钱来了，吃好点嘛……唉？多兑几个？好嘛，下回多给你兑几个钱来就是了。衣服也烂了？下回给你带一件新的来……"

王大娘什么都答应了。

时间不早，太阳快要靠山了。奇怪得很，阴曹的太阳也和阳世的太阳一样，同时出山，同时落山。狗屎王二在阴曹说："太阳都靠山了，我要回去了。"

狗屎王二回来，当然还是走路，可是这一回比坐汽车还要快，在路上也顾不得和鬼卒们说话，径直出了鬼门关，一会儿就回到了阳世，到了王大娘的家。

狗屎王二把头上的黑纱揭下来，眼睛慢慢地睁开来，用手巾拭一下头上的汗水，说："硬是走累了。"大家问她，她却说什么也不知道，反倒问旁人，她说过些什么。

王大娘又请她吃了饭，给她补了钱，还拿出一件新大衫来，要她下回去阴间，顺便给王大爷带去。狗屎王二都答应照办。至于后来办了没有，大人们似乎并不大留心，我们这些娃娃却很关心。发现王大爷的新长衫，已经改短，成为狗屎王二身上的衣服了。王大娘听说了，也不敢去问。哪个敢去和鬼打得火热、和无常二爷是熟朋友的人打麻烦呢？

有，就是我们这些调皮捣蛋的娃娃。

我们一群娃娃，看到狗屎王二到阴曹，来去自如，又听她说到阴曹的一些情况，总觉得那鬼门关、奈河桥、阎王殿是一个很好玩的地方。但是我们多次向狗屎王二提出要求，要她带我们去玩玩，都被她断然拒绝了。我们不满意，我想和她捣乱，但是正当她"走阴"的时候，你是碰不得她的，碰了要出大乱子。

有一回，狗屎王二正在"走阴"，一个娃娃碰了她一下，她马上倒在地上，眼睛翻白，口吐白泡子，手脚不停地抽搐，嗷嗷直叫，像快死了，好不怕人！她大叫："哎呀，这一下我回不来了呀，咋办呀？"大人们都张皇失措，赶快向她供的神跪下，向她求情，答应她在阴曹许愿，一等放她回来，一概照办。这样她才慢慢地不抖不叫，闭上了眼睛，嘴里也不吐白泡子了。过了好一阵，她的胸脯才开始动起来，鼻孔微微翕动，算是有了气了。再过一会儿，她才像醒过来一样。人家问她，她说她什么也不知道。当然，我们这个娃娃朋友被他的爸爸拉了回去狠狠地揍了一顿。

从此以后，狗屎王二"走阴"谁也不敢碰她一下了。这却引起我们老大不满意。而且我们娃娃和狗屎王二在经济上有直接的利害冲突，我就深有感觉。本来我妈妈有时候给我几文小钱去买糖饼吃，但是由于我妈妈对我在阴曹的花树的荣枯特别关心，有时请狗屎王二替我去"观花"。而且每次她总要在我的"花树"上找出一大堆毛病来，于是我妈妈只好把留给我的零用钱给了狗屎王二。甚至我在过年时向长辈叩头得来的"压岁钱"，存在妈妈那里的，也被狗屎王二弄走了。我不高兴，慢慢地就恨起她来。

别的娃娃也和我差不多，和狗屎王二有了直接的利害冲突。积怨久了，我们就商量怎么报复她。碰她当然是不敢的了，倒不是怕她活不转来，是怕自己回去遭到大人的痛打。

我们中间有一个"智囊"人物，就是石头，他在我们中年岁最大。有一回他悄悄告诉我们，狗屎王二观花是假的，我们问他，怎么见得呢？他说了：

"有一回狗屎王二在李大娘家观花，我在门口偷看。李大娘到灶屋去了，她趁着堂屋里没有人的工夫，从她盖头的黑纱旁边张开眼睛四下里看没人，就顺手把李大娘枕头旁边一件小白布褂子，塞进她的怀里去了。"

"还有一回，"另外一个娃娃补充，"我看她正在观花，一个蚊子叮在她的手背上，痒得不行，她就用手去搔痒。她的魂都到了阴曹了，她怎么还知道蚊子在叮她的手呢？"

的确有道理。可见一碰她她就装死，其实是骗人的，不理会她也死不了人。但是我们研究几次，怕大人打，始终不敢去碰她。

有一回，我们的"智囊"到底想出办法来了。他说："这么办，狗屎王二家里养了一条半大不小的猪，她把这条猪看得像宝贝似的，深怕它滚进茅坑里去了。我们趁她正在'走阴'的时候，去诓她一下，看她动不动。"

"对头。"大家都赞成。

这一回，她在隔她住得很近的张家大院子里观花，我们谁都不去偷看，等我们的侦察兵侦察到她的确已经到了阴曹，正在花园里观别人的花树，起劲地说长道短的时候，石头突然跑进门去，气喘吁吁的，像才跑了路，大声对狗屎王二叫：

"狗屎王二，你的猪掉进茅坑里，快要淹死了！"

"唉？"狗屎王二大叫一声，把盖头布一把抓下来，站起来就向她家里跑去。

"哈哈哈哈！"大人和小孩都笑起来，石头和我们简直笑得直不起腰来了。平时对于她观花认为神圣不可侵犯的一些老大娘，也吃惊地把嘴巴大张开，说不出话来。

狗屎王二跑回家去，她的猪好好地躺在圈里，她才知道上了娃娃们的当了，她想再回阴曹去继续观花，已经不可能了。

从此以后，大家知道狗屎王二观花是骗人的把戏，那些老大娘们再也不肯把钱或衣服托狗屎王二带到阴曹去交给自己的亲人了。当然她们又在庙里烧香，想另外的办法和阴间的亲人建立新的联系。

狗屎王二不能观花，她又不肯去靠自己诚实的劳动过日子，日子不好过起来。当然，她实际上也无地可种，她连起码的劳动工具锄头、镰刀也没有一把，她怎么去劳动呢？大家从来没有见她下地劳动过，谁敢把地拿去交给她抛荒呢？眼见她坐吃山空，支撑不下去了。

过了一些日子，看她提起一个装两个破碗的篮子，拖起一根打狗棍，张家进，李家出，吃"百家饭"去了。

我看她拖起越来越瘦的身子，在大路上为一碗冷饭奔走，在那蜡黄的脸上嵌上两颗毫无生气的眼珠，眼角里饱含着忧伤的眼泪，用在寒风中战栗的声音在呼喊：

"善心的老爷太太们，行行好吧——"

我一听到这个声音就十分难过，有时她到我家门口来讨饭，我简直不敢正眼看她。我发现她对我们这些娃娃无意中的恶作剧，使她再也不能依靠"观花"过日子，给她造成巨大的伤害，却并不怀恨。她还是那么和善地悲悯地望着我，对我说："行行好吧。"我更是难过，倒不如她恶狠狠地看我几眼，骂我几句，我还好受些。我怀着怦怦跳得厉害的心，在她手中的破碗里，狠狠地给她按上一大碗饭。她很感激地看我一眼。我更不敢把我的幼稚的眼睛正对着她的眼睛，转过头去了。我感觉我犯了罪似的，但是我不知道我到底犯了什么罪。有的时候，我们有的娃娃，继续和她开玩笑，问她："狗屎王二，你的猪掉茅坑里去了吗?"

她有气无力地支吾说："莫说笑话……莫……"她拄着打狗棍，一歪一倒地走去了。我只要听到哪个娃娃，心满意足的哈哈笑声，简直想走过去给他一个耳光。

我发现，石头和我一样，也尽量避开和狗屎王二打照面。就是碰到了，他总是用那么忧郁的眼神，望着狗屎王二那弯曲的背影，那蓬乱的灰色的头发，那么木然地望着这个世界的眼睛……他和我一样，非常讨厌别的娃娃奚落狗屎王二，甚至表示愤怒："我揍你！你再敢欺负人。"

我知道，在他和我的幼弱的心灵上，带来多么剧烈的震动，受到多么巨大的创伤呀。我们并不想去害人，却由于偶然的过失，使狗屎王二落进了悲惨的命运。她是欺骗了别人，可是她不也正受着整个世界不公正的待遇和欺凌吗？那些受她欺骗的老大娘们是受她愚弄了，可是她不也是正被一种莫名其妙的力量在愚弄吗？这个力量到底是什么？我小小的年纪又弄不明白，我长久地为此而苦恼。

过不多久，狗屎王二不见了。她到哪里去了，谁也不知道。慢慢地再也没有人提到她，她从人们的记忆中消失了，像一片枯黄的秋叶坠入了秋雨的泥泞中去一样。

可是她那拄着打狗棍，挎起讨饭篮，一歪一倒走去的背影，却常常在我的眼前晃来晃去，三十几年了。

砚耕斋主摆完了他的《观花记》，我们也不禁沉默了一阵。好似我们现在还看到狗屎王二拄着一根打狗棍，挎起讨饭篮，一歪一倒地从我们的巷口走过去的背影。这样的可怜人，我们每天都在街头巷尾碰到。可是过不多久，这一个老太婆的背影消失了，新的老太婆的同样的背影，又在我们的眼前出现了。

"可怜。"巴陵野老叹了一口气。

我们的会长峨眉山人好像也为这样的可怜人感动了，可是他评论起砚耕斋主来，看起来他是想转缓一下大家的心情，他说："可惜你摆的这个龙门阵太短了，今晚上没有尽兴。"

别的冷板凳会的会员也附和："是呀，是摆得短了一点。"

但是砚耕斋主却一句话也不说，不知道他是为他少年时代的孟浪行为伤害一个无辜的老太婆难过呢，还是为自己只能摆这么一个短龙门阵而惭愧？他低着头，看来不能指望他再讲什么，大家准备散去了。忽然，野狐禅师却开了腔：

"我来帮助砚耕斋主再摆一个龙门阵吧。上一回我摆了《禁烟记》，你们说我摆得太'水'了，我也早想等大家摆过一轮之后，再摆一个，以作补偿。今天正好还有时间，我就提前补摆吧。我摆的这个龙门阵的名字叫……"

"慢点，慢点。"三家村夫打断野狐禅师的话头说，"会有会规，你没有新拈着阄，凭什么摆？况且也应该先听一听会长的号令嘛。"

峨眉山人说："野狐禅师的肚皮里的龙门阵多，不叫他摆，他会胀死的，胀死了到阎王殿去报到，还不好交账呢。阎王殿里恐怕也找不到一个被龙门阵胀死了的胀死鬼吧。还是让他摆吧，怎么样？"

大家没有说什么，野狐禅师便认定是大家默许了，于是摆了起来：

我只摆一个短的龙门阵吧。砚耕斋主刚才摆的是关于一个女人的悲惨遭遇，我也来摆一个女人的悲惨遭遇吧。在我们这个礼教之邦，泱泱大国里，女人所背负的屈辱和痛苦，比男人多得多，吃人的礼教吃得最多的便是女人。生而为女人，吃苦最多，如果女人生下的还是女人，她就该受双倍的苦，受男人的虐待和歧视，也受女人的虐待和歧视。而且……

野狐禅师的话被山城走卒打断了："你真是一个野狐禅师，一摆起龙门阵来，无边无际，叫人摸不着头脑。你摆龙门阵就开门见山地摆起来，何必为女人打抱不平，便说出这么一大篇大人的道理来？我们会规是不谈大人之言嘛。"

"嘻，我这不是已经摆起来了吗？这就是正文呀。"野狐禅师为自己辩解。

"你不要三皇五帝、东洋西洋地扯得太宽，也少发些大人们听了不高兴的宏论，你就原原本本摆故事吧。"会长峨眉山人也素知野狐禅师的"野性"，及时给他作了必要的指示。

"好，好，我尽量简单地说个大概罢了。"野狐禅师收住了自己的像野马般的舌头，继续摆起来：

我摆的这个龙门阵，要给它取个名字，可以叫做《生儿记》。

这是好多年前的事了。有一年夏天，我回到我的老家去，享受几天田园之乐。我们那乡下的风俗是，每天傍晚的时候，大家从田里回来，女人们回屋里做夜饭还没有做好，男人们便自由自在地集合到村子外边的土地庙来消闲。这种土地庙很小，总是修在村外的大路边。五六尺高，几尺见方的一个小小的石屋，里边供着和善的土地公土地婆，他们的任务就是刻在石头门枋上的石对联上说的"佑四境平安，保一方清泰"。逢年过节，不论贫富，每家都要来给两位老人家上供，如果没有冷刀头肉，总要送一碗冷豆腐。在这土地菩萨的石头公馆的外边，除了必不可少的一棵大黄桷树外，一定有几条石条凳子。供大家歇凉，冲壳子。假如说这不叫一个重大发明的话，总可算乡下人的一种创造。有了土地庙这样一个地方，便成为村子里男人们议事的地方，歇凉的地方，交换各种传说的地方。而且无论贵贱都可以到这里来坐一坐，并且似乎都要按辈分的大小让座。那种在树下习习的凉风中乘凉，大家无拘无束地摆些没经没传的龙门阵，彼此交换着抽叶子烟或水烟，真有点中国的古风或者西洋的牧歌的味道。而且这时的确在大路上有牧童牵着牛慢腾腾地走来，在小溪边或水塘边有牧童牵着牛在饮水，牧歌就常常从那里，在那靠山的太阳的金光下响了起来，叫人听来陶醉。

照规矩大家一定要在这里歇凉、抽烟和摆谈，直到天黑，家里女人已经派孩子来叫"大人"回家吃夜饭来了，大家才慢慢散去。这样的淳朴生活过它几天，的确可以把我们从城市带去的俗气和恶气洗涤干净。我……

"呃，你到底要摆多久才进入正文？我们不是来听你描写世外桃源的生活的，我们要听的是龙门阵，野狐禅公，我们要龙门阵！"三家村夫几乎难以忍耐地打断了野狐禅师的野狐禅。

"少安毋躁，少安毋躁！"野狐禅师并不生气地安抚大家，"下面真的是正文了。"于是他继续摆下去。

我回到我的老家，当天傍晚，就到土地庙去享受清福。大家对于我的回家，自然是表示欢迎，因为他们说他们在乡下孤陋寡闻，很想听我摆些城里边的龙门阵。摆龙门阵是我的一种享受，我欣然同意，随便拈几件趣闻逸事，加油加醋，便摆得叫他们眉开眼笑，认为我这个乡下人进了城，果然也沾了城里人的不少聪明，在乡下简直可以算作圣人了。

我正摆得得意，天已经黑尽，那些大娃细图来说他们的"大人"回家吃夜饭来了。我也准备收场，忽然从村外的龙水沟方向传来几声特别的叫声：

"大毛儿，回来呀，大毛儿，回来呀！"这声音是出自一个女人之口，叫得那么凄惨，叫人听了毛骨悚然。特别是我一想到这声音是从龙水沟的乱葬坟场里传来的，更是感到恐怖。从小我就知道那里是鬼魂出没的地方，有很多可怕的传说，天还没有黑，从那山谷里传来呼呼的山风，鬼气森森，连向那个方向望一眼都感到恐怖，谁还敢在这天黑尽的时候，到那里去游荡，并且大声叫喊呢？

"大毛儿，回来，大毛儿，回来呀！……"又传来凄惨的叫声。忽然有一个微弱的火光亮了一下，又亮了一下，再亮了一下，就像鬼火在亮。这更增加了恐怖感。

可是我望了一下周围的几个人，似乎没有一点恐怖的感觉，只是沉默不语。我问：

"这是什么声音？是哪个在叫，干什么？"

我家的亲房大伯叹了一口气说："这又是她在喊魂哟。"

"哪个她？"我问。

大伯说："你不晓得大朝门院子里的那个幺娘？这就是她。"

哦，幺娘！我出门几十年了，别的许多人，哪怕论起来多亲的，大半都记不起来了。唯独这位幺娘，我却没有忘记。一提起她，马上勾起我的童年生活。多么有趣，多么有色彩的童年生活。

我至今记得这位幺娘嫁给大朝门幺叔家的情景。那些坐花轿来，拜堂，入洞房，揭盖头，吃交杯酒的事，倒没有什么特别的地方。最叫我难以忘记的是，我和几个小伙伴，跟着大家拥进洞房。当幺叔揭去这位幺娘的红盖头的时候，看到一个年岁才不过十六七岁、长得特别标致的姑娘，羞羞答答地埋着头，却又偶尔歪着头用眼睛觑看幺叔和我们这些娃儿，认识她的新世界。我看她好年轻呀，最多有我家姐姐那么大。在吃交杯酒的时候，她就是不肯照我们乡下的规矩，用手端起酒杯，套进幺叔的手臂里去，和幺叔两个对着吃酒。然而这个礼节是表示夫妻恩爱、白头到老的重要礼节，万不能省的。于是大家笑着闹着，把他们俩挤到一起，纠正他们的姿势，到底喝了交杯酒。可是这位小幺娘不会喝酒，不能一饮而尽，还剩了小半杯酒。这时，我家的大伯娘抓住我，推到幺娘怀里去，对我说：

"二娃子，"请不要笑，我们乡下的娃儿就是这么个叫法，"你替幺娘把这杯酒喝了，幺娘明年就生下你这么一个胖娃儿。"

我还没有回过神来，那小半杯酒已经倒进我的嘴巴里去了。那酒实在不好喝，从嘴一直辣到心口。但是我是男子汉，在这种场合不能哭，甚至还笑起来。这就给婚礼带来极大的喜庆，预示着这位小幺娘明年就会生下一个胖男娃娃了。

大家都笑了，连新幺娘也笑了。她甚至把我紧紧搂在她的怀里。毫无疑问，她也正盼望着明年头一胎就生一个男娃儿。这不仅对一个女人，就是对于幺叔一家，也是至关紧要的事。

从此以后，幺娘对我特别好，我常常到幺娘家去玩。幺娘每一次都要把我搂进她的怀里去，对我左看右看，亲热得很。如果没有糖果子给我，就给我泡一碗炒米茶，放一块片糖。我那个时候并不晓得，我时常到幺娘家里去，对于她生男娃儿，将要起促进作用。只觉得幺娘长得漂亮，性情慈和，糖和炒米茶也实在好吃罢了。

但是使我引为遗憾的是，我常在幺娘家串门，并没有诱发幺娘生下男娃娃来。甚至于有人事后证明，正是因为我常常在幺娘家里出现，使送子娘娘——这是一位抱着娃娃立在观音庙偏殿上的长得很漂亮的女人，我们常常去那里看到她，许多少妇在向她磕头。据说我们这些娃娃，都是由她分配好了，抱到我们家里来送给我们的妈妈的——误会了，以为幺娘已经有男娃娃了，所以只给幺娘送女娃娃。这样说来，我好吃幺娘家的糖和炒米茶，倒是罪过了，给幺娘带来那么大的害处。

总之，幺娘第二年只生了一个女娃娃。再过一年多，我虽然已经被禁止到幺娘家里去玩了——说实在的，幺娘还是一直喜欢我，疼我的——幺娘生第二胎，还是一个女娃娃。这个送子娘娘未免也太不作调查了，一个劲地给幺娘送女娃娃来，一连生了五个女娃娃，就是大家说的"家有五千金"了。

幺娘到了"家有五千金"的时候，已经变成了半老徐娘，那年轻少女的风韵，连一点痕迹也没有了。这也难怪她，不仅生五个女娃娃把她的身体拖垮了，而最重要的没有给幺叔家生一个传宗接代的男娃娃，她的身价一落千丈。丈夫的伤心，邻居的冷落，特别是三房的那位三娘，由于生了两个儿子，便有权利在天井边对着幺叔家门口恶言恶语地奚落幺娘，使幺娘再也抬不起头来。她怎么能不很快老下去？幺叔家算是薄有田产，由于没有儿子继承，按族规迟早要落进幺叔和幺娘都极不愿意的三娘家的小儿子手里去。这就叫幺娘感到对幺叔好似犯了弥天大罪，怎么好过？幺叔算是一个好男人，虽然恼火，却并不恶骂，也不痛打幺娘，这却引来幺娘更大的难受。她就对我说过，她希望幺叔痛打她，把她杀死，她才舒服。幺叔却只叫幺娘吃素，念佛，赎取前世的冤孽，并且要她行善，把小钱散给叫花子或孤老女人，这样叫皇天开眼，命令送子娘娘送一个男娃娃来。但是幺叔和幺娘都觉得他们的阴功还没有积够，怕再生下来的还是女娃娃，所以过了十几年，一直不敢再生娃娃。

我也多么盼望着幺娘不生就罢，一生就生下一个男娃娃来哟。我也痛恨三房那位阴施倒阳，一天总算计着要得幺房绝产的三娘。我离开家乡以前，还陪幺娘到观音庙去向送子娘娘烧香。我暗暗地做了祷告。并且想质问送子娘娘，为什么不把我留着，送给好心的幺娘，却提前把我送给已经有了两个哥哥的爸爸、妈妈呢？

我离开家门，再也没有回去过，以后的情况不知道，现在幺娘怎么落到了这样一个境地呢？

我家大伯没有回答，在座的别的人也没有回答。大伯叹一口气说："今天晚了，回家吃夜饭去吧，明天我摆给你听。"

"大毛儿，你回来，大毛儿呀，你回来呀……"幺娘在龙水沟又喊起来，那像鬼火一般的灯火，忽明忽灭，从黑暗的山谷里吹来了凉风，使我打起冷战来。

第二天，我的大伯给我摆了幺娘生儿的故事。

不知道是送子娘娘终于被感动了，或者说不定我临走前去观音庙的祷告也起了一点作用，幺娘在十几年之后又怀了孕，而且生下一个男娃娃。

幺娘的肚子又大起来的消息，三房的三娘知道以后，着实不安起来。她的如意算盘可能破产。她原本已经量定，幺娘已经生了五个女儿，十几年没有再怀孕，不会再生了，因此她的二儿子过继给幺房，正大光明地得幺房的遗产，是肯定无疑的了，这是族规明白规定了的。谁知道幺娘偏偏又怀了孕。这一来就有两个可能，如果生下来的是一个男娃娃，三娘得遗产的好梦就破灭了。于是三娘在外面放了谣言，头一个谣言是幺娘根本没有怀孕，也不可能再怀孕了，是幺娘用一个蒸箔贴在肚子上，罩上外衣假装的。接着又放出第二个谣言，说幺娘就是怀了孕，也一定是找别的男人接的种，生下来的是一个龟儿子，没有资格得幺房的遗产。理由是这时幺叔已经出门去了。幺娘听了，生气得很，以至跑到三娘家里去，当着三娘把外衣解开，要三娘看个清楚，到底是真是假。结果三娘只好以骂幺娘不顾羞耻，在人面前脱衣服，丢人现眼来收场。幺娘气得和三娘扭打起来。幺娘骂三娘没得良心，想得别人的遗产。幺娘申言，如果生的是女娃娃，她要叫幺叔在外边把家产荡尽，也不给三娘留一分一厘遗产。

我问大伯："幺娘怀孕的时候，幺叔果真不在家吗？"

"哪里的事。"大伯说，"都是三房那个喜欢拨弄是非的三娘硬给栽的，那个女人，你还不晓得？"

这倒是的，我们乡下就有这种多嘴婆，一天吃饱了就喜欢张家长李家短，吊起一个嘴巴胡说，唯恐天下不乱。这个三娘我是见识过的。她爱咒骂我们这些男娃娃，巴不得天下的男娃娃都死绝了，只留下她生的两个男娃娃得遗产才好。

据大伯说，幺叔出去，其实没有乱花多少钱，他是一个老好人，他总相信是他或者幺娘前世作了什么孽，所以不让他有儿子，活该绝后。因此他出门去，不走什么大码头，就只到这个庙那个庙里去烧香，纳布施，乞求神仙显灵，他还看准了一座坐落在峨眉山深山里的小庙子，一当幺娘生下来的还是一个女娃娃时，便到这个小庙去出家当和尚，念一辈子的经来赎自己的罪过。

幺叔回来了，幺娘快要临产了，幺叔天天在家里烧香念经，幺娘也跟着念起经来。据大伯告诉我，幺叔幺娘的诚心，硬是感动了菩萨，他们做梦，梦见送子娘娘抱一个男娃娃来了。果然，十月怀胎，一朝分娩，生下来一个儿子。多嘴婆三娘也不得不承认幺娘真的生了一个男娃娃。因为她在事前，害怕幺娘做假，去哪里弄一个男娃娃来顶替，她拿钱买通了接生婆，证明的确是幺娘亲生的，才没有说什么。

大伯说，幺叔亲眼得见幺娘生下来的是一个儿子，高兴得发了昏，满村子里乱跑，大声地叫："菩萨有灵，我生了儿娃子了！"幺叔还告诉大伯说，儿子生下来的时候，他就是在那屋里，但见得满屋的红光闪现，无疑问是送子娘娘抱着儿子降临了。他当时赶忙跪下叩头。幺娘呢，一听到生的是男娃娃，马上就欢喜得昏死过去了，幸喜得幺叔喊醒了她。据说幺娘一醒过来，就问："我的儿子呢？我的儿子呢？"她深怕哪个来抱跑了。她把包好的奶娃放在她的床头，一步也不叫抱开。

这一下幺娘可算是扬眉吐气了。她决定不仅在儿子"洗三朝"（孩子出生的第三天的早晨，要用温水洗一回）和命名的时候，要好好庆祝一番，吃满月酒更是要大办一下，亲戚邻里都要请到。至于幺叔过去在这个庙那个庙许的愿，特别是幺娘在观音庙送子娘娘面前许的愿要还，那是自不用说的了。

洗三朝的仪式进行得很顺利，取名字却遇到难题，官名要等到上小学发蒙的时候，由老师来取，这倒好说。现在取什么小名，却各有不同看法，幺叔坚持要叫金贵，就是比金子还贵重。这倒合于幺叔的看法。但是我家大伯却不主张取这么一个娇贵的名字，怕孩子的命小担不起，容易被阎王派出的勾魂使者无常二爷在巡游人间的时候发现了，随便把他勾走。大伯的意见，不如叫个贱名的好，石头，木头这些名字不文雅，大狗、小牛又太卑贱，不如叫他为"和尚"的好。因为神鬼对于向它们念经礼拜的和尚，历来比较客气。因此幺叔也就让步了。世界上没有比自己的儿子能活出来长大成人，更为紧要的事了。幺娘却不赞成也不反对，她自己给儿子取名"大毛儿"，以便于她还可以"二毛"、"三毛"地继续生下去。幺娘在幺叔面前突然身价十倍了，幺叔再也不敢忤她，而且"毛儿"也算是贱名，成活率高，便欣然同意叫"大毛儿"。

满月酒办得更是热闹。亲戚乡邻都来庆贺，唯独三娘没有来，只是派儿子送来了礼物，坐罢席回去了。其实幺娘得了儿子，早已不计较过去的闲言恶语了。

幺娘坐月的时候，一直没有抱孩子出来见世面，她生怕儿子吹了风，伤了身体。只有吃满月酒的时候才抱出房来，让亲戚邻里看了一下，接受礼节性的称赞。可是就这么一下，却叫孩子受了风寒，害了一场小病。可就是这一场小病，就把幺娘和幺叔吓坏了。除开请医生看病，吃中药外，幺叔还特地到观音庙去向送子娘娘叩头，答应除开还原来许的愿以外，还新许给菩萨穿金衣的附加条件。孩子总算好了。幺叔也答应了医生的劝告：不要把孩子关在房里，捂在帐子里养，要常常抱出去晒太阳、吹风，呼吸新鲜空气。从此大毛儿就活鲜鲜地长了起来，一岁两岁三岁，越长越乖，幺娘虽然再也养不出二毛三毛来，也很满意了。她的"五千金"一个接一个地长到十六七岁，都嫁了出去，在家里只操这一个男娃娃的心了。

大毛儿虽说越长越乖，却也越长越娇。幺叔幺娘什么都将就他，要吃什么就给他做什么，人家说，恐怕只有天鹅蛋没有吃了。幺娘一天把他背着抱着，不叫下地，要骑在幺叔脖子上撒尿，幺叔也高兴，这就是他们的生命和希望嘛。

最奇怪的是这个三四岁的孩子，竟然抽起鸦片烟来。原因是这孩子出麻疹的时候，医生用了药还不见好，医生说是要经过十几二十天自然会好。幺娘却着了急，有人建议用鸦片烟治病。在我们那乡下，鸦片烟是百病皆治的灵药，幺叔平常也抽几口鸦片烟，给孩子嘴里渡烟子，也不很麻烦。果然这孩子的病好了。但是可怪，这孩子的病好了，却还哭闹着要给他渡烟，竟然成了瘾。不给他渡烟，就又哭又闹。幺娘也将就了他。幺叔听到别人背地说闲话。有的人说："这么小点儿就抽烟，将来长大了必定是一个鸦片烟鬼，不会有出息。"也有的人说坏话："看来是阎王爷派来讨债的，债一讨完，就会走的。"他听了也不在乎，只要是一个男娃娃，能长大成人，养儿育女，传宗接代就行了。

但是幺叔幺娘的如意算盘没有打通，大毛儿是幺娘晚生的，身体的根底本来不大好，又抽上鸦片烟，就越发坏了。在五岁多的那一年，得了一场大病。幺叔幺娘把医生请遍了，什么怪药都吃交了，什么菩萨的愿也许完了，幺叔为了给大毛儿治病，把田产也卖得差不多了，还是不见好，最后还是"走"了。

幺叔幺娘的心头肉被挖掉了，那悲伤劲可以想见了。原来有人说的这是阎王派他来讨债的说法应验了。大家也是这么劝幺叔的："前世你该他的债，他来把债讨完了，也该他走了。"有一个他过去熟悉的和尚，也来劝他说："前世生的命，这世得报应，你是奈何不得的，你在尘世的缘分算是完了，该找一个清静的地方去了此一生了。"果然他不辞而别，跟那个和尚走了，听说是到峨眉山上他早已看好的那座庙子里去剃度出家了。

幺娘呢？大毛儿明明死了，她却不承认。硬不准人把大毛儿入殓装棺材，抬出去埋了。她硬说："大毛儿睡着了，等一等，等一等他就会醒的。"她一个劲地扑在大毛儿身上叫他："大毛儿，你醒醒，你醒醒。"她竟然不哭，也没有掉眼泪。别人掉泪，她还是那么木头木脑地望着大毛儿。过了几天，灵堂出了臭味儿，大家才估倒把幺娘拉开，把大毛儿装进棺材，抬到龙水沟坟山上去埋了。

幺娘没有见到大毛儿了，她到处找，还是没有找到。她总以为是大毛儿出门到哪儿玩去了，所以吃饭的时候，她总要把大毛儿的碗盛好饭，摆好筷子，到门口喊：

"大毛儿，回来吃饭了。"

晚上也一样，她在门口喊："大毛儿，回来呀，睡觉啦。"不见大毛儿回来，她就打起一个纸灯笼，在村子里到处喊：

"大毛儿，回来呀！"

有人告诉她说："你的大毛儿已经在龙水沟坟山上睡着了。"她就提起灯笼到龙水沟去，在坟山上上上下下地找，不住地喊：

"大毛儿，回来呀。"

幺叔看破了红尘，忍心抛下幺娘走了，幺娘似乎并不觉得，几乎忘记有幺叔的存在一般。可是她却忘不了大毛儿。她也能做能吃，和好人一般无二，就是一吃饭，就要喊大毛儿回来吃饭，一到天黑，她就要打起灯笼，到处转悠，喊大毛儿回家。她每天都要去龙水沟坟山上转上转下，喊大毛儿喊到深夜。

我回家的头一天晚上，在土地庙外边乘凉，就看见她提起灯笼，在龙水沟像喊魂一样地叫喊："大毛儿，回来呀。"那像鬼火一样在坟山上忽明忽灭的灯火，那凄惨的叫声，叫我听起来，真是毛骨悚然。这个，我在前面已经说过了。

第二天，大伯叫我还是去看望一下幺娘，幺娘从小对我好，我是该去看一看。我到她家里去了。才一跨进门，幺娘看到我，就高兴地说："二娃子，你回来了，你把大毛儿带到哪里耍去了，紧不回来？"

我简直不知道该怎么回答。我只好支吾着说："大毛儿要回来的。"

"不晓得他到哪里野去了，你碰到他，叫他快回来。"

我不相信幺娘想大毛儿想得神经错乱了，听她说话这么有条有理的。我赶忙回答："嗯，我叫他快回来。"

我在家乡待了不过半月，天天晚上都看到龙水沟里鬼火一般的灯光，听到幺娘的喊声。至今那明灭的灯光和那凄惨的叫声，还活龙活现在我的眼面前。

……你们问幺娘后来怎么样了？后来我听家乡的人来说，幺娘喊大毛儿喊了几个月，还是不见大毛儿的踪影，她就扩大地方去喊。一晚上不睡觉，到处乱走，就是喊大毛儿。后来她忽然不见了，不知道她到哪里去了。有人说，在乡场口的桥头上看到水溪边有一个纸灯笼，很像是幺娘的纸灯笼，可能她已经失足落水淹死了。但是又有人说，在远远山里一个尼姑庵里，看到一个正在上香的老尼姑，很像是幺娘，说不定她被哪个善心人把她度到尼姑庵去了。不管幺娘是死是活，我都愿她的灵魂得到安息。

野狐禅师摆完了他的龙门阵，难过地低下了头。我们也轻轻地叹息了。是羌江钓徒想转换一下这沉闷的空气，故意跟野狐禅师开玩笑说："这回你摆的龙门阵，倒好像不是野狐禅，没有经过你艺术加工的样子。"

野狐禅师竟一反常态，没有搭白，只顾低着头，想必他的幺娘还在他的耳边喊魂。

会长峨眉山人没有说什么，只挥一挥手，意思是散会了，夜已深了，各人回家去吧。

第九记

穷通道士： 买牛记

前头羌江钓徒摆了一个立贞节牌坊和沉河的龙门阵，接着砚耕斋主又给我们摆了一个《观花记》。大家对砚耕斋主摆这么短一个龙门阵表示不满意，野狐禅师又自告奋勇帮助他补摆了一个龙门阵《生儿记》。这三个龙门阵都是乡坝头的事。可见不是只有你们城里人才有见所未见、闻所未闻、千奇百怪的龙门阵的。乡坝头的奇闻怪事，并不比城里头少，就凭《沉河记》《观花记》和《生儿记》三个龙门阵来说，乡坝头的事，比城里头的事更惨。有人说，我们这个时代就是产生悲剧的时代，我们这个国家就是产生悲剧的国家，我们这些人物就是那些悲剧里的人物，我觉得很有几分道理。就我说，几十年来，实在没有看到和听到过几件叫人欢喜的事。所以我在下面也只能给大家摆一件惨事。我是乡巴佬，自然摆的是乡坝头的事。——童科员，现在是我们冷板凳会的穷通道士，开始摆他的乡坝头的龙门阵。

我的家是在童家沟聚族而居的童家大院子里。这个院子里的人家大半都姓童，从大堂屋里共同馨香祝告的神主牌看来，都发源于一个老祖宗。可是这一个老祖宗的玄孙、曾孙们的光景就大不相同了。有的人家，比如我们的大房童子林家，就占在正房的龙脉上，家越发越大，人长得越来越气派。我们的童大老爷在县城里当"民选"的议长，是这一方的头面人物，当然也就是我们老祖宗的光荣后代，嫡派的子孙。他的两个少爷，大少爷在京城上什么法政大学堂，那是专门训练官僚的地方。怪不得大少爷每年暑假回到乡下来"呼吸新鲜空气"的时候，坐着一闪一闪的滑竿回来，摆出那么一副官僚架势，虽说他还不过是一个准官僚。你看那样子，头上梳着亮光光的"拿破仑头"，身穿我看来好像是粗麻布、大家却说是上等进口料子做的笔挺西装，脚蹬照得起人影子的黑皮鞋。鼻子上还架上一副金架子的墨绿遮阳眼镜。他一跳下滑竿的第一件大事，就是用手绢轻轻揩拭一下下来时踏在灰土地上给皮鞋扑上的一层灰。然后皱着眉头，捂住鼻子，不满意地看着周围这些东倒西歪的土房子，这七坑八洞的灰土小道，这很不顺眼的欢迎人群。这人群中不少的是他的长辈，以至于是他的幺房祖公。他好似招呼又好似不理会地轻微点一点头，口里哼哼唧唧几声，便扬长而去，到正屋大院子里去了。据抬他的滑竿回来的两个叔辈说，在县城里他就和当议长的大老爷有过一番争论。他是在法政学堂才得了学士学位的，现在回到县城，成为一个候缺待补的候补官员。大老爷叫他回到老屋院子来祭祖扫墓，也熟悉一些稻麦菽黍之事，也就是懂一点收租取利的手续。大老爷说，落叶归根，最后总是要靠老基业养老啊。他却听不进去，不想回到乡下来。"你至少可以到乡下呼吸点新鲜空气嘛。"老议长这一句话还算打动了大少爷。于是他坐上自备滑竿，一闪一闪回到老家。可是一下滑竿，闻到了在乡坝头少不了的猪粪、牛屎气味，就灰了心了。足不出户地住了几天，在堂屋点上香烛，烧了纸钱，他直挺挺地站在老祖宗神主牌面前，行了三个鞠躬礼，便算完成任务，第二天就坐上滑竿进城去了。

至于二少爷，没有大少爷学习得那么好，在省城读一个"野鸡学堂"，也混不下去，于是去投考一年就毕业的速成士官学校。一年之后，捞到一个少尉军衔，挂上斜皮带，当了军官。可是他既要当起起武夫，却又害怕到前线去面对血肉横飞的厮杀，于是回到县里来办国民兵团，这个差事既威武又安全。

这两位便是我们这个大院子里值得说一说的精华人物。其余的都如草芥一般，不值一提。最多是如众星之拱卫北辰，成为正房大老爷家的附庸和陪衬。在大房子一周围这些歪歪倒倒的瓦房和草棚中，有一些是童家老祖宗的后代，已大半沦为大房的佃客，有的则不姓童，更是佃客的佃客，都租种老爷家的田地，上粮纳租。有的连想租种老爷家的田地都交不起押金，便只有打秋风，给老爷家当长工，当帮工。有的连这也做不到，就只有靠乞讨和施舍过有一顿无一顿的饥饿日子。虽说这个大院子里，也还有那么几户人家，靠自己祖传的十亩八亩薄田，挣扎着过日子。可是有个天灾人祸，或者意想不到的三长两短，也早有"中人"来替大房打主意，或卖或当，还说是看在同宗同祖的分上呢。于是一家一家地败下去，一块一块田土都归到大房的账上去了。最后走投无路，只好去给大老爷家当长工、短工、抬轿子、护院子、吹喇叭、做帮闲去了。

唯独有一户人家，一个叫王子章的自耕农，偏不信那个邪，不甘心像一个一个的小土丘，被踏平在大老爷的脚下。他野心勃勃地要和大院子家顶一顶，靠自己的一身力气和一手农艺，把家业振兴起来，发家致富。

王子章这个人是我们童家沟有名的"大人"。这个大人不是那种有钱有势、作威作福的当官的大人，而是他的个子大、力气大这样的大人。人家说他一身的零件都是大号的，他身高少说也有五尺七八，体重总有二百斤，他的头大如斗，眉长几寸，眼睛圆睁着像个杏子，鼻子紫红，活像一片猪肝贴在口上边，嘴就更大得出奇。平常还看不大出来，可是当他张嘴吃东西的时候，或者咧开嘴巴笑的时候，才见得像一个血盆张开了。那声音像铜钟，可以叫哭着的孩子吓得不敢哭。嘴上的胡子不剃，总是四面张开，剑拔弩张的样子。他笑起来哈哈哈一大串，一股大气从嘴里喷出来，叫你听起来不觉悚然。他要打一个大喷嚏，真是声震屋瓦。而且他那个样子也总像一个"大"字，他站起来叉脚叉手，活像个"大"字，他睡着也像个"大"字摆在床上。他说起话来大声大气，他办起事来大脚大手。所以童家沟的人都叫他"王大人"。他自以有这个诨名而得意。他的力气之大，也是闻名于童家沟的。人家说他曾经把土地庙的石鼎双手扛起来，并且一个趔趄就把大殿上的一根水缸粗的柱头挤偏了一寸远。这是不是真的，我没有见过。我却亲眼得见他把一条小水牯牛抱了起来。至于杀猪，他一个人就能按住，把含在嘴里的杀猪刀抽出来，一刀插进去，猪就不哼不叫了。抬石头，别人两个人抬一头，他一个人抬一头，抬丁字拐，跑得飞快。他家没有牛，农忙时候又借不到牛，就见在他的田里，在后面扶犁的是他的还没有长大的儿子，在前面的是他在拉犁。一个人就把一条牛的活路干下来了。由于他的力量的消耗很大，往肚里填补的粮食自然也要比别人多些。我的确见他一个人吃了小升子一升米、称斤数少不了二斤的饭。吃了连嗝都不打一个。过年过节的时候，到别人家里去做客，还可以在前面垫上半斤八两烧酒。

我这么一形容，你们一定说，这个人一定是一个大老粗吧？才不呢，人不可以貌相。他的外貌横眉立眼，大嘴巴常常噘开，把大颗大颗黄板牙齿露出来，粗脚笨手，好似把地皮都可以一脚踏出一个坑来。但是你们却不知道他办起他的家务事来，打起小算盘来，特别是种起他的庄稼来，那才叫细心呢。

他是那种苦吃苦挣、勉强能过日子的中等农户。他算不得是那种一年收支相抵，还略有节余的殷实户，可也算不得是那种入不敷出，窟窿越挖越大的贫困户。有的时候，碰上好年景，家里又没有出什么丧病喜庆的大事，官家也没有突然又加征什么名目的捐税，童家沟也没有什么大事，要他出份子钱或送什么大礼，这一年他就能"积"（或者更准确地说是"挤"）几个余钱出来。用这点钱买田置地，自然不够，却可以向那些过不得日子的人家放小额大利的债，一年收人家一个对本利。但是如果年景不好，遇到天灾；或者碰上这个军长大爷打那个师长大爷，你杀过来，我杀过去，杀到童家沟来，贫富不分地刮你一层地皮；或者又是什么十万火急的"救国捐"下来了，不交够捐就叫你背起绳子走路，到县城去住"免费旅馆"。"王大人"如果碰到这种不走运的事，哪怕他勒紧肚带，由吃干饭改吃稀饭，由吃三餐改吃两顿，还是难免要出一个小窟窿。在这种场合下，他就只好向童大老爷借"驴打滚"或"敲敲利"的债了。不然就把一块田当给童大老爷。他至今感到最心疼的事，就是前几年当了一块田给童大老爷，至今虽说还没有"当死"，却一直也没有办法取回来。

可是"王大人"引为庆幸的是，和他差不多光景的几户自耕农，在童大老爷的诱骗和紧逼下，早已破产，变成为大老爷家的佃户，而他王子章却幸存下来。但是这是经历了多么令人心酸的奋斗哟。真是一个钱掰成八瓣用，一颗米当成八颗米来吃呀。

王子章家里有七八亩田，十几亩地，他还认为不满足，还去向童大老爷租了几亩田来种，这样一年下来，收入能多一些。可是他家里真正算得全劳动力的只有他一个人。妻子生男育女，做饭洗衣，操持家计，剩下的时间不多了，最多算一个半劳动力。另外有一个十四五岁的儿子，顶得一个半劳动力。还有一个小女儿，有十二三岁，除开帮助妈妈做点家务事，还要包两头猪的吃食。打猪草，煮猪食，够忙的了。田里活路她是帮不了忙的，最多是割谷子的时节，下田去捡点麦穗和稻穗，抱禾草，剥玉米胡豆。田地的活，全仗王子章一个人顶着干。他是一个老把式，田里的和打场上的活路都会铺排，懂得节令，耕田、播种、栽秧、薅秧草、割谷子这些事，他都心里有数，他自己种的田和地，每一块的土壤属性，都摸得一清二楚。只要天气不扯拐，雨水及时，他有把握一年两季做下来，满打满收。不过一年到头，他和他一家人的手脚从来没有闲过，只有逢年过节，才能耍几天。就是这几天也要依照风俗，借机会打扫房舍，挖阴沟，清垃圾，借便积些土杂肥料，沤几堆堆肥。除开这几天，每天他都是天不明就把一家大小轰起来，晚上要背着月亮回来。晚上还要搞些编织活路。他家用的竹笼竹筐、鸳筐晒席，都是他利用空时候自己编织的，不用花钱去买，有时候有富余，还可以拿一些到场上去卖。就凭这点手艺，他除开挣出油盐钱来外，还可以给孩子扯几丈布回来，叫老婆子给一家大小缝衣服做鞋。他以能不求人就做到一家温饱，常常感到自足，以至自豪。他只有一个嗜好，就是抽叶子烟，抽得几乎不断。田边地角收了豆荚时鲜蔬菜，还可以收获够他一年抽的叶子烟。他从来不酗酒，他对那些遇到不顺心事的佃户、长工，特别是那些自耕农，爱到场上去打一瓶酒来灌下去，借酒消愁，很不以为然。他认为那太没有志气了。有时候他也买一点酒来喝，那是他实在累得不行了，或是田里的活路实在忙不过来，请几个短工来帮忙，才照乡里规矩，到附近糟房里去打两斤酒回来，请短工喝，也给自己解乏，叫筋骨松活一些。场上别的吃食东西，他是一个铜钱也不花的。平常他家只吃玉米红苕这种粗粮，还和些瓜瓜菜菜。只有过年了，要敬神供祖宗，他才去买几斤肉回来打牙祭。

这两年来，多亏得他这么苦做苦挣，把每一个可以节省的铜板都积起来，每年可以有几个余钱了。这余钱拿来做什么用场呢？他反复想过，放敲敲利，像童大老爷那样，倒是一本万利的事。但是，他不敢去放这种伤天害理的"阎王债"。这倒不是怕伤天害理，将来到了阴曹地府，要去受下油锅的苦刑。他不大相信这一套。他想死后的事渺茫得很，哪里管得着那么多，他没有去放"阎王债"，是怕放黄了，连本都蚀了。他没有一点势力，不像童大老爷，可以派人去提人家的锅，下人家的门板，或者雇两个"赖时候"① 去跟住债主，逼着还钱。他也仔细想过，做别的生意买卖，搞长途倒贩，倒是来钱快，可是他的农活缠住他，抽不出身。他也怕在半路上碰到那些当兵的，管收税的，还有专收生意买卖人的"买路钱"的，不知道是官是匪，用他们随便编造的什么理由，把货物没收了，还要交罚款，倒脱不到手。他也不敢去干。

买一条水牯牛吧，这倒是他非常需要的，而且思谋了不止三年五载了。他在向老财们借牛使换大价钱的时候，他在田里奋力拖犁头的时候，都想到要是有一条牛该多好呀。有了牛他少使点力气倒是小事，最要紧的是，从此他可以不误农时，深耕细作，多打粮食了。还可以把牛租给缺牛户，收大利钱。农闲了呢，还可以拉出去和自己配起来拉点力，又挣点外水。这是多美的事！但是他一计算，他的这一点余钱，买一条牛腿倒还凑合，买四条腿的一条整牛就差得远了。真的，前两年，他曾经和几家自耕农一起，买了一条牛，他占了一条腿，可是四家搭伙用，农忙时扯不清的皮，各家都使"狠心牛"，不大爱惜，把牛整得半死不活，他又退出来了。他心想着："我非买一条大牯牛不可。"就是买不起一条大牯牛，买一条小黄牛来喂大了也顶用。

对，就是要买一条水牯牛。他想来想去，要翻身，要把自己的家业发起来，立于不败之地，不至于给眼睁睁指望着自己倒霉的童大老爷和他下面那些打烂条儿的和收利钱的师爷们，不声不响地把自己这份家业暗算了去，只有自己买一条大牯牛才行。有了大牯牛，自己就像生了翅膀，可以飞了。可以一年积攒一些钱来，两三年工夫，就可以乘人之危，对那些抽鸦片烟的破落子弟放敲敲钱，赚大利，低价典当别人的田产，进而买田置地，过起财主们坐收租谷的快活日子来，该多安逸！他一想到这个的时候，不住点头，心里乐滋滋的，又捏着他的小胡子盘算起来。他这个美梦没有对任何人讲。没有对换工的三朋四友讲。他从来不认为世界上有什么可靠的朋友。他甚至没有对自己的家里人讲，只是把这个美梦埋在他的心里。

他想呀想呀，更加入了迷了。有时候，独自一个人坐在门口想，吧

---

①　乡下有一种无业流民，在乡场上打秋风混时候，饥一顿饱一顿地过日子。有钱就拿去大吃二喝，烧鸦片烟。平时在街上趿起两片没后跟的烂鞋，穿得巾巾吊吊的。放高利债的人遇到债主不还债，就雇上这种"赖时候"去跟住债主要债，还要吃喝抽鸦片烟。

着早已熄灭了的烟杆，似乎看到那条大牯牛已经在他的晒坝边走过来了，他兴奋得眼睛发亮。但是眨一眨眼睛，仔细看，哦，原来是大院子童二爷家的牯牛，放牛娃儿牵着从他的晒坝边走过去了。他追过去看着那条牯牛，多漂亮，那么扬扬得意地甩着尾巴，慢腾腾地走过去了。有的时候，他坐在饭桌边吃饭，忽然想起大牯牛来，情不自禁地哧哧笑了起来。本来在他的脸上，笑纹是不大出现的，这就引起他的屋里人的惊奇，问他："笑啥子？你捡到一个金娃娃了？"他才收敛了笑脸，冷冷地说："这比捡个金娃娃还要好呀。"有时候，他在梦中醒来，猛然听到他的草屋里似乎有牛在吃草的声音，他竟然翻身起来，到草屋里去看个究竟。月光下的草屋里是空空的，哪里有什么牯牛吃草？还是回屋里去上床睡吧。却又迷迷糊糊地沉入他的美梦里去。他梦见他在乡场上的牛屎坝里，正在牛群里转过来转过去，看着那些养得又肥又壮的牯牛，或者是看那些养得不好，只剩一个架子的老牯牛。他正在扳起牛嘴巴，仔细数着牙口，看这牛有几岁了，又摸一下牛的背肋，估量牛的力气有多大。但是他忽然又醒过来了。还是睡在他的板床上，睁眼望着窗口外天上的星星。他想，这是快要叫一家大小起床的时候了。原来他做的这个梦，是他前天在场上经历过的事。

　　是的，他近来一反常态，得工夫就匆匆赶到乡场去。到那里不为别的，就是赶到牛屎坝的牛市上去。他转来转去，摸了这一条牛，又摸那一条牛，看牙口，张起耳朵想听一听人家在咬耳朵说些什么；或者看到经纪人和买主在捏袖筒子，讨价还价，这是最叫他高兴的事；或者他站在一条水牯牛面前，仔细端详，用手摸一摸牛背。这条年轻力壮的水牯牛多可爱呀，背上的黄色绒毛，摸起来十分柔软。蹄子翻起来看，很好的脚力，连拉出来的牛屎，好像也并不臭，而带有一种青草香味。他转到前头，再看一看牙口，没有错，不到五岁，正是出大力的时候。可惜他的主人不大爱惜，没有尽心竭力地养，膘情不怎么好，虽说不瘦，却也隔背圆腰肥、油光水滑还很远。特别痛心的是用粗索子穿的鼻子，把鼻孔勒出伤口来。唉，作孽呀！他望着牛，牛更是用多情的眼睛盯住他，很有几分感伤的样子。"这条牛要给我养，我决不会养成这个样子……"他正在发呆，一个牛经纪人走了过来，以为这个买主看准了这条牛了，就把袖筒子伸了过来，要和他讨论价钱了。这一下他才醒了过来，把手缩到背后去，口里喃喃说："不，我只是看看，看看。"就匆匆地离开了牛屎坝。

他在回家的路上，一直在盘算着。这条牯牛如果要到了他的手，他要怎么来饲养，或者说得更恰当，怎么来侍候。不成问题，首先要把草屋改成牛圈，把稀牙漏缝的地方用泥巴糊好，不叫风吹得进来。在冬天，从墙窟窿吹进来的贼风最伤牛体。地上要修成小斜坡，利屎利尿，不叫牛脚泡在屎尿中。要把圈垫好，干干净净的，草，不消说要新鲜的，叫大娃子每天天黑前背回一背篼青草来。半夜一定要起来喂夜草，牛无夜草不肥呀。那牛鼻绳一定要用柔软的竹麻搓的绳子，不能用粗竹片扭的绳子。背上要洗得干干净净，油光水滑的。天气暖和，要天天把牛牵出去吃青草，滚水凼，不准牛虻来吸血……"我一定要把它养得腰粗背圆，力大无比。"

他一走进家里，就把他的柜子里那个宝贝盒子又拿了出来，数一数他的积蓄——其实是用不着再数的，他几乎每天都要偷偷端出来看一看，想一想，甚至数一数。他早已记清楚有多少"家当"。可是他还是又数一遍，好似钱会生儿育女，这么一数，会数多起来。可是他终于叹了一口长气，把盒子锁好放好，又坐在门口吧他的叶子烟："还差好长一截哩。"

他坐在那里，不是因为钱还差得多灰心丧气了，他是在那里盘算着，今年把一切开销都打出去了，到底又有多少进账，使他向买牛的这个光彩的目标又接近了多少路程。"今年不行，还有明年！"他下定了决心。于是站起来，又拿起他的竹编活路来做。

今年天气不扯拐，可以说是风调雨顺，王子章一家人无病无痛，也没有特别增加多少苛捐杂税。童大老爷家的几条捆人的钢绳子一条也捆不着他，什么铁板租，什么敲敲利、驴打滚等等名目的阎王债，他一文没有借，沾不上边。至于租种童大老爷家的几亩田，交了铁板租，还能剩下几颗，一年的汗水总算没有白流。他年底一算，又多积了几个钱，小心地放进那个盒子里去了。他在年节时候，抽空去赶场，又到牛屎坝上转悠了几趟，东张西望，几乎摸完了所有系在那里的牛，又站在一旁，尖起耳朵几乎听完了每一条牛的讨价还价。他回家来又把钱盒子拿出来，数了一阵，又在门口吧着叶子烟，默默计算了一阵。他又增加了信心："快了，今年不行，明年差不多了。"

王子章又苦挣了一年，这一年天时不正，正在稻子刚扬花的时候，天气干旱起来。我们那些地方的庄稼最怕这个时候天干，叫做"掐脖子旱"。这种旱叫稻子灌不好浆，长不饱米粒，收的大半是空壳壳。好多租种童大老爷家的田地、定了铁板租的人都倒了霉，只好给自己的颈子上再勒一条绳子，欠租转成借约了。王子章算是比较精灵，又肯下死功夫，他眼见要大旱临头，稻田快干裂了的时候，下决心把几块田里的水抽到一块田里去，保住这一块田，把快干裂的田干脆犁倒改种了旱作晚玉米。田底子湿润，种玉米刚合适，他又把一家大小都叫出来，用桶用盆从老远的沟里去舀水，提到要保的稻田去，几乎是一窝一窝地淋灌。当然，他也还曾经在半夜三更起来，看周围没有人守的时候，偷偷把童大老爷修的专用水渠上凿几个窟窿，把水引进自己的相邻的田里去，天不明赶快把窟窿堵好，一点痕迹也看不出来。哼，对童大老爷这种豪强霸道、为富不仁的人，还讲什么良心？况且他从生活中体验到"人无横财不富"，不整别人的冤枉，是发不了财的。他把这一条道理引申出来，不光是偷了童家的水，还想把存在自己的盒子里的死钱变成活钱。他偷偷把这钱托给乡场上专门放高利贷的人替他去放高利贷，和人讲好，三七开分利钱。那些放高利贷的人有一套人马，放本收利，还不起利的就收别人的田。不然就派"赖时候"去跟着欠债的人讨利钱，赖着你又吃又喝，还抽鸦片烟，整得欠债人宁肯卖田还债，也不叫"赖时候"上门。王子章明白，他只有小本钱，只能搭在别人的本钱上放出去收利。这样搞，虽说给人家分去了三分利，收的利钱还是不少，总比干放在自家盒子里一分钱的利也不生的好。有时候他在乡场上看到，那些借钱还不起的人家，被放高利贷的人派人去催去逼，整得鸡飞狗跳，哭哭啼啼，寻死上吊，拖儿带女被赶出家门，心里也有几分不忍。因为这高利贷本钱里也有他的股子，他也在跟到别人去吃人呀。但是他又横着心一想，"人无横财不富"，便心安理得了。最多是逢年过节到庙里多烧几炷香，积点阴功就是了。

　　这一年到年底，王子章把账算下来，收支相抵后，靠汗水挣下来的本分钱和放高利贷得的横财两项一加，不仅没有像有的自耕农那样垮了下来，反倒比往年多进了钱。现在他又把钱算了又算，隔买一条大牯牛要的钱数，硬是相差不远了。

过年的那几天，他几乎每天到乡场上去，一上街不到别处去，就是去牛屎坝转悠，看人家买牛卖牛。也跟着经纪人看牙口，讲价钱，一面心里盘算着还差多少钱。有两个经纪人和他都搞得有点面熟了。有一个经纪人对他说：

"咋样？你哥子在这牛屎坝转了几年，心里有个谱谱，今年买得成牛了吧？"

他赶快支吾地说："不，不，我看看，我看看。"说着就要走开，却又没有动步。

另外一个经纪人对他说："去年天时不正，好些养牛户垮了杆，现在正是好买牛的时候，你还不趁势买一条。过了年，开了春，用牛的时候来了，你想买也难了。"

这几句话真说到他的心上了，他早已看出一个谱，这两场的牛价看跌。再过一两个月，开了春，准定要看涨。真是过了这个村，就没有这个店了。但是他默想了一阵，他的钱还差一个尾数，几十块钱的样子，十股就差这一股了。

他回到家里盘算来盘算去，嘴里老念着："就差这一股了。"只要把这一股钱想办法弄到手，他早已在牛屎坝里看准的那条大牯牛就是他的了。那是多好的一条大牯牛呀，不要叫别人牵走了。

他越想越不放心，下半天他又赶回乡场上去，到牛屎坝上去看看，还在。他又走拢去在牛背上东摸一把，西摸一把，又把牙口扳开看看，不觉又叹了一口气。那个经纪人又走过来：

"老哥，我看你是一个识宝的人，你看准的硬是一条百里挑一的好牛。你回去把钱拿来过数吧，你把牛牵回去吧。"

"不，不，我只看看，看看。"他说着，走出牛市。

那个经纪人对他的背影说："老哥，这样好不好？我给你留着这条牛，你回去把钱凑够数，就来牵牛吧。"

"行，行。"王子章回头笑了一下。

他走到场口，碰到童大老爷家的一个跑腿的帮帮匠，也姓王，本来也是童家大院子一周围的佃户之一，和王子章一样，种着童大老爷家的几亩田，自己还有十亩八亩田地。可是有一年天时不正，家里又遇到有病人，硬是过不去，只好把自己的田当给童大老爷，这样，才算没有将欠租转成阎王债。就是这样，他也难逃灾祸，家里窟窿越挣越大，田当死了，眼看只有给大老爷家当佃户或者当长工了。还好，大老爷见他办事精明，就叫他到公馆当一名跑腿的帮帮匠，就是赶场下乡，帮他催租收利，送信请客，买东买西，倒也轻松，一年稳拿上百块工钱，一家吃喝也算对付得过去了。

"子章哥，你本来是赶场的稀客，这几场倒场场看到你来赶呢。"

"哦，王老三，我有事，有事。"王子章支吾着。

"我晓得你有事。"王老三说，"上场就往牛屎坝跑，没事去闻牛屎味?"王老三看透了王子章的打算。

"嗯，是有事，是有事。"王子章还是应付着，不想叫任何人知道他的心事，他顺口问一句："你也赶场有事?"

"我有啥事? 还不是替人家跑腿。二少爷娘子坐月，要找个丫头服侍她，给她抱娃娃。管吃，一年给五十块，钱倒不少，就是不好找。"

"唔，唔。"王子章应付着，告辞了。

王子章回到家里，心里像火燎着。他把钱盒子又拿出来清点一下，口里喃喃地念叨："就差这一股子，七八十块钱的事。"他又叹了一口气。

吃晚饭的时候，一家四口人围着桌子，王子章懒心没肠地吃着饭。老婆子忧心忡忡地问："看你，吃饭都没精神了，见天往场上跑，不晓得啥子鬼勾去了你的魂了。"

"你晓得个屁。我是到牛屎坝牛市上看牛去了。"王子章叹口气说，"我们要有一条牯牛就好了。"

"牛?"老婆和两个娃娃都吃惊了。他们根本没有想到要买一条牯牛的事，不敢这么想。

"我们要有一条牛，这个家就败不下去了。"

这倒是，一家人谁也看到这一着。只要有一条牛，十几二十亩田地就能够每年赶上节令，轻轻松松地种好，省去每年大忙季节，东奔西跑去向人家租牛，求爹爹，告娘娘，愿意出百儿八十块租钱。这还不算，还要"王大人"去人家像一条牛一样地换牛工，真是挨不尽的累，受不完的气，有时候还难免误了节令。自己要有一条牛，就用不着去给人家下力换工，也不要额外支出百儿八十块钱，还可以倒租牛出去，挣几十块钱回来。不特这个家败不了，说不定还可以发一下呢。大家用希望的眼光望着"大人"。

王子章兴奋地说:"我在场上看好了一条大牯牛,才五岁口,正是出力的时候。价钱也还公道。我们省吃俭用几年,钱也积得差不多了,就差一股,七八十块钱。"王子章说到这里又叹了一口气:"唉,就差这七八十块钱。"

"唉。"一家人都叹气,很惋惜。

这一笔账,王子章算得清清楚楚,大家也同意他的算法。只要现在能搞到七八十块钱,把牯牛牵回来,靠这条牛,今年就少开支上百块钱,说不定还能进几十块钱,这一进一出,就是一百几十块钱。今年展劲搞到头,风调雨顺的话,明年就可以把当给童大老爷的几亩田取回来了。那么后年就可以多出几百块钱来,说不定搞到再后年,挣的活钱多,可以买几亩地呢。这个如意算盘就卡在这七八十块现钱上。

吃罢晚饭,王子章又一个人闷坐在门口,吧着叶子烟。忽然他啊了一声,自言自语:"这倒是一个主意。"

晚上,他和老婆在床上叽叽咕咕打算盘,打来打去,十股中就是缺这一股钱。王子章开始试探着向老婆透露,童大老爷家的二娘子坐了月,要找个丫头服侍她,替她抱娃娃。一年管吃,给五十块钱工钱。王老三还没有找到合适的人。虽是转弯抹角地透露,老婆却猜着了八九分,问她男人:

"你是想叫我们家的大妹子去拿这五十块钱,当一年丫头去?"

王子章赶快支吾:"我不过这么想一下子。"

老婆担心地说:"哪个不晓得大院子童家最刻薄?所以王老三跑交了请不到人。"

"我晓得,我晓得。"王子章说,"我不过说一说罢了。"继而又叹气:"可惜,可惜,好好的一条大牯牛,牵不回来。"

"你不可以去借七八十块钱?"老婆建议。

"干不得,干不得。"王子章拒绝了,"借七八十块,月月利滚利,一年还本付利,没有二百块脱不到手。我们一年辛苦挣的钱都赔进去,怕还不够呢。一年给人家干呀?"他又补充一句:"就是大妹子去当一年丫头,拿五十块钱回来,也还要差二三十块钱,这只有忍痛挨棒棒,去借'敲敲钱',到期还五六十块钱还勉强过得。"

"你又是说的大妹子，哪个晓得她肯不肯去？"老婆竟然松了口了。

"你明天问她一下看看。"王子章嘱咐。

第二天中午，在吃饭桌上，老婆子把这件事对大妹子说了，问她的意思怎么样。大妹子一听，起初愣了，接着偏着脑袋在想，没有马上回答。

儿子听了却马上反对："没有一个人想在大院子里当长工，你倒愿意叫大妹去大院子当丫头？"

"我也不愿叫大妹子去侍候人，我是说，我是说，她只去苦一年，我们全家一辈子好过了。不，不，不提了，这件事不提了。"王子章改了口，可是他把叶子烟吧了两口后，又叹气："唉，只怪我运气不好，去年没有多挣出几十块钱出来。只有我们再苦吃苦挣，看明年再说了。"

老婆子同意，再苦它两年再说吧。儿子马上就长成一个全劳动力，大妹子也快成为半劳动力了，她把家里活路都担起来，还是有希望的。

可是出乎一家人的意外，大妹子却表示愿意去。她知道不是到大院子去享福，是去吃苦的，去吃大苦头的。但是她想，只要她的吃大苦头能够叫爸爸换回一条大牯牛来，叫爸爸从此不再站在犁头前头，死命往前拉，拉得脸红筋涨，颈上青筋直蹦；再也不必为了借牛的事每年坐在屋里唉声叹气，出门去向人家低声下气地求告了，有了自己的大牯牛，那就一切都好了，她心甘情愿去吃这个苦头。因此当她说出"我肯信到他公馆里去就是进了阎王殿了。只要大家好，我就苦死了也值得"这样的话时，开始大家都吃惊了。继而，爸爸把大妹子抱起来，不禁眼泪花花直在眼里打转转，亲了大妹子的头发说："我这女子才丁点大，偏偏这么懂事。"

爸爸放下大妹子，不禁想笑起来，多少天把头都快想破了还是找不到办法的事，大妹子一句话就解决了。他简直想赶快到场上去告诉那个牛经纪，不要把他相准了的那条大牯牛卖给别人了，然后再到大院子里找王老三。但是，他忽然紧绷起脸来，不住地摇头，口里念着："不，不。"

他把大妹子又拉进自己怀里来，捏住她的双手，端看一阵。这是多好的女子，今年十五岁，正长得标致，水灵灵的眼睛，红红的脸蛋上有两个酒窝，乌黑发光的头发下面拖一条大辫子，手虽说粗糙一点，指头却还是十指尖尖哟。这样一个女子，舍得送进公馆去，看人颜色，听人使唤，挨打受骂，吃苦受罪吗？不，不，不能这样！他说出口来了："大妹子，我不能叫你去活受罪。"

妈妈也爱怜地拉住大妹子看，谁愿意把自己的心头肉送进老虎嘴里去呀。她问大妹子："你晓得到公馆里去当丫头有多苦吗？"

大妹子却倚在妈妈的怀里说："我晓得，妈妈，再苦也没有爸爸在田里顶住大太阳拉犁头那么苦呀。"

"好女子，好女子，爸爸更舍不得了。"爸爸泪流满面了。

大妹子却并不难受地对爸爸说："爸爸，你找王老三说去吧，再苦我也受了。"听那口气，倒坚决得很。

"好，现在不说这些了，吃饭吧。"爸爸端起碗只顾吃饭。

可是到了晚上，王子章翻来覆去在床上睡不着，烦躁得很，明天就是赶场天，他到不到场上去，到不到牛屎坝去呢？这真难呀。同时睡不着的还有老婆子，更睡不着的还有大妹子。唯独那个憨儿子，只晓得憨吃憨睡，不大想事情，一晚上睡得呼呼的。

早上起来，爸爸还没有说话呢，大妹子却先说了话："爸爸，你去说去吧，找王老三。"

"大妹子，你想过没有？要吃一年的苦哟。"爸爸心里明明有些活动，却还要这样地问大妹子。

"我想过了，再苦我也吃得下。"大妹子还是没有改变想法。居然还带笑地说："今天就去把大牯牛牵回来，我倒想先看一看哩。"

妈妈没有说话，事实上默认了。她昨夜想了一夜，除开这一条办法，似乎没有别的办法好想了。儿子是无可无不可，也没有再说话。

事情竟然是这么急转直下，一下就说妥了。王子章上午去大院子找到王老三。王老三跑了几天了，正在想不到办法，谁也知道大院子的活路不好做，给五十块钱不肯来。今天王子章却自己找上门来了。不过王老三还算是本分人，把昨天二少爷松了口，答应加成七十块钱一年的消息告诉了王子章，这就更好了，王子章不必为这个二三十块钱的尾数，去挨敲敲利了。但是王老三去和二少爷一说，又发生了波折。王子章要求一年工钱七十块一次支出来，二少爷却说，一次支完也可以，不过要把预支的部分按月算利钱。算到头还是等于五十块钱干一年，有钱人家真是想得精、做得绝呀。

没有办法，走到这一步了，是崖是坎也要跳了。王子章在一张约书上按个指拇印，就拿着七十块钱走出大院子。

下午，他把放在盒子里的全部家当拿出来，和这个七十块钱的尾数放在一起，赶到场上去。他一走进牛屎坝，一眼就望见那一条大牯牛还系在那里，似乎认得王子章似的用圆眼睛望着他。他径直走过去，好像要马上交钱，牵起大牯牛就走的架势。可是一当快走拢时，却迟疑起来，就是买这一条吗？或者还要再选一选，甚至还要多赶几个场，多看一看牛，再等一等行市呢？他在牛屎坝里转过来转过去地看，又听一听人家在讲价钱。那个认得的经纪人走过来了，笑嘻嘻地对他说：

"这一回是下了狠心了吧？"

"我先看看，我先看看。"王子章还是不肯定地回答，匆匆地走遍上市的十几条牛的面前，仔细观察，拍一拍牛背，看一看牙口，却不说话。他忽然发现有两三个人走到他相中了的那一条大牯牛身边去了。他下意识地感到紧张，不要叫别人把自己相了好几次才相准的这一条大牯牛牵走了。他匆匆地转了过去，立在那一条大牯牛面前。那两个人摸来摸去，看了牙口，不断地称赞这一条大牯牛。牛经纪走拢去和其中一个人叽咕了几句，开始捏起袖筒子来，这就是说，他们在讲价钱了。他们如果一捏成，这条牛便没有王子章的分了，这怎么行？

王子章走过去，对另外一个牛经纪说："老哥，这条牛我早相中了，你不是说给我留着的吗？"

那个牛经纪说："这个话我倒是说过，不过你一直不来'现过现'，牛主人不能紧等你呀。"

王子章把挼的褚褂拍一下说："我这就是来'现过现'的。"

"那好。"牛经纪说，他扯了那一个牛经纪一把，说，"你那一头的生意先搁一下，来说这一头。"

于是两个牛经纪都来和王子章讲生意。那个牛经纪说："你可是把牛看好了，看好再买。不要说好了又不算数，现过现了，又来筋筋拌拌地扯不清啰。"

王子章当真又把这一条大牯牛摸过来摸过去，又看牙口又看蹄子，牛是很精神的样子。王子章使过的牛很多，看得出这是一条好牛。不过他还是看了又看，最后才下了决心说："好，我买了。"

下面捏袖筒子倒没有费事，就按他们过去捏过的钱数成了交。他把褡裢从肩上拿下来，他几年口积牙囤积蓄起来的全部家当都拿出来了，交给了牛经纪。牛经纪把钱数了又数，没错，把牛绳子解下来，交到王子章手里说："现过现，一手交钱，一手交牛。"

那绳子一落到王子章手里，就像一根火绳落进自己的手里，有点烫人。他几乎要哭起来，也不知道这是因为什么。他把牛牵着，亲热地说："走吧，伙计。"走出了牛屎坝。

牛温驯地跟着王子章走在大路上，一路上遇到的人都过来看，赞不绝口："好一条大牯牛。"他像一个打了胜仗的将军一样，得意地回了家。附近的庄户人家都拥进来看，又是一片赞扬，都说王子章好眼力，看中了这么好一条大牯牛。有的就索性和王子章口头订约，将来要租他的牛来使唤。王子章像办喜事一般接待大家，这都是穷佃户，租牛没得说的，都一口应承了。

老婆、憨儿子和大妹子也出来看，高兴得不得了。摸摸看看，这就是他们家的摇钱树呀。王子章叫儿子把草屋早就打扫干净了，垫了圈，天气还有些冷，草屋的墙缝都用草塞好，糊上纸了。大妹子有心计，早已去割好一背篼青草来放在草屋里，像对待稀客一般。

一切都安排好了，王子章进屋坐上晚饭桌子。却不想吃，他坐到门口吧他的叶子烟杆。屋子里的空气突然变得凝重起来，刚才的欢乐气氛都跑掉了，谁也不说话。老婆子走过去请他："吃夜饭啦。"但是她发现丈夫正在偷偷掉眼泪，一下子触发了她，也一抹眼睛就掉过脸走进灶房去了。憨儿子倒没有多少感觉，端起稀饭碗来喝。大妹子却很明白发生了什么事情，强忍住走到爸爸面前，想要喊一声爸爸都喊不出声来，也暗地哭了起来。但是她马上把眼睛一抹，不哭了，对爸爸说：

"爸爸，吃夜饭吧。"话里还带着哭音。

爸爸一下拉住女儿叫："大妹子，是我对不起你，爸爸没出息呀。"眼泪成长串地滴下来。

大妹子勉强忍住不哭，劝爸爸："死活就这一年，什么苦我也受得。"

这一家人，除了憨儿子，又是一个不眠的夜晚。不知怎么的，王子章越是听到草屋里牛在嚼草，他越难过。

第二天早上一大清早，大妹子起来把屋子扫干净，烧火做早饭，又去草屋看那条牸牛，看青草吃完了没有。她偷偷背起背篼，出去割了半背篼露水草回来，倒在草屋里，也不告诉人。吃过早饭，许多事情本来用不着交代的，大妹子却一件一件地交代，猪食桶和瓢放在哪里，告诉了妈妈，又私下对哥哥说："你不要忘了见天割一背篼草回来，以后挑水也是你的事了。多帮爸爸干活，不要让他累坏了，更不要惹他生气。"这些话虽是私下里对哥哥说的，却早已被爸爸偷偷听到了。这又惹来一场不愉快，爸爸闷坐在门口发呆，连烟也不吧了，连到草屋去看他心爱的大牸牛也没有兴头了。

过不多一会儿，大院子的王老三过来喊大妹子来了。又惹得爸爸、妈妈不住抹眼泪，连哥哥的眼睛也红了。大妹子眼泡皮肿的，昨夜晚想是哭够了。她强忍住，站起来对爸爸、妈妈说："爸爸、妈妈，我走了。"她又回过头对哥哥说："哥哥，莫忘了我早上跟你说的事哟。"哥哥点一点头，把头摆开了。大妹子走出门来，到草屋看一眼大牸牛。爸爸、妈妈、哥哥都跟出来，哭喊着："大妹子。"

"嗐，你们这是干什么？她到大户人家去，吃好的，穿好的，又不是上杀场，哭什么？"王老三带着大妹子走出去。大妹子头也不回地跟着他进了童家大院子。

五月的骄阳，火辣辣的，还是不能阻止王子章戴上草帽成天在他的"小小的王国"里巡视。他一块田一块田地看。庄稼青葱油绿，摇头晃脑，得意扬扬地在主人面前卖乖。王子章看得心花怒放，就像姑娘家在看自己才绣好的一块工艺绣品一般。不觉就蹲在田坎上吧起他的叶子烟杆来。不知道他是在自言自语，还是在对庄稼说话，叽叽咕咕地："啊，展劲长啊。多亏得大牸牛……"好像他一家三口人的起早赶黑，辛苦下力，都不算什么，功劳倒要归于这展劲长的庄稼和他的那一条大牸牛似的。

自从他买了那条大牸牛，简直像陪老伴似的，成天守着它。看它吃草嚼得那么带劲，真像他自己在吃香的喝甜的一样。他牵着大牸牛在水塘边喝水，喝得呼呼地响，好像听了什么最好的音乐一样。他在白天老看着它，晚上也要起来一两回，加点夜草。他的老伴也欢喜得不得了，给丈夫开玩笑："我看你把床搬进草屋去好了，还莫忘了带一条被子去。"一句话真的提醒了王子章，他真的在草屋边搭一间草铺，有时候就在那里过夜。他感到夜风凉，他真的把一床被子拿来搭在牛的背上，那牛也好像通人性似的，爱用舌头来舔他的手，用角来轻轻擦他挤他，显得亲热。到田里干起活来，大牯牛真是卖劲地直往前拉，王子章不用鞭子也不用吆喝，在后边扶犁都快赶不上趟，流一身痛快的汗水。有时他怜惜大牯牛，怕累坏了，故意站住不叫走："老伙计，歇一下，等我吧几口叶子烟吧。"

由于王子章和他那憨实的儿子都很展劲，大牯牛也肯卖力气，他又会铺排活路，什么活都赶在别人的前头，按节令完成了，庄稼长得的确是第一流的。从他的"小庄园"走过的人没有不点头的，都说："两条大牯牛配成一对，使上劲了。"大家历来是把他也看成一条肯出力的会说话的大牯牛的。

王子章一面蹲在田坎上吧烟，一面心里打着算盘。这一季的庄稼眼见就要到手，两头架子猪，多亏憨儿子扯猪草，老婆子勤煮勤喂猪食，越长越敦实了。不说他利用大早晨和晚上编织竹筐、晒席、鸳篼、簸箕去场上卖了，帮补了家里油盐杂用，就凭田里和圈里这两项，抵了开支，少说也有百儿八十的进账。何况他还在春耕大忙季节，赶完了他自己的牛工活路后，把大牯牛出租给别家去干活，又有了赚头呢？就凭小春和牛工的收入，他的手里已经现捏着好几十元钱的现钱了。看起来，只要天老爷不扯拐，明年再这么搞一年，后年把当给童大老爷的几亩田赎回来，是不成问题的了。等这几亩田回了老家，他还有力气，儿子更是快出大力的时候，利用富余的牛力，再去租几亩田进来种，两三年后，他的光景就会大变样。说不定可以去"当"人家的田进来，再请一个两个长工进屋帮工，田翻田，利滚利，要不了五年，他就可以享几年清福了。他感到这一切理想都是这样的现实，就摆在他的眼前，只等他去伸手擒拿。

王子章高兴地思谋着，走回家去。可是当他走近自己的家门，眼望着黑魆魆一片大瓦屋的童家大院子，他的心就紧了。他的女儿还在二少爷家里受罪，这是他亲自把她送进去的呀。几个月了，没有见她回来过一回，怎么样了呢？

"爸爸。"一个声音在他的身后不远的地方响了。他吓了一跳，这不明明是女儿大妹子的声音吗？怎么一念到她，就听到她的叫声呢？他回过头去看一下，没有看到大妹子在哪里，他的心慌了，他突然有一个不祥的感觉："莫非她……"

他急匆匆地向回家的路上赶，他要去童家大院子找王老三问一问，大妹子咋样了。

"爸——爸！"这一回声音更响了。他再回头望一眼，看到大妹子真的从田埂上跑了过来，一边在叫着："爸爸，我一回来就找你，家里田里都没有看见，原来你蹲在田坎上，看不到。"

"大妹子。"爸爸拉住女儿的手问，"你咋个得工夫回家来了？"

"明天是端午节，说放一天假回家过节。"女儿高兴地回答。

"唔，唔。"爸爸没有想到明天是过端午节，更没有想到女儿会回来过节。

两父女一回到家里，爸爸一把把女儿拉进自己的怀里，东看西看，说不尽的高兴，只是不住地说："好，好。"也不知道这"好好"的意思是什么。

女儿闲不住，站起来帮妈妈干活。问起家里的事情。哥哥却什么也不说，只是憨痴痴地看住自己的妹妹。

爸爸高兴地对女儿说个不停，他问："你回来看到我们那条大牯牛了吗？"

"我一回来就去草屋里看了，越长越壮实了。"女儿也很高兴地说。

"老伙计可是帮了爸爸的大忙了。"爸爸说。

"再不用你当大牯牛拉犁了。"女儿笑着说。

"不止这个。它一来了，我们的啥子庄稼活路都干得又快又好，还给我们挣了几十块钱的牛租呢。"爸爸说到这里，却忽然皱了眉头，喃喃地说，"多亏了你……"

女儿正在灶面前烧火，往灶里送毛毛柴火，一听爸爸这话，便情不自禁地流了眼泪，没有说一句话。

妈妈首先发现了，坐到女儿身边去，问她："大妹子，你咋的了？"

"没有，不是，柴火烟子熏得流眼泪了。"女儿赶快掩饰。

爸爸没有注意，还是坐在门边，吧着叶子烟，自顾自地讲他的好光景和好前景："你看，要不了两三年，我们就要翻身了。"

女儿越是听到这些，越是想起在大院子里的苦日子，越是伤心，终于止不住眼泪长流。

"爸爸，你不要说这些了。"憨儿子都看出来了，爸爸还在眉飞色舞地说他的好梦。

"咋的了？"爸爸一看大妹子在揩眼睛，才吃惊地问。

"啊？打成这样呀？"妈妈把大妹子的衣袖撩起来，看到手臂上一条一条的发紫发黑的伤痕，这是老伤，也还有红得透紫的新伤。

爸爸的心像被钳子夹住一般，喘不过气来。他捉住大妹子的双手看斑斑伤痕，他叫起来："啊，他们这么狠心呀，这么作践人呀！"

爸爸一把拉过大妹子，抱在怀里："大妹子，你吃了苦了，这都是爸爸的不是呀。"

女儿这才伤心地在爸爸怀里痛哭起来："我的爸爸呀。"

一屋子都是哭声。

"不行，这样糟蹋人，我要找他们讲理去。"爸爸站起来吼，"我要我的人。"

妈妈伤心地说："人家手里捏到你按了指拇印的文约，你说得赢他们？"

"我退他们的钱，连本带利还他们，还不行？"

"大院子这种人家，你有理也说不清的，何况人家有凭有据？"女儿晓得不行，劝爸爸，"算了，好在只有半年，死活我总熬得出来。"

妈妈问："他们咋个待你的？"

女儿再没有说，要说出她这几个月过的苦日子来，会叫爸爸气疯，妈妈气病，何苦来。要说大院子二房那个恶婆娘，真是伤天害理。一天叫你吃不好，睡不好，不叫你歇气地干活倒也罢了，还要鸡蛋里硬挑骨头，没岔子找岔子，总要找双小鞋给你穿，叫你憋不过气来。接着就是臭骂，毒打。大妹子还没有把她的大腿撩起来，没有把背上衣服撩开来给爸爸、妈妈看呢。但是再怎么苦，只要爸爸的事情搞得顺畅，心气很顺，她就再受罪也值得。大妹子更没有说出来，大院子里有个么少爷，一天贼眉鼠眼的，不是盯住这个丫头，就是用手乱摸那个丫头，那种下流胚子的样子，才真叫大妹子提心吊胆。

下午，王子章真的带着七十块钱，加上利钱去大院子找王老三。王老三倒是同情他，可是二少爷娘子那里哪个敢去说？他劝王子章："老哥子，人家拿着文约，气就粗了。就是说到官府，见官有理还亏三分呢，还不是断你一个不是就么台？叫大妹子苦做苦熬吧，哪个丫头不是一样的？"

王子章垂头丧气地回来了，只是默默地自己责备自己："都是自己一时迷了心窍，做下了错事。"

一家就这么过了一个不愉快的节日，吃什么好的粽子也没有味道。大妹子暗地伤心，却努力装得快活些，给爸爸说几句笑话，想硬制造一点欢乐的气氛来驱赶这一屋子的闷气。

夏天快过去了，人们正盼望着一个风调雨顺、满打丰收的秋天。偏偏这时又来了"打头旱"，灌了浆的谷子就是不饱米。王子章还好，多亏大牯牛卖力气，日日夜夜拉水车在沟里车水，后来沟里水也光了，就到远地方背水回来。总算救到一部分水稻，可是租种的童大老爷的几亩田的铁板租，肯定是交不出来了。王子章打好算盘，怎么样也不要叫童大老爷把欠租转成借约。这样做就是给捆上敲敲利的绳子，月月挨棒棒，越滚利越多，越滚越跑不脱，结果只好把自己的田卖给大老爷顶租。这样的事，一遇荒年，他见得多了，好多像他这样的自耕农就是三棒两棒被打成佃户或者长工的。他宁肯把自己田里收的谷子拿来交铁板租，决不上大老爷的圈套。这样一来，吃的当然就紧了。他不怕，苦日子过惯了，熬下去吧。何况他还可以靠大牯牛跟他出去跑几趟脚，挣几个活钱来买玉米吃呢。"没有过不去的火焰山。"他自己宽慰自己。

但是他没有料到大祸偏偏落到他的头上来。他的大牯牛生病了。

大牯牛自从到了王子章家，由于王子章侍候得很周到，一直很好，没有害过病，大牯牛这大半年来也的确给王子章卖了力气。不管多累的活路，不管多毒的太阳，只要王子章耐得住，它也耐得住。就是有的租牛户，趁王子章不在跟前，使狠心牛，鞭打驱赶，顶着日头干到天黑，趁月亮上来还要干一阵，硬是巴不得把牯牛的力气都榨光。有时大牯牛也遭不住，躺倒下来。可是一回到王子章跟前，还是那么有精神，对王子章挨挨挤挤，怪亲热的。真是一个好伙计呀。

但是不知道为什么，在秋收后趁雨犁板田的时候，王子章发现，大牯牛虽然还是那么卖力气，却是一直喘气不停，嘴里吐着白泡泡。犁一块大田下来，大牯牛喘得身子都微微发抖了，这是怎么一回事呢？

王子章凭他的知识，仔细检查，看不出什么明显的症状来。大牯牛吃也吃得，就是干起活路来，不像原来那么精神勃勃，有些懒恹恹地没劲头，而且一使大力气就喘气不停，有时就躺下来，不肯动弹了。

王子章担心得很，他把牛牵去找牛医生。牛医生看了一下，摸一摸膘，并不瘦，就说没有啥子病，是累坏了，休息一下就好了。王子章把趁雨犁板田这样紧迫的活路都推迟下来，让大牯牛休息几天。大牯牛还是没有劲，他更不放心了。

他把大牯牛牵到场上去，找一个据说是新式的牛医生。他那里有许多玻璃瓶罐，还有洋药。这个牛医生看了大牯牛一阵，也看不出是什么毛病。后来他把大牯牛的牛屎放一丁点在玻璃片上，把玻璃片放在什么镜子下边看一下，对王子章说："这条牛的肚子里有虫，病重得很。"

王子章不大相信，在牛屎里从来没有看到有什么虫呀。他问："啥子虫？"

"血吸虫，专吸牛血的血吸虫。"那个医生解释，并且加了一句，"它的病深沉了，不好办了。"

这简直像晴天的霹雳，震得王子章耳朵嗡嗡直响。咋个会就深沉了，不好办呢？他怕医生不了解这头牛的情况，介绍说："我半年多前买来，一直很壮实，肯出力，没得病，这喘气病是最近才得的嘛。"

牛医生又说："这牛的病不是三月五月，半年一载了，得病一两年了，时好时坏，你看它壮实，其实是水肿和臌胀病，一累就喘气，使不得力了。"牛医生并且建议："趁早杀了吧，拖到后来，只剩一张牛皮了。"

这个建议是王子章怎么也不能接受的。好好一条牛，怎么就杀了卖肉？况且这是给他出了大力气的伙计，忍心杀吗？他求求牛医生给医一下，牛医生就开了药方，给他配了一大包药，说只是试试，拖些日子罢了。

王子章牵着大牯牛回家。他看到大牯牛走不动的样子就伤心落泪，好伙计正给他卖力气干活路，帮他发家，怎么一病就成这个样子？他又回味牛医生的话，看来原来他在场上牛屎坝买它的时候，可能就是一条病牛，那牛经纪和两个买牛的人说不定都是一路的人，故意逗他，叫他下决心买这条牛的。嗯，不可信，不可信，那时候明明是一条壮实的大牯牛呀。现在就是相信了，也没有办法了，说的现过现，成交就不认的。嗯，我肯信，这么大一条牛就这么散了架了，要好好服侍它吃药，要医好它的病。

王子章这么想着，把大牯牛牵了回家。把药熬来给牛喂药，牯牛就是不肯吃药，王子章劝它："老伙计，吃了药就好啦。"牯牛还是犟，扳不开嘴，急得王子章要下跪了："我的祖先人，你倒是张开嘴巴呀。"牯牛还是不理会。后来还是邻近的庄稼老汉过来看到了，叫他去削一个青竹筒来，把牛的头绑在树上，硬把嘴撬开，塞进青竹筒，顺青竹筒把药灌了进去。

牯牛吃了药后，好像懂事一般，用舌头舔王子章的手板，很亲热。王子章几乎要掉泪，说："老伙计，你到底害的啥病嘛?"

大牯牛不能回答，在草房里躺下直喘气。王子章照几个老庄稼人出的主意，上山扯了好多草药来，熬好灌给大牯牛。还是不见好。他又去场上找那个牛医生，牛医生还是劝他杀了，还可以救住百把块钱，迟了怕只能得一张皮了。王子章听了很反感，就是得一千块，他也下不得这个狠心呀。

大牯牛的病一天一天沉重，爬都爬不起来了，牛的眼睛经常流出泪水来，王子章一见就伤心。他确实感到灾难临头了。

最叫他想不开的，不是想靠着这条大牯牛帮他大翻身的希望落了空，发财的梦破灭了，也不是他的全部家当、几年来苦吃苦挣的几百块钱就这么一下子丢光了。他最伤心的是为了买这一条大牯牛，把自己的亲生女儿大妹子送进童家大院子里的火坑中去受罪。一想起来，就像一把刀插在他的心尖上。

他在草房里呜呜地哭了起来，老婆子和大儿子听到了，跑来想劝他。但是一听他边哭边诉："我的大妹子呀，爸爸对不起你呀。"两母子也陪着哭成一路。那条大牯牛眼巴巴地望着他们一家人哭。

大牯牛的病势垂危了，连头也抬不起来，喘气越来越粗。有的邻近的庄稼人可怜王子章几百块钱和一个女儿就这么赔进去了，劝他趁牛还活着，杀了还卖得脱牛肉，不然死硬了，真的只剩下一张牛皮了。王子章坚决不同意，大牯牛给他出了这半年的力气，好伙计，他忍心叫大牯牛眼睁睁看着他拿起刀向它杀去吗？就是别人动手，他也觉得良心过不去。在王子章看来，大牯牛一定是听到别人给他出的馊主意了，看看大牯牛的眼睛流下了一串一串的泪水哟。

大牯牛终于连腿都没有伸几下就断了气。王子章真像他家死了什么人似的号啕大哭起来。一家人都陪着哭，没有人想去劝王子章，让他哭一阵吧，伤心地哭个痛快吧。这个种庄稼的好手，也像一条老实的大牯牛，今年碰到的倒霉事情真够他受的了。大家都正在羡慕他，眼见要发家了，也正在给他鼓劲，希望他能成功，为和他同样的庄稼人出一口气。这大院子周围像他这样的自耕农，原来何止十户八户，结果都一个一个地败了下来，变成童大老爷家的佃户或长工。王子章要能靠自己的本事，又有这条大牯牛为他出力，真的斗过了童大老爷，发起家来了，也算替大家出一口恶气呀。可是现在全完了。今年的庄稼歉收，铁板租却一颗也少不了，现在大牯牛又死了，好几百块钱的家当丢光，秋板田犁不成，影响明年的收成，女儿呢，还押在大院子里受罪呢。这不是倒霉透顶了吗？让他哭吧，让他哭个痛快吧。

这时候，大院子里的王老三来了，他说他愿意出点钱，把这一张牛皮剥了。王子章大吼一声："不干！我埋了它也不得给你们大院子的人。"

王子章真的就动手在竹林旁挖个坑坑，周围的庄稼汉真的帮助王子章挖，把死牛拖进坑里，用土埋起来。那个憨儿子还真的拿出一对香烛来，点燃了插在牛坟边上。他们都做得这样认真，对牛坟跪下，烧了纸钱，还久久不肯离开。

大家正在劝王子章回家时，突然听到竹林外边有女娃娃边跑边哭的声音。大家一看，是大妹子。王子章以为是王老三告诉了大妹子，家里死了大牯牛，她跑回来看来了。其实不是，她是快跑拢家的时候，才听人家说她家的大牯牛死了，一家人正在竹林外边埋牛，她跑了过来的。她一跑过来，就倒在爸爸的怀里，叫："爸爸，爸爸呀。"

爸爸抱起她，以为她是来哭牛的，便安慰她："莫哭了，牛已经死了，你跑出来干什么？"

大妹子一下又扑进妈妈的怀里，哭着喊："妈妈，我不回去了，打死我也不回大院子了。"

妈妈拉住女儿，问她："咋的了？你跑出来的？他们又打你了？"

大妹子泣不成声地说："幺少爷，要估倒我，要估倒我……我跑了，我死也不回去了。"

"啥？幺少爷估倒你？"周围的庄稼汉惊诧地问，都气愤得很。

"卖力不卖身，他们敢这么干？"

"太欺负我们了，找他龟儿子讲理去！"

"大妹子不回去！要钱大家凑，要人我们去！"

"天呀，你对恶人不开眼，对穷人这么狠呀！"

……

大家七嘴八舌地正在议论着，大院子来了一个管家，王老三陪着。一走拢，管家就对王子章说："大妹子跑了，叫你把她送回去，不送回去，你亲自进去说清楚。"

"我不回去呀，死也不回大院子！"大妹子一下扑进爸爸的怀里，哭得更厉害了。

王子章一把把大妹子掀开，站起来不说一句话，跑回家里，操起一把菜刀出来了，对管家说："走，我跟你们进去说清楚。"

管家和王老三一见王子章拿着菜刀，一溜烟地跑掉了。王子章就大踏步地走去，要到大院子里去。

大家一下把王子章抱住了，夺下他手里的菜刀，劝他："去不得，去不得！"

"不叫我活，我跟他们拼了。"王子章大喊一声，继而蹲在地上，抱住自己的头。

大妹子又跑到爸爸身边，爸爸抱住大妹子，才哭出声来："大妹子，是我对不起你呀。"

"这哪里怪你？他大院子的幺少爷这么欺侮人，哪个敢去？大妹子就是不回去，他们无非是要钱赎，七十、八十、一百，我们大家凑起来，给他送去。他要人，我们一起去，看能把我们怎么样。"一个老汉讲得很有道理。

"对头，我们凑好钱，今晚上就叫张三爹送去，取人。"一个中年庄稼汉首先赞成。

"就这么办。"大家都赞成。

这个张三爹说:"我去。不行的话,明天我们抱成一团,一起进大院子找他们说理去。"

王子章落泪了,他恐怕是第一次感到一个人拼命奋斗,是多么渺小,多么无力,这么多人,抱成一团,拧成一条心,才算有了靠山。

王子章买牛的龙门阵我就摆到这里为止……什么?后来怎么样了?后来怎么样,我也不清楚……你们要弄清楚,到我们乡坝头去调查一下就晓得了。我后来是回去过,好像王子章还是那个样子,凭他一身力气,苦吃苦做,既没有发财,他的家业也没有垮下去。

第十记
不第秀才：踢踏记

我们冷板凳会从成立到现在，已经一年多了，真是像小学生作文无病呻吟地写"光阴似箭，日月如梭"，时间过得真快呀。在这一年多时间里，我们同会的十个人中，已经有九个长者各人摆了一个有趣的龙门阵。他们都是照最先的公约，按抓阄的次序摆的。唯独峨眉山人，年近七十，是我们冷板凳会的发起人，他自称是"始作俑者"，又是我们的没有经过选举却早已公认的"会长"，因此大家推他第一个摆龙门阵。还有一个就是鄙人——不第秀才，最后一个摆龙门阵。不第秀才，顾名思义，就是秀才而未及第者，就是说没有赶上考取秀才的读书人罢。我在冷板凳会里年纪最轻，可以说是晚辈，因此一致约定，由我殿后，最后一个摆龙门阵。

现在，九个人都已摆完，野狐禅师还自动加摆了一个小龙门阵，终于轮到了我。我见短识浅，没有什么好摆的，真叫我坐蜡了。怎么办呢？包括峨眉山人在内的几个老人在嘀咕，看那意思是放我一马，不叫我摆了。况且野狐禅师加摆了一个，也够十个龙门阵了。可是野狐禅师不同意，他说："公约早已规定，每个人都要摆的，我已经摆了两个了，轮到秀才，哪能不摆？他肚子里有墨水嘛。"好心的峨眉山人说："他肚子里虽然有墨水，却没有像我们在社会混得久，见多识广。"野狐禅师就是不干，他说："十个人摆龙门阵，已经九个人摆了，只一个人没有摆，金瓯之缺，是大遗恨。"看来我不摆一个龙门阵，是过不了关的。于是我搜索枯肠，到底想起我在北平读高中时亲见的一件事，甚至可以说是一件悲绝人寰也艳绝人寰的悲喜剧。

"好，好，你摆来我们听听。"野狐禅师有点想看我笑话的样子。于是我摆了起来。

1931年秋，我到北平去上学，考入北平大学附属高中。这是由北平大学一些教授创办的，一个从法国留学回来的教授当校长。男女合校，这在当时的北平是少见的。学校开学，那位校长开宗明义地宣称，以"自由、平等、博爱"为校训。因此学校的自由活泼空气很浓厚，男女间可以公开交往，比如在课堂上互相切磋功课，在课外一块办壁报，唱歌，打球，郊游。同学们感到很自在快活，学习也很努力，成绩很好。

但是在我们班上却有一个同学，我们都说他是一个不可救药的厌世主义者，姓名我已经不记得了，好像是姓卜，北平籍的同学却叫他为"老滩"。我起初不知其意，后来才知道是他们从他的口音听出，他是冀东一带的人，北京人叫冀东人就叫"老滩"，有一种贬损的意思。北京同学叫他老滩，我们都跟着叫老滩，他原来的名字却不记得了。

这个同学上学不久，就给大家造成一个不好的印象。他个性孤僻，落落寡合，一天除开听课学习，课后作业，就是找个清静地方，坐在那里出神，一坐一两个钟头，不知道他在想什么。谁要去动一下他书桌上东西，他就大为光火，不得开交。他的功课很好，但是他拒绝帮助别的同学，找他问个什么难题，他大都不理会，或三言两语，叫人听了不得要领。他对于女同学有一种不近人情的隔离情绪，好像女人是瘟疫，一接触便会传染给他一样。同学之间，彼此询问籍贯、家庭、过去生活，本来是常事，他却拒绝回答，甚至好像认为同学是故意找他茬儿似的，令他不快。我们学校是比较开放的，男女同学在课间休息，都走出教室去玩排球，大家站成一圈，把排球推来推去。并且分组进行比赛，看谁没有接好球，把球推掉了，就要受罚。老滩却不愿意参加，勉强把他拉了出来，他就站在那里不动，排球打到他的面前，他也不认真接球。特别是女同学给他的球，他故意躲开不接，引得女同学很不高兴。因为他不接球，排球落到地上，他所在的那个组便输了。大家责备他，他不理会，有时索性走了。于是大家就故意把排球砸给他，叫他应接不暇，显得很狼狈。但是有一回，一个女同学把排球向他用力地砸去，那球很低，一般很难接起来，他不仅没有躲开，反倒把身子一低，像排球行家一样，很灵巧地把球接了起来。这使我们很吃惊，看来他绝不是一个性情痴呆身体粗笨的人。别的同学可能没有注意到，我是看出来了，每当那个女同学把球砸向他时，他都努力接起来了。

有一次，我们班到西山露营，晚上开营火会，同学们拾干柴在野地里烧起一堆火，把住地的几块门板抬来，拼在一起，搭了一个临时舞台。大家围着火堆做各种游艺活动，有的唱歌，有的吹口琴，有的讲故事，有的献诗，有的竟然带来了小提琴，奏出悠扬的小夜曲。有了口琴和小提琴，跳舞就有伴奏，有人提议欢迎女同学跳舞，女同学也不见生，竟大大方方地在木板上跳起舞来，这是最受欢迎的节目，晚会更加热火了。因为我们学校并不禁止跳交谊舞，有一对男女同学便大方地搂着跳起来，这更是引起热烈的鼓掌。我们班上有一个看来岁数比较大的同学，大家叫他老张。在那天的营火晚会上，老张向大家献了一首自己作的诗，是描述东北人失去东北老家的痛苦的。诗写得很有感情，深深地打动了大家。他念完后不是像其他节目一样引来热烈的掌声，却使大家沉默了。只听到火堆里柴火棒子爆裂的声音。不一会儿就听到两个东北籍同学的啜泣。大家更难受了。这时我和老张都暗地注意到老滩悄悄地溜了出去，不知躲到哪里去了。

下面的节目又继续进行。老张偷偷拉一下我的衣角，我俩不声不响地退出了火堆边的人群，没入黑暗中去。我们不知道老滩到哪里干什么去了，便四处寻找。在上弦月的微光中，我们终于在不远的山岩边的小松树下，找到了老滩。他正坐在那里望着挂在树尖的月亮出神，明显地看到他满脸的泪水。原来他一个人偷偷跑到这里哭泣来了。他并不是东北人，不知道为什么听了老张的诗朗诵会动了感情，跑到外边来哭泣。老张却不想追问这个，对老滩说："营火会快要完了，大家正等你出节目呢，你却躲到这里来了。走，走。"他拉起老滩回到火堆旁，并且没有征求老滩的意见，便大声宣布说："我报告一个好消息，老滩今晚要给我们贡献一个节目。"

我觉得老张太冒失了。像老滩这样的人，平常不参加文娱活动，他今晚上能贡献个什么节目呢？必然是弄得大家十分尴尬。但是众人一个劲地鼓掌，有的恐怕是出于要叫这个迂夫子出洋相的心理，我却以为不应该这样地难为他。但出乎我的意料，老滩竟然站起来，用很悲伤的音调说："今晚上我是要来贡献一个节目的。"他走上木板，说："我来跳一个踢踏舞吧。"

他要跳踢踏舞？这真是太稀奇了。踢踏舞是最难跳的舞蹈，一般舞台上能跳的也不多，跳得好的更少，只有在平安电影院里的外国电影里能偶尔看到。老滩这个迂夫子能跳踢踏舞？大概他不过是装个样子乱跳一气，逗大家笑一场罢了。不少人都在等着看他出洋相，一起鼓掌叫："好，看老夫子跳踢踏舞！"

他用皮鞋尖在木板上一点，"踢踢踏！"那么清脆，那么急骤，真像一回事呢。接着他用脚尖脚掌和脚跟，在木板上很有节奏地敲打起来，一时快、一时慢，一时重、一时轻。他那双脚转过来转过去，那么自然，那么舒展。他的身子那么柔和、那么轻巧，他的手那么飘逸地摆动自如。但是他的头却一直是低垂着的，不看任何人，也没有一点笑容，倒是显得很痛苦的样子。大家都看得惊呆了，接着便是雷鸣一般的掌声，众人的惊叹响彻夜空："太妙了！"

他的脚越跳越快，身子摆动得越来越圆，两手挥舞得越来越柔，简直有些疯狂了！这时大家却发现他的脸上流着泪水，以至点点滴滴滴落在木板上，湿了一片。他为什么会这样呢？谁都莫名其妙，大家已经没有欣赏他那高超舞技的兴趣了，而是在猜想在这踢踏舞的后面，到底有一个什么不平凡的故事。

老张眼见老滩跳得越来越疯狂，身子越来越难以支持了。他走到老滩的身边，扶住那摇摇欲坠的身体，说："行了，你今晚上贡献了一个最好的节目，可以收场了。"老滩却不理会，摔开老张的手，勉强站稳自己的身子，口里模糊地叫着："我还要跳，还要跳……"仍然疯狂地跳着，以致身心衰竭得要倒下了，他还努力挣扎着跳。终于被同学拉了下来。他口里仍然在说："我还要跳……"然而却毫无力气地躺下，索性号啕大哭起来。大家知道，这样的时候，劝说是无用的，老张也说："让他哭吧，让他哭个够。"

"这到底是因为什么？"回到学校后，大家心里都揣着这个问题。却没有一个人能够探个究竟，也不敢去问他。老张说："不要去打开人家淌着血的心了。"从此谁也不再提起此事。

但是以后的事情却使我大为奇怪。那个孤僻的老滩却主动参加我们的一些抗日宣传活动，并迅速变成了积极分子。真是冲锋陷阵，一往直前。他再也不是落落寡合，而愿意和大家一块玩。这时我们才知道，他才是一个大玩家，跳舞、唱歌、打球、玩牌，无所不会，而且无所不精。

甚至琴棋书画，也可以来一下。他几乎一下变成另外一个人，可谁也不知道他为什么会变，而且变得这么突然，这么快速，这么彻底。到底是谁促使他转变的？我看在眼里，想在心头，猜想一定是老张的功劳。

我去问老张："你到底用的什么戏法，像魔术师一样叫老滩完全变成另外一个人的？"他笑而不答。我坚持追问，他说："他何曾变成另外一个人，他本来就是这样的人，只不过是自我禁闭起来了，我不过给了他一把开禁闭室的钥匙罢了。"我问："什么钥匙？"他又不肯说，只甩给我一句："和给你的一样。"

哦，我知道了，他是以进步思想来启发老滩的觉悟，使他从政治上觉醒起来。这个办法，老张曾经在我身上下过功夫，我虽然也积极参加抗日活动，但是仅止于此，我既然已经决定好好读书，走工业救国的道路，就不能跟着老张他们的生活道路前进。他们的生活道路，我已经从他们给我的传单中看了出来。我可以支持他们干，但我的身世限制了我，不能参加进他们的队伍和他们一起干，所以老张的钥匙一直不能打开我的锁。现在看来，这把钥匙倒是打开了老滩的锁了。如果老滩的锁没有被打开，他不会言听计从跟着老张干，也不会在他身上突然出现异乎寻常的积极性的。我想一定是老滩本身具有的出身身世，才使他具有这种条件的。

从老滩在营火晚会上的表现，我猜想老滩的身世，一定有一些传奇色彩，我很想知道。我估计老张一定已经知道了。在我的再三追问下，老张终于向我透露了老滩传奇身世的大概情况。原来这是一对青年男女间的恋爱悲剧，当时我听了十分感动，比我读过的《茶花女》之类的外国恋爱悲剧还令我感动。所以十几年后的现在，我还记得一个大概。

老滩果然是冀东人，却出生在天津卫，小时候因家里很穷困，被卖到一个歌舞戏班里去做小演员。在戏班里，他像一个小奴隶似的受到班主和老板娘的奴使和虐待，吃不饱穿不暖，挨打受气，生活条件极其恶劣，却有干不完的家事活儿。他实在受不了，心想宁肯在大北风下拾煤渣扒垃圾，也比这日子好过，偷跑了几次，但都被捉了回去，打得死去活来。是戏班里一个师父把他从老板娘的鞭笞下救了下来，并且私下里教他一些跳舞的基本步法。他很聪明，几乎是一教就会。那个师父向班主力荐，说这孩子绝顶聪明，是一棵好苗子，说不定教出来了，是一棵摇钱树。于是班主另外买了一个小女孩来当丫头，替代他服苦役，让他跟着师父学技艺。班主转而用打、用骂来严厉地夹磨他，巴不得马上就把他转化成一棵摇钱树。几年下来，严格的训练加上自己的聪明，特别是在那个师父怜惜爱才的教导下，他居然把班子里的最好的活儿都学到手，可以登台表演了。登台挂出牌去，总得要有一个名字吧，可他除了知道自己姓卜而外，连一个正式的名字也没有，于是师父把自己的艺名前加个"小"字，再冠以他的姓，便有了"卜小伟"这样一个艺名，列名在挂出去的戏牌的最下一排。由于善于偷师学艺，他把戏班一个师父不愿意传人的踢踏舞的基本功学到了手，自己又加以变化和更新，成为自己的绝活儿。他凭这个绝活儿，一登舞台，便以其高超的舞技、年轻漂亮的扮相，一炮打响，"卜小伟"三个字从戏牌的最下一排，飞升到头排，成为台柱，他真的成为班主的摇钱树。但因为他是被买断了的，一切收入，都进了班主的腰包，他只是有稍好一点的生活待遇罢了。唯一使他满意的是，在他的那位师父的劝说下，为了提高他的技艺，班主准他白天去学习文化。他如饥似渴地学了几年文化，果然在舞蹈技艺上又上了一个台阶，卜小伟的踢踏舞，远近闻名。

这时，他发现那个替代他在老板娘家里受苦的姑娘，长大成为一个漂亮的丫头了。他向班主提出，他的踢踏舞如果能和女的对舞合舞，一定会更出色，班主理解这意思，自然是更能卖钱了。卜小伟表示，他愿意亲自来调教这个丫头。一个服侍人的小丫头，能值几个钱？如果能调教好，卖大价钱，何乐不为？于是这个丫头终于脱离了苦海，成为卜小伟的徒弟。这个女子，不仅长得俏丽，也特别聪明，又加之有这样一位英俊的青年老师的悉心教导，她学习既刻苦又认真，不过两年，就很有长进，成为卜小伟的好舞伴，踢踏舞的好搭档了。班主很为自己有眼光而得意，给这个丫头取一个好听的艺名，叫做"飞艳"，大概是取自身轻如燕的"赵飞燕"的名字谐音。

由于他们师徒配合默契，踢踏舞跳得特别出色，只要他们两个登台跳踢踏舞，一定能得到满堂彩。两棵摇钱树，叫班主的腰包饱满，好不得意。班主不能不对卜小伟特别加以笼络，除了给他比较高的工钱外，还解除了他的卖身契，让他成为自由之身，有自己的行动自由了。但是飞艳的卖身契，却仍然掌握在班主的手心里，不得自由。而他们两个却因在长久的搭档中，互相爱慕，双双跌入爱河，爱得真叫做死去活来，不能自拔。特别是飞艳，对于这个一表人才的恩师加搭档，更是爱到极点，对他声言，此生非他莫嫁，只有死才能叫她离开他。他也坚信不疑。

这天底下似乎就有这种规律，总是不停地重复那些小说上写的情节。一个名妓、一个名舞女、一个名戏子、一个交际花，总是要被有钱有势的官僚、军阀、大亨、财主，以高价讨去做姨太太，成为富贵之家的玩偶，政治交易和商场交易中的交际筹码。飞艳这个舞女也没能逃出这样的命运怪圈，她被一个和日本人做买卖赚了大钱的买办大亨瞧上。大亨以班主不能想象的高价，提出要买飞艳。班主哪有不干的？便既不征求飞艳的意见，更是瞒着卜小伟，以欺骗的手法，把飞艳送进在日租界的这个买办的公馆里，飞艳的卖身契也由班主交给那个买办大亨。从此飞艳便成为任人蹂躏的性奴隶了，这个弱女子，纵然要死要活地反抗，在严密的监管下，她又能奈之何？她为和她生死相恋的卜小伟保留的贞操被破坏了，她觉得自己已没有资格把她的爱奉献给她所爱的男子，只有把爱深藏在自己心里，永远遗憾地苟活下去了。

当卜小伟忽然发现他的搭档不见了，他知道这是班主捣的鬼，他去质问班主，班主却很轻松地回答："女大当嫁，人家想嫁人，你能怎么的？"是呀，他能怎么样呢？飞艳既没有和他结婚，也没有和他订婚，他无权干涉。但是他知道飞艳是爱他的，决不会这么不告而别，一定是班主把她卖了。卖了又能怎样，班主掌握着她的卖身契，他还没有来得及拿钱向班主赎买呀，虽然他早有这样的打算，并且把工钱一直积存着。可是一切都晚了。他痛恨这个班主，和班主大吵，用罢演来表示抗议。班主却把他们之间签立的合同拿出来，要打官司，卜小伟没辙了。连飞艳究竟在哪里，班主也不肯告诉他，他四处打听，却一无所获。有一次，他们到一个大公馆去出"堂会"，卜小伟正在跳舞，突然发现堂中贵客里，在许多老爷的席位中，坐着一个穿着华贵、打扮入时的贵妇人，正是他的跳舞搭档，他朝思暮想的意中人飞艳。他没有想到她居然已经进入这种上层社会，而且那么怡然自得地坐在那里，有那么多贵人像众星拱月般簇拥着她。难道这就是曾经向他许诺终身、表示至死不改的女子吗？难道她也不过是一个水性杨花的俗物？他把他至为珍贵的初恋爱情，不吝惜地给了她，她却这么无情地把他抛弃。卜小伟想恨她，却恨不起来，伤心至极。他怀着极其痛苦的心情回到戏班，还总找出各种理由来宽解自己。不，飞艳不会是那种人，她一定是被班主出卖了，表演时看她有时蹙着眉头，有时不愿看舞台上的表演，能看出她正在痛苦地挣扎，对自己还是难以割舍的。卜小伟回忆他们过去相爱的日子，那样的卿卿我我，如漆似胶，刻骨铭心。飞艳的情影总在他的面前晃动，让他无法忘却，但他又不能不面对残酷事实。飞艳到底已经离他而去了。

后来听说那个日本买办为了讨好日本主子，把飞艳送给了日本老板。而且日本人更加把她精心打扮起来，带到中国上层社会中活动，有意地把她捧成一朵交际花，成为上层社会有交际价值的筹码。有时在小报上也能看到她的形象，在一般的人看来，也许只看到她含情脉脉、令人怜惜的形象，但是在卜小伟的眼里看来，却总是饱含着一种内心忧郁、痛苦的样子，这种样子只有他才能理解。她绝不是愉快的，他断定。但是为什么不通一点音讯呢？哦，她没有文化，连她认识的有限的汉字，还是他亲自教给她的，要她写一封表情达意的信，太为难她了。卜小伟总要想出各种理由来为她开脱，努力迫使自己原谅她，并且期待着什么。

卜小伟果然期待到了。有一天下午，一个丫头来找他。那丫头悄悄地对他说："有一个人要找你，你跟着我走吧。"卜小伟没有问是谁找他，到什么地方去，他像中了邪魔似的，感到为一种莫名其妙的磁力所吸引，就跟这个陌生丫头走了。他们来到一个豪华的咖啡馆，一直走上楼去。才走上楼梯口，卜小伟就看到在里座一张桌子边，正坐着他朝思暮想的人，即使她穿着贵妇人的华丽时装，一身珠光宝气，他也能认出她来。飞艳也正在盼望着，可是却带着一种冷漠的眼光。卜小伟匆匆走到飞艳的面前，不知说什么好。飞艳用她那闪着宝石光彩的手指，指一指座位说："坐下吧，我已经为你叫好了咖啡，请喝吧。"卜小伟看她那么冷漠的眼光，简直想说："莫非你只是请我来喝咖啡的吗？"但还没有开口，飞艳接着说："我马上有一个约会，汽车正等在门口，我不能不去。我只是想告诉你，我有很重要的话要对你说，另外约在后天下午吧。我叫丫头来喊你，你跟她走就是了。"卜小伟想说话，飞艳已经站起来，向他摇手，说："有话我们后天再说吧，真的，我必须走了，再见。"说罢便开步走了。卜小伟莫名其妙，难道把他叫来，什么话也没有说，就是这么叫他来喝一杯冷咖啡吗？他才开口说"你……"飞艳回过头来，轻声说："相信我。"便带着丫头匆匆下楼了。他望着她的倩影飘去，有说不出的难过，他端起那杯冷咖啡一口喝了下去，皱起眉头，像喝一杯烈酒一样，甚至想，这是一杯毒酒更好。他颓然伏在桌上，欲哭无泪。那些侍者并没有感到惊奇，像这样的贵妇人找小白脸在这里幽会，要死要活，最后总是匆匆而别，他们看得多了。

两天后的下午，卜小伟果然等来了那个丫头。她什么话也没有说，只是带着他走。他也什么也没有问，只管跟着丫头走。下了电车，又上长途汽车，一直开到大沽口下车，走到一个中等的餐馆。丫头带着他上楼，进了一个小包间，他一眼就看到了他日思夜想的人。现在在他面前的，再不是在高级咖啡馆里见的那个穿着华丽时装的贵妇人，而是和他在舞台上一起疯狂地跳踢踏舞的搭档飞艳。飞艳今天只是穿上她在戏班里穿的平常衣服，脸上略施脂粉，却比珠光宝气的贵妇人显得年轻得多了，还保有着原来的令人怜爱的稚气。她现在正含着泪水微笑着望他，更见妩媚了。是她，这才是曾经和他海誓山盟的飞艳。

丫头刚关上包间的门，卜小伟也不管丫头就在面前，便扑了过去，把飞艳紧紧地搂在怀里。她也一任他搂着，说："我到底盼到了这一天。"泪水便牵线线地流下来。卜小伟也流着眼泪，不断地吻她的泪脸，两个人的脸上都沾满了泪水。表不完的浓情蜜意，说不尽的相思苦情。丫头在一旁也不禁呜咽起来。

这个丫头已经跟了飞艳两年多，只有她才真正知道飞艳过的什么日子。一面要强颜为欢，去应付那些色狼，回来却掩面而泣，口里不断地呼唤着"伟哥，伟哥"。这丫头也是贫苦出身，知道飞艳的身世和她与卜小伟的恋情后，深表同情，她已经成为飞艳的贴心人，飞艳也视她如妹妹，把自己的心事都告诉她。在那虎狼群里，也只有这丫头能一吐心曲，同时为飞艳办一些私事。这次幽会就是多亏她偷偷地里外奔走，为飞艳张罗，才办成了的。现在看着这一对不幸的恋人，终得相会，丫头自然也分得了快乐和痛苦。

这对苦恋着的人，就这么不知时光地拥抱着。过了很久，他们才放开来，坐在长躺椅上，倒像陌生人似的你看着我、我看着你，不想说一句话。是丫头把他们从沉醉中唤醒："总不能就这么着吃饱吧，小姐，到底点些什么菜？要不要喝酒？"

飞艳说："蝶香，你是知道我平常喜欢吃什么的，你就去替我安排吧。""那么，他呢？"卜小伟这才知道这个和飞艳一样俏丽的丫头叫蝶香，他说："她喜欢吃什么，我就喜欢吃什么。"

丫头出去安排去了，他们又搂着亲个没完，飞艳不住地叫着"伟哥，伟哥"。但是她的伟哥越是这么对她亲热，她越是痛哭不已。她的灵魂虽然一直在伟哥心里，她身子却掌握在别人——特别是令她十分恶心的日本老板手里。她已经被人玷污，失去她身上最为珍贵的贞操，无法向伟哥献出她全部的爱了。她已经没有资格再接受伟哥的爱情，也不值得伟哥爱了。她只是一个谁都可以占有的交际花，一堆不久就要腐烂的行尸走肉……她哭着说："伟哥，我终于等到了这一天，死也值得了。"卜小伟没有在意她的话，说："不，总有一天，我们将永远在一起。"

吃罢饭，天色已晚，可是他们还不想分手，又来到海河边。夕阳的金光在海河上跳动，让人陶醉。飞艳向卜小伟不住称道蝶香，说这丫头出身和她一样苦，可是特别聪明，体贴人，长得也俏丽。她说："如果她能得到你这样的老师调教的话，她一定可以成为你的最好的跳踢踏舞的搭档。我想把她的终身托付给你了。"卜小伟说："我可以听你的话，把她教成一个好舞蹈演员，但是不会是我的跳踢踏舞的搭档。我跳踢踏舞的搭档只能是你。自从你走后，我就再也不跳踢踏舞了。"飞艳却坚持说："不，她应该成为你的搭档，她比我……"她再没有说出下文。过了一会儿，飞艳又说："伟哥，我已经失身，再也不配接受你的爱情，不值得你爱。但是我是爱你的，直到死我也爱你，虽然我不该得到你的爱。我想要蝶香替我来偿这笔冤孽债。希望你能接受。"卜小伟说："你怎么这么说，我永远是爱你的。"飞艳只是"不，不"地摇头。过了一会儿，飞艳倚傍在卜小伟的肩头上，闪着泪光说："伟哥，我终于等到了这一天，死也值得了。"

夕阳西坠，他们非分手不可了。飞艳从丫头手里拿过一个上了锁的小手提包和一把钥匙，交到卜小伟的手里，说："伟哥，这手提包我送你，但是你现在不要打开，回家以后你再打开看。"他们终于相拥一下，依依惜别，分手时，飞艳说："我不值得你爱，但是我爱你，至死不改。"卜小伟回到自己的住处，迫不及待地用钥匙打开飞艳给他的手提包。使他惊讶的是，提包里除了有一封飞艳用她那歪歪扭扭的字写的信外，装的全是金钱和珠宝。那信恐怕只有他才能读得通，大意和她今天相见时说的话差不多。她在信中写道："伟哥，我已经失去最珍贵的东西，再也不值得你爱了，但是我爱你，至死不改。我把我全部的积蓄和珠宝都交给你，还把丫头蝶香也交给你，她可以代我服侍你，希望你们用这些钱，到北平去读书，安家过日子。祝你们幸福。"卜小伟读了，马上有一种不祥的感觉，莫非……

第二天一大早，丫头蝶香就匆匆地来找卜小伟，告诉他："昨天你们在大沽见面的事，被老板发现了。小姐一回去，就被拷问，她一点也不隐讳地承认了这回事，并且大胆地说她爱的是你。追问她你是谁，她不说。老板就把她关在小屋里，说今天再问。小姐偷偷对我说：'你明天一早就逃出去找伟哥吧。告诉他，赶快带你逃到北平去，隐姓埋名，不要管我了。'谁知小姐她昨晚上、昨晚上半夜里……就……"蝶香再也说不下去，痛哭起来。

卜小伟似乎已经料到，含泪凄然地说："从昨天她留给我的信里就看出来了。蝶香，现在不是哭的时候，我们快点逃命去吧。"

"以后的事就简单了，"老张对我说，"当天的小报就登出新闻：'交际名花，香消玉殒。'卜小伟和蝶香逃到北平，隐姓埋名，结婚读书，卜小伟再也没有跳过舞，更没有把他的踢踏舞技教给蝶香。后来卜小伟改名考进我们学校，这个你都知道了。"

我听了叹息不已。我问老张："所以你的钥匙就把他的锁开开了，并且跟着你走上新的人生道路？"老张点一点头，接着说："只是你的锁我还没有打开，感到遗憾。不过我想日本侵略者会为我打开你的锁的。"

后来果如老张说的，最后还真是日本侵略者打破了我的工业救国的迷梦，打开了我的思想锁，让我走上了老张希望我走的光明大道。"那个卜小伟呢，后来怎么样了，还有那个蝶香？"我知道你们一定会问我这个问题。但是我不想回答你们，你们如果知道了，会大吃一惊。

"莫非你就是卜小伟？"野狐禅师异想天开地问。

"不对，我怎么能是卜小伟呢？第一，我不是冀东人；第二，我从来不会跳舞。"

"那也难说。我们摆龙门阵，本来就是虚虚实实的嘛。"他还坚持他的异想天开。

"你们要这么说，我也没有话可说，不过这个卜小伟和蝶香，还有那个老张，后来都到那边去，干出惊天动地的事情来了呢。"

"那边是哪边？"野狐禅师不明白地问。

峨眉山人说："那边就是那边，我们这边就是这边。反正不是我们这一边，就是那一边。"

峨眉山人说的像绕口令一样，看样子野狐禅师还是不明白，他问："你这边那边地说一通，到底那边是哪边？"可是我们中大半人已经明白，众口一词地说："那边就是那边，反正不是这边，这还用问！"

野狐禅师看样子也明白那边是哪边了，终于点了点头。

"我的龙门阵摆完了。"我像在考场考试终于交了卷似的对没有选举就自动当选的会长峨眉山人说，一身轻松。

峨眉山人将一下他的山羊胡子，满意地笑着说："想不到我们的秀才肚子里不仅有墨水，还有好龙门阵哩。"大家都赞成会长的话，为我鼓了掌，并且端起杯子喝起冷茶来。

峨眉山人说："我们冷板凳会十个人各摆一个龙门阵，野狐禅师还加摆一个，已经摆完了。下面怎么办呢，还摆不摆？"

大家异口同声地说："看来我们这碗吃不饱饿不死的冷饭还要吃下去，我们这条冷板凳也还要坐下去，这壶冷茶自然也还要喝下去，我们的龙门阵还可以摆下去吧。"

"对头！"大家一致鼓掌。

后　记

　　《夜谭十记》这部三十多万字的小说，从一九四二年写《破城记》的第一个字开始，到一九八二年秋写《踢踏记》的最后一个字结束，竟然经历了四十年之久，这就是说，快半个世纪了。花了这么长的时间来写，想必是一部力作吧，不是听说外国有些名著就写了几十年吗？曹雪芹的《红楼梦》不是就经他"披阅十载，增删五次"才定稿的吗？

　　非也！小子何人，怎敢和名家相提并论？《夜谭十记》不过是"乱谭"的记录，怎敢跻身于名著之林？我之所以说这本书写了四十年才完成，是想说这本小书经历过多少灾难，忍受过多少折磨，才终于取得出生的权利。

　　要说这本小说的素材收集和开始酝酿，还要推到三十年代后期。那个时候我已经是一个所谓职业革命家了，在国民党统治区做地下党工作。为了掩护，我不断更换我的职业。我当过教员和学生，也当过小公务人员和行商走贩，还做过流浪汉。在这中间，我和三教九流的人都有交往。在城市的旅店茶楼里，在乡村的鸡毛店或小饭铺里，在乘车坐船的长途旅行中，在风风雨雨的好似没有尽头的泥泞山道上，当然也在工人的低矮茅屋里，在农家小舍的桐油灯下，我认识了许多普通的人，他们给我摆了许多我闻所未闻、千奇百怪的龙门阵。特别叫我不能忘记的是我还在小衙门和机关里结识过一些科员之类的小人物。这些小人物，像他们自己说的，既无福上酒楼大吃大喝，又无钱去赌场呼幺喝六，又不愿去烟馆吞云吐雾，更不屑去青楼寻花问柳。他们难以打发这煎熬人的岁月，只好三五结伙，或风雨之夕，或月明之夜，到人家里去坐冷板凳，喝冷茶，扯乱谭，摆龙门阵，自寻其乐。我有幸被他们引为一流，在他们结成的冷板凳会上，听到了我难以想象的奇闻异事。我才深知那个社会是多么乖谬绝伦、荒唐可笑；人民的生活是多么困苦无状而又丰富多彩；那些普通人的灵魂是多么高尚和纯洁，他们的思想多么机敏，他们的性格多么乐观，他们的语言多么生动而富于幽默感。我简直像站在一个才打开的琳琅满目的宝石矿前一样，这是多么丰富的文学创作素材呀。真是使我惊奇，令我狂喜。但是那个时候，我的工作不容许我利用这些素材来搞创作，只好让这些人物和故事深深地沉积在我的记忆的底层。

一九四一年，我被特务追捕，逃避到昆明去做地下党工作，以在西南联合大学（抗战时期由北京大学、清华大学、南开大学联合而成）中国文学系当学生为职业掩护，从此和文学结了善缘。我不仅为了在同学中做革命工作要认真学好自己的功课，而且要用文学这个武器来进行宣传和组织，我为文学墙报写稿，还在闻一多、楚图南、李广田等教授的支持下，和张光年等同志一起办过文学刊物。我为了"做工作"，还经常在同学中讲故事。大家听得很高兴，要我多发挥四川人在茶馆里摆龙门阵的功夫，继续摆下去。于是我从我的思想的沉积中，发掘出一些过去积累的素材，进行加工整理。这便促使我产生一种创作冲动。我于一九四二年开始酝酿，把我摆的龙门阵挑选出十个故事来。我决定以在一个冷衙门里十个科员组成冷板凳会，轮流各摆一个龙门阵的形式来进行创作，并定名为《夜谭十记》。我开始写了《破城记》的前半部分《视察委员来了》，同时也为其他各记写了一些提纲和部分草稿。但是由于工作和学习都很忙，三天打鱼，两天晒网，一直没有写出一个名堂来。

一九四六年，我奉调回四川做地下党工作。我知道四川是蒋介石的大本营，特务多如牛毛，我写好的文稿不得不在离开昆明前全部烧掉。我到成都后，对于焚稿总是念念不忘，而且手痒痒的。于是我在工作之余，又情不自禁地写了起来。我抄出《视察委员来了》给陈翔鹤同志看，他觉得有味道，准备拿去发表。可是不久他在特务的追捕之下，不得不逃亡出去，而我的家后来也几次被特务查抄，一切有字的纸片都作为罪证拿走了，我写好的一部分《夜谭十记》稿，自不必说，都被抄没，判了死刑。

解放以后，工作很忙，但我仍然不忘怀于《夜谭十记》，大概也是敝帚自珍的积习难改吧，又断断续续地写了一些。一九六〇年，人民文学出版社的韦君宜同志来成都，后来还有王士菁同志来成都，看到了少量文稿，认为有特色，鼓励我写出来。君宜同志并且叫人民文学出版社和我订了合同。于是我把它当做一回事，在写《清江壮歌》之余，认真地写起《夜谭十记》来。

不幸的是，《夜谭十记》中已经写好的几记连同其他大量文稿、素材笔记、小说提纲和大量资料，都当做罪证，在"大革文化命"的十年间被抄走了。我和我的文稿的命运是大家都可以想见的。我突然被昨天的并肩战友当成十恶不赦的敌人，抛了出来。在"把反革命修正主义分子马识途揪出来"的通栏标题下，整版整版地批判我和我的作品的"奇文"，连篇累牍地刊登出来。那些文章的强词夺理、捕风捉影、含血喷人、色厉内荏之神妙和那个秀才班子奉命作文、言不由衷的窘态，使我既觉有趣，又觉可怜。我特地把这些奇文剪辑成册，写上"奇文共欣赏，疑义相与析"。他们硬封我为"周扬黑帮"的四川代理人，而且勒令我和沙汀、李亚群组成"四川的三家村"，由我荣任这个三家村的黑掌柜。而且一个由造反派联合而成、规模不小的"打马联络站"和"战斗队"也行动起来，印出一本又一本我的"罪行录"。这一切组织上和舆论上的准备工作都做够以后，我早已预料到的命运到来了。我终于银铛入狱，在那些"红色改造专家"的指挥下，奉命洗心革面和脱胎换骨去了。而且荣幸地又和沙汀、艾芜同志关在一起。这样一混就是五六年。但是在那里面我并不感到度日如年，我利用写检查交代材料的多余纸笔，竟然又写起小说和杂记来。《夜谭十记》中一些人物又跳到我的眼前来，呼吁他们的生存权利。正如造反派说的，"人还在，心不死"，我的文稿可以被没收，我的脑袋是无法没收的，我就有自由在脑子里写我的作品。

"四人帮"垮台后，真叫"野火烧不尽，春风吹又生"，我在出版社的催促下，决定重打锣鼓新开张，从头再写《夜谭十记》。不过这第一步跨出去却很难，搞了一年，成效甚微。幸喜我偶然找到一份被油印出来供批判用的《破城记》的原稿，真是欣喜若狂。这份油印稿由《当代》编辑部拿去在《当代》创刊号上发表了，中央人民广播电台又广播了，收到一些读者来信，这给我很大的鼓舞。于是我利用业余时间又写了起来，总算在一九八二年夏天在青岛疗养之际，写完了初稿。

这就是我在四十年间写这一部小说的经过，也是《夜谭十记》这一部小说在四十年中的遭遇。它几经劫难，终于获得了出世的权利。

但是且慢。这一部小说还到底要多久才能出版，送到读者手里，我不得而知。而且到底这部小说能不能赢得读者，很没有自信。我曾经不止一次对出版社的编辑说过，我已老了，这部书也老了，而"老了"就是落后和陈旧的标志。这部小说和现代流行的小说，无论在思想、题材、风格、语言上都很不一样，或者明白地说，陈旧了，落伍了。谁还想看这些几十年前陈谷子烂芝麻的记录呢？谁还耐烦去听茶馆里慢腾腾地摆着的龙门阵呢？谁还喜欢这种粗俗的民间文体呢？不过听编辑部的同志说，从已发表的片段来看，还不算坏，可以表露我的特别风格，而且从在中央人民广播电台广播和地方报纸转载后的群众反映看，也颇不恶，至少有点趣味，还可以当做腐败透顶的蒋介石王朝的一面观。既然如此，出版社的旧约又必须认账，那就让它出去见世面去吧。

一九八二年国庆节于成都